Tanja Voosen

SOMMER flüstern

im.press

Sommerflüstern

Im.press
Ein Imprint der CARLSEN Verlag GmbH
August 2016

Lektorat: Pia Cailleau
Redaktion: Pia Praska
Umschlagbild: shutterstock.com / © Mila Supinskaya / © MJTH / © faithie
Umschlaggestaltung: formlabor
Schrift: Alegreya, gestaltet von Juan Pablo del Peral
Satz und Umsetzung: readbox publishing, Dortmund
Druck und Bindung: BoD, Hamburg
ISBN 978-3-551-30065-2
Printed in Germany
www.carlsen.de/impress

Alle Bücher im Internet: www.carlsen.de

Für Feyza, weil du Hunter und Taylor zuerst geliebt hast. Für Steffi, denn manchmal steht die Welt auf dem Kopf und manchmal ist das gut so. Für Anne, die Taylor ihren zweiten Namen (und wahrscheinlich ihren Charme und Humor) geborgt hat. Für Amelie, die so gerne Familien rettet und im Sommer wahrscheinlich besser flüstert als alle anderen. Und für alle, die in Emily schon einmal laut mit mir gelebt und auch gelacht haben.

An meinem ersten Schultag an der neuen Schule passierte eine äußerst merkwürdige Sache, an die ich noch lange zurückdenken würde. In dem Spind, den man mir zugeteilt hatte, fand ich einen Zettel. Er war fleckig und zerknittert, so als habe man ihn unzählige Male zusammen- und wieder auseinandergefaltet. Die handschriftliche Notiz war eindeutig die eines Jungen:

Fange an deinen Lieblingssong zu hassen.

War das eine Aufforderung?

Normalerweise hätte ich mir über so einen Zettel nicht weiter Gedanken gemacht, aber irgendwie blieb der Satz in meinem Kopf hängen und den Rest des Tages fragte ich mich, was es damit auf sich hatte. Erst als ich abends einschlief, wurde mir bewusst, dass meine Gedanken sich seit langer Zeit nicht mehr um die Vergangenheit, sondern um die Gegenwart gedreht hatten. Wegen eines einfachen Zettels, einer sinnlosen Notiz.

Vielleicht hatten meine Eltern Recht.

Vielleicht würde sich etwas ändern.

1

»Wer ist nur auf die Idee gekommen, die Rollenvergabe für das Theaterstück an das beschissene schwarze Brett zu hängen?«, fauchte Rachel theatralisch. Man konnte ihr deutlich ansehen, dass sie jeden Moment explodieren würde. Ich hatte diese Art von Reaktion schon öfter beobachten können. Rachel war eine dieser Personen, die jeder kannte und jeder aus irgendeinem Grund mied. Dieser Anfall war ein Zeichen dafür, dass eine sofortige Flucht angesagt war.

»Ich habe sie nur aufgehängt«, verteidigte ich mich. »Das Wie und Wo bleibt Ms Fletcher überlassen. Wenn du ein Problem hast, dann –«

»Probleme? Ich hab keine Probleme!«

Nein, ganz sicher nicht. Ich schob mich an den vielen Leuten vorbei, die drängelten und drückten, nur um weiter nach vorne gelangen zu können. Es war doch jedes Mal das Gleiche. Wie durch einen Zufall lief ich am Sekretariat vorbei und wie durch einen Zufall kam diese dämliche Lehrerin mit einer ihrer Listen und bat mich sie aufzuhängen. Das letzte Mal hatte ich einen geprellten Finger davongetragen, heute immerhin nur ein geknicktes Ego. Ich würde diesen Gang nie wieder benutzen, so viel stand fest.

»Hey, neues Mädchen!«, rief irgendjemand, aber ich fühlte mich nicht angesprochen. »Neues Mädchen! Hey, du mit den blauen Haaren, bleib stehen!«

Ich war seit fünf Monaten nicht mehr neu an dieser Schule. Meine Haare waren auch nicht blau, sondern nur einige meiner Ponyfransen und diese Entscheidung hatte ich schon vor einer ganzen Weile bereut, das kann ich euch sagen. Einige Sekunden später tippte mir die Nervensäge auf die Schulter.

»Was willst du von mir?«, fragte ich unfreundlich und blieb stehen.

»Der Kerl da hinten«, sagte der Junge, den ich nur vom Sehen kannte (worüber ich froh war – bekannte Schleimer und Mitläufer gehörten nicht zu meinem angestrebten Freundeskreis), und deutete über seine Schulter auf den Kerl, der etwas verloren wirkte. »Er ist neu. Hat heute seinen ersten Tag, da dachte ich, du könntest ihm doch alles zeigen.«

Hatte ich etwa *Ja-Sagerin* auf der Stirn stehen?

»Nein«, sagte ich so präzise wie möglich. Ich meine, direkter als das ging es nicht.

»Aber ich muss jetzt zum Training. Willst du ihn etwa allein hier stehenlassen?«

»Nein«, wiederholte ich gereizt. »Das machst du. Ihn stehenlassen – nicht ich.«

»Jetzt schon!«, sagte der Mistkerl, grinste mich frech an und rannte davon. Ja, rannte. Etwas hilflos und verärgert schlenderte ich den Gang zurück. Die Meute vor dem schwarzen Brett hatte sich inzwischen verzogen, weshalb der Neue und ich die Einzigen im Korridor waren. Skeptisch musterten wir unser jeweiliges Gegenüber einige Sekunden.

»Mein Name ist Hunter Reeves«, sagte er und lächelte. Ich hasste sein Lächeln sofort. Es war eines dieser Lächeln, das besagte: *Hallo, hier bin ich – gut aussehend, charmant und du wirst mir jeden Gefallen von den Lippen ablesen.* Seltsamerweise schien alles an ihm dieselbe Farbe zu haben. Rabenschwarze Haare und Wimpern, dunkle Augen, gebräunte Haut und Klamotten, die aus der neuesten GQ hätten stammen können. Ich meine, welcher Jugendliche ging denn in Jackett, Hemd und Krawatte zur Schule? Fehlte nur noch, dass er anfing zu strippen und eine Coke aus seiner Tasche zu ziehen, die er eiskalt mit einem sexy Blick in sich hineingoss. Wo Tagträume einen manchmal so hinbrachten. Irgendwie hörte ich plötzlich Meeresrauschen.

»Den Gang links ist das Sekretariat«, sagte ich barsch. »Touren finden heute leider keine mehr statt, aber du könntest dem widerlichen Geruch folgen und versuchen herauszufinden, wo die Cafeteria ist.«

»Wow, übertreibe es nur nicht mit der Hilfsbereitschaft.«

»Du nicht mit deinem Zahnpastalächeln.«

»Das nehme ich jetzt als Kompliment an«, meinte er ernst.

»Es war keins«, stellte ich klar. »Geh und blende jemand anderen.«

»Du bist die Erste, die so unfreundlich zu mir ist«, sagte er nachdenklich. So richtig nachdenklich, als würde ihn tatsächlich stören, dass ich ihn offenbar nicht mochte. Er runzelte die hohe Stirn und rieb sich das kantige Kinn – eine richtige Denkerpose.

»Sag mir, wie du heißt, und ich gebe mich erst mal damit zufrieden.«

»Taylor Swift.«

»Das heißt, wenn wir uns unsterblich ineinander verlieben, machst du Schluss mit mir, um einen Chartstürmer zu schreiben?«, fragte er. »Unheimlich und beeindruckend.«

»Ich heiße wirklich Taylor«, sagte ich tonlos. »Taylor Reagan. Kannst ihn dir gerne auf deinen Arm tätowieren lassen, aber unsterblich verliebe ich mich deshalb trotzdem nicht in dich.«

Hunter begann wieder zu lächeln. Es reichte sogar bis zu seinen Augen, was mich wirklich verunsicherte. Ich überspielte diese Tatsache, indem ich ein selten dämliches Gesicht machte und so tat, als habe ich etwas furchtbar Wichtiges vergessen.

»Da gibt es diese Sache, die ich unbedingt tun muss«, sagte ich gespielt übertrieben, damit er sofort merkte, dass ich log, aka, verzieh dich endlich, Typ.

»Du meinst so etwas wie Blumen gießen, Besorgungen für deine Oma erledigen oder ein Buch in die Bibliothek zurückbringen, weil es überfällig ist?«, fragte er.

»Kannst du Gedanken lesen?«, meinte ich spöttisch. »Das sind rein zufällig meine drei Top-Aktivitäten für diesen Vormittag. Danke für dein Verständnis, Reeves.«

Ich machte, dass ich Land gewann, aber der hartnäckige Kerl ging mir tatsächlich nach.

»Es gibt einfach keine Menschen, die mich nicht mögen«, sagte er todernst.

»Du meinst, nicht einmal Lehrer, die dir eine schlechte Note verpassen? Oder Mädchen, denen du das Herz gebrochen hast? Oder fremde Menschen, die dich auf der Straße schief angucken, weil dein Gesicht ihnen nicht in den Kram passt?«

Keine Ahnung, warum ich immer wieder dazu neigte zu antworten. Vielleicht lag es daran, dass meine Hormone bei seinem Anblick Samba tanzten und mein Gehirn sich deaktivierte. Gott, hatte ich jetzt Lust auf eine eiskalte Cola.

»Ich bekomme keine schlechten Noten, weil ich ein guter Schüler bin«, sagte er. »Ein Herz habe ich noch nie gebrochen, weil ich niemandem falsche Hoffnungen mache, und da mit meinem Gesicht alles in Ordnung ist, werde ich auch nie schief angesehen.«

Es war abnormal, wie überzeugt er von seinen eigenen Worten war.

»Dann bringe ich dich mal auf den harten, kalten, grausamen Boden der Realität zurück«, meinte ich – und dieser Teil des Gesprächs amüsierte mich richtig. »Ich finde dich absolut unsympathisch, aufdringlich und unhöflich. Alle drei Sachen kommen in etwa auf dasselbe hinaus: Ich mag dich nicht.«

Ich ließ meine Schultasche sinken, da ich an meinem Spind angekommen war. Als ich meine Kombination ins Schloss eingeben wollte, streiften sich plötzlich Hunters und meine Finger, weil er zeitgleich danach gegriffen hatte.

»Das ist mein Spind«, sagten wir beide wie aus einem Mund.

»Wie bitte?«, fragte ich. »Du bist neu an der Schule. Das hier ist mein Spind!«

»Es ist aber auch meiner«, antwortete er und seine dunklen Augen ruhten zu lange auf meinem Gesicht. Es war, als versuche er sich jede Sommersprosse einzeln einzuprägen.

»Ich bin früher hier zur Schule gegangen«, erklärte er und zugegebenermaßen interessierte es mich. Ich war von Natur aus neugierig. Sehr neugierig. »Das war schon damals meine Spindnummer und zufälligerweise hat man sie mir wieder zugewiesen.«

Seine Hand strahlte allmählich Wärme auf meine Haut ab, daher zog ich meine eigene zurück und rieb sie mir an der Hose ab, als habe Hunter mich mit etwas infiziert.

»Zufälligerweise?«, bohrte ich nach. »Du lügst doch.«

»Vielleicht«, sagte er vage. »Tatsache ist jedoch, dass von ungeheurer Wichtigkeit ist, dass ich diesen Spind wiederbekomme. Das bedeutet mir etwas, Taylor.«

Ihn meinen Namen sagen zu hören war irgendwie nett. Er klang nett. Naja, aus seinem Mund, und ich hatte noch nie gefunden, dass mein Name jemals nett klang. Taylor war ein Name, der so häufig war wie Sand am Meer, und wenn es irgendetwas gab, das ich hasste, dann war es, etwas mit einer Million anderen Menschen zu teilen. Die Luft zum Atmen war so eine Sache, die ich nicht umgehen konnte, aber meine Eltern hätten sich bei der Namenswahl doch ein bisschen mehr Mühe geben können, oder?

»Es ist nur ein Spind«, sagte ich nach einer Pause. »Lass dir einen anderen zuteilen.«

»Nein«, sagte er beharrlich. Er streckte die Hand wieder nach dem Schloss aus. Ich ließ ihn gewähren. Die Wahrscheinlichkeit, dass er meine Kombination kannte, war gleich null. Eine Sekunde später sangen die Engelchen – zumindest im Team Hunter – Halleluja auf Dauerschleife. Er. Hatte. Meinen. Spind. Geöffnet. Was zur Hölle?

»Woher kennst du diese Zahlenabfolge?«, fragte ich entsetzt.

»Die bessere Frage lautet: Woher kennst du sie?«, fragte er herausfordernd. »Vielleicht hättest du dir eine eigene ausdenken sollen.«

Ja, ok, ich hatte sie auf einem Zettel gefunden, der in diesem Spind lag. Keine besonders kluge Entscheidung. Hunter musste den Zettel darin liegengelassen haben.

»Schön«, gab ich also nach. »Ich ziehe um, aber lass dir das nicht zu Kopf steigen.«

»Wie könnte ich? Wo du mich doch offenbar nicht magst, Taylor.«

Das sagte er so süffisant, dass ich die Hände zu Fäusten ballte. So lernte ich Hunter Reeves kennen. Und das war erst der Anfang allen Übels.

2

Fange an deinen Lieblingssong zu hassen.

Nach mehr als fünf Monaten musste ich an diesem Nachmittag dann doch wieder an die Notiz denken, die ich an meinem ersten Tag an der Roadrige High School gefunden hatte. Fast bereute ich, Hunter nicht sofort danach gefragt zu haben. In meinem Kopf brauten sich wie eine dunkle Wolke ein paar Verschwörungstheorien zusammen. Als ich nach Hause gekommen war, hatte ich den Zettel überall gesucht und schließlich wiedergefunden. Beim erneuten Betrachten fiel mir die Ecke eines Logos auf, welches sich auf der Rückseite befand. Jemand hatte das Stück irgendwo herausgerissen. Ich wollte das sofort googeln, aber leider waren mir meine Schwester und ihr dämliches Projekt dazwischen gekommen, bei dem ich ihr zu helfen versprochen hatte.

»Hör auf zu träumen, Taylor! Du hast gesagt, du hilfst mir bei dem Projekt.« Meine Schwester stierte mich finster über den Küchentisch hinweg an. Obwohl sie mit ihren sechzehn Jahren nur ein Jahr jünger war als ich, spielte sie sich manchmal wie die Ältere von uns beiden auf.

»Was ist dein Lieblingssong?«, fragte ich sie.

»Was ist das denn für eine bescheuerte Frage!«, stöhnte sie. »Wie kann man denn nur einen einzigen Song lieben? Es gibt mehr Lieder als Menschen auf der Welt.«

»Ist das statistisch bewiesen?«, wollte ich wissen.

»Was weiß ich denn?«, antwortete Lucy genervt.

»Findet man also einen Song unter den abertausenden, würde das praktisch bedeuten, sich selbst gefunden zu haben. Die Wahrscheinlichkeit *seinen* Song zu finden, muss dann ja sehr gering sein. Gerade einen, den man mehr liebt als alle anderen.« Ich grübelte weiter. »Diesen dann zu hassen, wäre also eine schwierige Aufgabe. Es würde bedeuten, dass man sich von dem quasi eigens für einen Bestimmten abwendet, um etwas Neues zu suchen, oder?«

Lucy lehnte sich nach vorne und stützte ihr Gesicht in den Händen ab. »Wir können doch nicht im Ernst miteinander verwandt sein«, meinte sie trocken.

»Unseren Geburtsurkunden zufolge ist es aber so«, sagte ich.

Lucy und ich waren uns äußerlich kein bisschen ähnlich. Ich hatte von Natur aus immer dunkles Haar gehabt, aber durch einige meiner Experimente hatte es inzwischen dutzende Facetten, von Bernstein bis hin zu einigen ganz hellen Strähnen – dazu kamen dann noch die blauen Ponyfransen. Es reichte mir knapp über die Schultern und wellte sich, ob ich das nun wollte oder nicht. Lucy sah mit ihren langen blonden und glatten Haaren aus wie Rapunzel. Soweit ich mich erinnern konnte, war sie noch nie beim Frisör gewesen und verabscheute es, wenn andere Leute in ihren Haaren herumwuselten (mit Ausnahme von ihrem Fast-Freund Benjamin Moore, der übrigens in meine Stufe ging). Ihre Augen waren grün, meine blau. Ihre Nase gerade und meine irgendwie krumm. Im Grunde hatte sie all die guten Gene geerbt und ich musste mich, obwohl ich die Erstgeborene war und somit das Anrecht darauf gehabt hätte, mit dem Rest abgeben. Bei mir kamen noch die Sommersprossen dazu, die sich einfach nie von mir verabschiedet hatten. Ätzend.

Einige Leute fragten sich sogar, ob wir von unterschiedlichen Vätern stammten – ein Gerücht, das in dem kleinen Dorf, in dem wir vorher gewohnt hatten, für jede Menge Furore sorgte. Eigentlich waren wir damals nur wegen meiner Großmutter dorthin gezogen, als sie nach einem Sturz nicht mehr allein zurechtkommen konnte. Sie war dann vor zwei Jahren gestorben, ganz friedlich im Schlaf, so wie es sich wahrscheinlich jeder wünschte. Das war der Auslöser für eine kleine Reise durch die Weltgeschichte gewesen, wie mein Dad immer zu sagen pflegte. Meine Eltern waren beide Ärzte. Mein Dad einer für Tiere und meine Mom einer für Zähne. (Von Hunter Reeves Zähnen wäre sie sicher hin und weg gewesen.) Die beiden fanden eigentlich überall Arbeit, aber das war nicht der Grund für unseren Umzug, sondern das Haus.

Meine Eltern hatten es online bei einem Makler entdeckt und sich unsterblich in das Haus verliebt. Lucy und ich waren uns darin einig, dass es eher einer Baustelle glich als einer idyllischen Wohlfühloase. Es war trotz des viktorianischen Stils ein Neubau. Zuvor hatte es einem reichen Architekten gehört, der es nach eigenen Vorstellungen entworfen hatte. Aufgrund einer familiären Umstellung hatte er es verkauft. Auf den ersten Blick sah es wirklich gut aus. Das Haus an sich war eher klein, hatte zwei Stockwerke und nur fünf Zimmer. Dafür gab es eine Veranda, die um das ganze Gebäude ging, überdacht war und auf der linken Vorderseite in einen sechseckigen Pavillon überging. Links endete die Überdachung bei der Garage. Die Erkerfenster waren riesig, wodurch jeder Raum immer sonnendurchflutet war. Ich mochte das sehr. Oft saß ich in meinem Zimmer auf dem Boden und sah zu, wie das Licht Muster auf meinen ozeanblauen Teppich malte.

Es gab auch sonst jede Menge schöne Details, wie den Kamin im Wohnzimmer, den Stuck an der Küchendecke, einen Speiseaufzug oder die absolut edle Wendeltreppe, die zum Dachboden führte – aber alles in allem gab es noch viel zu machen. Lucy und mein Zimmer waren die ersten gewesen, die wir renovierten. Alles andere war liegengeblieben. Es herrschte Chaos. Nach Monaten, in denen normale Menschen aus ihrem Zuhause sicher auch eines gemacht hätten. Nicht so die Familie Reagan.

»Du machst es schon wieder! Träumerin!«, tadelte mich meine Schwester.

»Ich hab solchen Hunger, dass ich nicht mehr klar denken kann«, nahm ich als Ausrede.

»Jetzt, wo du es sagst«, meinte sie. »Ich auch. Sollen wir was bestellen?«

»Nah«, machte ich und winkte ab. »Ich geh uns etwas holen. Brauche frische Luft.«

***

Ich besaß zwar ein Fahrrad, aber ich bevorzugte mein Skateboard. Es war meine Angewohnheit mit dem Ding durch die Gegend zu rollen, seit ich sechs Jahre alt war. Jemand hatte eines im Park liegenlassen und ich hatte es tagelang immer wieder betrachtet, ehe ich meinen Dad angebettelt hatte, es mich mitnehmen zu lassen. Er kaufte mir ein neues und das Mädchen auf den vier Rollen war geboren. Skateboards waren aber auch einfach viel praktischer als Fahrräder. Man konnte sich durch die kleinen Lücken in den Mengen quetschen und es überallhin mitnehmen.

Ich steuerte die Innenstadt an, weil es dort so viel Auswahl an Restaurants und Fast Food-Läden gab, dass wir selbst in den vielen Monaten, die wir hier lebten, nicht alles hatten ausprobieren können. Spontaneität war so eine Sache, die ich gut beherrschte.

Eigentlich hatte ich daran gedacht, dass mir mein Magen die Eingebung schlechthin geben würde, während die vielen Schilder an mir vorbeizogen, aber es war mein Verstand, der abrupt HALT schrie. Ich flog fast vom Board, als ich heftig abbremste. Mein Gesicht spiegelte sich im Schaufenster eines Plattenladens wider, der mir noch nie aufgefallen war. Im Inneren stapelten sich die CDs und Platten bis zur Decke, sie standen in Kisten auf dem Boden oder lagen wild durcheinander auf Tischen. Der Verkaufsraum lag im Dunkeln, weil die erdfarbenen Wände das Licht schluckten. Es war aber nicht allein die Aufmachung des Ladens, die meine Aufmerksamkeit erregte, sondern das Logo über dem Eingang. Hastig zog ich den verwaschenen und zerknitterten Zettel aus meiner Tasche. Meine Augen wurden immer größer, als ich die Ecke des Logos wieder erkannte. Der Kreis schloss sich – und das nicht nur wortwörtlich. Das Logo bestand aus einer runden Schallplatte, über die mehrere Wellen liefen. Wenn es eine Antwort auf all meine Fragen gab, dann hier.

Aufgescheucht durch das Glöckchen, das meinen Eintritt verkündete, hoben ein paar der Anwesenden kurz den Kopf. Eine gefühlte Minute lang wurde ich angestarrt, dann wühlten sich die Kunden wieder wie Zombies durch die Berge an Musik. Ich ging zum Tresen, hinter dem ein Junge in meinem Alter saß und in einem Geschichtsbuch las. Er sah mich erst, als er den Stift hob, um sich auf einem Block weitere Notizen zu machen. Kurz wirkte er verwirrt. Hatte er etwa noch nie ein Mädchen gesehen? Naja. Der Atmosphäre hier drin nach zu urteilen sicher nicht.

»Schwere Prüfung?«, fragte ich.

»Test nächste Woche, aber schwer genug. Kann ich dir irgendwie weiterhelfen?«

»Vielleicht«, sagte ich und mein Blick blieb an dem Block kleben, auf den er schrieb. Da war es wieder! In der Ecke des Papiers prangte das Logo vom Laden (und meinem Zettel!).

Der Junge musterte mich argwöhnisch.

»Du bist nicht in meinem Kurs, oder?«

Vermutlich dachte er wegen all meiner Starrerei, dass ich ihm seine Notizen klauen wollte. Meine Augen kamen bei seinem Namensschild an.

»Nein, bin ich nicht. Entschuldige, reine Neugier! Helfen, genau. Wie schafft man es, einen Song zu finden, einen bestimmten, einen Lieblingssong, Erin?«

»Was genau meinst du?«, fragte er, plötzlich deutlich aufmerksamer.

»Wie kann man anfangen seinen Lieblingssong zu hassen?«

Einer der Zombies unterbrach seine Tätigkeit und kam auf mich zu.

»Was hast du gerade gesagt, Mädchen?«

Meine Augen wurden groß, als er sich vor mir aufbaute. Shit. Hatte ich etwa gerade den Geheimcode für *Ich verstehe nichts von Musik* ausgesprochen und wurde nun hingerichtet? Angst einjagen konnte mir der Mann allemal. Er sah aus wie einer von den Hells Angels: kurzgeschorene Haare, bullige Statur, eingepackt in Leder und Nieten.

»Ich will anfangen meinen Lieblingssong zu hassen!«, schrie ich. *Scheiß auf die Angst.* »Sich in fremde Gespräche einzumischen ist übrigens unhöflich«, fügte ich hinzu.

»Gavin Graver«, brummte der Mann. »Mir gehört der Laden.«

»Ändert aber trotzdem nichts an den Tatsachen, oder?«, meinte ich. Er begann zu lachen und es klang wie ein Sturm, der in der Lage war mich umzuhauen. Laut und heftig.

»Ich dachte schon, du würdest nie kommen, um es abzuholen. Als dein Freund damals hier war und das Päckchen abgegeben hat, dachte ich schon, er wäre wahnsinnig.«

»Entschuldigung, aber wovon genau sprechen Sie, Sir?«

Jetzt lachte auch der Tresenjunge mit.

»Nenn den alten Gavin niemals ›Sir‹«, meinte Erin atemlos.

»Hier war vor ... das ist so verdammt lange her«, nuschelte Gavin undeutlich. »Da war so'n Kerl, der hier etwas abgegeben hat. Hat uns gebeten zu warten, bis jemand kommt und den Satz ausspuckt, denn du da eben von dir gegeben hast. Meinte, es diente einem guten Zweck. Wollte uns sogar bezahlen, der Verrückte. Ich sagte nur: ›Junge, du verstehst was von Musik, jeder der etwas von Musik versteht, ist hier willkommen.‹ Also hab ich es aufbewahrt. Scheint so, als gehöre es nun dir.«

»Gibt es außer Ihrem Musikladen denn keinen anderen in der Stadt?«, fragte ich, völlig durch den Wind. Mal ehrlich? Wahrscheinlichkeitsrechnung in Mathe war doch für'n Arsch. Ohne das Logo wäre ich nicht einmal auf diesen Laden gekommen und wer weiß, wann ich ihn entdeckt hätte, wenn ich heute nicht daran vorbeigekommen wäre?

»Natürlich. Im Einkaufszentrum, der große Mediapalast, aber ich kann stolz sagen, dass ich den Laden schon seit zwanzig Jahren führe und er immer noch besser besucht wird als der neumodische Schrott ohne Flair, wo die Menschen ohne Seele einkaufen.«

»Bisher ist niemand gekommen, um es abzuholen?«

Das mysteriöse »es« interessierte mich schon irgendwie.

Gavin schüttelte den Kopf. »Erin, lauf in den Keller und geh *es* holen. Dritte Reihe, Regal achtzehn, da müsste es in der Nische zwischen Elvis und John Lennon liegen.«

Ich hatte den Blick noch immer nicht von Gavin genommen.

»Wann genau war das?«, fragte ich weiter. »Wie sah der Kerl aus?«

»Kann ich dir nicht sagen, Mädchen. Ist lange her.«

»Können oder wollen Sie nicht?«, drängelte ich.

»Ein bisschen von beiden. Lass dich doch einfach überraschen.« Er drehte sich um und zog eine CD aus einem der Tische hinter sich. »Falls du wirklich keinen Lieblingssong haben solltest, wären The Scorpions ein guter Anfang. Geht aufs Haus.«

»Danke«, sagte ich und nahm die CD entgegen. »Ich heiße übrigens Taylor.«

Das sagte ich, weil ich erwartete, dass Gavin abrupt seine Meinung änderte, was »es« anbelangte, aber er schenkte mir nur ein zerknittertes Lachen, das sein Bart fast verschluckte. Erin brauchte eine Weile, bis er zurückkam. Er stellte eine zerkratzte Blechdose auf den Tresen, die mehrfach mit Klebeband umwickelt war.

»Herzlichen Glückwunsch zu deinem neuen Eigentum«, verkündete er.

»Viel Erfolg beim Test«, erwiderte ich und verließ den Laden.

Draußen betrachtete ich das Schild, auf dem *Gravers* stand, und stopfte meine Errungenschaft in den Rucksack. Im selben Moment klingelte mein Handy.

»Mensch, Taylor! Wo bleibst du denn nur? Mein Magen füllt sich nicht von selbst.«

»Ich wurde abgelenkt«, antwortete ich sachlich. »Als Entschädigung hol ich dir, was du willst. Worauf hast du Lust? Ich schwöre, ich bin schnell wie der Blitz!«

Lucy schnaubte in den Hörer. »Chinesisch. Bring für drei Personen was mit. Ben kommt gleich rüber.«

»Schon erledigt«, sagte ich, aber sie hatte bereits in verärgerter Lucy-Manier aufgelegt. Wer konnte es ihr verübeln? Ein leerer Magen machte uns alle zu Unmenschen.

3

Es war eine Sache Lucy bei ihrem Projekt zu helfen (welches, mal nebenbei bemerkt, daraus bestand alte Eisstiele und Styroporkugeln zu einem Sonnensystem zusammenzubasteln), aber eine ganz andere ihr beim Flirten mit Benjamin Moore zuzusehen. Da wurde einem ja ganz übel von.

Als die beiden anfingen mit dem Essen zu spielen und sich gegenseitig mit ihren Essstäbchen zu piesacken, schrillten die Alarmglocken in meinem Kopf. Flucht!

In meinem Zimmer setzte ich mich auf meinen geliebten Teppich und stellte die Box vor mir ab. Mit einem Abstand, als handle es sich dabei um Pandoras Büchse. Als sei das Teil wirklich gefährlich. Die Notiz, die ich damals gefunden hatte, lag daneben. Bis zu diesem Zeitpunkt war mir nicht bewusst gewesen, warum ich sie so lange aufbewahrt hatte. Nicht, dass mir der Grund nun klar geworden wäre, aber immerhin diente sie jetzt einem Zweck. Zum dritten Mal an diesem Tag wanderten meine Gedanken zu Hunter Reeves.

Vielleicht konnte ich beides auf sein Konto schieben? Wenn er früher in der Stadt gelebt hatte und dann fortgegangen war, war es möglich, dass ihm beides gehörte. Aber wieso sollte man sich selber ein Codewort in den Spind legen, um sich an etwas so Simples erinnern zu können?

Der beste Weg, um das herauszufinden, wäre ihn zu fragen. Dazu hatte ich jedoch absolut keine Lust. Fragen führten zu weiteren Konversationen. Konversationen führten zu Freundschaften und ehe ich mich versah, würde meine Schwester mich *sozial engagiert* nennen. Nein, danke.

Ich lief eine Weile durchs Zimmer, legte *The Greatest Hits* von The Scorpions auf und räumte einige Sachen weg, die mich schon seit ein paar Tagen störten. Ich hatte manchmal diese unfreiwillig herbeigerufenen Phasen von

Faulheit und brachte es dann nicht einmal über mich ein Buch zurück ins Regal zu schieben. Erst, als ich alles getan hatte, was es zu tun gab und mir dann noch der Gedanke kam, dass ich mein Fenster putzen könnte, verpasste ich mir eine mentale Ohrfeige. Ich schrie den Teil von mir an, der sich vor dem verfluchten Geheimnis in der Box fürchtete. Da passte die momentane Liedzeile sehr gut: *The future's in the air. I can feel it everywhere. Blowing with the wind of change.* Na, dann würde ich mal den Wind die Zukunft verändern lassen.

Den Wind der Neugier!

Ich ließ mich wieder auf dem flauschigen Teppich nieder und zückte meine Schere. Nachdem ich das Klebeband entfernt hatte, klappte ich die Box auf. Eine Wolke antiken Staubs kam mir entgegen (ok, das war vielleicht etwas übertrieben – na und!) und ich musste niesen. Im Inneren der Box befand sich zu meiner großen Enttäuschung jedoch nicht sonderlich viel. Als Erstes bekam ich ein Polaroidfoto zu fassen, das eine Messingnummer zeigte. Nach längerem Überlegen kam ich auf den Gedanken, dass die Nummer vielleicht zu einer Tür gehörte und die wiederum zu einem Hotel/Motel/etc. Das wurde einigermaßen bestätigt, als ich das zweite Objekt auseinanderfaltete. Es war ein Teil einer Karte, den man unsauber irgendwo abgerissen hatte und die somit ein Gebiet eingrenzte. Darauf war ein dickes rotes X gemalt, das eine Stelle in der Nähe der Küste markierte.

Darunter standen die Worte:

Mach eine Reise ins Nirgendwo.

Ich verglich die Schrift mit der des anderen Zettels und bereits auf den ersten Blick war zu erkennen, dass es nicht dieselbe war. Das gab mir ein neues Rätsel auf. Dann waren mehrere Menschen in diese Schnitzeljagd involviert? Oder hatte der unbekannte Junge dies geplant?

Ich setzte mich an den Schreibtisch und schaltete den Laptop ein. Mit Hilfe von Google suchte ich das Küstengebiet nach Hinweisen ab. Das bedeutete in meinem Fall so viel wie: Ich las alle Informationen, die es darüber gab.

Wikipedia sei Dank gab es einen gut recherchierten Artikel, der das Wichtigste zusammenfasste. Das auf der Karte verzeichnete Gebiet lag von hier circa fünf Autostunden Fahrt entfernt und wurde Calfinger Beach Grove genannt. Darunter fielen sieben Küstenstädte, die alle zusammen nicht so viele Einwohner hatten wie diese Großstadt hier. Das grenzte die Anzahl von Übernachtungsmöglichkeiten ein. Ich fand heraus, dass es nur zwei Anlagen gab, die auf alt getrimmte Holztüren besaßen. Die erste war ein Cheerleader Camp und fiel meines Erachtens nach flach. Die zweite war eine Ferienanlage mit Hütten, die gemietet werden konnten. Auf den Bildern der Webseite sah das Ganze ziemlich nett aus. Die Frage war nur, ob ich wirklich dorthin fahren sollte oder nicht?

Die Antwort darauf kannte ich noch nicht. Das Gute war, dass man sich mit Antworten auf Fragen, die nicht gerade die nationale Sicherheit betrafen, viel Zeit lassen konnte. Zumal mir soeben die Idee gekommen war, die Box einfach in Hunters (MEINEN!) Spind zu stecken und abzuwarten, wie er darauf reagieren würde. Wenn er nämlich derjenige war, der irgendwie damit in Zusammenhang stand, würde mir die Lust auf ein Abenteuer schneller vergehen als gedacht.

4

»Hunter Reeves starrt dich an, als würde er dich mit seinen Blicken ausziehen wollen.«

Beim Lunch am nächsten Tag in der Schule hatte ich die schlechte Entscheidung getroffen, mich entgegen meines üblichen Verhaltens zu meiner Schwester Lucy und ihren Freundinnen an den Tisch zu setzen. Wie das nun einmal so üblich war, wurde sich ordentlich das Maul über den Neuen zerrissen und ich fragte mich, was man damals wohl Sonderbares über mich zu sagen gepflegt hatte. Die Dinge, die man über Hunter sagte, waren jedenfalls 1A-Material. Es kam nichts Negatives dabei herum, was mich wurmte.

»Scheint nicht zu funktionieren«, antwortete ich Lucy und deutete auf mein gemustertes Top und die schwarze Jeans. »Wie so etwas überhaupt physikalisch möglich sein soll, verstehe ich auch nicht wirklich.«

Genannter Junge saß zwar am anderen Ende des Raumes, aber sein Blick war so unverhohlen und direkt auf mich fixiert, dass ich nicht abstreiten konnte, dass er wirklich mich anstarrte. Ich störte mich nicht daran. Sollte er starren so viel er wollte. Ich würde weder weinend aus der Cafeteria laufen noch auf ihn zugehen oder sonst irgendetwas. Himmel – da lag gerade eine Thunfischpizza vor mir und die würde ich nicht aufgeben.

»Deine Schwester ist merkwürdig«, sagte Kate (Freundin Nummer eins).

»Die Schwester sitzt genau hier und kann dich hören«, meinte ich und begann zu essen.

»Ich verstehe sie – dich – auch nicht«, sagte Lucy. »Du hast in den Monaten, die wir hier zur Schule gehen, keine einzige Freundschaft geschlossen und dich nirgends angemeldet. Dann kommt jemand daher, der so gut aussieht und sich für dich interessiert, und du versuchst nicht einmal annähernd dich darüber zu freuen.«

»Er interessiert sich nicht wirklich für mich, sondern nur für sein Ego.«

»Das weißt du, weil …?«, fragte Lucy und seufzte.

»Er meinen Spind gestohlen hat!«

»Ich dachte, du hättest ihm diesen überlassen.«

»Betrachtungssache«, nuschelte ich zwischen zwei Bissen.

»Kannst du uns Hunter denn vorstellen?«, fragte Roxy (Freundin Nummer zwei).

»Dein Mund scheint ganz gut zu funktionieren. Sprich doch selber mit ihm.«

»Du bist so verdammt selbstgefällig, Taylor.«

Lucy nahm ihr Tablett und stand auf.

»Das fällt dir nach siebzehn Jahren erst auf?«, fragte ich schockiert.

»Du treibst mich in den Wahnsinn«, erwiderte sie frustriert.

»Dafür sind Geschwister doch da«, sagte ich lächelnd. »Gern geschehen.«

Während sie und ihre Freundinnen abzogen, kaute ich weiter auf der Pizza herum. Hunter war mittlerweile von einem seiner Freunde in ein Gespräch verwickelt worden. Ich hoffte, dass er nicht mitbekam, wie ich die Cafeteria verließ. Ich machte einen Zwischenstopp beim Spind und schob die Box hinein. Als ich mich umdrehte, stand Ms Fletcher vor mir. Scheiße, hatte die Frau einen eingebauten Taylor-Peilsender?

»Sie habe ich gesucht«, sagte sie todernst.

»Wie kann ich Ihnen dienen, Ms Fletcher?«, sagte ich monoton.

»Dienen? Miss Reagan, ich bitte Sie! Ich habe vor ein paar Minuten mir Mr Castle gesprochen, welcher mich freundlicherweise gebeten hat, Sie an etwas zu erinnern. Er hat Sie letzte Woche darauf hingewiesen, dass Sie in Ihrem Stundenplan keine außerschulischen Aktivitäten zu verzeichnen haben. Sie sollen sich bis Schulschluss in die Listen im Sekretariat eintragen. Vergessen Sie das nicht, sonst fehlen Ihnen am Ende des Jahres Leistungspunkte für soziales Engagement.« Ms Fletcher zog die Lippen kraus. »Wenn Sie mir jedoch dienen möchten, könnten Sie sich für einen meiner Theaterkurse eintragen. Wir brauchen immer Hilfe, was Bühnenbild und Kostüme angeht.«

»Klingt richtig super«, sagte ich wenig euphorisch. »Ich werde es nicht vergessen.«

Sie stöckelte auf ihren hohen Schuhen davon.

Ich rümpfte die Nase.

***

Ich hatte mir, bevor ich mich zu Französisch aufgemacht hatte, das Kursverzeichnis aus dem Sekretariat mitgenommen und studierte nun die Angebote statt der unregelmäßigen Verben. Die Palette war ziemlich abwechslungsreich. Vermutlich für jeden etwas. Ich fand, das machte die Auswahl noch schwerer. Kurz bevor die Stunde zu Ende war, schloss ich einfach die Augen und kreuzte wahllos irgendetwas an.

Ich musste sowieso übermäßig viel nehmen, weil die Chancen, in volle Kurse oder Clubs zu kommen, immer schlecht standen. Zufrieden damit, den Mist endlich abgehakt zu haben, lief ich zurück zum Sekretariat und knallte meinen Zettel auf die Ablage. »Kommen Sie wegen der außerschulischen Aktivitäten?« Die Frau, die mich angesprochen hatte, sah mich ziemlich unfreundlich an.

»So in etwa«, antwortete ich.

»Nehmen Sie kurz Platz«, bat sie mich.

»Gibt es ein Problem?«, fragte ich automatisch.

»Wir können uns nicht mehr aussuchen, wohin wir gehen wollen. Die stecken uns einfach irgendwo rein. Das nenne ich mal Pech. Wirklich zu schade.«

Steif wie ein Roboter drehte ich mich um. Hunter saß neben der Tür auf einem der vielen Stühle, die man dort provisorisch als Sitzreihe aufgebaut hatte.

»Wieso habe ich mir dann die Mühe gemacht etwas auszuwählen?«

Die Mitarbeiterin der Schule verzog das Gesicht.

»Das tut mir wirklich leid, Schätzchen. Das hat sich gerade eben erst geändert. Setz dich doch bitte für ein paar Minuten hin, bis meine Kollegin euch ins System aufgenommen hat, dann kann ich dir sagen, wo noch ein Plätzchen frei ist.«

Widerwillig setzte ich mich neben Hunter.

»Wieso hast du dasselbe Problem wie ich?«, fragte er.

»Ich hab kein Problem«, sagte ich und fühlte mich wie Rachel.

»Dann können wir ja doch noch beste Freunde für immer sein, wenn wir von nun an alles zusammen machen werden!«, stieß er verdammt gut gelaunt hervor.

»Nur wenn du mir ein Freundschaftsbändchen flechtest«, erwiderte ich.

»Als Dankeschön für die Box?«, fragte er skeptisch. »Ich verstehe euch Mädchen einfach nicht. Als du gesagt hast, dass du mich nicht magst, hieß das eigentlich das Gegenteil? War das so eine Nein-ist-eigentlich-Ja-Situation?«

»Nein!«

»Also – ja?«

»Ja. Ich meine, nein! Hör auf damit!«

Hunter lachte. »Ich möchte doch nur wissen, woran ich bin, wenn wir in unsere Flitterwochen ans Meer fahren. Eine solche Einladung habe ich noch nie bekommen und kann sie daher nicht ausschlagen. Du weißt nicht, auf was du dich einlässt, Taylor.«

»Das war keine Einladung«, sagte ich aufgebracht.

»Dann gibst du also zu, mir das Ding in den Spind gelegt zu haben?«

»Das habe ich nicht gesagt«, meinte ich, mangels fehlender Argumente.

»Du hast es aber auch nicht abgestritten«, kam Hunter mit wirksamer Logik. »Also, warum machen wir denn nun einen Ausflug an die Küste?«

»Wir machen schon mal gar nichts. Es gibt kein *wir* in dieser Hinsicht.«

»Dann verfolge ich dich eben, während du hinfährst.«

»Findest du das etwa sympathisch?«, fragte ich. »Ich meine, was denkt ihr Kerle euch denn nur? Kein Mädchen findet es anziehend, wenn man ihr vorschreibt, was sie zu tun hat, und erst recht nicht, wenn man ihr offenbart, dass man sie demnächst stalkt. Das ist ein Verbrechen und kein Wunder.«

»Ach, dann habe ich mir das hier etwa eingebildet? Du hast nicht mit mir geflirtet?«

»Das ist meine natürliche Persönlichkeit. Ich bin nun einmal schlagfertig. Ich kann doch nichts daran ändern, dass du es als flirten empfindest, wenn ich dich dumm anmache.«

»Aber das tust du. Mich anmachen, meine ich. Taylor, du gehst mir nicht mehr aus dem Kopf seit unserer ersten schicksalhaften Begegnung im Korridor!«

»Du mir seitdem nur gehörig auf die Nerven. Sarkasmus stellt keine gute Alternative für dich dar«, meinte ich und verschränkte die Arme vor der Brust.

»Gib's zu, es ist wahnsinnig amüsant, wenn wir uns streiten!«, rief er und lachte.

»Streiten tut man sich nur mit Freunden«, grummelte ich.

»Freunden macht man Geschenke, also sind wir Freunde.«

»Das war kein Geschenk. Krieg das doch in deinen Schädel rein!«

»Keine Chance, Taylor. Ich will wissen, wofür das rote X steht.«

»Für die Stelle, an der ich dir dein Grab schaufeln werde«, erwiderte ich.

»Dann fahren wir ja doch zusammen hin«, sagte er schwungvoll. Ich stöhnte und seufzte und gab noch mehr genervte Geräusche von mir.

»Du musst ein furchtbarer Mensch sein, wenn du solche Vorurteile hast«, griff Hunter den Gesprächsfaden wieder auf. »Auf was oder wen genau bist du so wütend?«

»Ich kann Menschen im Allgemeinen nicht leiden«, sagte ich leichthin. »Ich ziehe meine eigene Gesellschaft vor, also hat das nicht mal im engeren Sinne was mit dir zu tun.«

»Hat es sehr wohl, denn du regst dich furchtbar über meine Schlagfertigkeit auf.«

»Genau, der Neid erdrückt mich fast, Hunter.«

»Sag das noch mal.«

»Der Neid erdrückt –«

»Nein, meinen Namen, meine ich.«

Ich blies mir eine Strähne aus der Stirn und starrte ihn an. »Ernsthaft? Ist das Niveau gerade um die Ecke verschwunden oder was?«

»Ich dachte, ich habe da ein Lächeln herausgehört. Komm schon, gestehe es dir einfach ein: Du hast große Lust mit mir auf Schatzsuche zu gehen.«

»Ich hab große Lust auf Aspirin«, sagte ich. »Kopfschmerzen im Anmarsch.«

»Dann solltest du dem Debattier-Club schon mal nicht beitreten. Wenn ein einziger Konflikt dich so erschöpft, schadet das auf Dauer deiner Gesundheit.«

»Wie kann es nur sein, dass dich hier alle mögen?«, fragte ich todernst.

»Zum einen liegt es daran, dass sich einige von meinen alten Freunden an mich erinnern. Ich habe vor zwei Jahren hier gewohnt, was nicht so lange her ist. Mein Foto ist in vielen Jahrbüchern und Freundschaften, die man in seiner Kindheit schließt, sind viel tiefgreifender als andere. Also konnte ich ganz schnell wieder Anschluss finden.«

»Hat sich denn nichts für dich verändert?«

»Alles«, sagte er düster. »Alles hat sich verändert.« Er sah mich plötzlich so beklommen und eingehend an, dass ich nichts erwidern konnte. Es musste einen Grund geben, warum er die Stadt verlassen hatte, vielleicht sogar seine ganze Familie. Jeder hatte Geheimnisse und das war vermutlich seines.

»Siehst du, wir können auch ganz normal reden«, grinste er vor sich her. Die Stimmung war so abrupt umgeschwungen, dass ich ein wenig sprachlos war. Ich schwieg einfach.

»So, ihr Lieben«, sprach uns die Sekretärin an. »Ihr könnt euch für genau vier Aktivitäten eintragen. Mehr Plätze sind momentan einfach nicht frei. Das ist sicher keine schöne Lösung, aber wenn ihr zusammen bleiben könnt, wird das schon, nicht wahr?«

»Sie sieht das etwas anders«, meinte Hunter. »Taylor ist stur wie ein Esel.«

»Das macht Beziehungen doch aus, Junge! Belebt die Leidenschaft.«

»Da haben Sie wohl Recht, Ma'am«, antwortete er und nahm den Zettel entgegen. Er setzte sich wieder neben mich und hielt das Blatt so, dass ich es mit einsehen konnte.

»Was meinst du, Kokosflocke? Die Mathlethen sind nichts für mich. Wettbewerbe in Quiz-Form würde ich nicht einen Tag überleben.«

Ich leider auch nicht. Zusätzlich lernen außerhalb der Unterrichtszeiten würde ich jedenfalls nicht freiwillig.

»Lieber nicht, Cupcake. Wie wäre es denn mit Ballett? Ein Tütü sähe so zuckersüß an dir aus!« Was Hunters Meinung dazu war, musste ich nicht genauer auslegen, oder? »So ein Mist aber auch!«, machte ich meinem Ärger Luft. »Das heißt, wir müssen in die Theatergruppe gehen und in das Basketballteam?«

»Ein Albtraum«, stimmte er mir zu.

»Du bist wenigstens groß genug, um den Korb zu treffen«, jammerte ich.

»Du immerhin hübsch genug, um Julia zu spielen«, meinte er.

»Julia ist nicht hübsch, sondern dumm. Immerhin weiß jeder, dass das Stück damit endet, dass sie und Romeo sterben wollen. Aus Liebe. Echt unglaublich.«

»Liebe ist aber einer der besten Gründe für so etwas«, widersprach Hunter mir.

Wir schwiegen kurz, weil eindeutig keiner von uns die Richtung, in die das Gespräch ging, weiterverfolgen wollte.

»Ich brauche jetzt dringend Koffein«, murmelte ich.

»Das klingt gut«, sagte Hunter.

»Fängt das jetzt wieder von vorne an?«, fragte ich.

»Nicht, wenn du Ja sagst und dann auch Ja meinst. Also, du musst Ja sagen und darfst nicht Nein meinen oder du sagst Nein und meinst eigentlich Ja. Oder –«

»Stoooopp! Schon gut! Hunter, willst du mit mir Kaffee trinken gehen?«

»Na, das nenne ich mal eine eindeutige Einladung. Sehr gerne, Taylor.«

Mist. Wie hatte er mich jetzt dazu gebracht, das laut auszusprechen?

5

Das Diner, welches der Familie Haine gehörte, war überall in der Stadt bekannt. Es war beliebter als irgendwelche Restaurants, lag in der Nähe der Schule und des Stadions und war früher nicht mehr als ein renovierter alter Eisenbahnwagon gewesen. Im Verlauf der Jahre und nach dem Erfolgsboom hatten die Besitzer mehrere Gebäude angebaut (Informationen, die Lucy über ihren neuen Lieblingsort eingeholt hatte).

Über dem Eingang hing ein breites Neonschild, das *Haines Diner* verkündete. Im Innenraum dominierte die lange Bedienungstheke mit den Barhockern den Eingangsbereich und überall sonst standen Tische und Stühle. Die Dekoration hatte das Flair der 40er, war abgesehen vom schwarz-weißen Schachbrett-Boden in knalligen Farben gehalten und die Wände waren voller Poster und Flyer. Der Kaffee hier schmeckte einfach göttlich, weil er noch aus frischen Bohnen gemahlen und nicht aus irgendeinem Industriepulver zusammengemischt wurde. Weil das Diner zu jeder Tageszeit bestens besucht war, nahm ich meistens nur etwas zum Mitnehmen, aber wegen Hunter an meiner Seite war das nicht so einfach.

Er steuerte zielstrebig auf einen freien Tisch zu, zerrte mich dabei am Arm hinter sich her. Sollte er es gleich auch noch wagen für mich zu bestellen, dann würde ich meine Bürste auspacken und ihn damit niederstrecken. Niemand wollte zu seinem Glück gezwungen werden. Auch nicht, wenn es aus einem Latte mit extra Schaum bestand.

»Hier hat sich echt kaum etwas verändert«, sagte er und ließ den Blick durch den Raum schweifen. Etwas in seinen Augen glich glitzernder Nostalgie, wie in einem Film.

»Oh Shit«, entfuhr es mir. Hunters Aufmerksamkeit ruhte wieder auf mir.

»Jetzt sag nicht, da warten wieder irgendwelche Blumen auf dich«, meinte er mit einer Spur Enttäuschung im Unterton. Ich nahm die Menükarte vom

Tisch und hielt sie mir vors Gesicht, aber es war zu spät. Meine Schwester war soeben mit ihren Minions ins Diner spaziert. Sie hatte mich sofort entdeckt – und noch viel schlimmer: Hunter auch.

»Hallo, Taylor!«, sagte sie fröhlich. »Ich wusste nicht, dass du hier bist.«

Normalerweise flüchte ich auch, bevor du nach der Schule auftauchst. Es war nicht so, dass Lucy und ich uns nicht mochten, das hatten wir immer getan, aber wir beide lebten in unterschiedlichen Welten und sie versuchte jede Gelegenheit beim Schopf zu packen, um mich in ihre zu ziehen. Sie wollte aus ihrer großen Schwester ein ansehnliches und normales Mädchen machen. Niemanden mit blauen Haarsträhnen, der an einem Samstagabend lieber mit einem Buch allein im Bett lag und las.

Eine Zeit lang hatte ich versucht mich ihrem Rhythmus anzupassen, aber das war mir schnell zu viel geworden und ich war zurück in den Einzelgänger-Modus geswitched. Natürlich war ich kein Boo Radley und pflegte Kontakte zu anderen Leuten, aber eben nur so viel wie für mein Überleben (besonders die Schule betreffend) nötig war.

»Hallo«, sagte Hunter höflich. »Nett euch kennenzulernen.«

»Ich bin Taylors Schwester, Lucy«, sagte sie und hielt ihm eine Hand hin.

»Wollt ihr euch zu uns setzen?«

Die Minions machten große Augen und wippten aufgeregt hin und her. Ihre Gesichter sahen so aus, als würden sie gleich platzen, so eine seltsame Farbe nahmen sie an.

»Das ist sehr nett«, antwortete Lucy. »Wir müssen aber noch ein Referat vorbereiten, also lassen wir euch zwei lieber allein. Viel Spaß. Wir sehen uns bestimmt noch öfter.«

Die letzten beiden Wörter betonte sie besonders und sah mich dabei mit dem breitesten und gemeinsten Grinsen an, das ich jemals bei ihr gesehen hatte. Fast schadenfroh. Heute Abend würde sie mich ausquetschen, foltern, quälen, bis ich ihr irgendetwas erzählte. Als ich den Kopf wieder zu Hunter drehte, bemerkte ich, dass er wieder starrte.

»Wieso siehst du mich eigentlich die ganze Zeit so an, als wolltest du mich fressen?«

»Ich mag dein Haar«, gab er zur Antwort. »Es sieht einzigartig aus.« Aww. Das war irgendwie ganz süß. »Und es riecht gut.« Eww. Das war total abartig.

»Mein Haar riecht gut? Ehm ... vielen Dank«, sagte ich und verzog das Gesicht.

»Ist mir eben aufgefallen, als wir nebeneinander saßen. Apfel und Pfirsich und noch irgendetwas. Vielleicht sind es nicht nur deine Haare. Kann ich nicht genau sagen.«

»So viel zum Thema auffressen«, sagte ich unruhig.

»Erzähl mir etwas über dich«, forderte Hunter mich auf.

»Ich heiße Taylor«, sagte ich. Er hob eine Augenbraue. »Bin siebzehn Jahre alt und ich mag Kaffee«, fuhr ich fort und zählte die Dinge auf, als wären sie wichtige Fakten.

»Etwas, das ich noch nicht weiß ...?«, meinte er.

»Erzähl du mir doch etwas, das ich noch nicht über dich weiß, Hunter«, provozierte ich ihn.

»Würde dich das wirklich interessieren?«, fragte er verdutzt.

»Nein«, sagte ich und rutschte auf meinem Platz hin und her. »Aber ich dachte, ich probiere mal so etwas wie vorgetäuschte Freundlichkeit aus. Wie mache ich mich?«

»Nicht besonders gut«, sagte Hunter, schien aber davon erheitert zu sein. Die Kellnerin kam und brachte uns unsere Bestellung. Latte für mich, Espresso für ihn.

»Kennst du das Gefühl, wenn du einem Menschen begegnest und ihn auf den ersten Blick nicht ausstehen kannst? Von solchen Menschen sollte man sich fernhalten, weil sonst etwas ganz Schreckliches passieren könnte.«

»Nein«, antwortete er. »Kennst du das Gefühl, wenn du einem Menschen begegnest und ihn auf den ersten Blick furchtbar sympathisch findest, weil er dich zum Lachen bringt? Von solchen Menschen sollte man sich nicht fernhalten, weil einem sonst etwas ganz Wunderbares entgeht.«

»Nein«, antwortete ich. Ich trank meine Tasse bis zur Hälfte leer und verbrannte mir die Zunge an dem viel zu heißen Kaffee. So ein Mist aber auch.

»Vielleicht sollten wir beide dann mutig etwas ganz Neues wagen«, schlug er vor.

»Du bist von der richtig hartnäckigen Sorte, oder?«, unterstellte ich ihm.

»Wir sitzen hier. Zusammen«, sagte er bloß, als würde ihn das als Gewinner ausweisen, was es irgendwie tat, weil er mich nicht mal großartig hatte überreden müssen. »Wenn ich die Rechnung bezahle, könnte das hier sogar ein Date sein.« Er grinste frech.

»Unter einem Date verstehe ich mindestens zwei Muffins«, sagte ich.

»Sicher, vielleicht habe ich dann Glück und du hältst mal fünf Minuten die Klappe.«

Ich lachte und wies auf die Freundinnen meiner Schwester. »Wenn das so ist«, sagte ich gedehnt, »dann such dir jemand von denen aus. Sie würden liebend gern einfach dasitzen und dich anschmachten. Solltest du das Bedürfnis verspüren sie dumm anzumachen, dann würde ihnen das wahrscheinlich gefallen und ihr hättet sogar eure erste Gemeinsamkeit gefunden. Darauf lässt sich ein großes Traumschloss aufbauen.«

»Du wirst mich nie wieder loswerden, mit diesem unwiderstehlichen Charme.« Hunter umfasste eine meiner Hände. »Fühlt sich das so grauenhaft an?«

»Schwitzig«, sagte ich und zog die Hand zurück, auch wenn sie kribbelte. Ich trank meine Tasse leer und stand keine Sekunde später auf. »Dann bezahle du mal unser Date«, meinte ich und setzte das Wort *Date* mit den Fingern in Gänsefüßchen. »Gerade eben hat mich ein Ruf aus dem Wunderland ereilt. Die sprechenden Blumen brauchen Wasser.«

***

Ich war tief in die Physikhausaufgaben versunken (so tief, dass ich im Bett liegend über dem Buch wegnickte), als Lucy später an diesem Abend in mein Zimmer kam, Kekse als Friedensangebot im Gepäck – vielleicht auch als Bestechungsgeschenk. Okay. Definitiv Bestechungsgeschenk. Sie warf sich neben mich auf die Matratze, stützte den Kopf mit Hand und Ellbogen ab und sah mich erwartungsvoll an.

»Wir werden heiraten und drei Kinder bekommen. Sie werden Tick, Trick und Track heißen. Jeden Freitag schwimmen wir zusammen in unserem Geldspeicher. Falls uns Entenhausen mal zu langweilig wird, verreisen wir, um ein Rätsel zu lösen.«

Lucy schnappte sich ein Kissen und schleuderte es mir gegen den Kopf.

»Nein! Pass doch auf! Jetzt sind alle Formeln wieder aus meinem Gehirn gepurzelt!«

»Das kannst du gerne als Ausrede benutzen, so lange du mir erzählst, was zwischen dir und Hunter Reeves läuft«, meinte sie gönnerhaft. »Er ist seit zwei Tagen an unserer Schule. Wie hast du es geschafft ihn dir vor allen anderen Mädchen zu schnappen?«

»Mal überlegen«, sagte ich und runzelte die Stirn. »Ich bin einfach so fantastisch, dass der Tag nicht genug Stunden hat, um alle meine guten Eigenschaften aufzuzählen.«

»Ich bin deine Schwester. Mich kannst du nicht anlügen!«, tadelte Lucy mich. Sie drehte sich eine ihrer langen Haarsträhnen um die freien Finger und zog einen Schmollmund.

»Ich weiß es ehrlich gesagt nicht. Ich hab mich von meiner schlechtesten Seite gezeigt, aber er wollte mich einfach nicht in Ruhe lassen. Ich hab sogar das Gesicht gemacht.«

»Du meinst diese fürchterliche Grimasse?« Ich nickte eifrig. »Himmel, Taylor, wie oft muss ich dich noch fragen, was mit dir nicht stimmt?«

»Mit mir ist alles in Ordnung«, versicherte ich ihr. »Mit der Welt stimmt etwas nicht.«

»Ich weiß, dass du seit dem Zwischenfall damals … eigentlich weiß ich nicht, was genau passiert ist. Du sprichst ja nie darüber, aber eines weiß ich: was auch immer vorgefallen ist, du kannst nicht für immer jegliche Beziehungen meiden. Es wird immer wieder Menschen geben, die anfangen dich zu mögen. Du solltest ein Risiko eingehen!«

»Nenne mir einen guten Grund.«

»Weil ich Mom und Dad sonst erzähle, dass du letztes Jahr den Tequila geklaut, dich betrunken hast und anschließend gegen Großmutters Urne gelaufen bist.«

»Das würdest du nicht wagen!«, sagte ich erschrocken. »Ich kenne noch viel mehr deiner Geheimnisse als du meine. Ich würde ebenfalls anfangen auszupacken.«

»Du hast nichts in der Hand, das diese Aktion übertreffen könnte«, sagte Lucy überlegen und vermutlich hatte sie Recht. Möge meine Großmutter in Frieden ruhen. Zumindest hoffte ich das jedes Mal, wenn ich über den Teppich trampelte, in dem sicher noch der eine oder andere Teil von ihr hing. Hätten wir das Ding doch nur entsorgt, aber nein, Lucy hatte darauf bestanden, dass es mit uns umzog. Ziemlich makaber. Also nicht meine Tat, sondern ihr Geschmack, was Teppiche betraf. Ich war betrunken gewesen und das entschuldigte bei Teenagern heutzutage doch alles, oder etwa nicht? Die Top-Ausrede schlechthin.

»Du bekommst sonst keine Kekse«, säuselte sie.

»Dann werde doch alleine fett«, murmelte ich.

»Du bist so eine Idiotin!«, schrie Lucy und schlug mich mit einem anderen Kissen gegen die Schulter. Sie wollte Krieg, den konnte sie haben! Ich schob meine Schulsachen weg, griff mir das nächstbeste Kissen und rächte mich. Innerhalb von Augenblicken brach eine wilde Kissenschlacht aus. Ich gewann schnell die Oberhand. Als Lucy vom Bett rutschte, weil sie sich in meiner Decke verheddert hatte, hob sie beide Arme.

»Ich ergebe mich!«, sagte sie atemlos.

»Das will ich auch schwer hoffen«, erwiderte ich. Wir begannen hemmungslos zu lachen, versanken so tief in dem Lachflash, dass wir nicht bemerkten, wie Mom die Tür öffnete und ihren Kopf hereinsteckte.

»Ihr nehmt doch keine Drogen, oder?«, fragte sie skeptisch. »Wenn doch, finde ich es gut, dass ihr wenigstens zu Hause herum experimentiert. Das ist vernünftig.«

»Mom!«, sagten Lucy und ich wie aus einem Mund und ziemlich synchron.

»Töchter!«, sagte Mom im selben Tonfall. Kopfschüttelnd schloss sie die Tür wieder.

»Ich muss noch lernen«, sagte ich. »Wichtiger Leistungstest und alles.«

»Ja, ja«, nuschelte Lucy.

»Dann schieß mal los«, sagte ich. Lucys Miene hellte sich auf. *Ja, ja* ... bedeutete doch immer so viel wie leck mich. Bei Lucy hingegen: ich sprudle eine

Stunde wie ein Wasserfall sämtliche Informationen über meinen (seit heute) Freund heraus.

»Dann hat er dich nicht einmal geküsst?«, fragte ich, als sie ihren Monolog mit dem Bericht ihres Standard Dates (das Wort kam heute viel zu häufig vor), bestehend aus Kino und Essen, beendete. »Frag Ben doch mal, ob etwas nicht mit ihm stimmt«, kicherte ich.

»Du würdest auch nicht einfach so mit jemandem rummachen, wenn seine Eltern urplötzlich im selben Restaurant auftauchen wie du!« Lucy war aufgebracht.

»Warum denn nicht? Dann hätten sie ihre Schwiegertochter direkt live in Action gesehen«, bemerkte ich. »Du sagst doch immer, ich soll nicht so spießig sein.«

»Das hat nichts mit spießig zu tun. Du würdest das nie, nie, nie machen!«

»Willst du mich etwa herausfordern?«, scherzte ich.

»Ja«, sagte Lucy ernst. »Warum eigentlich nicht.«

Ich klappte das Physikbuch endgültig zu und stopfte es in meine Schultasche. »Diesen Gesichtsausdruck kenne ich«, sagte ich. Mir schwante nichts Gutes.

»Geh zu Hunter Reeves Haus und küss ihn direkt vor seiner Eingangstür.«

»Wow«, machte ich. »Das kommt jetzt so dermaßen überraschend.«

»Ich wusste, du würdest es nicht tun!«, sagte sie triumphierend.

»Abgelehnt habe ich es nicht.«

»Nie im Leben«, hauchte sie etwas sprachlos.

»Sicher, wenn du dafür das Geheimnis mit der Urne für immer begräbst.«

»Jetzt sofort?«, wollte sie wissen und sah auf die Wanduhr. Halb zehn. Ich zuckte gleichgültig mit den Achseln.

6

Als ich vor Hunters Haustür stand, hätte ich mich zuerst fragen sollen, wie Lucy seine Adresse so schnell hatte organisieren können, stattdessen fragte ich mich aber, ob ich wirklich willens war überhaupt die Klingel zu betätigen. Während sich mein Blick in das dunkle Holz bohrte, bohrte sich Lucys in meinen Rücken. Ich konnte regelrecht körperlich spüren, wie sie mich vom Auto aus beobachtete, dessen Motor lief, als sei es unser Fluchtfahrzeug.

Gerade als ich den Schwanz einziehen wollte, wurde die Tür aufgerissen und Hunter erschien.

»Erst habe ich mich gefragt, warum du so spät vor meiner Haustür stehst. Und dann habe ich mich gefragt, wie lange du da noch stehen willst«, sagte er und lehnte sich viel zu lässig gegen den Türrahmen.

»Ich frage mich gerade auch eine ganze Menge«, murmelte ich undeutlich.

Er trug eine weite Jogginghose und ein schwarzes Shirt. Seine Haare waren total durcheinander. Hatte er schon geschlafen oder so? Wie hatte er mich dann nur hier stehen sehen können? Fragen über Fragen. Die vermehrten sich wie die Karnickel.

»Was kann ich für dich tun, Taylor?«

»Du darfst nicht hinsehen, aber da hinten im Auto sitzt meine Schwester.«

»Die habe ich bis gerade gar nicht bemerkt. So mitten auf offener Straße.«

»Im Tarnen ist sie eine Meisterin«, sagte ich. »Wie auch immer. Wir haben da gerade so eine kleine Wette laufen. Ich würde meinen Stolz gerne behalten, also …«

»Eine Wette, die mich involviert?«, fragte er verwundert.

»Genauer gesagt, deinen Mund«, erklärte ich. »Würdest du mich küssen?«

»Heute Nachmittag hatten wir noch nicht mal ein Date«, erinnerte er mich.

»Ach, was verlange ich überhaupt deine Einwilligung?«, sagte ich genervt. Mein Geduldsfaden war gelinde gesagt kurz. Ich zählte Jähzorn übrigens auch zu meinen negativen Eigenschaften. Genauso wie schief singen, wenn wir schon dabei waren.

»Sind deine Eltern zu Hause?«, fragte ich laut.

»Mein Vater sitzt im Wohnzimmer und schaut Fernsehen. Was –«

»Sein Vater sitzt im Wohnzimmer, zählt das?«, brüllte ich noch lauter. Lucy drückte auf die Hupe. Ich hatte nicht den blassesten Schimmer, ob als Zustimmung oder Warnung.

Ich seufzte. Würde ich es jetzt nicht tun, würde ich es nie über mich bringen.

»Hunter«, sagte ich und holte tief Luft. Wahrscheinlich wusste er gar nicht, wie ihm geschah, als ich daraufhin meine Arme um seinen Hals schlang, sein Gesicht meinem näher brachte und ihn einfach küsste. Er schmeckte nach Zahnpasta und roch nach Zimtshampoo. Das Ganze hätte eigentlich eine relativ schnelle Nummer werden sollen, aber irgendetwas lief schief. Plötzlich lagen seine Hände auf meinen Hüften und er erwiderte den Kuss, ehe ich ihn beenden konnte. Wir bewegten uns. Im nächsten Moment drückte er mich enger an sich, dann hatte ich die Haustür im Rücken. Seine Lippen brannten auf meinen und es fühlte sich gut an. So gut, dass ich meine Hände von seinem Körper löste und gegen seine Brust stemmte. Als der lange Kuss abbrach, hatte er inzwischen die eine Hand in meinem Haar und die andere an meinem Hintern.

Sein Atem ging flacher. Mein Herz schlug zu schnell.

»Danke!«, brachte ich heraus. Ich schob mich unter Hunters Arm hindurch, was ihn dazu zwang mich endgültig loszulassen (genauer gesagt: seine Finger von bestimmten Körperteilen zu lösen). Hastig lief ich zurück zum Wagen und wäre fast gestrauchelt. Als die Beifahrertür hinter mir zuschlug, kreischte Lucy so laut, dass ich meinte taub zu werden.

7

Hunter Reeves innerhalb der nächsten vierundzwanzig Stunden wiederzusehen war unvermeidlich. Er besuchte zwar eine andere Klasse und andere Kurse als ich, aber wir beide mussten um Punkt vier zum Basketball Club antreten. Nachdem ich mich umgezogen hatte (Tanktop und Shorts), schloss ich zu den anderen Mitgliedern der Mannschaft auf, die sich in Halle C bereits aufwärmten. Ein Blick genügte, um mir einen Überblick zu verschaffen. Insgesamt waren es zwölf Jungen und nur drei Mädchen, die Runden liefen. Am Rand saß ein großer Kerl mit schwarzem Haar und Trillerpfeife und feuerte die anderen an – höchstwahrscheinlich der Teamkapitän. Von Hunter war bisher nichts zu sehen, aber es war auch erst zehn vor vier. Als ich auf die Tribünen zusteuerte, klappte mir der Unterkiefer herunter. Dort stand der Junge aus dem Musikladen.

»Erin?«, sagte ich mehr zu mir selbst als zu ihm, aber er hörte mich trotzdem.

»Taylor? Du bist Taylor Reagan?«, fragte er und sah auf das Klemmbrett, das neben ihm lag. »Das nenne ich mal einen Zufall. Ich wusste nicht mal, dass wir auf dieselbe Schule gehen.«

»Ich hab ehrlich gesagt nicht mal damit gerechnet, dich jemals wiederzusehen.«

»Basketball also«, sagte er. »Und das eher unfreiwillig, wie ich hörte.«

»Ich habe noch nie gespielt«, warnte ich ihn.

»Dann bist du eines dieser unsportlichen Mädchen, die lieber zusehen?«

»Nein«, sagte ich und stellte mich vor ihn. »Ich hab mich nur nie in einem Team von Leuten gesehen, die in ihrer Freizeit stundenlang Ball spielen.«

»Sag das am besten nie wieder«, meinte Erin, aber er lächelte. »Hier sind alle richtig versessen aufs Spielen – gut sind wir auch noch, wenn ich das mal anmerken darf.«

»Ich hoffe, ich versaue euch nicht das Ranking oder so etwas.«

»Da eine Mannschaft aus zwölf Spielern besteht, von denen nur fünf aktiv sind, werden du und der andere Neue erst mal auf der Ersatzbank sitzen. Momentan sind wir nur im Training. Es stehen erst Ende des Jahres Schulmeisterschaften an, also keine Panik auf der Titanic.«

»Womit fange ich an?«

»Wenn du Leistungspunkte möchtest? Schließe dich den anderen an.«

Ich tat wie mir geheißen und lief Runden entlang der Wände. Da ich später als alle anderen angefangen hatte, war ich auch die Letzte, die aufhörte und das auch erst, nachdem Erin mir gesagt hatte, ich habe genug getan. Sport war nie wirklich mein Fall gewesen. Trotzdem hatte ich nicht gelogen. Meine Ausdauer war durchschnittlich okay und wenn ich mich bemühte, würde ich schon einigermaßen mithalten können.

Eine Viertelstunde später, als wir Paare gebildet hatten, um irgendwelche Techniken (deren Namen ich mir nicht hatte merken können) zu üben und zu wiederholen, hatte Hunter seinen Auftritt. So richtig mit Slow-Motion, die mein Gehirn produzierte, weil Hunter einfach der Typ Junge war, dem so etwas zustand. Ich war offenbar nicht die Einzige (Betonung auf DIE, den männlichen Anwesenden war das alles egal), die sich irgendetwas in ihrem Kopf zusammenträumte, als Hunter in die Halle lief, während sich dabei seine muskulösen Waden und Arme anspannten und sein weit ausgeschnittenes Shirt Einblicke auf seine stählerne Brust gewährte, die bronzen schimmerte wie der Rest seiner Haut. Er sah einfach unverschämt gut aus, wie er da so locker flockig antanzte und seine funkelnden Augen mitstrahlten, als er lächelte und seinen Charme zum Einsatz brachte. Das war wiederum der Moment, in dem mein Abwehrsystem alles ihn betreffend abblockte, wie sich das bei jemandem mit gesundem Menschenverstand auch gehörte.

»Entschuldigt bitte die Verspätung«, fing er an. »Es gab ein Problem mit einem der Lehrer, weshalb ich aufgehalten wurde. Wird nie wieder vorkommen.«

Erin nahm die Ausrede einfach hin.

»Willkommen im Team, Reeves.«

Hunter stellte sich der Gruppe vor, dann wurde er auch schon durchlöchert, was seine Einstellung gegenüber Basketball und Sport im Allgemeinen anbelangte und schon wurde ich gezwungen mir Details aus seinem ach so tollen Leben anzuhören.

»Ich spiele Fußball seit ich acht bin. An meiner alten Schule war es das Leichtathletik-Team, aber Basketball habe ich auch eine Weile gehabt. Ich bin ziemlich gut.«

»Definiere ziemlich gut«, sagte Marie (meine Übungspartnerin) grinsend.

Hunter trat auf mich zu, sah mir tief in die Augen und – schnappte sich meinen Ball. Er ließ den Ball mehrmals aufschlagen, begann zu trippeln und stürmte ein Stück vor. Aus einer Entfernung von mehr als zehn Metern zielte er auf den Korb. Als er absprang, spannte sich sein ganzer Körper an und der Ball verließ schwungvoll seine Hände. Uns allen klappte wortwörtlich der Unterkiefer herunter vor lauter Staunen, weil Hunter auch wirklich traf.

»Also die Ersatzbank ist wohl nichts für dich«, murmelte Erin beeindruckt.

»Ist mir ziemlich egal«, sagte Hunter. »Ich konnte mir nicht wirklich aussuchen, ob ich in diesen Kurs will oder nicht, aber so lange Taylor mir Gesellschaft leistet, bin ich mit vollem Elan dabei.«

Himmel! Hunter nutzte aber auch wirklich jede Gelegenheit, um meinen Namen in den Mund zu nehmen. Ich hielt meine Miene neutral und bemühte mich nicht darauf zu reagieren. Erins Gesichtsausdruck hingegen veränderte sich schlagartig. »Bitte, kein Drama«, stöhnte er. »Das hatten wir letztes Jahr schon einmal und es hat am Ende fast das Team zerstört.«

»Kein Drama«, versicherte ich ihm trocken. »Drama ist nicht mal in Aussicht.«

»Wie lange seid ihr denn schon zusammen?«, fragte Marie etwas enttäuscht.

»Noch nicht so lange«, antwortete Hunter. »Deshalb sind wir mindestens bis zum Ende des Schuljahres schrecklich ineinander verliebt. Kein Drama also.«

Es wurde immer schwieriger, den Mund zu halten und Hunter nicht an die Gurgel zu springen. Aber ich wollte wirklich kein Drama veranstalten. Das hatte ich ernst gemeint.

»Das will ich auch hoffen«, meinte Erin. »Marie, wechsle zu mir.«

Die Gruppe begann nach Erins Anpfiff mit einem lockeren Aufwärmtraining. Ich war froh, dass sich die Aufmerksamkeit der Anwesenden nun wieder auf den Sport richtete. Hunter lächelte verschmitzt. Er warf mir den Ball zu und ich fing ihn gerade noch so auf. Die Wucht des Wurfes war ziemlich heftig gewesen. Ich knirschte mit den Zähnen und spielte den Ball mindestens genauso aggressiv zurück.

»Wenn du etwas sagen willst, spuck es einfach aus«, sagte ich. Als ich den Ball beim zweiten Mal fing begannen meine Fingerspitzen zu schmerzen. Ich schleuderte ihn zurück, aber Hunter hatte weniger Schwierigkeiten meine Pässe anzunehmen als ich seine.

»Es ist doch alles in bester Ordnung«, meinte er. Dieses Mal keuchte ich auf, als der Ball fast zwischen meinen Fingern hindurch rutschte und gegen meinen Magen prallte.

»Ich denke«, sagte ich, »dass wir nach gerade eben quitt sind.«

Hunter fing den Ball und behielt ihn dieses Mal länger. Angeberisch drehte er ihn auf seinem linken Zeigefinger und ließ ihn mit der anderen Hand immer schneller werden.

»Du tust ja gerade so, als hätte ich etwas verbrochen«, meinte ich seufzend.

»Hast du letzten Abend auch«, meinte er. »Du bist total verrückt.«

»Genau, du armer Kerl, musstest dich ordentlich ins Zeug legen, um gegen mich anzukommen. Es hat dir keinen Spaß gemacht meinen Hintern anzugrapschen.«

»Das habe ich nicht gesagt«, erwiderte er und klang verdächtig wie ich. Ich war für eine Sekunde unaufmerksam und wums – knallte mir der Ball hart gegen den Kopf. Die Wucht des Treffers ließ mich umkippen. Der Sturz schmerzte viel mehr als der Schlag gegen die rechte Schläfe und ich blieb benommen liegen. Ich blinzelte. Erin kniete über mir.

»Taylor, kannst du meinem Finger mit deinen Augen folgen?«

»Geht schon wieder«, grummelte ich.

»Bist du sicher, Taylor?«, fragte nun Hunter. »Das war wirklich keine Absicht! Ich hätte den Ball nicht so fest werfen sollen.« Er sah richtig besorgt aus.

Erin seufzte energisch. »Du solltest das nächste Mal nicht so grob sein. Das hier ist ein Teamsport, verstanden? Bring deine Freundin besser ins Krankenzimmer und pack Eis auf die Beule, bevor sie anschwillt.«

Hunter packte sanft meine Arme und zog mich auf die Beine.

»Sieht so aus, als könnte Erin dich bald auch nicht mehr leiden«, sagte ich. Ich kniff die Augen zusammen und fasste mir an die pochende Stelle, als ein Sticheln durch meinen Kopf zuckte, das Anzeichen für eine kommende Migräne. Sehr unangenehm das Ganze.

Hunter deutete das als Schwächeln, denn ehe ich mich versah, hatte er mich in seine Arme geschwungen und trug mich aus der Sporthalle. So eng an seinen Körper gepresst zu sein war verdammt unbequem.

»Ich hab da so etwas, das nennt man Beine!«

»Das ist mir egal.«

Statt zu antworten, versuchte ich mich extra schwer zu machen, was natürlich schwachsinnig war, weil so etwas nicht funktionierte. Ich zappelte ein bisschen herum, aber das brachte Hunter nur dazu, seine Arme fester um meinen Oberkörper und meine Beine zu schlingen. *Epic fail, Taylor.* Ich fühlte mich wie ein Fisch im Netz. Hunter schleppte mich bis in den ersten Stock, trat Vin-Diesel-mäßig die Tür mit dem Fuß auf und ließ mich dann in eines der Betten plumpsen. Als ich mich sofort aufrichten wollte, drückte er mich an der Schulter wieder herunter.

»Bleib einfach liegen.«

»Lass mich einfach in Ruhe«, sagte ich.

»Du blutest«, erklärte er. »Scheint schlimmer zu sein als gedacht.«

Er sah sich im Raum um, aber die Schwester, die Dienst hatte, war nirgends zu sehen. Kurz dachte ich, dass er jeden Moment sein Shirt ausziehen würde, um die Wunde abzutupfen – ja, das machte ein Twilight-Marathon mit Mutter und Schwester aus einem!

»Hunter, lass mich hier einfach liegen«, bettelte ich fast. Erbärmlich, aber wahr.

»Nope«, meinte er. »Schließlich habe ich dich verletzt.«

Ich fasste mir wieder an den Kopf und als ich die Hand zurückzog, klebte nasses Blut daran. »Du hast mir mit dem Ball ein Leck in den Kopf gedonnert!«, raunte ich.

»Du bist doch kein Gegenstand, Taylor.«

»Hör auf mich zu verbessern, ich kann das nicht ausstehen«, sagte ich.

»Dann weiß ich demnächst, wie ich dich zur Weißglut treiben kann.«

Hunter kam wieder zurück zum Bett und setzte sich auf die Kante. Neben sich stellte er einen Erste-Hilfe-Kasten ab. Als seine Finger mir das Haar aus der Stirn strichen, drehte ich den Kopf weg. Er umfasste einfach meine Wange und drehte ihn zurück.

»Halt still«, befahl er. »Und die Klappe. Ich kenne mich damit aus.«

»Hätte mich auch gewundert, wenn nicht, oh großer wunderbarer Hunter.«

»Du kannst mich später noch anbeten, aber jetzt halt endlich still, damit ich die Wunde reinigen kann. Das Ganze tut mir wirklich furchtbar leid, Taylor. Vielleicht müssen wir sogar ins Krankenhaus fahren, um sie nähen zu lassen.«

»Nähen? Gott, ich hasse Nadeln, vorher verblute ich lieber.«

»Das kommt gleich mit auf die Liste von Dingen, die ich über dich weiß.« Ich presste die Lippen aufeinander, als Hunter an meinem Kopf herum werkelte. Nach weniger als zwei Minuten war er fertig. »Das Pflaster entstellt jetzt dein Gesicht, aber du lebst.«

»Ich bin mir nicht sicher, ob ein Danke angebracht ist«, sagte ich.

»Der Kompromiss bestünde aus einvernehmlichem Schweigen«, antwortete er. Ich musterte ihn, während wir genau das taten. Seine Augen waren im Licht gar nicht so dunkel, vielleicht von einem tiefen Blau, fast wie meine eigenen. Er hatte die Augenbrauen in einer mürrischen Linie zusammen gezogen und wirkte auch sonst unzufrieden. Gleichzeitig versuchte er aber zwanghaft ein Lächeln zu unterdrücken, das konnte ich sehen. Als trüge er einen inneren Kampf aus, den er selbst nicht verstand.

Der seltsam intime Moment wurde von meinem Magen unterbrochen. Geräuschvoll grummelte es darin, als einem Teil von mir einfiel, dass er Hunger hatte.

»Sterben macht hungrig«, gab ich zur Erklärung.

»Ich würde dich fragen, ob du etwas mit mir essen gehen willst, aber dann müsste ich mir sicher eine Beleidigung anhören, von deren Existenz ich noch nicht gewusst habe.«

»Irgendwann gehen die selbst mir aus«, sagte ich großzügig.

»Sehe ich da etwa eine winzige Chance?«, fragte er mich belustigt.

»Mit einer Lupe vielleicht«, sagte ich. »Du kannst mich aber gerne nach Hause fahren. Ich glaube, von meinem Board würde ich dank Gleichgewichtsstörungen sofort herunterfallen, was sehr peinlich werden könnte.«

»Du bist nicht wirklich mit einem Skateboard zur Schule gefahren?«

»Umweltbewusster als ein Auto ist es allemal.«

»Du musst immer das letzte Wort haben, oder?«

»Immer«, bestätigte ich.

8

»Ich bitte mich dann mal selber ins Haus«, sagte Hunter. Er parkte seinen schwarzen Volvo an der Stelle der Auffahrt, wo sonst immer Lucys Wagen stand. Eigentlich teilten wir uns das Auto, aber sie nahm es so häufig in Beschlag, dass es sich anfühlte, als wäre es ganz ihres. Ein richtiger Nachteil daran war: ein fast leerer Tank, wann immer ich Lust auf eine Spritztour hatte. Absolute Geschwisterliebe.

»Das muss ich mir einfach ansehen!« Hunter verließ den Wagen, noch bevor ich mich abgeschnallt hatte. »An diesem Haus bin ich als Kind fast jeden Tag vorbeigegangen. Ich habe mich immer gefragt, wie es wohl von innen aussehen mag. Es ist der Wahnsinn. So etwas zu designen ... ich meine, das ist Talent. Ich wusste nicht, dass es zum Verkauf stand.«

»Du interessierst dich für Architektur?«, fragte ich.

»Das würde ich später nach dem College gerne machen«, sagte er. »Mein –« Er brach ab und schluckte schwer. »Mein Bruder hat sich immer meine Entwürfe angesehen und mich ermutigt mein Ziel nicht aus den Augen zu verlieren.«

»Ist er ...?«

Die Frage schwebte eine Weile in der Luft.

»Nein«, sagte Hunter bestimmt. »Er lebt noch. Es ist nur ... kompliziert.«

Eine noch längere Weile standen wir nur da und sahen einander an. Bis mein Magen uns wieder an das Wesentliche erinnerte: Essen. Etwas durch den Wind ging ich langsam die Verandastufen hoch und schloss die Haustür auf. Hunter folgte mir in die Küche. Am Kühlschrank hing eine Notiz von meinen Eltern. Die würden nicht sobald wiederkommen und Lucy war hundertprozentig bei Ben.

»Willst du etwas trinken?«

»Höflichkeit zählt also doch zu deinen Stärken.«

Ich stellte eine Flasche Wasser auf den Tisch und verschränkte die Arme vor der Brust. Hunter schnappte sie sich und lief zurück in den Flur, dann ins Wohnzimmer.

»Du fühlst dich gerne wie zu Hause, was?«, meinte ich und beobachtete ihn. Er lief durch den weitläufigen Raum, begutachtete Decken und Wände und blieb vor dem Kamin stehen. Er murmelte etwas, das ich nicht verstand. Trank etwas. Lief weiter. Immer wieder blieb sein Blick an noch zugedeckten Möbeln oder Umzugskartons hängen.

»Seid ihr nicht vor Monaten hergezogen?«, fragte er. Hunter wartete nicht meine Antwort ab, sondern lief, als würde er sich hier auskennen, die Treppe hinauf. Dabei fuhr er mit der freien Hand über das Geländer und musterte die Schnitzereien darin.

»Hey!«, rief ich empört und rannte ihm hinterher. Kurz wusste ich nicht, wo er hingegangen war und sah mich zu allen Seiten um. Super, er stand ausgerechnet vor meinem Zimmer. Irgendetwas hatte ihn jedoch davon abgehalten direkt hineinzuspazieren. Als ich neben ihn trat, folgte ich seinem Blick. Er starrte auf meinen Teppich. Mehr als das. Seine Augen folgten den Lichtfunken, die die Sonne darauf malte und die sich stetig veränderten.

»Wow«, hauchte er. Innerlich dankte ich mir fürs Aufräumen vorgestern. »Das könnte ich mir Stunden ansehen.«

»Wirklich?«, fragte ich ehrlich überrascht.

»Erinnert mich an hohe Wellen«, meinte er. »Ich liebe Surfen.«

Als der Bann brach, hob er den Kopf und sah sich in meinem Zimmer um. Ich war immer der Meinung gewesen, dass ein Raum viel über eine Person aussagte, daher machte mich dieses Eindringen in meine Privatsphäre nicht gerade glücklich.

Trotzdem hast du zugelassen, dass er überhaupt herkommt.

»Ich hatte irgendwie ein dunkles Höllenloch erwartet«, bemerkte er.

»Tut mir leid dich enttäuschen zu müssen, können wir dann –«

»Was zur Hölle ist das?« Hunter war vor meinem Schreibtisch stehen geblieben und bestaunte die breite Pinnwand, die an der Wand darüber hing.

Sie war so etwas wie eine Hall of Fame, weil ich dort sämtliche Preise, Auszeichnungen oder Zeitungsartikel aufgehängt hatte, die mein Verdienst waren. »Erster Platz beim Vortanzen, Gewinnerin beim Wettbewerb für kreatives Schreiben, Gold beim Schwimmturnier geholt, ein Artikel für die Times, der ausgezeichnet wurde, Jugend-forscht-Medaille ...« Er drehte mich zu mir um. »Wer bist du und was hast du mit der echten Taylor Reagan gemacht?«

»Meine Mom hat mich gewissermaßen gezwungen sie aufzuhängen«, sagte ich lahm. »Das gehört der Vergangenheit an«, fügte ich hinzu. »Ist vollkommen unwichtig.«

»Aber so etwas gibt man doch nicht einfach auf«, sagte Hunter. »Mir wurde gesagt, dass du bei allem, was du tust, sogar unter dem Durchschnitt liegst. Ist das so ein Tick? Kluges Mädchen, das einen auf dumm macht, damit ... vergiss es, du willst ja nicht mal, dass man dich mag. Du bist der außergewöhnlichste Mensch, der mir seit langem begegnet ist.«

»Mh«, machte ich ungerührt.

»Gestern«, sagte er überzeugt. »Da hast du das eindeutig bewiesen.«

»Weil ich dich geküsst habe?«, fragte ich verwirrt.

»Mal abgesehen davon, dass du einen echt auf die Palme bringen kannst, bist du impulsiv und witzig, wieso willst du das keinem zeigen?«

»Du klingst wie meine Schwester.«

»Wie du meinst. Dann bleibt eben mehr für mich.«

»Mehr was?«

»Mehr Taylor Reagan.«

»Ich dachte, ich bin kein Gegenstand.«

»Das ist das Beste daran«, sagte Hunter. »Einen Menschen kann man nämlich nicht teilen, sondern ihn ganz für sich allein beanspruchen.«

»Ich würde jetzt lieber eine Pizza für mich beanspruchen.« (Was denn, die Stücke, die man in der Schule bekam, waren winzig!)

»Ich lasse dich nicht wieder das letzte Wort haben!«, sagte er energisch.

»Das hast du doch nicht zu bestimmen.«

»Ich bringe dich zum Schweigen.«

»Ich kann mir nicht vorstellen wie. Nirgends ein einziger Ball in Sicht.«

»Da gibt es Methoden und Wege«, meinte er etwas vage.

Kopfschüttelnd ließ ich ihn einfach stehen und begab mich wieder ins Erdgeschoss, um in der Küche auf Nahrungssuche zu gehen. Ein Blick in mehrere Schränke verriet mir, dass es nur unbrauchbares Zeug gab, aus dem man nicht besonders viel machen konnte.

»Hat die Schatzsuche schon ohne mich angefangen?«

Hunter lehnte im Türrahmen.

»Kannst du dich vielleicht wieder in mein Zimmer begeben und die Fische nerven?«

»Ich ärgere aber lieber dich. Weißt du nicht, dass das so sein muss?«, fragte er.

Ich knallte den Schrank wieder zu und sah ihn an.

»Na, dann kläre mich mal auf«, sagte ich.

»Wir können keine Freunde sein.«

»Sehe ich auch so.«

»Und warum?«

»Weil du mir auf die Nerven gehst«, sagte ich grimmig.

»Exakt! Erst hasst du mich und dann stellst du fest, dass die Anspannung eigentlich romantische Anziehungskraft ist.«

»Hunter …«, fing ich an, aber nach seinem Namen fiel mir nichts mehr ein. Er blendete mich wieder mit seinen Beißern. Der Junge war wie eine eigene Sonne. Verdammt.

Er schob mich zur Seite wie einen Stuhl und schaute nun selber in die Schränke, um unsere Vorräte zu inspizieren. Wieder machte mich sein Verhalten unruhig, weil er alles mit solcher Beständigkeit und Selbstverständlichkeit tat, dass ich nichts dagegen tun konnte. Es war wirklich schwer sich jemanden zum Feind zu machen, dem Worte als Waffen einfach nichts anhaben konnten. Ich brauchte eine neue Strategie.

Ein winziger Teil meines Gehirns fragte sich jedoch, was daran so schlimm wäre, ihn einfach machen zu lassen oder mich mit ihm anzufreunden. Schnell wanderten meine Gedanken zurück in die Vergangenheit und ich wusste wieder warum.

»Was tust du da?«, fragte ich entgeistert, als ich meine Aufmerksamkeit wieder Hunter zuwandte, nicht mehr meinem Innenleben. Er hatte eine Schüssel auf die Arbeitsplatte gestellt und war dabei Eier aus dem Kühlschrank zu nehmen.

»Ich mache Pfannkuchen«, sagte er achselzuckend. »Deine Sympathien zu gewinnen hat mich auch ziemlich hungrig gemacht. In deinem Zimmer hing jedenfalls nichts, was das Kochen betrifft, daher nehme ich an, dass du eine ziemliche Niete darin bist.«

Volltreffer. Genau ins Schwarze.

»Was, jetzt werde ich schon über meine Pinnwand definiert?«

»Du willst dich ja nicht selber definieren«, meinte er leichthin. »Wo steht euer Mehl?«

»Oben links, zweite Tür, direkt neben den Cornflakes«, sagte eine hohe, mir allzu bekannte Stimme.

Hunter und ich drehten uns um.

Lucy warf ihre Tasche zu Boden. »Sie ist wirklich eine Niete im Kochen und im Backen. Wenn du jemanden vergiften möchtest, dann bist du bei Taylor an der richtigen Adresse.«

»Willst du mitessen?«, fragte Hunter.

»Sicher. Ich mag Pfannkuchen.« Lucy band sich ihre Haare mit einem Gummi zusammen, den sie vorher als Armband getragen hatte. »Taylor, was ist mit deinem Kopf passiert?«, wollte sie wissen, wirkte aber eher neugierig als besorgt.

»Irgendein Vollidiot hat beim Basketball versucht seine Wut zu kompensieren.«

»Ja«, meinte Hunter. »Der Kerl sollte das wirklich wieder gut machen.«

»Jemand, den wir kennen?«, fragte Lucy.

»Nein!«, schrien Hunter und ich einstimmig.

»Okay«, sagte Lucy irritiert. Genau wie Hunter schob sie mich einfach zur Seite und griff dann nach dem Mehl. Hunter begann Milch in die Schale zu gießen und Lucy ließ Butter in der Pfanne schmelzen. Es war, als würde ich einem Profiteam bei einer Livekochsendung zusehen. Wortlos setzte ich mich an den Esstisch und beobachtete die beiden weiter. Als sie sich zu unterhalten begannen, fühlte ich mich wie das fünfte Rad am Wagen, was wirklich unangenehm war. Schlimmer war allerdings die Tatsache, dass mich das irgendwie zu stören schien.

»Ben hat gesagt, dass ihr früher wirklich gute Freunde wart. Er hat sich wahnsinnig gefreut, dass du wieder in der Stadt bist. Wir sollten mal alle was zusammen machen«, sagte Lucy gut gelaunt. »Er redet von nichts anderem mehr als von dir. Als Kinder habt ihr ziemlich verrückte Sachen angestellt, oder?«

»Wir waren ein Herz und eine Seele«, meinte Hunter, der den ersten Pfannkuchen wendete. »Haben zusammen Fußball in der Juniormannschaft gespielt. Unsere Eltern sind bis heute gut befreundet. Er ist ein guter Kerl, Lucy. Ich hoffe, ihr werdet glücklich.«

»Das ist so süß von dir«, antwortete meine Schwester. »Ich hoffe das auch.«

»Wie wart ihr als Kinder so?«, fragte er. Er warf einen Blick über seine Schulter und funkelte mich vielsagend an. Lucy nahm ihm die Pfanne ab und ließ den ersten goldbraunen Pfannkuchen auf einen Teller gleiten. Hunter übernahm danach und löffelte neuen Teig hinein. Kurz durchschnitt ein lautes Zischen die Stille.

»Taylor und ich«, begann sie, »haben uns immer nur gezofft. Wegen allen möglichen Dingen. Wir haben uns ununterbrochen Streiche gespielt und uns gegenseitig die Spielsachen geklaut und versteckt. Es herrschte Krieg.« Hunter lachte über diese Bemerkung. »Aber sie war immer für mich da, wenn ich sie gebraucht habe.« Lucy hielt inne und sah mich dabei an. »Sie ist die beste Schwester der Welt und das nicht nur, weil sie dem Jungen, der mich immer an den Haaren gezogen hat, einen Finger gebrochen hat.«

»Lucy, bitte!«, stöhnte ich. »Hör einfach auf.«

»Sie hat jemandem einen Finger gebrochen?«

»Da gab es diesen Jungen im Kindergarten, der wohl irgendwie in mich verliebt war und er hat mich jeden Tag gepiesackt, bis Taylor ihn mit einer Sandkastenschaufel zur Rede gestellt hat. Es war oscarreif.« Sie grinste. »Mich hat nie wieder irgendjemand belästigt. Das liegt vielleicht daran, dass sie danach immer so weitergemacht hat. Jede Freundin oder jeder Kerl, der mich in irgendeiner Weise verletzt hatte, musste später büßen.«

»Das kann ich mir gut vorstellen«, sagte Hunter. »Wie hat Ben denn den Test bestanden?«, fragte er dann mich. Lucy reichte ihm ein paar Teller und er deckte den Tisch. Der Anblick brachte mich fast um. Ich war doch gerade in ein Paralleluniversum gerutscht, in dem das Gegenteil der Realität vorherrschte, oder etwa nicht? Der Schock saß so tief, dass sich mein Kiefer zwar bewegte, ich aber nicht mal die Lippen zum Sprechen auseinander bekam. Ich begann einen Punkt an der Wand hinter ihm zu fixieren.

»Hat er nicht«, meinte Lucy. »Noch nicht. Wie du aber sicher schon bemerkt hast, hat Taylor eine Menge Probleme, die einer ordentlichen Therapie bedürfen. Verrat mir doch mal, wie du ihren Test bestanden hast. Ist was an diesem Gerücht dran?«

»Hab ich nicht«, sagte er. »Noch nicht.«

Okay, jetzt wurde mir das alles echt zu dumm!

»Ich hab keinen Hunger mehr«, meinte ich mürrisch, stand auf und ließ Hunter und Lucy allein zurück. Sollten sie doch an ihren dämlichen Pfannkuchen ersticken.

9

Als am nächsten Morgen mein Wecker klingelte, schlug ich mit der Hand danach, bis er aufhörte Geräusche von sich zu geben, und zog mir die Bettdecke über den Kopf. Heute war einer dieser Tage, an denen man besser zu Hause blieb, das spürte ich. Meine Mom riet mir nicht, mich an meine Intuition zu halten, sondern marschierte mit einem Megafon in mein Zimmer und schrie mich förmlich aus den Federn.

»Taylor Anne Reagan, du bewegst sofort deinen Hintern aus dem Bett!«

»Gott, Mom, wo hast du das Teil denn her?«, murmelte ich.

»Aus der Abteilung für faule Teenager!«, schrie sie zurück.

»Ich bin wach! Ich bin wach! Ich bin wach!«, gab ich zurück.

»Guten Morgen, Schatz«, sagte sie. »Beeil dich, Lucy wartet nicht gerne.«

Ich rollte mich aus dem Bett und stürmte ins Badezimmer.

***

Der Tag verging schleppend langsam. Bereits die erste Unterrichtstunde (Biologie) fühlte sich so zäh an wie Kaugummi. Mir fiel es nach den ersten dreißig Minuten schwer mich zu konzentrieren und kurz vor Ende der Stunde fand ich mich in einer Situation wieder, in der ich einfach beschlossen hatte von meiner Banknachbarin abzuschreiben. Während der großen Mittagspause wanderte ich ins Krankenzimmer und tat so, als habe ich Kopfschmerzen, damit ich die volle Stunde damit verbringen durfte faul herumzuliegen und Lucy nicht in der Cafeteria begegnen musste. Die Autofahrt heute Morgen hatte mir gereicht. Sie hatte versucht mehr über Hunter und mich in Erfahrung zu bringen, aber anstatt mich zu bemühen sie schlagfertig abzuweisen, hatte ich einfach das Radio lauter gedreht und geschwiegen.

Als es wieder zum Unterricht klingelte, ließ ich mir eine Entschuldigung schreiben, damit ich auch die dritte Stunde schwänzen konnte und erst als es kurz vor drei war und ich dem Ende des Schultages entgegenblickte, stellte sich ein Gefühl der Besserung ein – bis mir wieder einfiel, dass ich zur Theatergruppe gehen musste.

Wie einstudiert lief ich zu meinem Spind und erst, als ich bereits im Flur stand und Hunter aufblickte und mich bemerkte, fiel mir wieder ein, dass die Sekretärin mir einen neuen Spind am anderen Ende der Schule zugeteilt hatte.

»Ich hab dich heute den ganzen Tag nicht gesehen«, rief er mir zu. »Du willst mir doch nicht etwa sagen, dass du mich meidest? Das würde nämlich all deine Energie aufbrauchen, was wiederum nicht gut wäre, da wir voller Elan eine Runde schauspielern müssen.«

Ich fühlte mich miserabel. »Ich werde nicht mitmachen. Von mir aus kann ich einen Baum spielen, der das Geräusch des Windes nachahmt, mehr nicht«, schoss mir die Antwort aus dem Mund, ehe mein Gehirn sich entschieden hatte nichts zu sagen.

»Dann redest du also noch mit mir«, stellte Hunter fest.

»Das entspringt alles deiner Einbildung. In Wahrheit bin ich gar nicht hier.«

»Ich wünschte, ich hätte immer solche Halluzinationen wie dich.«

»Können wir nicht einfach damit aufhören?«, bat ich.

»Wir müssen zum Theaterclub, das weißt du doch.«

»Das meinte ich aber nicht.«

»Erst wenn du über deinen Schatten gesprungen bist, Taylor.«

»Ich verstehe dich einfach nicht«, erwiderte ich ernst.

»Ich dich auch nicht, aber was nicht ist, kann ja noch werden.«

Lächelnd schlug er die Spindtür zu. Ich konnte dieses Lächeln noch immer nicht ausstehen. Am liebsten hätte ich es ihm aus seinem Gesicht poliert. Mit einer Schleifmaschine. Eine Gänsehaut kroch mir die Arme hoch, als ich Hunter musterte. Meine Augen schienen ihn jedes Mal wie automatisch abzuchecken. Heute trug er ganz legere Sachen, ein Shirt mit Surfprint und dunkle Jeans. An seinem rechten Handgelenk jedoch hing die dunkle Krawatte, die er bei unserer ersten Begegnung getragen hatte. Er hatte sie wie ein Armband zusammengeknüpft. Seltsam. Gänsehaut verursachte mir aber sein Blick, der so intensiv und erwartungsvoll an mir klebte, dass mir einfach kalt wurde. Er schwang sich seinen Rucksack über eine Schulter und kam auf mich zu. Ich wich zur Seite und stieß mit dem Rücken gegen die Wand.

Hunter runzelte die Stirn.

»Warum so schreckhaft heute?«

»Irgendetwas stimmt doch nicht mit dir«, flüsterte ich. Hunter näherte sich mir, beugte sich so weit nach vorne, dass seine Haarspitzen meine Stirn berührten.

»Mit mir ist alles in Ordnung«, sagte er. »Mit der Welt stimmt etwas nicht.«

Mein Herz schlug mir bis zum Hals. Genau das hatte ich neulich zu Lucy gesagt.

»Ich hab meine Eltern gefragt, wegen dem Trip nach Calfinger Beach Grove«, wechselte er abrupt das Thema. »Sie erlauben mir zusammen mit ein paar Freunden übers Wochenende dahin zu fahren. Ich hab eben mit Ben geredet, er und sein Bruder Cole werden mitkommen. Und Lucy hat für euch beide zugesagt, falls es dich interessiert. Und ihre Freundin Kate ist auch dabei.«

»Die Box«, murmelte ich. Die hatte ich total vergessen. Wie kam Lucy denn darauf, dass sie für mich mitentscheiden konnte?

Hunter, der meine Gedanken zu lesen schien, sagte: »Weil du älter bist als sie, würden deine Eltern sie ohne dich nicht fahren lassen, oder? Lucy meinte, dass du mitkommen musst, wenn ihr eure Eltern überzeugen wollt. Sie hatte zudem dieses Glitzern in den Augen, das wahrscheinlich besagte: Ich werde Taylor überreden, ein Wochenende mit Ben am Meer ist unbezahlbar.«

Oh nein. Dagegen konnte ich nichts sagen. Das würde ich ihr nicht versauen.

»Das wusste ich schon«, sagte ich wenig überzeugend. »Na gut. Ich wusste es nicht.« Ich dachte an die Notiz, die Karte und das Foto. An ein Abenteuer. An Hunter.

»Fange an deinen Lieblingssong zu hassen«, murmelte ich lauter als beabsichtigt.

Hunter zuckte zusammen und starrte mich plötzlich aus großen Augen an.

»Wieso hast du das gerade gesagt?«, fragte er energisch. Inzwischen war er nicht mehr ruhig, sondern aufgewühlt. Er fuhr sich durchs Haar, atmete schwerer und konnte kaum noch stillstehen. Als er mich erneut ansah, war seine Miene finsterer und Wut spiegelte sich darin wider. Plötzlich wurde mir bewusst, dass ich mit dieser Unterhaltung besser hätte warten sollen. Hunters Reaktion zufolge hatte er den Zettel wirklich nicht selbst geschrieben, aber er schien etwas zu wissen. Etwas, das ihn aus der Fassung brachte.

»In deinem Spind, da lag dieser Zettel drin, der mit der Spindnummer und darauf stand auch ... *Fange an deinen Lieblingssong zu hassen.*«

»Wir kommen zu spät«, meinte er barsch. Sein Tonfall war eindeutig: *Lass das Thema sofort fallen, Taylor.* Im Vorbeigehen rempelte er mich aus Versehen an. Er schien so in Gedanken verloren zu sein, dass er es nicht einmal merkte. Schnurstracks lief er den Korridor hinunter, so schnell, als wäre er plötzlich auf der Flucht.

»Das ist die falsche Richtung!«, rief ich ihm nach. Er bog um die Ecke. Für einen Moment zögerte ich. »Ach, verdammt«, fluchte ich und folgte ihm. »Hunter!«

»Du hast mir nie gesagt, wo du diese Box her hast!«, fuhr er mich an. Als habe er meine Anwesenheit gespürt, war er herumgeschnellt, das Gesicht vor Wut verzerrt. Seine Augen funkelten mich an. Seine ganze Körperhaltung verriet Anspannung und Abwehr. Ich kannte ihn nur ein paar Tage, aber eine solche Veränderung so schlagartig bei ihm zu sehen, war unheimlich. Zudem weckte es so etwas wie Besorgnis in mir.

»Aus einem Plattenladen. Das war mehr Zufall als sonst was«, antwortete ich. Er atmete tief durch und fuhr sich durchs Haar, dann presste er sich die Hände gegen den Kopf, als würde dieser gleich platzen.

»Ich fasse es nicht!«, schrie er und trat gegen einen Mülleimer, der ungünstigerweise neben uns stand. Das Teil flog fast zwei Meter weit und sämtlicher Inhalt verteilte sich über den glatten und sauberen Marmor. »Wir müssen dorthin fahren.«

»Ja«, sagte ich gedehnt. »Sicher. Wir fahren zusammen hin. Beruhige dich doch.«

Seine Hand schoss vor und klammerte sich an meinem Arm fest. »Du weißt wirklich nicht, in was du da hineingeraten bist, Taylor.« Als seine Finger sich fester in meine Haut bohrten, rührte ich mich nicht mehr.

Das war doch nur ein lächerlicher Zettel gewesen. Zwei, wenn man es genau nahm, aber das sprach ich nicht aus. Hunter schien etwas zu wissen, was ihm Schmerzen bereitete.

»Hunter?«, fragte ich leise. »Geht es dir gut?«

Er schien zu bemerken, dass er dabei war mir irgendeinen Knochen zu brechen, denn er ließ mich los, als habe meine Haut Feuer gefangen. Mit weit aufgerissenen Augen starrte er mich an. »Tut mir leid«, murmelte er durcheinander. »Ich bin nur ...«

»Nicht okay«, beendete ich den Satz für ihn. »Das sehe ich.«

In meinem Kopf begannen sich die Zahnräder zu drehen. Was taten denn Freunde in so einer Situation? Freunde sorgten dafür, dass Freunde die nötige Unterstützung erhielten. Sich durch Nähe besser fühlten. Sicher. Oh, ich würde das noch so dermaßen bereuen. Ich zog Hunter in eine Umarmung und hielt ihn einfach fest.

»Ehm ... das wird schon wieder«, sagte ich unbeholfen. Er schlang die Arme fester um mich und vergrub sein Gesicht in meiner Halsbeuge und meinem Haar. Sein Atem wärmte die Stelle und jene, an denen seine Finger meinen Körper berührten, fühlten sich ebenfalls heiß an. Aus der Gänsehaut von eben wurde ein Kribbeln, mehr Hitze. Ich versteifte mich, je mehr Sekunden verstrichen, aber Hunter bewegte sich keinen Zentimeter. Ungeschickt tätschelte ich ihm den Rücken. »Ich glaube, das war genug Körperkontakt für einen Tag.«

Hunter seufzte an mein Ohr. Seine Finger wanderten meinen Rücken hinunter.

»Gott, du bist so ein Idiot«, sagte ich, machte mich los und boxte ihm gegen den Arm. Plötzlich wieder vergnügt sah er mich an und ich merkte, wie meine Wangen sich rot färbten.

»Mitgefühl wiedergefunden«, sagte er. »Jetzt benutz deine Beine, sonst kommen wir wirklich zu spät.« Wieder ganz der eingebildete Mistkerl, wandte er sich ab und ging voraus.

»Ich dachte, du weißt nicht, wo die Aula ist!«, entfuhr es mir grimmig.

»Ich bin in dieser Stadt aufgewachsen. Natürlich weiß ich, wo die Aula ist.«

»Ja, ja. Vorübergehende emotionale Verwirrung«, brummte ich. Hatte ich mir das gerade eben etwa nur eingebildet? Wie konnte er im einen Moment so und im anderen so sein? Das Schicksal wollte mich doch wirklich bestrafen.

10

Den Rest der Woche über versuchte Lucy alles, um ihre Schuld zu begleichen, aber ich machte es ihr wirklich schwer. Sie besorgte mir meinen Lieblingsnachtisch (Meloneneis), bot mir an, meinen Chauffeur zu geben und spielte sogar das Harry-Potter-Quiz mit mir. Fünfmal hintereinander, und sie hasste Gesellschaftsspiele. Als ich dann Freitagnachmittag einen Horrorstreifen auspackte und ihr Erdnüsse unter die Nase hielt (gegen beides war sie allergisch), sank ihre Laune so dermaßen in den Keller, dass ich meinte, sie würde mich jeden Moment mit einem Kissen für immer zum Schweigen bringen.

»Das war jetzt der Overkill, oder?«, fragte ich.

»Ben wird das wieder ausgleichen«, wiederholte sie wie ein Mantra.

»Du musst dir das nicht geben«, sagte ich. »Ich hab dich genug gequält.«

Erleichtert sackte sie auf die Couch und schlug die Hände über dem Kopf zusammen.

»Danke, oh höhere Macht, die mein Leben soeben gesegnet hat.«

»Lass dich besser nicht zu früh segnen. Ben und du, allein ... manche Sünden sind es nicht wert in einer stickigen Kirche abgearbeitet zu werden.«

»Taylor!«, entfuhr es ihr entsetzt.

»Was denn? Ich glaube kaum, dass ihr nur romantische Spaziergänge am Meer unternehmen werdet. Ben hat ganz schön einen Ruf weg.«

»Ben ist ein guter Kerl! Und das sind nur blöde Gerüchte. Außerdem bin ich nicht so ein Mädchen«, sagte Lucy. »Was denkst du denn von mir?«

»Ich will nur, dass du weißt, dass ich ein Auge auf euch haben werde.«

»Aha. Du schaltest also endlich wieder in den Große-Schwester-Modus.«

»Zum denkbar ungünstigsten Zeitpunkt. Genau«, antwortete ich. Ich schmiss die DVD auf den Tisch und begann die Erdnüsse zu futtern. »Wann kommt er uns abholen?«

»Gegen halb sieben, morgen früh«, sagte Lucy. »Du musst mir versprechen –«

»Mich vernünftig zu benehmen. Nett zu sein. Zivilisiert. Check. Und Sekunde – wir stehen ernsthaft so früh auf?«

Lucy stöhnte genervt und überging meine Frage wegen der Uhrzeit einfach. Stattdessen kam sie mit Gefühlen an.

»Ich mag ihn sehr, Taylor. Bitte.«

»Du musst mir das nicht zwei Mal sagen«, teilte ich ihr mit. »Obwohl ihr noch nicht so lange miteinander ausgeht, weiß ich doch, wie sehr du ihn magst. Das ist doch überhaupt der Grund, warum ich mitkomme, Lu.«

Beim Klang ihres alten Spitznamens musste sie lächeln.

»Verdiene dir den Titel *Beste Schwester der Welt* mal ordentlich!«

»Wie heißt sein Bruder noch mal? Ich bin so schlecht mit Namen.«

»Cole. Du wirst ihn mögen. Er ist süß. Richtig süß.«

»Weil Äußerlichkeiten so viel über einen Menschen aussagen«, meinte ich. »Du kannst ihn ja mit einem netten Mädchen von dort verkuppeln, wenn du dich dann besser fühlst.«

»Vielleicht verkupple ich Hunter gleich mit«, meinte sie und wartete meine Reaktion ab.

»Was weißt du eigentlich über Hunter?«, beschloss ich auf den Köder anzuspringen. »Ich meine, über seine Familie und warum er so lange fort war?«

»Nicht viel«, sagte sie und setzte sich aufrecht hin. Sie dachte einen Moment nach. »Ben hat mir kaum etwas erzählt. Er hat mehr über ihre Freundschaft gesprochen und Hunter allgemein als Person ... es hatte aber private Hintergründe. Hunter ist kein Bad Boy aus dem Bilderbuch, der im Jugendknast saß, Drogen vertickt hat oder sich mit sonst irgendwem anlegt. Die ganze Palette an illegalem Unsinn hat er ausgelassen.«

»Weil Hunter ja so harmoniebedürftig ist«, sagte ich sarkastisch und verdrehte die Augen. *Totally bad ass.*

»Du solltest ihn selber fragen, wenn er dich neugierig macht.«

»Meinst du, er gibt dann das Geheimnis seiner stylischen Frisur preis oder verrät mir, wo er diese modischen Krawatten bekommt, die den Flair eines Großvaters verströmen?«

»Du solltest einfach aufpassen«, tadelte mich meine Schwester. »Man verliert sein Herz schneller, als man möchte. Man kann sich nie aussuchen, wen man liebt, egal, wie sehr man sich dagegen sträubt. Liebe bedeutet im eigentlichen Sinne nur starke Zuneigung und diese muss nicht erwidert werden, damit sie weiter existieren kann. Aristoteles hat gesagt, der Anfang ist die Hälfte des Ganzen.«

»Danke, magisches Liebesorakel. Aber wie Paramore mal gesungen haben: *Ignorance is your new best friend.* Ich werde jetzt meine Tasche packen gehen.«

»Sollten wir nicht vorher den Plan durchbesprechen?«, hielt sie mich auf.

»Den Plan?«, fragte ich verwirrt.

»Naja, Mom und Dad würden mich niemals ohne dich irgendwo hinfahren lassen, das ist klar. Sie denken nämlich, dass du total verantwortungsbewusst bist. Weil wir aber etwas weiter wegfahren und das auch noch für mehrere Tage, haben Kate und ich uns den ultimativen Plan ausgedacht!«, erklärte Lucy. »Kates Eltern sind außerdem noch viel strenger als unsere, also haben wir ihre Schwester dazu gebracht uns zu helfen. Was gibt es Besseres als eine Erwachsene, die die Verantwortung für uns übernimmt?«

»Und wofür genau brauchst du mich dann noch?«, fragte ich.

»Naja, Kates große Schwester Daisy ist nur das Alibi, aber wenn Mom alle drei Stunden anruft, um zu checken, ob wir okay sind, dann kannst du sie beschwichtigen. Daisy setzt uns nämlich nur dort ab. Verstehst du? Ich *brauche* dich. Außerdem finden Mom und Dad es toll, wenn wir etwas unternehmen!«

»Du meinst, sie finden es toll, wenn ich nicht nur in meinem Zimmer hocke«, verbesserte ich Lucy.

»Zurück zum Plan«, überging Lucy meinen Kommentar. »Daisy ist schon fünfundzwanzig und wir vier werden ein lustiges Wochenende zusammen verbringen. Ohne Ärger oder Dummheiten. Und ohne Jungs natürlich. Wir fahren also getrennt und treffen die anderen unterwegs. Dad hat Daisy sogar mal kennengelernt. Pass bloß auf, dass du dich nicht verquatschst, Taylor. Mom ruft sicher alle drei Stunden an, um zu checken, ob wir okay sind, also müssen wir bei derselben Aussage bleiben.«

***

Um kurz nach sechs saßen Lucy und ich zusammen mit unserem Gepäck auf der Veranda und warteten. Früh aufstehen war echt nicht mein Ding. Vor lauter Müdigkeit gähnte ich ständig. Unsere Mom brachte uns Kaffee und quetschte sich zwischen uns beide, was kein gutes Zeichen war. Sie seufzte theatralisch.

»Ihr wisst, dass ich euch lieb habe, oder?«

»Mom, wir fahren nicht nach China«, meinte ich.

»Ich mache mir einfach nur Sorgen.«

»Du machst dir immer Sorgen«, ergänzte Lucy. Mom schlang die Arme um uns beide und drückte erst mir, dann meiner Schwester einen Kuss auf die Wange.

»Ich hoffe, ihr wisst, dass ich Geheimnisse meilenweit riechen kann.«

Der Satz kam so amüsant daher, dass ich mich echt zusammenreißen musste. In der nächsten Minute bog ein roter Jeep in die Einfahrt. Kate winkte wie eine Verrückte. Nachdem Daisy sich unserer Mom vorgestellt hatte, begannen die beiden zu plaudern, was sich eine Ewigkeit hinzog, bis Mom bereit war uns gehenzulassen. Als wir endlich im Auto saßen und auf dem Highway fuhren, hatte ich das Gefühl, die fünf Stunden Fahrt würden mich den letzten Nerv kosten, besonders, da alle drei anderen angefangen hatten, jedes Lied, das die CD wiedergab, laut mitzusingen – und ich kannte kein einziges davon.

Nach zwei Stunden legten wir einen Zwischenstopp ein. Obwohl es noch ziemlich früh war, wurde es bereits wärmer und die Luft im Wagen immer stickiger, trotz offener Fenster. An einer Raststätte vertraten wir uns die Beine und holten uns einen Snack. Kurz bevor wir wieder aufbrechen wollten, wurde Lucy von Ben angerufen und die beiden vereinbarten, dass wir auf sie warten sollten, damit die Fahrt danach gemeinsam weitergehen konnte. Es dauerte nicht lange, bis die Jungs eintrafen.

Es gab eine kleine Vorstellungsrunde und um kurz nach neun ging die Reise dann weiter. Als wir Calfinger Beach Grove erreichten, hielten wir erneut, aber nur, damit Hunter Daisy erklären konnte, in welchem Ort wir uns absetzten. Ich hatte geahnt, dass er genau wie ich nach dem Platz gesucht hatte, von dem das Foto stammte. Und auch Hunter schien bei seiner Recherche fündig geworden zu sein, denn er wusste genau, wohin wir fahren sollten. Daisy gab die Adresse in ihr Navigationssystem ein. Hunter lief zurück zu seinem Wagen.

Das Ortsschild verkündete den Namen Cape Condrick. Die Umgebung hatte sich schon vor einer ganzen Weile verändert, aber erst jetzt fiel mir richtig auf, wie schön alles war. Das Meer zog zu meiner Linken vorbei. Der Sandstrand, die Dünen und das grüne Gewächs an der Straßenbegrenzung nahmen kein Ende. Auf dem offenen Wasser entdeckte ich jede Menge Segelboote, die dem Horizont entgegenschwammen. Der Himmel hier war hellblau und voller Wolken, die der Wind verzerrte und bizarre Muster damit malte. Irgendwann fuhren wir durch die Stadt, die sich von einer normalen Großstadt sehr unterschied. Es gab nicht diese typischen hohen Bauten, die eng beieinander standen, keine Reklametafeln oder Neonschilder, keinen stockenden Verkehr und alle zehn Meter eine Ampel. Cape Condrick sah aus wie ein Städtchen aus einem anderen Jahrhundert. Überall herrschte Grün vor. Bäume wuchsen entlang des Bordsteins und es gab Blumenbeete ohne Ende. Die Laternen, die um diese Zeit bereits angesprungen waren, wirkten rustikal. An jeder Ecke fand man einen Brunnen, eine Statue oder Sitzgelegenheiten. Die Fassaden der Häuser sahen alt aus, bestanden teilweise noch aus Holz und die meisten Läden trugen den Namen des Besitzers in sich.

Nachdem wir die Hauptstraße verlassen hatten, kam viel Land in Sicht, auf dem nur noch vereinzelt Grundstücke umzäunt oder bewohnt waren. Die Luft kühlte sich deutlich ab, als wir in den Nationalpark, ein riesiges Waldgebiet, einbogen. Über einen Schotterweg gelangte man zu der Ferienanlage. Das Navigationssystem verkündete gegen kurz nach zwölf, dass wir unseren Zielort erreicht hatten, als die ersten Hütten in Sicht kamen.

»Ich werde noch mit euch einchecken und dann bin ich weg«, sagte Daisy.

»Vielen, vielen Dank«, sagte Kate euphorisch.

»Ich weiß ja selber noch, wie ich in eurem Alter war«, meinte die leichthin. »Ich fahre dann wie abgemacht zu David, aber falls etwas sein sollte, dann –«

»Ruf ich dich sofort an!«, schwor Kate augenblicklich.

***

Während Cole und Ben Lucy und Kate mit dem Gepäck halfen, hielt Hunter mich zurück. Er zog das Foto aus der Metallbox aus seiner Hosentasche und reichte es mir.

»Nummer siebzehn«, sagte ich. Hunter nickte. Er sah nach der langen Autofahrt so müde aus, wie ich mich fühlte. Das Haar klebte mir im Nacken und an der Stirn und ich hätte wirklich alles für eine Dusche getan. Dabei fing der Tag gerade erst an. Seufzend marschierte ich los. Camp Condrick war ein weitläufiges Gebiet, dessen Ferienhütten in unregelmäßigen Abständen im Wald verteilt standen. Anders als bei einem normalen Feriencamp schienen sich die Leute hier gedacht zu haben: baue es da hin, wo Platz ist – weshalb wir eine Weile brauchten, um die richtige Nummer auszumachen. Der Boden trug die Spuren von vielen Schuhen und da wir uns hier auf unbefestigten Wegen befanden, musste man aufpassen, wo man hintrat. Ich hatte nicht vor mich auf die Nase zu legen.

Hütte siebzehn sah verwildert aus, als habe sie hier länger gestanden als alle anderen und sie war auch deutlich größer. Das Moos wucherte vom Dach über die schmalen Fenster und die Messingnummern hingen ein wenig schief. Ich verglich den Anblick mit dem Foto. Das hier musste der richtige Ort, die richtige Tür sein.

»Wir müssen reingehen.«

»Wonach genau suchen wir eigentlich?«, fragte ich.

»Das weiß ich nicht genau.«

Just in dem Moment kamen mehrere Kerle aus der Hütte. Sie lachten über irgendeinen Witz, den derjenige mit den Dreadlocks noch nicht einmal beendet hatte. Als sie uns bemerkten, hielt die Gruppe inne. Ein blonder Typ mit Dreitagebart deutete auf mich.

»Willst du was Bestimmtes, Süße?«

»Eine Privatführung durch eure Hütte«, antwortete ich. Darüber lachten sie noch mehr als über den schlecht erzählten Witz, der nicht mal eine Pointe verdient hatte.

»Eine kleine Wildkatze in der Wildnis, was haben wir für ein Glück.«

Nicht, was dein Vokabular betrifft. Grauenhafter Anmachspruch.

»Ist das dein Freund?«, fragte jemand anderes.

»Nein«, erwiderte ich. »Ich kenne den Kerl nicht. Ist mir hinterhergelaufen.«

Hunter musste sich nach diesem Spruch natürlich sofort zu Wort melden. »Ich sehe das vollkommen anders. Eigentlich – «

Ehe er weiter sprechen konnte, boxte ich ihm in die Seite. Unbeirrt lächelte ich die anderen weiter an. Die interessierten sich sowieso kein Stück für Hunter, nachdem ich ihnen gesagt hatte, dass wir uns nicht kannten.

»Vielleicht hast du Lust später wiederzukommen? Dann zeige ich dir eine ganze Palette an privaten Dingen«, sagte Dreitagebart anzüglich. Ich hielt einen Daumen hoch.

»Ich kann es kaum noch erwarten«, sagte ich grinsend. Mein Blick schweifte zur geschlossenen Tür. Es gab kein normales Schloss, sondern tatsächlich einen Schlitz, durch den man eine Chipkarte ziehen musste. Ausgerechnet das musste modernisiert sein.

»Komm doch mit uns zum Strand«, meinte der Möchtegern-Flirter.

Hunter, der verstanden hatte, was gespielt wurde, hielt dieses Mal den Mund und schüttelte nur missbilligend den Kopf.

»Ich werfe mich nur noch in meinen Bikini und komme dann nach.«

Die Jungs begannen zu johlen, dann zogen sie munter weiter.

»Das habe ich doch gerade geträumt«, sagte Hunter.

»Du willst doch in diese Hütte, oder nicht? Ich besorge uns die Schlüsselkarte.«

Als die Gruppe außer Sichtweite war, ging ich um die Hütte herum und inspizierte die Lage. Kein offenes Fenster, keine andere Möglichkeit einzusteigen.

»Indem du dich prostituierst?«, fragte Hunter, der mir nachkam.

»Das wäre eine Option. Ich könnte meine Lippen zum Einsatz bringen.«

Er schnaubte. »Darin bist du ja eine Spezialistin.«

»Ich würde es tun«, meinte ich.

»Würdest du nicht.«

»Willst du mich herausfordern?«

»Hat das mit Lucy auch so angefangen?«, fragte er.

»Vielleicht«, meinte ich belustigt über Hunters Frustration.

»Dann sollte ich dieses Mal deine Rolle übernehmen.«

»Was, du willst den Typen küssen?«, lachte ich. »Ich glaube, sein Interesse lag eher bei denen hier«, fuhr ich fort und deutete auf meine Brüste. »Nicht bei deinem hübschen Gesicht.«

»Ich würde es tun«, meinte Hunter.

»Würdest du nicht«, erwiderte ich.

»Willst du mich herausfordern?«, fragte er. Vor lauter Lachen schossen mir Tränen in die Augen. Ich lehnte mich mit dem Rücken gegen die Hüttenwand und hielt mir den Bauch. Die Vorstellung, wie Hunter dem Dreitagebart einen Kuss aufdrückte, verursachte mir körperliche Schmerzen. Das wäre ein Bild für die Götter und sicher unbezahlbar.

»Lass mal stecken«, sagte ich, als ich wieder normal durchatmen konnte. »Im Hauptgebäude muss es eine Ersatzkarte geben, die klauen wir einfach.«

***

Als wir wieder beim Parkplatz angelangt waren, war Daisys Wagen verschwunden. Cole, den ich bisher noch nicht wirklich gesehen hatte, stand an Hunters Volvo und schien auf uns zu warten. Eine seiner Augenbrauen schnellte erstaunt hoch, als er uns beide aus dem Wald wandern sah. Lucy hatte Recht, Cole war ziemlich süß. Er hatte einen Mopp aus blonden Locken auf dem Kopf und trug eine Brille, die seine herrlich blauen Augen hervorhob,– die stereotypische Mischung des netten Jungen von nebenan.

»Wo seid ihr beide gewesen?«, fragte er vorwurfsvoll. »Es gab ein Problem mit den Zimmern oder Hütten ... wie auch immer.« Er schüttelte tadelnd den Kopf. »Irgendetwas ist mit deiner Reservierung gewesen, Hunter, und weil du nicht da warst, wussten wir nicht genau, was wir machen sollten. Wir müssen uns in Zweierpaare aufteilen.«

»Wo ist denn da das Problem?«, fragte ich. Wir waren sechs Leute. »Oh«, machte ich.

»Kate hat darauf bestanden, mit Lucy in eine Hütte zu gehen«, erklärte Cole. »Das Mädel kostet mich jetzt schon den letzten Nerv, sie ist so verdammt hysterisch.«

Ehe Cole näher ausführen konnte, wieso er Kate nicht mochte, wandte sich Lucy uns zu. Sie hatte offenbar mitbekommen, was Cole gesagt hatte, weil sie zusammen mit Ben in Hörweite stand. Cole senkte mürrisch den Blick, als Lucy ihn wegen dem Kommentar zu Kate böse anfunkelte. Kate hatte nichts davon mitbekommen, weil sie gedankenverloren in ihrer Tasche herumkramte. Für ein paar Sekunden herrschte Schweigen.

»Eigentlich will ich mit Ben in eine Hütte«, wagte sich Lucy vor. »Taylor soll sich mit Kate eine Hütte teilen.«

»Nie im Leben«, protestierte ich sofort. »Lucy, du gehst mit Kate in eine Hütte, verstanden? Sieh mich nicht so an oder willst du, dass ich Mom irgendwas davon erzähle, falls sie anruft?«

»Du bist echt gemein«, maulte meine Schwester mich an. »Unsere Hütten liegen alle total weit auseinander.«

»Darin bin ich ja bekanntlich sehr gut«, sagte ich und dachte dabei: *Je weiter auseinander, desto besser, Lucy. Ich werde nicht bis zum Ende meines Lebens dafür verantwortlich sein, dass du mit sechzehn deine Jungfräulichkeit verloren hast.* Ich blickte zu den Jungs. »Hat sonst noch jemand einen Extrawunsch?«, fragte ich genervt von der Situation.

»Ich will zu Ben. Bruderbonus«, meldete sich Cole.

»Wow, ein durchschlagendes Argument, wo Lucy ja meine Schwester ist und ich dann auch einen Bonus haben müsste«, erwiderte ich. Lucy wollte die Chance nutzen und erneut etwas zum Thema beitragen, aber ich bremste sie ab. »Vergiss es, Lucy. Dann teile ich mir eben eine Hütte mit Hunter.«

»Wir finden schon einen Kompromiss«, meinte Ben in vernünftigem Tonfall. »Wir konnten leider keine vierte Hütte anmieten, weil keine mehr frei war. Die Auswahl war nicht wirklich vorhanden. Aber wenn ihr euch dann besser fühlt, könnten wir nach einem anderen Motel suchen oder –«

»Ich sagte doch, ich teile mir eine Hütte mit Hunter!«, wiederholte ich laut. Solange Lucy nicht mit Ben in einer war, war mir vorerst alles egal. »Ich schlafe einfach mit meinem Taser und Pfefferspray unterm Kopfkissen, dann überlebe ich das schon.« Innerlich sah es aber ganz anders in mir aus. Vorsichtig blickte ich zu Hunter, der verdächtig still geblieben war. Er erwiderte den Blick und lächelte schelmisch.

Lucy zog mich am Arm und flüsterte: »Bist du dir wirklich sicher?«

»Eine Diskussion bringt doch nichts. Außerdem wäre es schwachsinnig mehr Geld als nötig auszugeben. Ich denke nur praktisch, bilde dir nichts drauf ein«, fügte ich an Hunter gewandt hinzu, weil dieser ein Gesicht machte, als stünde Weihnachten vor der Tür. »Roger, Taylor.« Er nickte übertrieben eifrig und mir wurde ganz mulmig zumute.

11

Ich war etwas überrascht über den Zustand unserer Unterkunft. Natürlich hatte ich keine Luxusbetten oder dergleichen erwartet, aber zwei getrennte wären nicht schlecht gewesen, das war nämlich nur eines der vielen Probleme, die mir jetzt bewusst wurden. Die Hütte bestand aus einem kleinen Eingangsbereich inklusive Aufenthaltsraum, einer Kochnische, einem kleinen Bad und dem Bett, das nur durch einen Vorhang vom Rest der Hütte abgetrennt wurde. Hunter und ich standen vor dem breiten Doppelbett und starrten auf die Kissen, als hatten sie uns etwas getan. Keiner schien in der Lage den anderen anzusehen.

»Ich schlafe auf dem Sofa«, sagte er großzügigerweise. Wir gingen zurück in den Eingangsbereich und starrten nun das Sofa an. »Ich hab es mir anders überlegt.«

Das Schlimme war, ich konnte es ihm nicht einmal übel nehmen. Die ganze Hütte befand sich in ziemlich schlechtem Zustand. Die Dielen waren ausgeblichen und knarrten bei jedem Schritt – ein Geräusch, das mich abartig nervte. In den Holzwänden befanden sich unzählige Löcher, als hätten sich bereits Termiten hindurchgefressen. Das Mobiliar fiel halb auseinander (ein Stuhl hatte nur drei Beine und am Herd fehlte eine Kochplatte) und dazu kam, dass es seltsam roch. Das Sofa schoss jedoch den Vogel ab.

Es war vielleicht einmal blau gewesen und hatte ganz nett ausgesehen, aber jetzt stand es vor uns wie ein einziger Klumpen Schrott. Verfärbter Stoff bis hin zu herausspringenden Federn. Mit den Bildern aus dem Internet hatte diese Unterbringung nichts gemeinsam.

»Ich sehe unser Geld bestens angelegt«, meinte ich und kratzte mich am Hinterkopf. Plötzlich hatte ich das Gefühl, mich würde es überall kribbeln und jucken.

»Es wird schon gehen«, meinte Hunter wenig überzeugend.

»Immerhin müssen wir hier nur schlafen«, sagte ich.

»Was sollen wir den anderen sagen?«, fragte er mich.

»Dass wir eine Schlüsselkarte stehlen wollen und sie deshalb schon mal losgehen sollen, wohin auch immer sie die Abenteuerlust trägt?«, schlug ich vor.

»Daraus ergeben sich nur noch mehr Fragen, Taylor.«

»Zum Beispiel, was genau du erwartest in Nummer siebzehn zu finden?« Meine Stimme klang scharf und vorwurfsvoll und ich war stolz auf mich.

»Und noch Vieles mehr«, sagte Hunter vage und sah mich nicht an.

»Diese Sache in der Schule habe ich noch nicht vergessen. Da werden wir noch drüber reden und wenn ich alle Geheimnisse aus dir herauspressen muss.«

»Ich wollte dich einfach nur ein bisschen begrapschen«, sagte er herablassend.

»Dann leg mal los«, meinte ich aufreizend und streckte die Arme vom Körper weg. Ich wusste, dass er zuvor gelogen hatte, aber Hunter war mir in dieser Hinsicht ziemlich ähnlich: Er ließ sich nicht gerne provozieren. Ich ließ die Arme sofort wieder sinken, als er näher trat und mich mit seinen dunklen Augen musterte, als würde er jeden Winkel meines Körpers abchecken. Daher kam also der Ausdruck *mit den Augen ausziehen,* denn plötzlich fühlte ich mich schutzlos – und ja, irgendwie nackt. Ungehobelt packte er mein rechtes Handgelenk und zog mich am Arm nach vorne.

»Willst du mir das wirklich anbieten? Du solltest mit dem aufpassen, was du sagst, Taylor, ich könnte das vielleicht falsch verstehen, wenn wir heute Nacht allein sind.«

Er fuhr mit einem Finger über meine Wange, dann meinen Hals hinunter. In diesem Moment musste ich ihn wie ein verstörtes Reh angesehen haben, denn er ließ mich los und begann herzhaft zu lachen. Die Hitze in meiner Brust vertrieb es trotzdem nicht.

Mir lag eine wüste Beschimpfung auf der Zunge, aber im nächsten Augenblick wurde die Hüttentür geöffnet und meine Schwester steckte den Kopf herein. Sie rümpfte die Nase, als sie den Eigengeruch einatmete und schüttelte sich dann, als wäre ihr kalt.

»Ihr habt wirklich Pech«, sagte sie voller Mitleid. »Bei uns sieht es so viel besser aus.«

»Danke für die Erinnerung«, sagte ich mürrisch.

»Wir wollen alle zusammen runter zum Strand gehen und uns ein bisschen die Umgebung ansehen. Außerdem –« Sie verschwand kurz und tauchte dann wieder auf. »Hunter, du hast dein Surfboard vergessen. Ben meinte, ich sollte es vom Dach holen.«

Lucy stellte es direkt neben die Tür gegen die Wand und lächelte. »Es ist wirklich schön. Ich hab gehört, dass man sich hier auch welche leihen kann, vielleicht gibst du uns mal eine Einführungsstunde? Ben meinte, die Zeit dafür wäre etwas knapp, aber vielleicht nur so zum Spaß? Es sei denn, ihr habt andere Pläne?«

»Haben wir«, sagte Hunter wie aus der Pistole geschossen. »Wichtige Pläne.«

Die Antwort war nicht nur dumm, sie klang auch so.

»Außerdem sagt er danke für das Kompliment zu seinem Board«, fügte ich hinzu. »Nett, dass du uns fragst, aber Hunter war gerade dabei mir von seinem Lebenstraum zu erzählen, ein bekannter Katzentherapeut zu werden. Könntest du den anderen sagen, dass wir nachkommen?«

Zugegeben, die Antwort war auch nicht viel schlagfertiger.

»Sicher«, meinte Lucy. »Lasst euch Zeit.« Sie zwinkerte mir verschwörerisch zu. Ich lugte aus dem Fenster, um zu sehen, ob sie bereits wieder außer Hörweite war.

»Wichtige Pläne?«, fragte ich.

»Katzentherapeut?«, fragte er.

»Der Punkt geht auf jeden Fall an mich«, meinte ich selbstsicher. »Ich hab mehr Wörter benutzt als du und wenigstens versucht eine Ausrede zu erfinden.«

»Lass uns einfach diese verdammte Schlüsselkarte besorgen.«

***

Im Hauptgebäude angekommen fiel mein Blick sofort auf die Rezeption. Vermutlich gehörte es zum Berufsbild eines Rezeptionisten auszusehen, als könne man die Nebenrolle in einem Stephen King-Film spielen. Warum arbeiteten dort immer diese schmierigen Kerle, deren Anblick meine Fluchtinstinkte anregten? Wieso keine nette Lady, die freundlich lächelte und nicht so wirkte, als habe sie eine Axt unter dem Tresen liegen?

»Warte«, hielt Hunter mich zurück. »Was sollen wir ihm sagen?«

»Die Wahrheit? So läuft das: wir geben ihm etwas, das er will und bekommen im Gegenzug etwas, das wir wollen. Vielleicht reicht Bestechung auch aus.«

Er ließ den Träger meines Tops los und ich rückte ihn wieder gerade.

»Hi«, sagte Hunter, der es endlich über sich gebracht hatte, die Führung in dieser Mission zu übernehmen. »Was müssen wir tun, um die Schlüsselkarte für Hütte siebzehn zu bekommen? Sagen wir es mal so: wir haben etwas Wichtiges darin vergessen.«

Der schwarzhaarige Kerl musste Anfang zwanzig sein, sah aber doppelt so alt aus. Seine Haut wirkte grau und faltig und unter seinen Augen lagen dunkle Schatten.

»Ich kann euch nicht einfach so eine Schlüsselkarte rausgeben.« Uns war wohl beiden klar, dass er dies als Erstes sagen würde.

»Können wir Sie irgendwie überreden? Es ist nämlich wichtig.«

»Da gäbe es wirklich etwas«, murmelte er. Er bückte sich, um etwas unter dem Tresen hervorzuziehen – es war keine Axt, sondern ein Blatt Papier, ein Teilnahmeformular um genau zu sein. »Mein Boss will, dass ich ein paar Mädels finde, die mitmachen, aber bisher hält sich der Ansturm in Grenzen.« Meine Augen wurden groß, als ich die Überschrift *Date Auktion* las. »Wir wollen Dates versteigern, um ein bisschen Geld zu machen. Der Laden ist nicht mehr das, was er mal war. Immer mehr Touristen sind nur auf der Durchreise.«

Als er mich dabei ansah, verschwand das bedrückende Gefühl und wurde durch ein anderes ersetzt. Der Kerl war eigentlich ganz nett, auch wenn er nicht so aussah.

»Das kommt nicht in Frage«, protestierte Hunter verärgert.

»Kann verstehen, wenn dein Freund das nicht möchte«, erwiderte er.

»Wie heißen Sie?«, fragte ich. Sein Blick wanderte zu seiner Uniform, an der das Namensschild fehlte. »Dauernd verliere ich es«, nuschelte er. »Ich heiße August.«

»August«, sagte ich. »Gibt es dabei irgendeinen Haken?«

»Du müsstest eben auf das Date gehen und bis zum Ende ausharren. Sind fast nur junge Leute hier«, antwortete er. »Keine Sorge, Mädchen. Die Auktion findet unten in einer Strandbar statt. Eigentlich jedes Jahr, aber dieses Mal sind fast nur Surfer hier. Man sieht selten so ein hübsches Gesicht wie deines. Wärst eine große Hilfe.«

Als ich die Hand nach einem Kugelschreiber ausstreckte, schnappte Hunter ihn August praktisch vor der Nase weg. »Willst du etwa deine Prinzipien über Bord werfen?«

»Was weißt du schon über meine Prinzipien?«, erwiderte ich, griff nach einem anderen Stift und schrieb meinen Namen auf die Teilnehmerliste. »Nummer siebzehn, bitte.«

Der Rezeptionist rollte mit seinem Stuhl zurück, fischte eine Karte aus einem Schubladenschrank und überreichte sie mir fast feierlich. »Die muss bis spätestens heute neun Uhr wieder hier sein. Da kommt immer der Big Boss vorbei und inspiziert alles.«

Das war verdammt viel Zeit. Genug, um uns in der Hütte in Ruhe umsehen zu können. Ich lächelte dankbar.

»Verstanden. Wir werden nicht lange brauchen.«

Wir liefen über den Schotterweg Richtung Wald zurück.

»Du würdest also eher mit einem Fremden ausgehen als mit mir?«, fragte Hunter mürrisch.

»Du hast mich nie gefragt, ob ich mit dir ausgehen will«, stellte ich klar.

»Weil du Nein sagen würdest.«

»Ich würde Nein sagen.«

»Warum musst du so kompliziert sein?«, fragte er unterkühlt.

»Vielleicht erzähle ich es dir, wenn du mir sagst, wer hinter dieser Schnitzeljagd steckt und was genau du weißt und wieso du in der Schule so reagiert hast.«

»Taylor, bitte«, murmelte er frustriert.

»Hunter«, sagte ich ernst. »Du bist nicht der einzige Mensch auf der Welt, der Probleme hat. Du solltest nicht nach einem Weg suchen sie zu vergessen, sondern einen, um sie zu konfrontieren. Das Leben ist kein Regenbogen. Ein Teil von dir weiß das, deshalb bist du hier. Versuche doch einfach mal das Problem als Möglichkeit zu sehen, die du nicht alleine angehen musst. Ich bin noch hier, oder?«

Ich hielt nicht an oder drehte mich um, während ich das sagte, aber ich meinte die Worte wirklich ernst. Ein Rat, den ich selber vielleicht ebenfalls befolgen sollte, wie mir schmerzhaft klar wurde. Mein Herz zumindest schlug verräterisch schneller.

***

Neidisch. Das war das erste Wort, das mir in den Sinn kam, als ich Nummer siebzehn betrat. Es dämmerte bereits, als wir unser Vorhaben umsetzten, was allein die Schuld der anderen war. Auf halbem Weg zurück hatten sie uns abgefangen und dann doch überredet mit zum Strand zu gehen. Weder Hunter noch mir war eine gute Ausrede eingefallen und ehe wir uns versahen, war der Nachmittag vorbei gewesen. Inzwischen ärgerte ich mich über mich selbst. Wir konnten wirklich von Glück sprechen, dass die Hütte bei unserem verspäteten Abstecher noch immer leer war. Obwohl nur schwaches Licht durch die Fenster fiel, sah ich genug, um neidisch zu werden. Kurz stand ich wie angewurzelt da und spähte durchs Halbdunkle. Die Hütte war unaufgeräumt und zugemüllt, aber trotzdem war sie im Vergleich zu Hunters und meiner ein Fünf-Sterne-Hotel. Überall standen leere Bierflaschen und Getränkedosen herum und ich musste darauf achten, wohin ich trat, aber ansonsten sah hier alles normal und einladend aus. *Unfair.* Das war das zweite Wort, das mir durch den Kopf schoss. Da wir aber nicht hier waren, um zu begutachten, wie die Truppe von Idioten in Saus und Braus lebte, sondern um etwas zu suchen, versuchte ich mich wieder aufs Wesentliche zu fokussieren. Hunter schaltete das Licht an.

»Wir teilen uns auf, oder?«, fragte ich.

»Ich glaube, so große Mühe müssen wir uns nicht machen.«

»Bedeutet was genau?«

»Es gibt nicht allzu viele gute Verstecke, egal, wo man ist.«

Hunter suchte den Raum mit den Augen ab. Er deutete nach links, wo sich ein Luftschacht befand. Ich sah zu, wie er einen Stuhl holte, sich darauf stellte und das Gitter mit den Fingern lockerte, indem er an den wenigen Schrauben zu drehen begann. Als er den Schacht freigelegt hatte, spähte er hinein. Er schob das Gitter zurück an seinen Platz.

»Nichts«, sagte er resigniert. »Als nächstes das Badezimmer.«

Ich war mehr stummer Beobachter, während Hunter die Verstecke durchging, von denen er meinte, es seien gute. Im Bad handelte es sich dabei um den Spülkasten, aus dem uns nur der Geruch nach Urin entgegenschlug und keine neuen Rätsel. Weiter ging es in der Küche, wo er ins Eisfach schielte, dann begann er die Hütte abzulaufen. Wozu das nützlich war, verstand ich wenige Minuten später. Er bewegte sich langsam und achtete auf Geräusche. Eine Stelle gab einen dumpfen Klang von sich, als wäre darunter ein Hohlraum und so war es tatsächlich. Hunter bückte sich und entfernte zwei der Bretter mit solcher Leichtigkeit, dass ich mich fragte, wieso es niemand anderem aufgefallen war. Ich hielt den Atem an, als er ein kleines, mit Staub bedecktes Päckchen herauszog.

»Volltreffer«, hörte ich ihn murmeln. »Nichts wie raus hier.«

***

Wir rannten, als ginge es um unser Leben. Nun gut, so schnell es eben bei schlechter Beleuchtung über holprige Waldwege möglich war. Ich erklärte mich bereit, die Schlüsselkarte zurück zur Rezeption zu bringen. Hunter war so in Gedanken, dass er meinen aufopferungsvollen Vorschlag gar nicht mitbekam. Wie hypnotisiert wanderte er zu unserer Unterkunft zurück und ließ mich praktisch stehen. Kaum einen Herzschlag später begann es wie aus Kübeln zu schütten. Als ich wieder zu Hunter zurückkam, klebten mir die Haare auf der Haut und meine Kleidung war völlig durchnässt. Fröstelnd rieb ich mir die Arme, als ich die Tür hinter mir schloss. Hunter saß auf dem Bett, den Blick gesenkt.

Als ich mich neben ihn auf die Matratze sinken ließ, zuckte er zusammen. Das Päckchen hatte drei Dinge enthalten. Eine alte Schreibfeder. Ein Gedicht. Einen Flyer.

Einzeln betrachtet, ergab das Ganze vielleicht keinen Sinn, aber zusammen wurde mir schnell klar, was der ehemalige Besitzer damit hatte sagen wollen. Die Schreibfeder sowie das Gedicht forderten einen auf an dem Wettbewerb vom Flyer teilzunehmen. Poetry Slam. Der Gewinner bekam einen unbekannten Preis. Das Datum war von letztem Juni, aber ich war mir fast sicher, dass dieser Wettbewerb jedes Jahr um dieselbe Zeit stattfinden musste, weil ich in der Ecke meines Gedächtnisses daran erinnert wurde, dass ein ähnlicher Flyer im Sekretariat gehangen hatte. Was mich verunsicherte, war das Gedicht an sich. Hatte es eine genauere Bedeutung? Ich begann aufmerksam zu lesen.

We walked amongst the ruins famed in story
Of Rozel-Tower,
And saw the boundless waters stretch in glory
And heave in power.

Es war nur der Auszug eines Gedichts, das konnte ich mit Bestimmtheit sagen. Dieser Hinweis war nicht handschriftlich verfasst, sondern getippt worden.

»Hunter, was hat das zu bedeuten?«, fragte ich leise. Er räusperte sich.

»Das stammt von Victor Hugo«, sagte er. »Er war ein französischer Schriftsteller. Das Ganze wurde von Toru Dutt ins Englische übersetzt. Der einzige Grund, warum ich das weiß, ist, dass ich dieses Gedicht kenne. Das Ganze.«

»Hat es ... hat es etwas mit deinem Bruder zu tun?«

Hunter richtete seine Augen auf mich. Langsam bewegte er den Mund. Mir blieb vor lauter Erwartung fast das Herz stehen. »Du bist klitschnass«, sagte er bloß. Abrupt sprang er auf und hechtete zu seiner Tasche. Er zog ein Handtuch heraus und warf es mir entgegen. Es landete auf meinem Kopf. Ich riss es herunter.

»Hunter – was?«

»Du wirst dich erkälten«, sagte er energisch.

»Ich wollte dir nicht zu nahe treten«, sagte ich entschuldigend. Er griff nach dem Handtuch und legte es um meine Schultern. Im nächsten Moment wieder abwesend zerfranste er ein paar meiner nassen Haarspitzen, nachdem er sich neben mich gesetzt hatte. »Kein Grund mir Spliss zu verpassen«, scherzte ich. Er ließ die Hand sinken und seine Finger streiften dabei meinen Arm. »Du bist eiskalt«, flüsterte er.

»Jetzt werde mal nicht dramatisch. Ich musste mich nicht durch einen Orkan kämpfen. Es ist bloß Regen gewesen. So schnell wird man nicht krank.«

Ich wagte es nicht meine Frage ein zweites Mal zu stellen, also gab ich mich geschlagen, kramte ein paar frische Klamotten zusammen und ging ins Badezimmer. Die Dusche funktionierte nicht sofort, aber dafür gab es wenigstens warmes Wasser. Nachdem ich mich umgezogen hatte, föhnte ich mir die Haare. Es mussten weniger als zwanzig Minuten vergangen sein, aber als ich zurück ins Zimmer kam, war alles dunkel und Hunter hatte sich auf einer Hälfte des Bettes zusammengerollt. Normalerweise wäre man an einem Urlaubstag wie diesem vielleicht noch ausgegangen, aber wir waren wohl beide müde. Dem Rhythmus von Hunters Atem nach war er sogar eingeschlafen. Ich zupfte am Saum meiner Shorts und wünschte, ich hätte mir irgendetwas anderes eingepackt. Immerhin hatte ich an ein Shirt gedacht. Trotzdem fühlte es sich einfach falsch an, mich zu Hunter ins Bett zu legen.

Falsch, falsch, falsch.

Ich benutzte mein Handy als Leuchte und blieb unschlüssig stehen. Mein Gewissen fing an nach den verschollenen Vorsätzen zu angeln. Augen zu und durch, Taylor!

Ich legte mich mit dem Rücken zu Hunter, soweit es ging an den Rand und hatte dabei das Gefühl fast von der Bettkante zu rutschen, aber immerhin lag so genug Abstand zwischen Hunter und mir, dass ich mich einigermaßen wohlfühlte. Ich presste die Lippen zusammen. Jetzt, da der Lichtstrahl aus meiner provisorischen Taschenlampe erloschen war, versuchte ich mich so wenig wie möglich zu bewegen. Hunters leiser Atem, das Knarren der Matratze, Zweige im Wind, die von außen an der Hüttenwand kratzten, das Rascheln sich bewegender Bäume und ein tropfender Wasserhahn. Bereits nach wenigen Minuten hatte ich das Gefühl jeden Moment irre zu werden. Ich zog die Beine an und grub den Kopf tiefer ins Kissen.

Als ich beschlossen hatte lieber auf dem Waldboden zu schlafen als hier, bewegte sich Hunter und sagte etwas.

»Sein Name ist Ryan«, murmelte Hunter. »Er ist drei Jahre älter als ich und hat mir das immer gezeigt. Ich schätze, es ist wie mit Lucy und dir gewesen. Wir haben uns oft gestritten, aber er ist mein großer Bruder, mein Vorbild.«

Ich hielt inne und rührte mich nicht mehr von der Stelle. Hunter redete weiter.

»Unser Dad ist ziemlich streng, weil er es im Leben nie besonders leicht hatte. Er hat sich aus einer armen Familie hochgearbeitet und später seine eigene Werkstatt eröffnet, mit der er jetzt als Manager wirklich viel Geld verdient. Er wollte immer, dass Ryan und ich irgendwann in seine Fußstapfen treten. Nicht im Sinne von: übernehmt das Familienunternehmen, sondern eher: macht etwas aus eurem Leben, kämpft für eure Träume. Ryan ist jemand, der sich nicht besonders gut in irgendetwas einfügen kann. Er hat sich immer Ärger eingehandelt. Sich geprügelt, illegale Wetten abgeschlossen, gestohlen, getrunken ... er kannte seine eigenen Grenzen nicht. Ständig gab es zu Hause Streit ... nein, richtigen Terror. An einem Abend ist Ryan vollkommen ausgetickt und hat Mom beschimpft und ihr die Schuld an allem gegeben. Meine Mom hat das psychisch fertig gemacht, bis sie irgendwann depressiv geworden ist.«

Sein Name lag mir auf den Lippen, aber ich brachte es nicht über mich ihn zu unterbrechen. Vielleicht war das auch besser so. Was sollte ich darauf schon sagen?

»Zuerst waren es nur Kleinigkeiten, die sie aus der Bahn geworfen und traurig gemacht haben. Ryan kam immer öfter angetrunken nach Hause, wollte sogar mehrmals Geld von meinen Eltern. Das hat uns alle belastet, aber meine Mom ist daran langsam zerbrochen. Sie hat angefangen sich selber zu verletzen und musste in eine Klinik eingewiesen werden. Das war der

Zeitpunkt, an dem mein Dad Ryans Eskapaden nicht mehr mitmachen wollte. Er hat ihm ein Ultimatum gestellt: entweder er gibt sein Bestes, um sich zu ändern oder er wird aus seinem Zuhause geschmissen. Ryan ist daraufhin zu einem Freund gezogen. Ich habe ihn kaum noch zu Gesicht bekommen. Die Woche darauf sind Dad und ich zu seinem Apartment gefahren, um noch einmal mit ihm zu reden. Er war spurlos verschwunden. Seine ganzen Sachen lagen noch dort, sein Ausweis, Bargeld ... Ryan wäre niemals ohne das alles verschwunden.«

Hunter atmete schwermütig aus.

»Es vergingen Wochen, dann Monate, die er als vermisst gemeldet wurde. Dann ein ganzes Jahr. Ich meine, ein ganzes Jahr! Die Polizei hat gesagt, in solch einem Fall ist die Wahrscheinlichkeit hoch, dass Ryan abgetaucht sei ... vielleicht sogar tot. Es hat mich und meinen Dad in den Wahnsinn getrieben nicht zu wissen, wo er ist und wie es ihm geht. Meiner Mom erzählten wir, dass Ryan gegangen sei, um einen neuen Job anzufangen. Sie kennt bis heute nicht die ganze Wahrheit. Es würde sie zerstören.«

Er schluckte schwer.

»Kurz danach bin ich gegangen. Mein Dad dachte, ich würde bei meinen Großeltern leben, weil ich Abstand brauchte, was er sehr gut verstehen konnte. Ich habe wirklich viel Zeit dort verbracht, aber meistens habe ich alles versucht, um Ryan zu finden. Einen Privatdetektiv hatte mein Dad schon kurz nach seinem Verschwinden beauftragt, aber dieser hatte kaum Informationen gefunden. Ich war mir so sicher, dass es daran lag, dass keiner von ihnen Ryan so gekannt hat wie ich. Ich bin schließlich sein Bruder.«

Den letzten Satz sagte Hunter mit so viel Schmerz in der Stimme, dass mir übel wurde.

»Diese Notizzettel, die Karte ... ich muss glauben, dass sie von Ryan stammen. Dass er zurückgekommen ist, um sich auf diese Weise zu verabschieden.«

»Der erste Zettel lag fünf Monate vor deiner Wiederkehr im Spind, Hunter. Wieso hätte Ryan ihn dort so früh platzieren sollen?«, fragte ich unsicher.

»Es war geplant, dass ich früher zurückkomme. Ich hatte mich von der Schule nur für eine bestimmte Zeit beurlauben lassen. Aber die Suche hat sich länger hingezogen als gedacht. Eigentlich hätten sie den Spind gar nicht an jemand anderen abgeben dürfen, weil ich noch immer dort registriert war.«

»Vielleicht hast du Recht«, sagte ich leise.

»Ich weiß, es ist verrückt, aber da sind so viele Hinweise, dass es kein Zufall sein kann. Mein Lieblingssong hat mich immer an ein Ereignis aus meiner Kindheit erinnert. Ryan meinte immer, ich müsse anfangen den Song zu hassen, um die Vergangenheit loszulassen. Das wurde irgendwann zu seinem Lebensmotto: *Ersetze das Alte durch etwas Neues.* Also: *Fange an deinen Lieblingssong zu hassen.*«

Hunter sog mehrmals die Luft scharf ein. Das Geräusch verursachte mir eine Gänsehaut.

»Das Meer, der Ozean, das Gedicht ... er war derjenige, der mir das Surfen beigebracht hat. Ich weiß nicht, wie ich das vergessen konnte, aber ich bin schon einmal hier gewesen, in Calfinger Beach Grove. Als ich eben das Gedicht gelesen habe, habe ich mich daran erinnert. Ich muss dreizehn gewesen sein, vielleicht auch jünger. Wir sind hergefahren, kurz nachdem Ryan sich wieder mit unseren Eltern gestritten hatte. Er hat gesagt, dass es nirgendwo bessere Wellen gäbe. Mit Rozel-Tower muss der einzige Leuchtturm in dieser Gegend gemeint sein. Der richtige Rozel-Tower befindet sich auf der Insel Jersey vor der französischen Küste und ist viel zu weit weg. Ich verstehe nur nicht ganz, was das alles zu bedeuten hat. Will er, dass ich zum Leuchtturm gehe und dass ich an dem Poetry Slam teilnehme oder gibt es im echten Rozel-Tower einen weiteren Hinweis? Wieso hat er sich überhaupt die Mühe gemacht diese Dinge hier zu platzieren, wieso ist er nicht persönlich zurückgekommen? Er muss das Timing perfekt abgestimmt haben.«

Hunter rückte näher. Die Matratze gab unter seinem Gewicht nach. Ich spürte seinen Atem in meinem Nacken, als er wieder das Wort ergriff. »Das einzige, was er nicht eingeplant hatte, bist du, Taylor«, hauchte er heiser. Es klang fast verzweifelt. Ich spürte seine Finger an meinem Rücken. Seine Hand lag still, aber die bloße Berührung ließ mich erschaudern. »Ich habe dir doch gesagt, dass du nicht weißt, wo du hineingeraten bist.«

»Hunter«, setzte ich an. Meine Kehle war staubtrocken, meine Stimme daher rau.

»Außerdem«, flüsterte er und küsste mein rechtes Schulterblatt, »habe ich dir gesagt, du solltest mit dem aufpassen, was du sagst, weil ich es vielleicht falsch verstehen könnte, wenn wir heute Nacht allein sind.« Seine Lippen sandten eine Art elektrischen Schlag durch meine Nervenenden. Vor lauter Schreck plumpste ich vom Bett und landete auf dem Boden. Er stieß ein heiteres Lachen aus. »Taylor, du bist unbezahlbar.«

»Uff«, machte ich. Zu etwas anderem war ich nicht in der Lage. Der Wechsel aus Ernsthaftigkeit und Heiterkeit war wie ein Schauer aus Kälte und Hitze, dessen Wirkung mich völlig durcheinander brachte. Himmel aber auch. Wann hatte Hunter Reeves angefangen solche Macht über mich und meine Gefühle zu haben? Ich vergrub das Gesicht kurz in den Händen, um nicht hyperventilieren zu müssen. Aus Zorn – nur damit wir uns hier richtig verstehen. Nur weil dieser blöde Kerl gerade seine traurige Lebensgeschichte vor mir ausgebreitet hatte, hörte mein Gehirn doch nicht auf zu funktionieren. Keine zwei Minuten später zweifelte ich allerdings an diesem Gedanken.

Hunter hatte eine kleine Lampe eingeschaltet, kam um das Bett herum und mit wenigen Handgriffen hievte er mich zurück auf die Matratze. »Sah nicht so gemütlich aus, deine Pose«, meinte er beschwingt. »Ich dachte, wir wollten uns das Bett teilen.«

Ich fuhr mir mit einer Hand übers Gesicht, als könnte ich seinen Anblick so von meiner Netzhaut entfernen. Sein Shirt entblößte einen Teil seiner Bauchmuskeln und meine Augen waren leider einen Moment zu lange daran kleben geblieben. Hunter hatte meinen Blick bemerkt, aber anstatt einen dämlichen Spruch rauszuhauen schien ihm plötzlich bewusst zu werden, dass er noch immer über mich gebeugt stand, eine Hand auf meinem nackten Bein liegend. Wie vom Blitz getroffen wich er zurück und warf sich auf die andere Hälfte des Bettes. Ich legte den Kopf zur Seite und starrte seinen Rücken an.

»Du solltest dich besser zudecken«, sagte er mit Nachdruck. »Sonst kann ich für nichts garantieren. Wir wollen doch nicht unseren freundschaftlichen Moment von eben zerstören, oder?«

»Du meinst den Moment, in dem du einen Monolog aufgeführt hast?«, neckte ich ihn.

»Ich habe das bisher niemandem erzählt«, sagte er. »Ich meine, es gibt Menschen, die über das ein oder andere Bescheid wissen, aber niemand kennt die ganze Wahrheit.«

»Was soll ich davon halten?«, überlegte ich laut. »Hunter Reeves hat mir sein Herz ausgeschüttet und gerade als ich dachte, seine Persönlichkeit wäre tiefgründiger als eine Scheibe Toast, hat er wieder angefangen alles mit seinem unschicklichen Benehmen kaputtzumachen.«

»Unschicklich?« Hunter rollte sich herum und sah mich gespielt entsetzt an. »Du bist diejenige, die nicht die Augen von meinem Körper lassen konnte. Ich wusste doch, dass die romantische Anspannung früher oder später deine Gehirnzellen absterben lassen würde. Ich kann von Glück reden, dass das Bett so riesig ist.«

»Weil du sonst wieder das Bedürfnis verspüren würdest, irgendein Körperteil von mir anzufassen? Gibt es eigentlich etwas, was du noch nicht betatscht hast?«

»Darüber sollten wir uns ernsthaft Gedanken machen«, meinte er. »Ich kann jedenfalls nicht schlafen, wenn du halbnackt nur wenige Zentimeter entfernt neben mir liegst und mich mit deinen großen Bambi-Augen so unschuldig ansiehst.«

»Ich tue bitte, was?«, schnaubte ich.

»Als wüsstest du das nicht genau«, murmelte er. Demonstrativ nahm ich die Bettdecke und zog sie mir bis zum Kinn. »Im Eskimo-Modus ist das Ganze auch nicht besser«, beschwerte Hunter sich. »Das ganze Bett riecht schon nach dir.«

»Du bist so verdammt anstrengend, wie hält es überhaupt jemand mit dir aus?«, pfefferte ich ihm an den Kopf. »Dir sind wohl ein paar mehr Gehirnzellen abgestorben!«

»Ich dachte, du bist für mich da«, zog er mich auf, indem er meine eigenen Worte gegen mich verwendete. »Jedes Problem ist eine neue Möglichkeit die Dinge zu sehen.«

»Was willst du von mir?«, fragte ich missmutig. Hunter gab mir keine Antwort im eigentlichen Sinne. Er sah mich intensiv an, biss sich auf die Unterlippe und murmelte:

»Ich will dich küssen. Und wie du mich gelehrt hast, braucht man dafür nicht das Einverständnis des Anderen, Taylor Reagan.«

Seine Hände umschlossen mein Gesicht und er drückte seine Lippen auf meine. Die blöde Bettdecke war im Weg, weshalb ich es nicht sofort schaffte meine Hände zu befreien und als ich es schaffte und meine Fingerspitzen Hunters Brust berührten, gab es einen Teil von mir, der keine Lust mehr hatte etwas dagegen zu tun. Der Kuss war sanft und leicht und fast vorbei, aber als Hunter spürte, wie ich ihn berührte schien ihn das irgendwie anzustacheln. Der Kuss hielt an und wurde drängender. Zu drängend.

Ich hielt ihn auf. »Stopp«, sagte ich atemlos. Hunters dunkler Blick lag sehnsüchtig auf meinem Gesicht. Er hatte den Mund leicht geöffnet und atmete genauso rasch wie ich.

»Ich finde wirklich nicht, dass das eine gute Idee ist«, flüsterte ich. Er lächelte.

»Du hast Recht, Taylor. Den Rest kann ich jetzt meinen Träumen überlassen.«

Ich verdrehte die Augen. »Das meinte ich nicht, du Arsch.«

»Dann willst du sehr wohl mit mir schlafen?«

Ich stieß Hunter zur Seite und stieg aus dem Bett.

»Leck mich«, sagte ich und ging zur Tür.

»Wo willst du hin?«, rief er mir nach.

»Zu Lucy und Kate. Die behalten ihre Zungen nämlich bei sich.«

Konnte Hunter nicht einmal seine dummen Sprüche für sich behalten? In einem Moment hatte ich den Kuss richtig genossen und im nächsten musste er alles kaputt machen. Frustriert stieß ich einen Seufzer aus. Bei ihm wusste man echt nie, woran man war, aber sein blödes Spiel hatte ich für diesen Moment wirklich satt.

12

Meine Nacht in einer Hütte mit Lucy und Kate war nicht wesentlich angenehmer gewesen als in Hunters Gesellschaft. Meine geliebte Schwester konnte einfach nicht ihr Schnattermaul halten (sie war zu neugierig!) und Kate hatte, gerade als ich dachte, dass endlich Stille eingekehrt war, angefangen so laut zu schnarchen, als wollte sie den Wald um uns herum absägen (furchtbar!). Gegen beide Naturgewalten war ich kaum angekommen und hatte sie über mich ergehen lassen. Dementsprechend fertig war ich am nächsten Morgen, als Lucy euphorisch und Kate erholt aus ihren Betten sprangen. Keiner der beiden konnte verstehen, warum ich noch in den Seilen hing, wie ein Matrose, der sein Schiff nie wieder verlassen wollte. In meinem Fall war das Schiff eine Isomatte auf dem Boden. Ich sollte mich glücklich schätzen, dass überhaupt jemand an das Teil gedacht hatte.

»Taylor, du siehst beschissen aus«, sagte Kate wenig freundlich.

»Ich fühle mich beschissen«, antwortete ich.

»Nix da!«, ging Lucy dazwischen. »Spaß steht auf dem Plan. Gute Laune!«

»Was sollte mich dazu bewegen aufzustehen?«, grummelte ich.

»Wenn du es nicht tust, hole ich Ben und Cole. Dann schleifen wir dich zu viert bis zum Meer und schmeißen dich hinein. So früh am Morgen ist es sicher eiskalt.«

»Die Mühe würdet ihr euch nicht machen«, sagte ich.

»Lass sie doch einfach«, meinte Kate gleichgültig. Sie warf ihr langes Haar zurück, in dieser typischen Barbie-Bitch-Geste, die bei Mädchen wie ihr in die Gene programmiert zu sein schien. Es sah einfach lächerlich aus. Man sollte wirklich Benimmregel und individuelles Auftreten ins Erbgut einiger Leute schleusen. Wahrscheinlich war es meine Wut auf Hunter, die einen Weg suchte zu verpuffen und sich deshalb an Kate aufhielt. Plötzlich war ich hellwach und schoss hoch.

»Ich stehe sofort auf«, sagte ich und tat genau das. »Ich habe heute nämlich ein Date.«

»Ein Date?«, fragte Kate und hielt inne. Sie hatte angefangen sich die Haare zu kämmen, als wäre sie Rapunzel. Zu sehen, wie sie mit den Fingern sanft darüber strich, als wären sie ihr Haustier, war irgendwie verstörend. Hui. Meine Phantasie war heute aber sehr aktiv.

»Mit Hunter?«, fragte Lucy, noch eine Spur verwirrter als Kate geklungen hatte.

»Ja und nein«, gab ich zur Antwort. »Ich weiß nicht mit wem, aber es wird definitiv ein Date sein! Ich sollte mich darauf vorbereiten. Ommm«, machte ich.

»Du hast dich doch nicht etwa von diesem gruseligen Kerl an der Rezeption überreden lassen an dieser Date-Auktion teilzunehmen? Der hat versucht uns auch einzuspannen, aber Ben hat uns gerettet, bevor wir irgendetwas antworten konnten.«

»Das schießt jetzt wahrscheinlich meine Prinzipien ins Abseits, aber ich habe es für Hunter getan. Ich bin niemand, der eine Abmachung bricht, also Date-Auktion – jup!«

»Was ist nur los mit dir?«, fragte Lucy entsetzt.

»Die Frage hast du mir siebzehn Jahre meines Lebens fast jeden Tag gestellt, wieso erwartest du ausgerechnet heute eine zufriedenstellende Antwort darauf?«

»Im Ernst, Taylor. Du benimmst dich noch seltsamer als sonst«, sagte sie.

»Vielleicht habe ich einen Sonnenstich erlitten und drehe durch. Klingt passabel, oder?«

»Vielleicht hat Hunter sie abblitzen lassen und sie dreht deshalb durch«, meinte Kate.

»Nein, Kate, seit wann kannst du denn Gedanken lesen? Wow, ich sollte anfangen die Erde zu küssen, auf der sich deine Füße bewegen. Du bist ein solches Genie!«

»Sie würde sich nicht so aufregen, wenn nichts dran wäre«, sagte Kate, jetzt an Lucy gewandt, mich vollkommen ignorierend. »Wir hätten sie nicht mit Hunter in ein Zimmer gehenlassen. Wer weiß, was dort vorgefallen ist, dass sie so drauf ist?«

Wäre ich dumm gewesen, hätte ich ihre Eifersucht mit Besorgnis verwechseln können. Was nicht in meinen Kopf wollte: Wieso hatte Kate nicht längst angefangen Hunter zu umkreisen wie ein Adler seine Beute, wenn sie doch so offensichtlich auf ihn stand.

»Ihr beide seid schrecklich«, sagte Lucy. »Bevor ihr euch nicht vertragen habt, spreche ich kein Wort mehr mit euch. Ich gehe jetzt zu Ben, wenn ihr mich suchen solltet.«

Sie ließ die Tür demonstrativ hinter sich zuknallen, was zur Folge hatte, dass ein hässliches Bild mit einem Elch darauf von der Wand krachte und kaputtging.

»Irgendetwas liegt doch in der Luft, die wir einatmen«, murmelte ich.

»Endlich ist sie weg«, sagte Kate zu meiner großen Überraschung.

»Du wolltest Lucy loswerden?«, fragte ich.

»Sie hat die ganze Zeit nur von dir geredet, Taylor. Sie wird keine ruhige und schöne Minute haben, wenn du nicht endlich anfängst kein Problem mehr zu sein.«

»Ich – ein Problem?«, fragte ich herausfordernd.

»Sagen wir es mal so«, meinte Kate. »Du machst dir deine Probleme. Möchtest du über das reden, was passiert ist?«, fragte sie sehr viel freundlicher als zuvor.

»Mit dir?«

»Nein, mit dem Einhorn, das da hinten in der Ecke steht. Natürlich mit mir.«

»Wir sind keine Freundinnen«, stellte ich fest.

»Und woran liegt das, Taylor?«

»An den Vorurteilen, die ich dir gegenüber habe«, antwortete ich ehrlich.

»Vorurteile kann man am besten begraben, wenn man versucht die Person, der gegenüber man sie hegt, besser kennenzulernen.«

»Du meinst das wirklich ernst«, sagte ich verblüfft.

»Lucy redet viel über dich«, antwortete Kate. »Manchmal habe ich das Gefühl dich genauso gut zu kennen wie sie. Sie ist meine beste Freundin. Ich will mich nicht andauernd mit ihrer sturen Schwester streiten müssen.«

»Wir könnten so tun, als ob ...«

»Warum nicht echte Bemühungen zeigen?«, fragte sie hartnäckig.

Darauf fiel mir nichts ein. *Was stimmt nur nicht mit dir?* Von Kate hatte ich nun wirklich nichts zu befürchten. Ein erstaunter Teil von mir fand ihren Vorschlag sogar gut.

»Okay«, gab ich nach. »Woran hast du gedacht?«

»Wir könnten uns zusammen die Stadt ansehen«, schlug sie vor. »Dann kann Lucy ein bisschen Zeit mit Ben verbringen und du kannst Hunter aus dem Weg gehen. Außerdem, wenn du wirklich an dieser Date-Auktion teilnehmen möchtest, dann solltest du etwas ändern.«

»Damit ich nicht wie der letzte Loser dastehe?«, fragte ich. Ich fühlte mich keineswegs von ihrer Aussage angegriffen. Sie machte mich eher ziemlich neugierig. Fragte sich nicht jeder einmal, wie andere Menschen einen sahen? Wie der erste Eindruck verlief? Ich hatte mir nie viel aus der Meinung anderer gemacht, aber interessant war es allemal.

»Du könntest wahrscheinlich einen Kartoffelsack tragen und würdest nicht aussehen wie der letzte Loser«, grummelte Kate und seufzte. »Du hast eine tolle Figur und wenn du aufhören würdest zu schauen, als wäre die ganze Welt dein Feind, dann würde man dich ansehen und dich sofort sympathisch finden, weil du so verdammt hübsch bist.«

Ich strich meinen Pony glatt und dachte über ihre Aussage nach. »Aha.«

»Bis auf dieses Blau, das sieht wirklich fürchterlich aus. Außerdem wirkt es oftmals so, als würde in deinem Kleiderschrank eine Kollektion bestehend aus Schwarz hängen.«

»Das heißt, du hast kein Foto für mich, ehe ich mich umstylen lasse? Da zerplatzt mein Traum wie eine Seifenblase und verwirkt den Rest meines Lebens.«

»Ich bin gut in so etwas«, sagte Kate lächelnd.

»Träume zerplatzen zu lassen oder andere Leute umzustylen?«

»Ein bisschen von beiden. Was hast du schon zu verlieren, Taylor?«

»Meine Würde?«, meinte ich, war jedoch etwas unsicher.

»Wir können danach gerne etwas machen, was du möchtest.«

»So eine Art Deal also? In Wahrheit willst du mich nur mit jemand anderem verkuppeln, damit du Hunter für dich allein hast – so sieht's aus, oder, Kate?«

»Vielleicht«, sagte sie und wirkte plötzlich traurig. »Es ist anders, als du denkst.«

»Möchtest du darüber reden?«, fragte ich. »Ich wette, das Einhorn in der Ecke da hinten liebt tiefschürfende Mädchengespräche oder es ist einfach nur ein billiger Spanner.«

Kate lachte. Sie setzte sich neben mich auf die Isomatte.

»Ich kenne Hunter noch von früher«, sagte sie. »Ich habe mein ganzes Leben in derselben Straße wie die Familie Reeves gelebt und war, seit ich zurückdenken kann, in Hunter verknallt. Als ich älter geworden bin, hat das nachgelassen – wirklich, sieh mich nicht so an! – ich meine, er ist verdammt heiß, das könnte höchstens ein Blinder leugnen, aber vom Charakter her wäre er einfach nicht mehr mein Typ. Mein Ego ist nur ganz schön angekratzt, weil er sich nicht mal mehr an mich erinnert. Wir sind in der Middle School jeden Tag zusammen nach Hause gegangen, haben zusammen abgehangen ... wir waren Freunde, und es verletzt mich einfach, dass es ihm scheißegal zu sein scheint, wo er doch den Kontakt zu Benjamin sofort wieder aufbauen konnte.«

Sie tat mir fast leid. Ob sie über Ryan Reeves Bescheid wusste?

»Dann hängt er auch noch an dir, wo ihr beide euch kaum zwei Wochen kennt und das hat die Situation nicht besser gemacht. Deshalb bin ich fürchterlich eifersüchtig auf dich.«

Ich war wirklich beeindruckt, dass sie mir so ehrlich alles sagen konnte.

»Ich kann ihn auch irgendwie verstehen«, fuhr sie fort. »Du bist wie dieser gut aussehende neue Kerl, der an eine Schule kommt und eine Herausforderung bietet. Sofort von allen Mädchen angeschmachtet wird – naja, nur anders herum eben. Wie die Heldin aus einem Roman.« Kate grinste breit. »Bist lieber allein, meidest den Kontakt zu anderen, scheust nicht davor zurück für dich selber einzustehen und gehst dann noch durch den Alltag, als wärst du damit zufrieden. Wie ein Fisch, der gegen den Strom schwimmt, das sorgt für viel Aufmerksamkeit.«

»Das meinst du doch nicht wirklich ernst«, sagte ich entgeistert.

»Alle wollen hinter Taylor Reagans Geheimnis kommen«, sagte Kate. »Hat Lucy dir nie erzählst, wie viele Leute durch sie versuchen an dich heranzukommen?«

»Okay«, sagte ich und schüttelte mich, als wäre mir kalt. »Das wird mir zu surreal.«

Kate legte feierlich eine Hand aufs Herz. »Ich schwöre, es ist die Wahrheit.«

Eine Wahrheit, die mir das Gefühl gab, als wäre ich eine Schwerkriminelle.

»Du bist wirklich sehr viel netter, als ich dachte«, sagte ich.

»Du bist wirklich sehr viel umgänglicher, als ich dachte«, sagte sie.

»Ich sehe uns schon Hand in Hand in den Sonnenuntergang laufen.«

»Das kannst du mit deinem Date machen. Also, bereit?«

***

Unser Ausflug in die Stadt stellte sich als weniger spannend heraus, als wir beide angenommen hatten. Die Busfahrt dauerte keine zwanzig Minuten und das Inspizieren der Geschäfte keine fünfzehn. Das lag besonders daran, dass Kate einen Blick in die Schaufenster warf und praktisch die komplette Straße hinunterlief ohne irgendwo anzuhalten. Das machte aus mir eine stille und folgsame Freundin, die sich fühlte, als wäre ihre Begleiterin eher darauf aus für einen Marathon zu trainieren, als Spaß zu haben. Nach kurzer Zeit begann ich daher zu nörgeln so gut ich konnte, in der Hoffnung, den Teil in Kate zu wecken, der mich furchtbar nervtötend fand. Dieser Moment überschnitt sich jedoch mit jenem, als sie etwas entdeckte, das ihren Ansprüchen entsprach. Ihr Blick lag auf dem Eingang zu einer kleinen Boutique, aber sie zerrte mich nicht dort hinein, sondern zu einem Friseur, der ein paar Gebäude weiter lag. Als wir das Geschäft betraten, drehten sich fünf Augenpaare zu uns und starrten uns an.

»Ach, wie schön – Kundschaft!«, flötete eine kugelrunde Frau mit leichtem Akzent, den ich nicht ausmachen konnte. »Nur herein mit euch, meine Süßen. Was kann Madame Overture für euch tun?« Um ihren Mund bildeten sich Lachfalten.

»Es geht um sie«, sagte Kate. »Sie braucht einen neuen Haarschnitt.«

»Von Schneiden war nie die Rede gewesen!«, protestierte ich.

»Keine Sorge, mein Schätzchen. Ich werde mich gut um dich kümmern.«

»Ich komme gleich wieder«, sagte Kate und schubste mich nach vorne.

»Du lässt mich allein?«, fragte ich ängstlich. Kate zuckte mit den Achseln. Die Besitzerin des Ladens deutete auf einen freien Stuhl und lächelte mich weiter erwartungsvoll an. Nachdem ich Platz genommen hatte, musste ich mich damit abfinden in mein eigenes Gesicht zu sehen, was nach wenigen Minuten einfach nur noch seltsam wurde.

»Gibt es einen besonderen Anlass?«, fragte Madame Overture. Sie fingerte an meinen Haarspitzen herum und betrachtete dann meine Ponyfransen. »Lass mich raten. Du bist nicht von hier und nimmst an der Date-Auktion teil?«

»Bingo«, sagte ich.

»Ich verstehe nicht, wie man sich für so etwas Verrücktes begeistern kann!«

Sie sagte das in einem amüsierten Tonfall, versuchte aber ernst drein zu blicken.

»Du magst also Farbe in deinem Haar?«

»Ich wollte einfach etwas ... anderes«, sagte ich vage.

»Anders kannst du gerne haben.«

Madame Overtures Lächeln wurde breiter und ihre Augen leuchteten.

***

Kate ließ sich nicht mehr blicken, also ging ich nach dem Friseurbesuch hinüber zu der Boutique von eben, um sie zu suchen. Es war ein Ding der Unmöglichkeit mir vorzustellen, wie man über eine Stunde in einem einzigen Laden verbringen konnte, aber das schien Kate wirklich getan zu haben, denn als ich dort eintraf, war sie immer noch anwesend. Nachdem ich den Verkaufsraum gemustert hatte, wusste ich auch warum. Der Laden war zwar klein, dafür aber ein Blickfang. Die Einrichtung, die Beleuchtung, die Auslagen und Kleiderstangen – einfach alles verströmte einen einnehmenden Vintage Flair, als wäre man hier auf eine Schatzkiste gestoßen, da jeder Winkel eine Überraschung bereitzuhalten schien. Die Wände waren hell, die Lampen bestanden aus Kristall. Schmuck und Accessoires lagen in Vitrinen aus und Kleider hingen an seltsamen Ständern, die aussahen wie Baumgerippe. Im Hintergrund spielte ein Plattenspieler einen alten Song.

Kate spazierte gerade aus einer Umkleidekabine, in den Händen einen Berg an Sachen, die sie alle kaufen wollte oder es sich zumindest überlegte. Als sie mich sah, verfinsterte sich ihre Miene schlagartig. »Ich dachte, du machst etwas Ordentliches mit deinen Haaren!«, entfuhr es ihr und ihre Augen wurden riesig, als sie mich musterte.

»Ich mag es«, sagte ich und lächelte in mich hinein. Madame Overture hatte meine Haare um ein paar Zentimeter gekürzt, sie anschließend gestuft. Sie hatten nun einen einheitlich dunklen Nusston, bis auf mehrere rote Strähnen auf beiden Seiten. Dazu hatte sie mir ein wenig Make-up verpasst, was mich aussehen ließ, als wollte ich auf ein Rockkonzert gehen. Was meinen Geschmack betraf, passte dieser Grunge Look zu meiner derzeitigen Stimmung. Als ich mich weiter in der Boutique umsah, fielen mir sofort ein paar Sachen ins Auge, die das Ganze abrunden würden.

»Denk nicht mal dran!«, rief Kate, als sich meine Finger nach einem Nietenarmband ausstreckten. »Ich werde mir nicht später von Lucy anhören, dass ich aus ihrer Schwester ein Monster gemacht habe. Ich habe bereits was für dich rausgesucht.«

Sie hielt mir ein grün schimmerndes Kleid hin. Es war ärmellos und hatte verspielte Details, wie winzige goldene Schleifen als Knöpfe entlang der Brust und ein gerafftes Band an der Taille. Ich fand es nicht so schlecht, daher nahm ich es einfach an. Als sie jedoch mit den Schuhen kam, begann der Kampf. Ich gewann am Ende, indem ich ihr einbläute, dass meine schlichten Ballerinas besser dazu passen würden als alles andere.

Die Stunden danach verliefen viel besser als der Start des Tages. Wir gingen in ein Restaurant, um etwas zu essen und entdeckten, dass wir dieselbe Vorliebe für Bücher und Filme teilten, dass das Streiten über solche Themen sogar amüsant sein konnte und dass wir einander wirklich falsch eingeschätzt hatten. Es war anders als mit Lucy zusammenzusein, denn sie war schließlich meine Schwester, und der Gedanke eine Freundin gefunden zu haben, war irgendwie tröstlich. Es war, als habe ich nicht gewusst, was mir gefehlt hatte, bis zu dem Moment, da man es mir vor die Nase setzte.

Als wir zurück bei unseren Unterkünften waren, gingen wir lachend nebeneinander her und bemerkten nicht, wie ein Auto an uns vorbeifuhr und kurz darauf hielt. Erst als der Rest unserer Gruppe ausstieg, war es schwer den Blick abzuwenden. Hunter stieg auf der Fahrerseite aus. Seine Haare waren nass und zerzaust und an seinem nackten Oberkörper perlte ebenfalls Wasser ab. Er trug nur eine Badehose, die ihm bis etwas über die Knie reichte und der Anblick war nichts, von dem man seine Augen so schnell lösen konnte. Neben mir begann Kate hörbar in eine Schleife aus Seufzern zu verfallen. Sie hakte sich bei mir unter und ich gewann den Eindruck, dass sie das nur tat, um nicht ohnmächtig neben mir auf den Boden zu sacken. So viel zum Thema: nicht ihr Typ. Obwohl wahrscheinlich jedes Mädchen in dieser Situation auf Charaktereigenschaften geschissen hätte. Hier stand die leibhaftige Version meines Tagtraumes von unserer ersten Begegnung vor mir. Als Hunter dann noch mit einem zischenden Geräusch eine Cola-Dose öffnete, die er aus dem Wagen geholt hatte, konnte ich nicht mehr an mich halten. Gerade, als ich angefangen hatte zu denken, wie verdammt heiß er aussah (um es mit Kates Worten zu sagen), wurde alles durch diesen Akt zerstört und ich prustete los.

Er sah auf und zusammen mit Cole, der um den Volvo herum gekommen war und ebenfalls keine schlechte Figur in seinem Schwimmoutfit machte, starrten sie mich verwundert an. Hunter reichte ihm die Cola-Dose und kam auf uns zu. Als er so dicht vor uns stand, hätte ich schwören können, dass Kate murmelnd begann seine Muskeln zu zählen, die nicht gerade unansehnlich waren und aus dieser Perspektive beeindruckend wirkten.

»Taylor«, sagte er nur und dann eine Weile nichts. Vielleicht hätte ich das grüne Kleid lieber nicht sofort anziehen sollen, aber Kate hatte mich dazu überredet, zumal wir wegen der Schuhe einen Kompromiss eingegangen waren. Hunters Blick wurde so fest, dass es sich für den Bruchteil einer Sekunde so anfühlte, als wären wir ganz allein.

»Geh mir aus dem Weg«, sagte ich kühl. Kate nahm sich wieder zusammen.

»Wart ihr surfen?«, fragte sie interessiert. Cole schenkte ihr ein Lächeln, was sie dazu brachte meine Seite zu verlassen und mit ihm ein Gespräch zu beginnen. Ich bekam nur Wortfetzen mit, die keinen Sinn ergaben. Hunter starrte weiter, denn das schien etwas zu sein, das er tadellos beherrschte. Ich starrte zurück, bis er den Blickkontakt brach.

»So kannst du nicht dahin gehen«, sagte er.

»Dann sollte ich mich lieber in eine Badehose schmeißen und halbnackt gehen? Danke für diesen Tipp, die Idee finde ich tatsächlich viel besser. Da stehen die Jungs sicher Schlange, um auf ein Date mit mir zu bieten. Immerhin wissen sie direkt, woran sie sind.«

»Taylor«, warnte er mich.

»Worin liegt dein verdammtes Problem?«, zischte ich.

»Du bist mein verdammtes Problem«, knurrte er.

»Ich kann mich ganz schnell in Luft auflösen«, meinte ich. Als ich zur Seite treten wollte, spiegelte Hunter meine Bewegung. Es wirkte, als würden wir einen seltsamen Tanz führen, weil er mich partout nicht vorbeilassen wollte.

»Aus den Augen, aus dem Sinn – so funktioniert das bei mir nicht.«

»Bei mir schon. Jetzt bewege deinen Hintern«, erwiderte ich.

»Es tut mir leid«, sagte er eindringlich. »Wegen gestern. Wegen allem.«

»Sag das noch mal, wenn du es auch so meinst«, gab ich zurück. »Außerdem habe ich es dir mehrmals erklärt. Ich habe meine eigene Gesellschaft viel lieber als deine.«

»Ach, und was ist mit Kate?«, fragte Hunter. »Du hast auch gesagt, dass du mir die Wahrheit über dein Geheimnis sagen würdest, wenn ich ehrlich bin.«

»Ich habe gesagt: vielleicht«, erinnerte ich ihn.

»Ich hasse es, wenn du so stur bist!«, fuhr er mich an.

»Ich hasse es, wenn du so aufdringlich bist«, schrie ich.

»Schön«, meinte er.

»Gut«, sagte ich.

Hunter trat zur Seite und ich stampfte zornig an ihm vorbei. Date-Auktion – ich komme!

13

Der Kerl, der an der Rezeption gearbeitet hatte, hatte definitiv untertrieben. *Wenige Mädchen, die sich beworben hatten,* war gar kein Ausdruck für den Haufen, der sich in der Bar hinter der Bühne versammelt hatte. Ich konnte sie an einer Hand abzählen. Die Veranstaltung sollte gegen halb neun starten, damit noch anschließend die Dates stattfinden konnten. Die Location war zugegebenermaßen richtig cool, so wie man sich eine Surferbar vorstellte. Sie bestand aus einem kleinen Gebäude mit mehreren Räumen, wobei der Hauptbereich zum Sandstrand hinunterführte und es durch die riesigen Türen aussah, als könnte man direkt aus der Bar ins Meer hopsen. Der Tresen zog sich mehrere Meter durch den Raum, dahinter lagen Regale mit Schnapsflaschen und Gläsern. Das Mobiliar sah aus, als wäre es aus Bambus geflochten, an den Wänden hingen Plakate von bekannten Surfern und einige Boards, die durch ihre handgearbeiteten Details ziemlich kostspielig wirkten. Im hinteren Teil der Bar lag die kleine Bühne, auf der jeden Samstag im Monat (wie uns der Manager erzählte) eine Indierockband spielte.

Die Bar *The Condrick Wave* war gut besucht. Nur wenige der Sitzgelegenheiten waren noch frei und der Lärmpegel stieg sekündlich an. Die Stimmung war der Wahnsinn. Man konnte die Erwartungen und die gute Laune fast in der Luft schmecken. Lucy saß zusammen mit Ben, Kate, Cole und Hunter direkt vor der Bühne. Meine Schwester und ihr Freund waren mit sich selbst beschäftigt und auch Kate und Cole machten den Eindruck, als wäre aus dem Gespräch von heute Nachmittag irgendetwas entstanden. Na schön. Die beiden waren wie wild am rumknutschen und es sah aus, als würden sie sich gegenseitig das Gesicht auffressen. Hunter wirkte dadurch wie das fünfte Rad am Wagen. Seine Miene verriet, dass er alles andere als zufrieden damit war, zwischen vier Lovebirds hocken zu müssen. Es tat mir kein

Stückchen leid, weil ich ahnte, dass er mich nicht so einfach mit meinem Date davonkommen lassen würde. Dann gab es noch die Tatsache mit dem Date an sich. Ich hatte wirklich wenig Lust darauf mich Stunden mit irgendeinem fremden Volltrottel abgeben zu müssen, auch wenn es Hunter sicher auf die Palme brachte und es schon allein das hätte wert sein müssen. In der Menge gab es echt viele Kerle, die eines der Auktionsschilder mit ihrer Nummer festhielten. Bei der Aussicht auf jede Menge potenzieller Volltrottel, fühlte ich mich nicht gerade besser, egal, ob es Hunter ärgerte oder nicht.

»Bist du sehr nervös?«, fragte mich eines der Mädchen, die genau das war: nervös. Ihre ganze Körperhaltung schrie förmlich: bitte lass ein Schiff mit Aliens kommen, mich wegteleportieren und nie wieder an diesen Ort zurückkehren. Unentwegt strich sie sich das schwarze Haar glatt, als würde sie unter einem Tick oder Zwang leiden.

»Du musst das nicht machen«, sagte ich. »Warum hast du dich überhaupt angemeldet?«

»Es ist diese dämliche Wette«, sagte sie leise. »Ich möchte so gerne in die Schwesternschaft der Kappa aufgenommen werden und deshalb muss ich ...« Der Rest verstand sich von selbst. Dämliches College-Ritual.

»Du schaffst das schon«, munterte ich sie auf. »Ich mag dein Kleid.«

»Ich mag dein Kleid«, erwiderte sie. »Du siehst richtig hübsch aus.«

Gott, was hatten sie heute alle nur mit meinem Aussehen? Es war ja nicht so, dass ich vorher das Aschenputtel vom Dienst gewesen war, oder? Himmel. Ich war das hässliche Entlein, das keiner liebte und durch ein Make-Over zum hübschen Schwan geworden war. Scheiß auf die inneren Werte. Ich hatte es schon immer gewusst. Vielleicht sollte ich zum Strand laufen und mich ertränken, obwohl ich das bereits tat, nur nicht in Wasser, sondern in Oberflächlichkeit. Plötzlich verspürte ich den Drang mich in eine Matschpfütze zu schmeißen, nur, um zu sehen, ob dann überhaupt jemand auf mich bieten würde.

»Danke«, presste ich einigermaßen höflich hervor.

»Du bist die Erste, Taylor«, sagte Carl, der Manager, und kam zu mir herüber. »Ich gehe gleich auf die Bühne und kündige dich an und wenn du deinen

Namen hörst, läufst du nach draußen und lächelst so lange, bis du das Gefühl hast, deine Lippen würden absterben.« Er lachte ein raues Lachen. »Du weißt, was ich meine.«

»Sicher«, sagte ich. »Werde ich bezahlt, wenn ich mehr Haut zeige? Sie wissen doch, was ich meine, nicht wahr?«

Carl wurde blasser. »Das würde ich nie verlangen, du sollst nur, du –«, stammelte er haltlos. Es war amüsant einen Erwachsenen so aus der Fassung gebracht zu sehen.

»Ein Scherz«, sagte ich zynisch. »Das war bloß ein Scherz.«

»Verstanden«, sagte er, aber sein Blick spiegelte etwas anderes. Etwas wackelig auf den Beinen ging er davon und schlüpfte unbeholfen durch den Vorhang hinaus.

»Guten Abend!«, brüllte er in ein Mikrofon. »Unsere Date-Auktion wird heute etwas kürzer ausfallen, dafür sind die Teilnehmerinnen bereit für jede Menge Spaß.«

Ich schnaubte. Und das sollte jetzt nicht anzüglich klingen?

»Denkt daran, meine Freunde, der Erlös aller Gebote kommt Camp Condrick zu Gute und Spenden sind jederzeit willkommen. Wir wollen doch nicht, dass unser Kumpel Alden sein Hüttencamp schließen muss! Also greift tief in eure Taschen!«

Wurde ja immer besser hier ...

»Unsere erste Kandidatin heißt Taylor!«

Bemüht nicht die Augen zu verdrehen oder sonst irgendeine abfällige Grimasse zu ziehen, ging ich auf die Bühne und lächelte, was mein Gesicht so hergab. Als Hunters und mein Blick sich trafen, gab ich mir umso mehr Mühe fröhlich und munter zu wirken.

»Das Startgebot liegt bei zehn Dollar, wie es Sitte ist, aber ich bitte euch, Jungs! Ein Date mit der bezaubernden Taylor, die euch sicher zum Lachen bringt, ist mehr wert als das!«

Jetzt war ich schon bezaubernd. Interessant.

Das wirklich Interessante waren allerdings die Gebote. Ich hatte noch nie bei etwas Vergleichbarem mitgemacht oder davon gehört, aber nachdem das

Erste gefallen war, meldeten sich immer mehr Typen zu Wort. Genau genommen hoben sie ihre Auktionsschilder, um so ein Zeichen dafür zu setzen, dass sie um jeweils fünf Dollar erhöhten, und versuchten damit das vorherige Gebot zu übertreffen. Innerhalb von Minuten lag das Gebot für ein Date mit mir bei einhundertfünfzig Dollar. Mir fielen fast die Augen aus dem Kopf bei dem bunten Treiben, das sich vor mir ereignete. So viel Asche würden nicht mal fünf vernünftige Dates kosten, wieso gerieten alle dann so in helle Aufregung? Wahrscheinlich hatte es etwas mit Massenpsychologie zu tun. Einmal eingefangen, ließ man sich von der Menge mitreißen und das Adrenalin machte einen tollkühn.

Etwas steif stand ich neben Carl, der selber verblüfft über die Reaktion zu sein schien, sich davon aber nicht beirren ließ und weiter moderierte.

»Hundertachtzig zum Ersten!«, brüllte er und schwang provisorisch sein Mikrofon anstatt eines Hammers, den es nicht gab. »Zum Zweiten! Und zum –«

»ZWEIHUNDERT!«, donnerte eine Stimme über alle anderen hinweg. Zu meinem Entsetzen war es der Kerl mit dem Dreitagebart, der mich einen Tag zuvor so dumm angemacht hatte. Carl pfiff durch die Zähne und – schwupps – war mein Date verkauft.

Ich beobachtete, wie der Bieter sich an den Tischen und stehenden Personen vorbeischob. Vor aller Augen zählte er den Betrag Carl bar auf die Hand, wonach dieser die Scheine in eine Box gleiten ließ, die zu seinen Füßen stand. Dreitagebart hielt mir eine Hand hin und mir blieb nichts anderes übrig, als meine hineinzulegen und mich von der Bühne ziehen zu lassen. Lucy war aufgesprungen, aber ich formte mit Daumen und Zeigefinger einen Ring, der unser Zeichen für ein OK war. Ich wollte nicht, dass sie sich Sorgen machte.

»Wie schön dich wiederzusehen«, murmelte er.

»Ich wünschte, ich könnte das Gleiche sagen«, meinte ich.

»Mein Name ist übrigens Wren«, stellte er sich vor. »Als ich dich da oben hab stehen sehen, konnte ich nicht anders. Du siehst klasse aus. Hast du was mit deinen Haaren gemacht? Mein Bruder wird nicht wissen, wie ihm geschieht.«

»Moment«, sagte ich. »Danke und – dein Bruder?«

»Können wir rausgehen? Hier ist es so verdammt laut.«

Ich drehte mich um und blickte zur Bühne. Das Mädchen, welches unbedingt ihre neuen Freundinnen beeindrucken wollte, stand nun dort oben und sah nicht weniger unglücklich aus als bei unserem knappen Gespräch. Trotzdem gab es viele Interessenten.

»Von mir aus«, sagte ich. »Kannst du bitte meine Hand loslassen?«

Er kam der Bitte nach und ich folgte ihm widerwillig. Als meine Ballerinas den Sand berührten, blieb ich stehen. Wir waren nicht sonderlich weit gegangen, aber man hörte kaum noch den Sog der Menge, sondern vielmehr das Meeresrauschen.

»Zweihundert Dollar, meine Güte«, murmelte ich.

»Ich hab es bei einem Poker-Spiel gewonnen«, sagte Wren.

»Damit könnte man so viel Besseres anfangen.«

»Du wirst schon deinen Zweck erfüllen.«

»Ich habe also eine erkaufte Bestimmung?«

»Ja«, klärte Wren mich auf. »Du wirst mit meinem Bruder ausgehen. Der Junge hat ganz schön Liebeskummer und, naja, ich dachte, du könntest dir etwas einfallen lassen, um ihn das vergessen zu lassen. Wo du doch anscheinend so viel Wert auf Humor legst.«

»Mehr steckt nicht dahinter?«, fragte ich skeptisch.

»Hör zu, Taylor. Meine Freunde und ich feiern hier unseren Abschluss. Wir sind die meiste Zeit total dicht und ich kann mich an unsere erste Begegnung nicht mehr gut erinnern. Wir wollen nur Spaß haben! Du hattest Lust auf ein Date, sonst hättest du nicht mitgemacht. Oder wolltest du es nur dem dunkelhaarigen Loverboy für irgendetwas heimzahlen?«

»Wo ist dein Bruder?«, wechselte ich das Thema. »Ist er genauso charmant wie du?«

»Ich habe das Ganze als Blind-Date organisiert«, meinte Wren. »Er wartet im *Ocean Breeze Restaurant*. Du kannst es von hier aus sehen. Da hinten!«

Ich folgte Wrens Fingerzeig. Entlang einer niedrigen Erhöhung, die durch eine Mauer vom Sandstrand getrennt wurde, erhoben sich einige Lokale und

Ferienhäuser, die sicher einen tollen Meeresblick hatten. An der Uferpromenade stach das Schild des Restaurants deutlich hervor. Die Lettern *Ocean Breeze* leuchteten durch die angehende Dämmerung in einem grellen Blau, das aus dutzenden Lämpchen bestand.

»Sein Name ist Ethan. Wenn du willst, bring ich dich rüber?«

Ich nickte stumm.

Das *Ocean Breeze* gefiel mir auf Anhieb. Es hatte eine riesige Terrasse, deren Tische nur von Schirmen überdacht wurden, welche aufgrund des Wetters und der Tageszeit nicht aufgestellt waren. Man konnte wunderbar einen freien Blick Richtung Sternenhimmel werfen. Angenehme warme Luft umspielte meine Haare und der Geruch von Essen ließ mich auf Anhieb hungrig werden. Im Vergleich zur Surferbar war das Restaurant fast leer. Nur wenige Paare saßen an den aufgestellten Tischen, die meisten hatten es sich im Innenraum gemütlich gemacht. Dort befanden sich viele der Sitzgelegenheiten in Nähe verschiedener Aquarien, die anscheinend als Raumteiler fungierten. Man befand sich also in Gesellschaft von Fischen, während man Fische aß. Bei der Vorstellung Nemo in die Augen zu blicken, während man seine Verwandtschaft auf dem Teller hatte, drehte sich mir der Magen um. Ich war froh, als Wren auf einen Jungen deutete, der fast am Ende der Terrasse saß. Auf dem Tisch standen mehrere Kerzen, unbenutzte Gedecke und ein Brotkorb. Keine Fische weit und breit.

»Kleiner Bruder«, begrüßte Wren Ethan. »Das ist dein Date, Taylor.«

Ethan sah seinem Bruder ziemlich ähnlich. Dieselbe gerade Nase, dieselben großen hellen Augen und sogar dasselbe blonde Haar. Im Vergleich zu Wren wirkte Ethan auf den ersten Blick etwas schüchterner.

»Du hast das wirklich ernst gemeint«, stöhnte Ethan. »Nichts gegen dich, Taylor«, fügte er hinzu. »Aber Wren hat mich unter falschen Voraussetzungen hergelockt.«

»Wenn es die Voraussetzung war Hunger zu haben, kann ich die für uns beide zusammen erfüllen. Ich könnte einen ganzen Wal aufessen.«

Wren lachte. »Ich habe bei der Date-Auktion bezahlt. Du musst mit ihr ausgehen oder ich verlange mein Geld zurück. Willst du etwa ihre … ehm … Ehre beschmutzen?«

Wenn du wüsstest, Wren. Ehre, Stolz ... ging alles die letzten Stunden über Bord. Stattdessen hatten sich diese dämlichen See-Metaphern in meinem Gehirn abgelagert.

»Verschwinde einfach«, knurrte Ethan verärgert. Wren zuckte mit den Schultern, grinste siegessicher und düste dann davon, als habe man ihm Feuer unterm Hintern gemacht.

»Das tut mir wirklich leid«, sagte Ethan. »Es ist nur so ... wie erkläre ich das?«

»Du hast Liebeskummer und willst deine Freundin nicht betrügen?«, kam ich zu Hilfe. »Obwohl man auch Liebeskummer haben kann ohne eine Freundin.«

Ethan bedeutete mir mich zu setzen. »Letzteres passt da schon eher. Ich kann nicht fassen, dass er dir das erzählt hat. Fühl dich nicht angegriffen, aber: was zur Hölle?«

»Das ist ein Gedanke, der mir auch öfters durch den Kopf schießt.«

»Warum bist du dann hier?«, fragte Ethan.

»Ich habe einem Kerl versprochen ihm zu helfen, weshalb ich eine Schlüsselkarte für eine Hütte brauchte, die nicht unsere war und habe den Rezeptionisten bestochen, indem ich gesagt habe, ich mache bei der Date-Auktion mit. Zum Dank hat besagter Kerl mich einfach geküsst, was in einer Art Chaos geendet ist und dann haben wir uns gestritten, obwohl ich eher behaupten würde, ich habe den Streit heraufbeschworen, denn eigentlich kann ich ihn nicht ausstehen, obwohl ein Teil von mir ihn mag, aber tatsächlich wünschte ich, er würde einfach wie die Schlüsselkarte verschwinden«, leierte ich ohne Punkt und Komma und Atemholen herunter. »Wie steht's bei dir?«

»Wow«, machte Ethan überwältigt. »Ich nehme an, so viele Wörter hast du in den letzten vierundzwanzig Stunden mit niemand anderem gewechselt.«

»Beeindruckend, deine Empathie«, sagte ich.

Ethan lächelte. »Kommst du aus der Gegend?«, fragte er, um des Small Talks Willen.

»Von weit weg.«

»Wo liegt weit weg?«

»Sehr weit weg.«

»Ich komme auch dort her.«

»Von weit weg?«

»Sehr weit weg.«

Ein Keller kam an unseren Tisch.

»Wie ich sehe, ist Ihr bezauberndes Rendezvous eingetroffen. Möchten Sie bestellen?«

Ich sollte eine eigene TV-Show bekommen: *Die bezaubernde Taylor*, wenn so viele Menschen dieses Adjektiv in Verbindung mit meinem Look benutzten. Ich begann schon Ausschau nach den Möwen (nicht irgendwelche Tiere, das hier war die Meer-Edition, also wirklich!) zu halten, die kamen, um mir ihre treuen Dienste anzubieten, weil ich so bezaubernd war, dass sich in mir sicher eine Prinzessin verbarg, die nichts von ihrem Schicksal wusste.

»Such dir aus, was du möchtest«, sagte Ethan. »Geht auf mich.«

»Dann wird das wirklich ein Date. Wir bezahlen getrennt.«

Ethan schüttelte den Kopf.

»Du bist ein eigensinniges Mädchen.«

Ich bestellte nur einen Salat (die anderen Menüs waren mir nicht ganz geheuer) und ein Glas Wasser und das musste wirken, als sei ich gerade auf einer Diät, aber mir war es egal. Ethan suchte sich irgendwas mit Shrimps aus.

»Also, Taylor ...«, setzte er an, aber der Satz verlor sich sofort in einem großen Nichts.

»Wieso bist du unglücklich verliebt?«, fragte ich direkt.

»Ich wünschte, die Antwort wäre einfach.«

»Kompliziert ist besser«, meinte ich. »Ich steh auf kompliziert.«

»Das habe ich eben herausgehört«, sagte er grinsend. »Dieser Kerl hat nicht zufällig schwarze Haare und Augen wie der Teufel? Dreh dich nicht um, aber vor ein paar Minuten hat sich jemand an den Tisch links von uns gesetzt. Seitdem starrt er zu uns herüber.«

Wenn jemand dir sagt, du sollst dich nicht umdrehen, tust du es automatisch. Hunter sah mich mit einer so grimmigen Miene an, dass er mir fast Angst machte. Er hielt beide Daumen hoch, als wollte er mir mitteilen, dass alles super wäre. Vor Fassungslosigkeit wäre ich beinahe vom Stuhl gerutscht, aber das Klingeln meines Handys hielt mich davon ab. Ich griff in die eingenähte Tasche meines Kleides und nahm ab.

»Ich hab schon drei SMS geschickt«, schimpfte Lucy. »Ist Hunter bei dir?«

»Wieso solltest du das nur denken«, meinte ich und verdrehte die Augen.

»Er ist kurz nach dir verschwunden und hat uns einfach sitzenlassen. Wir machen uns nur Sorgen, weil er gegangen ist, ohne zu sagen wohin genau. Taylor?«

»Es ist alles in Ordnung. Obwohl das Betrachtungssache ist.« Ethan warf mir einen fragenden Blick zu und ich deutete unauffällig auf Hunter und nickte. »Hunter ist hier. Also im Restaurant und starrt mir Löcher in den Rücken, während ich mein Date habe.«

Am anderen Ende der Leitung begann Lucy haltlos zu seufzen. »Er ist sauer. Bestimmt ist er sauer. Weißt du, was heute für ein Tag ist?«

»Ehm ... Samstag?«, fragte ich und zählte im Kopf rückwärts. *Yup. Samstag.*

»Ben hat es mir erst eben gesagt«, meinte Lucy ziemlich angepisst. »Typisch Kerle, oder? Für ihn war wahrscheinlich ein Handschütteln Geschenk genug. Hunter hat heute Geburtstag, Schwesterchen. Kein Wunder, dass er abgehauen ist.«

»Kein Wunder? Worauf genau willst du hinaus, Lucy?«

Es klang verdächtig so, als würde gleich wieder irgendeine Schuld auf mein Konto geschoben werden. Es konnte doch niemand hellsehen. Hunter hätte einfach den Mund aufmachen sollen, wenn er das gewollt hätte. Ich dachte an vergangene Nacht und das Gespräch, das wir geführt hatten oder eher seine Erzählung. Nach so einem Abend hätte ich auch keine Lust mehr auf den eigenen Geburtstag gehabt. Allgemein machten mich Geburtstage immer übellaunig, weil sie so viel Aufmerksamkeit abverlangten.

»Du weißt doch, dass er dich mag! Vielleicht könntest du ... ich weiß auch nicht ...«

»Ich sehe, was sich tun lässt«, meinte ich tonlos. »Sonst noch was?«

»Jetzt bist du sauer auf mich, oder? Gott, ich höre es in deiner Stimme.«

»Wird schon«, antwortete ich, bemüht netter zu klingen. »Bis dann.«

»Stress im Paradies?«, fragte Ethan. »Wegen dem Teufel?«

»Probleme, wo keine sind«, nuschelte ich vor mich hin.

»Ich kann verstehen, wenn du gehen möchtest«, sagte er.

»Nicht direkt gehen, aber können wir uns zu meinem ... ehm Hunter setzen? Er hat heute Geburtstag, wie mir meine fürsorgliche Schwester gerade eben mitgeteilt hat.«

»Ist das nicht etwas seltsam? Ich meine, wenn du und er doch ...?«

»Ich kann da auf keinen Fall alleine rübergehen«, sagte ich panisch.

Ethan lachte. »Drama, wir kommen.«

Ich marschierte zu Hunters Tisch und zog meinen Stuhl dabei hinter mir her. Ohne zu fragen setzte ich mich ihm gegenüber, Ethan wie einen Schatten an meiner Seite. Hunters Augen weiteten sich verwirrt und er öffnete den Mund, es kam aber kein Laut heraus.

»Wir leisten dir Gesellschaft«, sagte ich. »Hunter, Ethan. Ethan, Hunter.«

»Nett dich kennenzulernen wäre etwas übertrieben, oder?«, sagte Ethan.

»Stirb.«

»Wie bitte?«

»Ich sagte: Stirb. Das bedeutet, ich wünschte, du würdest tot umfallen, damit du deine Finger von Taylor lässt, aber leider versagen meine telepathischen Kräfte gerade, sonst hätte ich dein Gesicht schon längst gegrillt, also nein, es ist nicht nett dich kennenzulernen. Aus Nettigkeit warne ich dich aber vor: da liegt ein Messer.«

»Das hast du nicht gerade gesagt«, staunte ich. »Hast du noch alle Tassen im Schrank?«

Hunter verschränkte die Arme vor der Brust, was ihn aussehen ließ wie ein bockiges Kind, dem man sein Lieblingsspielzeug weggenommen hatte. »Du weißt echt nicht, wie verdammt gruselig das gerade klang.«

»Er findet es eher amüsant«, knurrte Hunter. Ethan war tatsächlich am Grinsen.

»Ethan?«, fragte ich betreten.

»Es ist nur ...«, meinte er. »So etwas Ähnliches habe ich dem Kerl, der das Mädchen, das ich liebe, ausgeführt hat, auch an den Kopf geworfen. Ich war so rasend vor Eifersucht.«

»Das Mädchen, das du liebst?«, fragte Hunter gleich viel zahmer.

»Sie ist mit meinem Cousin zusammen.«

»Wow«, machte Hunter sprachlos.

»Kannst du laut sagen«, erwiderte Ethan. »Ich habe sie vor ihm getroffen. Wir kannten uns fast drei Jahre, aber ich habe lange gebraucht, um zu realisieren, dass ich sie mag und dann war es zu spät. Mein Cousin wusste, dass ich in sie verknallt war, aber das war ihm scheißegal. Er hat einen Keil zwischen uns getrieben – lange und herzzerreißende Story – und dann hat er sie um den kleinen Finger gewickelt.«

»Das klingt nicht so, als habe sie deine Gefühle verdient«, analysierte Hunter. »Wenn ihr so lange befreundet wart, hätte sie dein Wort über alles andere stellen müssen.«

Gebannt sah ich zwischen den beiden Jungen hin und her. Ich fühlte mich unsichtbar. Der Kellner, der bemerkt hatte, dass wir unseren Platz gewechselt hatten, nahm es einfach hin und brachte uns trotzdem unsere Bestellung und Hunters gleich mit. Kuchen. Jede Menge Kuchen, welchen Hunter sich sofort in den Mund zu schaufeln begann.

»Du hast Recht. Ich weiß, dass du Recht hast, aber ... es ist so schwer. Sie gehen beide auf dieselbe Schule wie ich und ich sehe sie fast jeden Tag. Es bringt mich um den Verstand.«

»Dann brauchst du dringend Ablenkung«, murmelte Hunter zwischen zwei Bissen.

»Deshalb hat mein Bruder, Wren, mir dieses Date ersteigert.«

»Aha«, machte Hunter, dann sah er seit langer Zeit wieder mich an. »Los, Taylor, lenke Ethan doch endlich mal ab, der Junge kann ein bisschen Spaß vertragen.«

Mir klappte wortwörtlich die Kinnlade herunter.

»Waaaaaaaaas?!«, fuhr ich ihn an.

»Ich mag es, wenn sie wütend wird«, sagte Hunter. »Es ist so einfach, sie dazu zu bringen aus der Haut zu fahren. Dann ist sie alles andere als dieses ruhige, mysteriöse Mädchen, das alle in ihr sehen.« Er lachte. »Wer würde so etwas denn über Taylor denken, wenn er anfängt sie wirklich zu sehen? Wenn sie eines ist, dann echt.«

Hunter sah mich mit diesem klaren Blick an, der sich immer anfühlte, als würde er durch mich hindurch dringen. Ethan musterte mich aufmerksam von der Seite.

»Ich zeig dir mal, was echt ist«, sagte ich, als ich meine Sprache wiedergefunden hatte. Unterm Tisch holte ich mit dem Fuß aus und trat gegen eines von Hunters Beinen. »Dieser Schmerz ist echt!« Er erschrak, wollte reflexartig aufspringen und stieß sich dabei das Bein erneut, was ihn zum Fluchen brachte. »Entschuldige mich, Ethan«, sagte ich, schob meinen Stuhl zurück und lief über die Terrassentreppe hinunter zum Strand. Nach wenigen Metern zog ich meine Schuhe aus und stampfte barfuß weiter. Ich wusste nicht genau, wohin ich lief, aber es war mir auch egal. Die Bewegung, die frische Luft, das half mir wieder runterzukommen. Wieso musste Hunter immer solche Sachen über mich sagen, als würde er mich kennen? Wieso musste Hunter mich immer ansehen, als würde er mich verstehen können? Was ging nur in seinem dämlichen Schädel vor sich?

Als meine Beine erste Anzeichen von Erschöpfung zeigten, ließ ich mich auf den Boden sacken und richtete den Blick aufs Meer. Ich war so weit abseits der Promenade, dass ich mutterseelenallein in diesem Teil des Strands war, und ich genoss es. Das Rauschen und Brausen der Wellen, die sich auftürmten und zerfielen, war beruhigend. Die Sonne versank langsam am Horizont und ihre letzten Strahlen ließen das Blau des Meeres leuchten. Es sah wirklich aus wie das Farbenspiel auf meinem Teppich und ich liebte den Anblick. Ich nahm mein Handy aus meiner Tasche, warf es neben meine Schuhe und watete ins Wasser. Als es meine nackten Zehen und dann Knöchel traf, fuhr ein Schaudern durch meinen Körper. Die Kälte machte meinen Kopf klarer und fühlte sich gut an. Ich ging ein Stückchen tiefer hinein, ließ die Wellen bis zu meinen Knien und dem Saum meines Kleides kriechen. Gewöhnte man sich an das frostige Nass, nahm man es kaum noch wahr.

Ich betrachtete weiter die untergehende Sonne, die sich im Wasser spiegelte und es bis auf den Grund erhellte. Als ich beschloss umzudrehen und zurückzugehen, streifte etwas mein rechtes Bein und augenblicklich schoss mir ein brennender Schmerz durch die Haut. Vor Schreck strauchelte ich und fiel rücklings ins Meer. Als ich mich wieder aufrichten wollte, schwappte eine Welle über mich hinweg und ich schluckte unfreiwillig eine Menge Wasser. Für einen Herzschlag verschwamm meine ganze Welt.

Dann riss mich jemand grob am Arm an die Oberfläche und zerrte mich zurück an den Strand.

Keuchend lag ich auf dem Rücken und starrte in Hunters Gesicht. Er hielt sich nicht damit auf etwas zu sagen, sondern kniete sich neben mich und umfasste mein Bein. Als seine Finger meine Haut berührten, kehrte das Brennen zurück. Er begann Sand auf die schmerzende Stelle zu reiben. Immer und immer wieder, bis sie trocken wurde und es sich besser anzufühlen begann. Nachdem er aufgehört hatte, ließ er trotzdem nicht los und allmählich war es mehr als der Quallenbiss, der Hitze durch meine Haut jagte. Ich zog mein nasses Kleid herunter, damit er nicht noch mehr von meinen Beinen anstarren konnte und betrachtete den glutroten Striemen an meinem Unterschenkel. Verfluchtes Pech aber auch. Es sah hoffentlich schlimmer aus, als es war.

Ich streifte mir das klitschnasse Haar aus dem Gesicht, damit ich wieder normal sehen konnte. Es fühlte sich an wie Seetang und überall war der Geruch nach Salz. Ich schmeckte es auch, auf der Zunge und den Lippen. Als die nächste Windböe über die Sanddünen wehte, begann ich zu zittern wie Espenlaub. Hunters Shirt klebte an ihm wie eine zweite Haut und auch er strich sich das dunkle Haar zurück. Wasser perlte ab und spritzte in alle Richtungen. Er setzte sich aufrecht hin und seufzte energisch.

»Kannst du nicht besser auf dich aufpassen?«, fragte er.

»Ist nicht so, als ob ich ertrunken wäre«, zickte ich zurück.

»Das sah für mich aber ganz anders aus.«

»Du hast auch eine total schlechte Einschätzung, was einfach alles angeht.«

»Taylor.«

»Hunter.«

»Taylor!«

»Hunter!«

»Das Meer kann gefährlicher sein, als man denkt«, fauchte er.

»Du hättest mich nicht mal in Ruhe absaufen lassen«, murrte ich.

»Ganz bestimmt nicht.«

»Kannst du mich nicht einfach alleinlassen?«

»Damit du zurück ins Wasser hopst und von der nächsten Welle vielleicht hinausgezerrt wirst? Sicher. Wie fühlt sich dein Bein an? Soll ich es nochmal abreiben?«

»Hast du nichts Besseres zu tun? Ich bin nicht deine Freizeitbeschäftigung.«

»Nein, bist du nicht«, antwortete er. »Ich wollte nur wissen, ob es dir gut geht.«

»Nachdem du es warst, der mich zur Weißglut getrieben hat? Wie nett.«

»Kannst du nicht einfach Danke sagen?«

»Danke.«

»Und es auch so meinen?«

»So wie du deine Entschuldigung?«

»Taylor …«, sagte er schwermütig.

»Hunter …« Ich imitierte seinen Tonfall. Er seufzte. Ich schnaubte. Er presste die Lippen zusammen. Ich knirschte mit den Zähnen. Er hob eine Augenbraue und sah feixend zu mir herüber. Ich kniff die Augen zusammen und funkelte ihn finster an. Gleichzeitig wandten wir den Blick voneinander ab. Das alles war so verdammt anstrengend. Mit ihm zusammen zu sein war verdammt anstrengend. Hunter abzublocken war verdammt anstrengend. Vielleicht wollte ich ihn auch nicht mehr abblocken. Vielleicht wollte ich mit diesem blöden Spiel aufhören und ihm einfach die Wahrheit sagen. Also tat ich genau das. Ich nahm mir ein Herz und sprach aus, was mich seit damals immer wieder hinunterzog.

»Da war dieser Junge, den ich sehr mochte«, sagte ich. »Wir sind eine Weile miteinander ausgegangen. Irgendwann saßen wir bei ihm allein zu Hause und er hat angefangen … er war plötzlich ein ganz anderer Mensch. Er hat mich bedrängt und wollte, dass wir … ich konnte nicht. Ich war noch nicht bereit dazu, also habe ich ihm das gesagt. Plötzlich waren wir am Streiten und er hat Schluss gemacht. Ich hab mich einfach grauenhaft gefühlt, dabei wusste ich, dass das nicht meine Schuld war. Aber das war nicht einmal der schlimme Part der eigentlichen Geschichte.«

Die Erinnerung schnürte mir die Kehle zu. Hunter war sofort alarmiert.

»Du meinst, es ging danach noch weiter? Hat er …?«

»Nein. Es geht nicht um mich«, unterbrach ich ihn. »Ich hab ihm eine gescheuert und bin an dem Abend nach Hause gelaufen. Kilometer um Kilometer. Anschließend hab ich mir in meinem Bett die Augen aus dem Kopf geheult. In den nächsten Wochen hat er Gerüchte über mich verbreitet. Irgendwann fühlte es sich nur noch an, als wäre die ganze Schule gegen mich. Ich habe zu Beginn noch dagegen angekämpft, aber es wurde immer schwerer. Meine Schwester hat nichts Genaues mitbekommen, weil sie zu der Zeit auf Klassenfahrt war. Als sie wiederkam, hat sie natürlich ein paar Sachen aufgeschnappt, aber mir versprochen es nicht meinen Eltern zu sagen. Dennoch bemerkten sie, dass etwas nicht stimmte. Sie schlugen mir sogar vor die Schule zu wechseln, aber so mitten im Schuljahr wollte ich das nicht.«

Ich zog die Beine an den Körper und schlang die Arme darum.

»Dann wurde meinem Dad in einer neuen Tierklinik ein Job angeboten und meine Eltern sahen das als Zeichen des Schicksals. Als sie dann noch online unser Haus fanden, war es beschlossene Sache, dass wir umziehen würden. Ein neuer Anfang für uns alle. Doch gerade als es so aussah, als ob alles gut werden würde, passierte es.« Ich schluckte schwer. Es war nicht leicht all das laut auszusprechen, aber ich hatte gewusst, dass der Zeitpunkt kommen würde. So sehr ich auch versuchte, die Gedanken an diese Ereignisse zurückzudrängen, einem Teil von mir war klar, dass ich irgendwann darüber sprechen musste. Richtig darüber sprechen. Nicht nur Bruchstücke preisgeben. Ich hielt inne, um Hunters Blick zu suchen. Darin lag so viel Mitgefühl, dass ich mich richtig bestärkt fühlte. Ich nahm mir noch einen Augenblick Zeit, damit meine Atmung sich wieder beruhigen konnte und befeuchtete mir die Lippen.

»Wochen bevor wir umziehen wollten, stand er plötzlich vor meiner Tür. Ich war allein zu Hause und wollte ihn nicht hereinlassen. Er war sturzbetrunken und wollte sich entschuldigen, aber ich konnte ihm nicht einmal wirklich in die Augen sehen, also habe ich ihm gesagt, dass er verschwinden solle. Er wollte nicht hören. Ich habe angefangen zu schreien, bis mir der Satz über die Lippen kam: ›Ich wünschte, du wärst tot.‹ *Ich wünschte, du wärst tot*«, wiederholte ich flüsternd. »Und dann hab ich ihn einfach gehenlassen, obwohl ich wusste, dass er ...« Einen Moment hörte ich nur noch mein Herz schneller schlagen. »Auf dem Weg nach Hause ist er mit seinem Auto gegen einen Baum gefahren und noch an der Unfallstelle gestorben. Einer unserer Nachbarn hatte unseren Streit mitbekommen und der Polizei davon erzählt. Danach gaben mir alle die Schuld an seinem Tod, was in engerem Sinne ja auch stimmte. Ich hätte ihn aufhalten können.« Ich sah Hunter tief in die dunklen Augen. »Deshalb«, fuhr ich mit belegter Stimme fort, »solltest du mich alleinlassen.«

»Das war nicht –«

»Meine Schuld?«, unterbrach ich ihn bitter. »Man kann immer nach seiner Vergangenheit verurteilt werden, egal, wie sehr man auch versucht etwas Neues aus seinem Leben zu machen. Schuld ist keine rationale Sache. Sie zerstört einen, ob man es verdient hat oder nicht, Hunter.«

»Du hast zu mir gesagt, dass jede Möglichkeit eine neue Chance ist. Ich dachte, du würdest deinen eigenen Worten mehr Glauben schenken.«

»Das ändert nichts daran«, gab ich zurück.

»Taylor, das ändert alles. Du hast mich angelogen.«

»Ich habe nicht gelogen! Ich meinte das ehrlich. Es stimmt.«

»Dann erwarte nicht von mir, dass ich jetzt davonlaufe.«

»Das ist alles? Nach dem, was ich dir gerade erzählt habe?«

»Ich habe dir von meinem Bruder erzählt«, sagte er. »Ich habe dir erzählt, wie er unsere Familie zerstört hat, wie ich mich seinetwegen verändert habe und du hast mich auch nicht verurteilt. Du hast gesagt, du würdest mir helfen. Jetzt sage ich dir mal etwas: Als ich dich im Schulflur das erste Mal gesehen habe und du so abweisend zu mir warst, da ist mir klar geworden, dass ich seit langem dem ersten ehrlichen Menschen begegnet bin. Ich habe gedacht: *Endlich mal jemand, der nicht versucht dein Freund zu sein*, was wiederum bedeutet, dass ich mich nicht verstellen muss. Dass alles egal ist, weil ich dir egal war. Ich habe es so satt, immer der nette und freundliche Hunter Reeves zu sein, nur weil man das von mir erwartet, nachdem mein Bruder sich so daneben benommen hat. Du willst, dass ich dich alleinlasse? Das kann ich nicht, weil du das erste Mädchen bist, das mich dazu bringt wieder ich selbst zu sein. Mein egoistisches, wütendes, selbstgerechtes Ich.«

Hunter rückte näher, bis sich unsere Knie fast berührten.

»In deiner Nähe fühle ich mich frei von aller Schuld«, sagte er leise. »Schuld mag uns vielleicht zerstören, ob verdient oder nicht, aber man kann alles wieder zusammensetzen. Was ist, wenn in uns beiden etwas kaputt ist und wir diese Hälften zu etwas Neuem machen können?«

»Dann würde ich dir sagen, dass du ein Träumer bist«, antwortete ich.

»Das Wunderbare an Träumen ist, du weißt nie, ob sie sich erfüllen oder nicht, deshalb begleitet uns die Hoffnung unser ganzes Leben lang, ist ein Teil von uns allen.«

»Darauf vertraue ich nicht. Vielleicht kann ich nie wieder vertrauen«, murmelte ich.

»Taylor ...« Hunter legte eine Hand auf meinen linken Arm. »Du musst mir nicht vertrauen, um mich zu mögen. Auch nicht, um dir das einzugestehen.«

»Du leidest doch wirklich unter Wahnvorstellungen«, sagte ich. »Hör auf zu versuchen irgendetwas in meinen Kopf pflanzen zu wollen, was wir nicht sind.«

»Was sind wir denn?«, fragte Hunter. »Deiner Meinung nach?«

Die Frage war gefährlich ernst gestellt und machte mir Angst.

»Nichts«, sagte ich trotzig. »Absolut nichts.«

»Autsch«, antwortete er. »Ein tolles Geburtstagsgeschenk.«

»Wieso hast du niemandem gesagt, dass du heute Geburtstag hast?«

»Hätte es etwas geändert? Nein. Bessere Frage: Warum interessiert es dich?«

»Tut es nicht«, widersprach ich mir selbst. Ich brauchte einen Moment, um die Wahrheit dann doch auszusprechen. »Also ... es interessiert mich doch. Gibt es einen bestimmten Grund, Hunter? Spuck's aus!«

Hunter zögerte, dann holte er tief Atem. »Wegen Ryan«, sagte er. »Er ist genau an meinem Geburtstag verschwunden. Seitdem feiern wir diesen Tag nicht mehr. Meistens versuche ich nur die Stunden zu überstehen, ohne dass jemand meint mich daran erinnern zu müssen.«

»Nichts bedeutet doch etwas«, sagte ich und spürte, wie mir Tränen in die Augen stiegen. »Vielleicht trifft es auch auf mich zu. Vielleicht bringst du ein Stück der alten Taylor zurück und ich kann den Gedanken nicht ertragen.« Das war das Ehrlichste, was ich seit sehr langer Zeit ausgesprochen hatte. »Die Erinnerungen sind nur einfach zu stark.«

Hunters Finger drückten sich fester in meine Haut.

»Es gibt weitaus stärkere Dinge als Erinnerungen«, sagte er.

»Himmel, all dieser emotionale Scheiß drückt ganz schön aufs Gemüt«, sagte ich mit zitternder Stimme. Mein Atem ging flach und schwer. Mein Herz fühlte sich inzwischen wie ein Klumpen Blei an. Nostalgie war eine schreckliche Sache. Da sich mein Bein wieder fast normal anfühlte, mühte ich mich ab aufzustehen. Vergebens versuchte ich den Sand aus meinen klammen Haaren und Kleidern zu klopfen. Hunter packte meinen rechten Knöchel und hinderte mich daran mich weiter von ihm zu entfernen.

»Bleib hier«, sagte er bestimmt.

»Ich dachte, wir wären fertig. Eine weitere Runde emotionales Roulette werde ich nämlich nicht lebend verlassen. Mein Steinherz zerspringt sonst in tausend Stücke.«

Hunter zog fester an meinem Bein. »So reagierst du also, wenn dir keine anderen Ausreden mehr einfallen, du läufst weg wie ein kleiner Angsthase.« Er lächelte.

»Ich hab für einen Abend einfach genug von deinem egoistischen, wütenden, selbstgerechten Ich, das sich übrigens nicht sonderlich von deinem anderen unterscheidet. Ihr seid beide eingebildete und aufdringliche Idioten.«

Hunter zog so kräftig, dass ich nach hinten umkippte und wieder in den Sand plumpste. Der Sturz wurde vom Sand gut abgebremst und drückte mir nur leicht die Luft aus den Lungen.

»Das war total unnötig!«, sagte ich. »Wir sind hier doch nicht beim Wrestling, wo man andere auf die Matte wirft.«

Ihm war das aber noch nicht genug. Gerade als ich mich wieder aufgesetzt hatte, packte er meine Handgelenke und zog mich wieder näher zu sich, bis sein Gesicht vor meinem schwebte. Ich spürte, wie sein Blick sich in meinen Augen verlor, wie er darin etwas zu finden schien, von dem ich nicht wusste, was es war. Eine Hand wanderte meinen Arm hinauf, legte sich auf meine Schulter und dann langsam zu meiner Wirbelsäule. Jeder Zentimeter, den er berührte, erschauderte darunter, fühlte sich nicht länger kalt an. Mein Puls tanzte einen neuen Rhythmus.

»Manchmal muss man dich eben einkesseln. Was machst du, wenn du nicht mehr weglaufen kannst, Taylor?«

»Jetzt sag mir nicht, das ist der Moment, in dem mein Hass in romantische Anziehungskraft umschlagen sollte, sonst muss ich an dem Kitsch ersticken.«

»Das«, sagte er und die Hand an meinem Rücken drückte mich behutsam gegen seine Brust, »ist der Moment, in dem dein Hass in romantische Anziehungskraft umschlägt.«

Plötzlich lag seine andere Hand in meinem Nacken, hielt mich gefangen und als sich unsere Lippen berührten, hatte ich keine Chance auszuweichen. Zuerst war es nicht mehr als das. Hunter, der seinen Mund auf meinen presste, eine einzige, harte Geste. Bei dem einsamen Moment im Meer, hatte ich mich irgendwie frei gefühlt, doch jetzt wirbelte eine andere Art von Schwerelosigkeit in meinem Magen herum. Hunters Arme drückten mich noch enger an ihn. Erst als er beide Hände wieder lockerte und sie in meinem Haar vergrub, mein Gesicht umfasste, um mich erneut zu küssen, wurde meinem Verstand klar, dass er ausgetrickst worden war.

Es gab wirklich stärkere Dinge als Erinnerungen. Zum Beispiel die Gegenwart. In nur einer Sekunde schlang ich die Arme um Hunters Nacken und erwiderte den Drang ihm noch näher zu sein. Ich öffnete die Lippen und der Kuss wurde intensiver. Als sich unsere Zungen berührten, stöhnte er in dem Versuch genug Atem zu sammeln, aber es brachte nichts. Atemlos küssten wir uns weiter. Ich kippte rücklings in den Sand und zog Hunter mit mir. Sein Körper lag schwer auf meinem und sein Gewicht ließ mich tiefer in den Strand sinken. Er küsste eine Linie entlang meines Ohres, bis zu meinem

Schlüsselbein, dann wieder meinen Mund. Eine Hand streifte mein Bein, ließ den Stoff meines Kleides, ob nun beabsichtigt oder nicht, höher rutschen. Dann waren seine Finger an meiner Hüfte, meiner Seite, wieder in meinem Haar. Er hielt kurz inne und ich flüsterte seinen Namen, obwohl ich mir sicher gewesen war, dass seine Küsse meine Stimme für immer gestohlen haben mussten. In einem Augenblick rollten wir uns herum und plötzlich war ich es, die auf ihm saß. Er zog mein Gesicht wieder zu seinem hinunter. Mein Haar fiel wie ein Vorhang herab und ich wollte es zurückstreifen, aber ein Kribbeln schoss durch meinen Körper und ich erstarrte kurz, als ich Hunters Hände wieder an meinen Beinen spürte. Seine Finger malten kleine Kreise auf meine Haut. Ich wartete einen Moment zu lange und die Anspannung zwischen uns zerriss. Etwas ausgelaugt ließ ich mich zur Seite rollen. Lag keuchend da und starrte in den Sternenhimmel. Mit einem Herz, das so schnell schlug, dass es schmerzte. Hunters Atem streifte meinen Hals, als er sein Gesicht dicht an meine Schulter bettete, seine Lippen mein Ohr suchten und er heiser sagte: »Wenn das nicht mal romantische Anziehungskraft ist, weiß ich auch nicht.«

14

Für eine halbe Unendlichkeit lagen wir einfach nur da und betrachteten die Sterne, die inzwischen am Himmel über uns aufgezogen waren. Erst als ich richtig anfing zu frieren, setzte ich mich wieder auf. Hunter lächelte mich stumm an. Er verschränkte seine linke Hand mit meiner. Als unsere Finger sich berührten, ließ ich es einfach zu. Genau wie ich zugelassen hatte, dass er mich küsste. Immer und immer wieder. Ich konnte die Menschen verstehen, die nur das taten, wenn sie zusammen waren. Jetzt, wo die Kälte wieder so präsent war, wurde mir erst bewusst, dass Hunter sie mit seiner bloßen Anwesenheit vertreiben konnte. Dass ich vielleicht nie wieder frieren musste, Kälte spüren.

»Wir sollten zurückgehen«, sagte Hunter. »Ein Lebenszeichen von uns geben.«

Er zog mich auf die Beine. Plötzlich begann auch ich zu lächeln wie eine Bekloppte.

»Hab ich was Falsches gesagt?«, fragte er und sein eigenes Lächeln wurde noch breiter.

»Ich habe nur darüber nachgedacht, was ich will«, sagte ich ehrlich.

»Welch tiefgründige Frage zu so später Stunde.«

»Ich meine das ernst, Hunter. Nach eben –«

»Du meinst unserer zwanzigminütigen Rummach-Orgie?«

»Das waren keine zwanzig Minuten.«

»Hast du das etwa gezählt?«, fragte er.

»Was? Du hast doch – hast du die Minuten gezählt?«

»Wenn ich mit dir zusammen bin, hat Zeit keine Bedeutung«, sagte er in einem höchst melodramatischen und gespielt herzzerreißenden Tonfall, der mich wieder zum Lachen brachte. »Ist es denn wichtig, dass du weißt, was du willst?«, fragte er.

»Ist das nicht immer wichtig?«, stellte ich die Gegenfrage.

»Du meinst, ich bin gut genug zum Küssen, aber nicht für ein Date?«, fragte er und seine Stimme verfiel erneut in diesen gespielt melodramatischen Ton, dieses Mal mit einem Tick Verzweiflung darin. »Verstehst du nicht, Taylor – wir müssen jetzt heiraten!«

Er zog meinen Arm hoch und brachte mich dazu einmal um meine eigene Achse zu wirbeln. Als wollte Hunter mit mir tanzen, nahm er meine andere Hand.

»Du bist verrückt«, sagte ich, aber mein Herz schlug dadurch nur wieder schneller.

»Verrückt ist super!«, erwiderte er. »Ich brauche nicht normal oder gut, sondern verrückt, fürchterlich verrückt! Sieh uns doch an. Wir haben alle Regeln gebrochen, die die Welt, was solche Dinge angeht, aufgestellt hat. Wen kümmert es schon, wenn alles, woran ich denke, du bist? Lass uns einfach weiter verrückt sein. Wer will schon einfach, wenn er kompliziert haben kann? Wir leben in der Gegenwart, nicht in der Zukunft.«

»Eigentlich solltest du ganz andere Dinge sagen«, lachte ich.

»Stimmt, ich muss die Stimme der Vernunft gewinnen lassen«, sagte er fest entschlossen. »Sonst schwärzt deine Schwester mich noch bei deinen Eltern an und du wirst für den Rest deines Lebens in einen Turm gesperrt, damit wir uns nie wiedersehen können, weil du eines Abends zu spät und im Zustand einer Vogelscheuche zurück in die Hütte gekommen bist. Dann rettet dich irgendein Prinz, bevor ich zur Stelle bin.«

»Vogelscheuche, mh?«, sagte ich seufzend.

»Du könntest alles auf Ethan schieben. Immerhin war er dein Date.«

»Mist, den hab ich ganz vergessen. Ich sollte mich entschuldigen.«

»Heute nicht mehr«, sagte Hunter. »Es wird wirklich Zeit.«

Er zog mich mit sich und wir gingen zurück Richtung Hüttencamp. Als der Sand wieder dem Bürgersteig wich, fiel mir ein, dass ich meine Schuhe hatte liegen lassen. Ich kam mir vor wie Dorothy, nachdem sie samt Haus einen Wirbelsturm überlebt hatte. Vielleicht war ich auch tatsächlich in Oz gelandet, denn in welchem Paralleluniversum ging ich bitte mit Hunter Reeves Hand in Hand im Mondschein spazieren?

Als wir vor dem Hauptgebäude standen, hielten wir zeitgleich inne. Kurz überlegte ich ernsthaft mit ihm zurück in unsere Hütte zu gehen, verwarf den Gedanken aber schnell wieder. Hunter schien dasselbe gedacht zu haben, denn er beugte sich vor, gab mir einen flüchtigen Kuss auf die Wange und verabschiedete sich ziemlich schnell.

Wie der größte Volltrottel ging ich im Schneckentempo, mit einer Hand an der Wange, zurück zu Lucy und Kate, die mich gesehen haben mussten, denn die Tür flog auf, da ich kaum die erste Stufe hinaufgestiegen war.

Zunächst sagte keine von uns ein Wort.

»Wie siehst du denn aus?«, fragte Lucy dann erschrocken.

»Sie hat diesen Blick«, meinte Kate reichlich skeptisch. Die beiden packten jeweils ein Handgelenk von mir, zogen mich ins Innere und verfrachteten mich auf Lucys Bett.

»Ich hab mir solche Sorgen gemacht«, sagte meine Schwester. »Was ist los?«

»Siehst du das nicht?«, fragte Kate. »Das muss das beste Date aller Zeiten gewesen sein.«

»Sie sieht aus, als wäre ein Tornado über sie hinweg gefegt.«

»Wie hieß er denn? Ethan oder Hunter?«, bohrte Kate nach.

»Cole und Ben jedenfalls nicht«, sagte ich bissig. »Wenn ihr mich jetzt entschuldigt. Ich will duschen und dann nur noch schlafen. Ich bin verdammt müde.«

»Ja, das kann ich mir lebhaft vorstellen«, kommentierte Kate.

»Du musst es am besten wissen«, gab ich zurück. Sie wurde rot.

»Na, dann geh mal all deine Sünden wegwaschen.« Kate knuffte mich in die Schulter. »Lucy, wir sollten auch ins Bett gehen. Morgen ist der letzte Tag, da wollen wir früh raus.«

***

Die halbe Nacht lag ich wach und starrte die Decke an. Als es kurz nach acht war, schliefen Lucy und Kate immer noch. Ich schlüpfte ins Bad, zog mich rasch an und band mir die Haare zu einem Pferdeschwanz zusammen. So leise es ging, schlich ich zur Tür. Ich wanderte zu Hunters Hütte, aber von weitem konnte ich sehen, dass er draußen auf den Stufen saß. Er hielt eine Tasse in den Händen und starrte genauso abwesend, wie ich mich die letzten Stunden gefühlt hatte, geradeaus in den Wald hinein. Erst als ich direkt in sein Sichtfeld trat, blinzelte er und erwachte aus seiner Trance.

»Nicht besonders gut geschlafen?«, fragte ich neckisch. Er trank einen Schluck. »Nicht besonders gut«, bestätigte er. »Mir ging zu viel im Kopf herum.«

»Dann ist es besser, wenn wir aufbrechen.« Er sah mich erwartungsvoll an. »Zum Rozel-Tower«, meinte ich. »Die anderen liegen alle noch in den Federn. So müssen wir denen nichts erklären. Wir könnten wieder hier sein, bevor jemand etwas merkt.«

»Taylor, was du mir letzte Nacht erzählt hast ...«, begann Hunter unruhig.

»Ich habe dir das anvertraut«, unterbrach ich ihn. »Das entspricht wohl eher den Tatsachen. Ich weiß nicht wirklich warum, aber ... ich mag dich. So, jetzt ist es raus. Also können wir bitte losfahren, bevor ich mich wieder Lucy oder Kate stellen muss?«

Hunter schmunzelte. »Wieso müssen Mädchen sich immer alles gegenseitig erzählen? Und könntest du den Mittelteil noch einmal wiederholen? Den hab ich nicht ganz verstanden. Glaub mir, ich würde nächste Nacht sehr viel besser schlafen.« Ich verdrehte die Augen. »Rozel-Tower«, sagte er dann. »Auf ins Abenteuer.«

***

We walked amongst the ruins famed in story
  Of Rozel-Tower,
  And saw the boundless waters stretch in glory
  And heave in power.

Ich las das Gedicht während der Fahrt gefühlte fünfzig Mal. Jedes Mal begann ich es mehr und mehr zu mögen, mich in die Zeilen zu verlieben. Es war wirklich gut. Ich steckte den Zettel in die kleine Handtasche, die ich mir umgehängt hatte und kurbelte das Fenster runter. Das Wetter war wieder sonnig und die Luft trotz der frühen Stunde recht warm. Hier schienen die Menschen mit der Sonne aufzustehen, denn auf den Straßen fuhren bereits beachtlich viele Autos. Und das an einem Sonntag. Ich war normalerweise keine Frühaufsteherin. Ich streifte mir eine einzelne Haarsträhne aus dem Gesicht, die der Wind aus meinem Zopf gezwirbelt hatte. Wir fuhren ungefähr zwanzig Minuten, bis Hunter abbog und auf einem Parkplatz vor einem Pfannkuchenhaus hielt.

»Ich erinnere mich an diesen Ort«, sagte Hunter nachdenklich. »Ryan und ich haben einmal auf dem Rückweg von einem unserer Abstecher ans Meer hier gehalten.«

Er deutete auf das Geschäft, in dessen Schaufenster bunte Plakate hingen und Werbung für das Menü des Monats machten: *Cookie-Käse-Pancakes: nur hier bei Penny's Pancakes!*

»Lust auf Frühstück?«, fragte er. »Ich lade dich ein.« Ich nickte. Als wir eintraten, ertönte eine leise Melodie. Das Geschäft war klein, bestand aus einem langen Tresen, mehreren Sitznischen in der hinteren Ecke und ein paar Tischen vor den Fenstern. Es wirkte hell und einladend und es duftete köstlich. Die Kellnerin, die zu uns kam, hieß Molly (Namensschild) und Hunter lächelte sie charmant an, auch wenn sie sicher nicht in sein Beuteschema fiel, weil sie Ende vierzig sein musste.

»Arbeiten Sie schon lange hier?«, fragte er freundlich.

»Mein halbes Leben, Junge«, antwortete sie. »Ich sage meinem Mann immer, dass dieser Ort uns auch noch für den Rest an sich binden wird. Entweder man ist nur auf der Durchreise oder man bleibt für immer. Das hat Cape Condrick so an sich.«

»Könnten Sie sich vielleicht dieses Foto ansehen und mir sagen, ob Sie die Person darauf wiedererkennen? Es handelt sich dabei um meinen Bruder. Er ist verschwunden.«

Hunter zog ein Foto aus seinem Portemonnaie und hielt es Molly hin. Sie nahm sich Zeit, um es eingehend zu betrachten, schüttelte dann aber den Kopf. »Hübscher Bursche, sieht dir sehr ähnlich, aber bei all den Kunden, die hier täglich durchkommen ... tut mir leid. Ich hoffe, du hast woanders mehr Glück«, sagte sie mitfühlend. Molly nahm unsere Bestellung auf und ging zum Nachbartisch, um dort dasselbe zu tun. Hunter versank in die Betrachtung des Fotos, wodurch sein Blick bedrückend traurig wurde. Mich interessierte wie Ryan aussah, aber ich wollte Hunter nicht danach fragen, weil es mir falsch erschien.

Ich holte einen Kugelschreiber aus meiner Handtasche und schnappte mir eine Serviette. Mein Zeichentalent bewegte sich auf Kindergarten-Niveau, aber der Wille zählte, richtig? Langsam malte ich einen Cupcake mit einer Kerze auf die Serviette. Ich schob sie Hunter hinüber und sagte: »Gestern habe ich vergessen Happy Birthday zu sagen.«

Er hob den Blick und prustete beim Anblick der Zeichnung los. »Ist das ein Stein?«, fragte er bemüht das Motiv zu entziffern.

»Das ist ein Geburtstags-Cupcake mit einer Kerze! Sieht man doch!«, meinte ich.

»Sicher, ich wollte dich nur auf die Probe stellen.«

»Du musst dir etwas wünschen«, sagte ich.

»Jetzt zählt das nicht mehr«, erwiderte er.

»Vielleicht doch«, beharrte ich. »Du kannst es versuchen.«

»Du bist schlecht darin andere abzulenken«, sagte Hunter amüsiert.

»Hättest du deinen Mund aufbekommen, dann hättest du vielleicht irgendetwas gekriegt. Wünsche, Kerzen, Geschenke, worauf auch immer du so abfährst.«

»Was ist mit deinem Geburtstag?«, wollte er wissen.

»Ich mag keine Geburtstage. Sie sind ätzend, weil man ungewollt im Mittelpunkt steht.«

»So sehe ich das auch, außerdem habe ich das beste Geschenk von allen schon bekommen. Zwanzig Minuten Taylor nur für mich allein. Siehe da: heute geht es noch weiter.« Er sah auf seine Armbanduhr. »Du befindest dich schon über eine Stunde in meiner Gesellschaft und hast mich bisher nicht einmal beleidigt oder abgewiesen.«

»Spätestens wenn ich die Cookie-Käse-Pancakes essen muss, die du mir aufgezwungen hast und meine Geschmacksnerven absterben, kommt das wie von selbst.«

»Es spricht nichts dagegen, was Neues auszuprobieren!«, protestierte er.

»Manche Dinge sollte man verurteilen«, gab ich zurück. »Ich meine … Käse und Cookies – im Ernst, Hunter? Dann noch zusammengemischt in einem klumpigen Teig.«

»Nur, weil du keine Pfannkuchen machen kannst«, meinte er.

»Wer hat gesagt, dass ich das nicht kann?«, fragte ich.

»Du kannst keine Pfannkuchen machen«, sagte er.

»Ich kann keine Pfannkuchen machen«, bestätigte ich. »Aber hier geht es ums Prinzip.«

»Was hast du denn so für Prinzipien? Alle, die ich kenne, schmeißt du ziemlich schnell über Bord, wenn ich mit meinen Lippen ein wenig nachhelfe.«

»Ich sagte Prinzip, das hat nichts mit Prinzipien zu tun. Im engeren Sinne vielleicht schon, aber hör auf mir die Worte im Mund herumzudrehen – und außerdem, was heißt hier *ich schmeiße sie über Bord*? Ich würde es eher kleine, schwächelnde Abänderungen nennen, die spontan entstehen. Gegen Spontaneität ist nichts einzuwenden, oder?«

»Spontaneität ist das halbe Leben«, ergänzte Hunter nickend.

»Gut, dass du das einsiehst«, sagte ich.

»Wunderbar, dass du das einsiehst«, sagte er. Hunter setzte ein Grinsen auf, das der Katze aus *Alice im Wunderland* alle Ehre gemacht hätte. Es war fast unheimlich Hunter so besessen lächeln zu sehen. Ich seufzte. Leider war es auch ansteckend. Wie immer.

»Wie weit ist es noch bis zum Rozel-Tower?«

»Du meinst, dem Leuchtturm?«, fragte er nachdenklich. »Von hier aus vielleicht eine Viertelstunde. Ich weiß auch nicht wirklich, was ich mir davon erhoffen soll. Das Ganze ist schon ziemlich seltsam. Wenn Ryan wirklich dahinter steckt … das ist einfach nicht seine Art. Er war nicht der Typ, der sich so viel Mühe macht, egal um es was ging. Als wir älter wurden, hat sich vieles verändert.«

»Hast du denn eine Idee, wer noch dahinter stecken könnte?«

Hunter schüttelte den Kopf. »Das könnten auch alles Zufälle sein.«

»So viele Zufälle gibt es nicht«, sagte ich bestimmt.

»Natürlich gibt es Zufälle, die sich alle innerhalb eines kurzen Zeitraums abspielen. Du bist durch den Flur gelaufen, in dem Moment, in dem Dean mich loswerden wollte. Wir haben denselben Spind gehabt und dann noch das Treffen im Sekretariat. Die besten Dinge geschehen immer ganz unerwartet, genauso wie die schrecklichsten.«

»Das waren keine Zufälle, sondern deine Aufdringlichkeit!«, meinte ich.

»Du bist jedenfalls ziemlich froh darüber, oder?«, fragte Hunter angriffslustig. »*Just a small town girl, living in a lonely world.*« Seine Miene wurde weicher. »Taylor?«

»Du machst mir immer Angst, wenn du meinen Namen so betonst.«

»Ich wollte nur sagen, dass du Platz machen sollst, da kommt unser Essen.«

Ich zerknüllte eine weitere Serviette und warf sie Hunter an den Kopf.

»Lasst es euch schmecken«, sagte Molly und stellte Teller und Getränke vor uns ab. Skeptisch beäugte ich den Haufen Pfannkuchen, der eigentlich echt gut roch. Außerdem hatte ich wirklich Hunger. Ein Tag ohne Frühstück war für mich fast undenkbar. Immerhin hatte ich dieses mysteriöse Gen geerbt, das einem erlaubte, so viel essen zu können wie man wollte, ohne dabei auch nur ein Gramm zunehmen zu müssen. Während ich noch zögernd die Lippen zusammenpresste und die Stirn runzelte, schaufelte Hunter sich Gabel für Gabel alles blitzschnell in den Mund und schluckte, ohne wirklich zu kauen. Das konnte noch heiter werden.

***

Nachdem wir den Wagen abgestellt hatten, mussten wir vom Parkplatz aus ein ganzes Stück über Sand und noch mehr Sand laufen, bis wir den Leuchtturm erreichten. Er lag einsam und sehr weit abseits von so ziemlich allem, was man als Zivilisation bezeichnen konnte. Überall wuchsen Gräser aus dem weichen Boden. Es kam mir fast so vor, als würden wir durch ein kleines Labyrinth laufen.

Unser neugetaufter *Rozel-Tower* sah genauso aus, wie man sich einen Leuchtturm eben vorstellte. Ein runder Bau, der mit seiner Spitze die Wolken kitzeln konnte. Bis auf den roten Kopf, der große Fenster besaß und den Kern mit seiner Lichtvorrichtung war er weiß gestrichen. Er saß am Rand einiger scharfer Felsen, an denen das Meer leckte und schäumte.

»Können wir da einfach so reingehen?«, fragte ich überflüssigerweise, weil wir es so oder so einfach tun würden. Hunter ging voraus. Er zog an der Eingangstür, die sich nur schwer und mit einigem Quietschen öffnen ließ.

»Wie steht es mit deiner Fitness?«, fragte er belustigt.

»Erzähl mir besser nicht, wie viele Stufen wir hochsteigen müssen«, meinte ich. Bei der Höhe konnte ich mir das lebhaft vorstellen. Immerhin könnte ich die Ausrede benutzen, dass ich alles genau inspizieren wollte, wenn mir nach wenigen Metern die Puste ausging.

Der Rozel-Tower musste an die siebzig Meter hoch sein. Das bekam ich mit jeder Stufe zu spüren. Wie erahnt, ging nach fünf Minuten mein Atem schneller. Mein Gehirn vermittelte mir zudem eine völlig falsche Zeiteinschätzung, weshalb es sich für mich so anfühlte, als habe ich Stunden damit zugebracht bis zur Spitze zu klettern. Hunter standen zu meiner Erleichterung auch ein paar Schweißperlen auf der Stirn, als wir es endlich geschafft hatten. Ich musste mich erst mal auf den Boden sacken lassen und tief durchatmen. Mit der Hand fächelte ich mir Luft zu.

»Wenn du fertig mit Sterben bist, solltest du dir das mal ansehen.«

Er hielt mir eine Hand hin, um mich wieder hochzuziehen. Der Ausblick war der helle Wahnsinn. Man konnte unendlich weit auf das Meer hinaussehen. Beobachten, wie sich das Wasser wellte und die Sonne darüberglitt. Es sah tausendmal schöner aus als der kurze Moment in der Abenddämmerung am Strand in der Nähe der Surferbar. Die Kulisse wurde vom blauen, klaren Himmel und den dort fliegenden Möwen perfekt abgerundet. Ich zog mein Handy aus meiner Tasche und machte ein Foto.

»Das nennst du ein Bild schießen?«, fragte Hunter vorwurfsvoll. Er schnappte mir das Handy aus der Hand, legte einen Arm um mich und hielt das Gerät mit der Linse in unsere Richtung, so dass er uns beide auf den nächsten Schnappschuss draufbekam. Er drehte das Display wieder um und grummelte: »Du musst lachen, Taylor – lachen!«

»Hör auf mich herumzukommandieren«, erwiderte ich. Er wiederholte das Ganze, aber bevor er den Auslöser betätigte, ließ er seine Hand zu meiner Seite wandern und begann mich zu kitzeln, bis ich tatsächlich anfing ungewollt zu kichern. Als er mir mein Handy zurückgab, hatte er das frisch geschossene Bild bereits als Hintergrund eingerichtet. Ich wollte deswegen sauer auf ihn sein, aber es kam mir kleinlich vor, besonders nachdem ich in mein eigenes Gesicht geblickt hatte, das ungezwungen fröhlich aussah. Aber viel mehr mochte ich Hunters Lächeln, der neben mir unglaublich gut gelaunt strahlte. Uns beide so verewigt nebeneinander zu sehen war schön. Leider erinnerte es mich auch an den Jungen, den ich einmal geliebt hatte. Es gab keine Beweise mehr von uns. Ich hatte damals jedes Bild einzeln verbrannt. Hatte dagestanden und zugesehen, wie das Wir zu Asche zerfiel. Nachdem er gestorben war, hatte ich es nicht über mich gebracht mich seinem Grab zu nähern. Ich war bei der Beerdigung erschienen, aber ich hatte in der Kirche in der hintersten Reihe gesessen, auf dem Friedhof hinter dem Tor gestanden.

Ein Teil von mir hasste ihn noch immer, war verletzt und zornig, aber ein anderer war einfach nur traurig. Eine Weile hatte ich immer geglaubt, dass die Schuldgefühle vergehen würden, so stark wurden sie von der Trauer überlagert, aber kaum hatte ich mit seinem Tod abgeschlossen, waren sie plötzlich da. Stärker als alles andere zuvor. Hunter mochte vielleicht die Geschichte kennen. Die Umrisse, wie bei einer Zeichnung, die gerade erst entstand, aber in Wahrheit hatte er keine Ahnung, wie das Gesamtwerk aussah. Wie dessen Betrachtung mich innerlich zerriss. Erst gestern hatte ich noch geglaubt die Kälte in mir wäre so leicht abzuwenden. Mit etwas Nähe, einem Kuss, einem Lächeln … aber in diesem Augenblick war es nicht die Schwerkraft, die an dieser Erkenntnis zog, sondern meine Angst. Ich schaltete den Bildschirmschoner ein und steckte mein Handy wieder weg.

»Hast du wieder einen Plan, wo du suchen musst?«, fragte ich Hunter. In der Hütte hatte er den Hinweis praktisch sofort gefunden, weil das Versteck typisch für seinen Bruder gewesen war. Ich sah mich genauer um. In der Mitte gab es die Maschine, die das Leuchtfeuer betrieb und ansonsten war der Raum leer. Es gab wenig Platz und auch auf den zweiten Blick sah dieser

Raum nicht wirklich nach etwas aus, das viele Möglichkeiten bot einen Hinweis über einen längeren Zeitraum sicher zu bewahren. »Hunter?«

Er war in Gedanken versunken gewesen und schreckte hoch.

»Dieses Mal nicht, nein«, antwortete er. »Wir haben einfach nur hier gestanden und aufs Meer geblickt oder auf dem Boden gesessen und geredet. Während des Aufstiegs habe ich gesehen, dass es zwischen den Treppenabsätzen vereinzelt Türen gab, aber die waren alle abgeschlossen. Wenn es etwas gibt, muss es hier oben sein.« Er grübelte weiter.

»Würde ich hier etwas dauerhaft verstecken wollen, käme dafür nichts in Frage, daher würde ich auf eine Botschaft zurückgreifen, die man vielleicht in die Wände oder das Holz ritzen kann«, führte ich meinen Gedankengang laut aus. »Das erscheint sinnvoll, oder?«

Hunter begann zu nicken. »Lass uns die Wände und den Boden absuchen.«

In den nächsten Minuten beschäftigten wir uns stillschweigend mit der Suche. Ich fuhr mit dem Finger jede einzelne Planke der Wandverkleidung nach, weil ich befürchtete, ich könne etwas übersehen. Aus Minuten wurde eine halbe Stunde, bis ich auf etwas stieß. Es war ein ganz simples Motiv, wie Jugendliche es oft auf Baumstämmen verewigten. Ein Herz mit Initialen. Sie waren ziemlich unleserlich, weshalb es dauerte sie zu entziffern.

RR & FC. Ryan Reeves, das würde passen. Als ich Hunter die Entdeckung zeigte, seufzte er.

»Das ist doch unglaublich. Ryan war nie ein Romantiker.«

»Nimm es mir nicht übel, Hunter, aber es klingt, als hätte es eine Menge gegeben, was du nicht über deinen Bruder gewusst hast. Jeder hat Geheimnisse, das weißt du doch. Weißt du, wofür die anderen Buchstaben stehen, den Namen des Mädchens?«

»Fia Cassel«, sagte Hunter. An seinem Tonfall hörte ich sofort, dass etwas nicht stimmte. Ich ließ Hunter genug Zeit sich zu fangen, aber er sprach nicht weiter.

»Wer ist sie?«, drängte ich deshalb.

»Sie war Ryans Freundin. Lange Zeit.«

»War?«

»Was soll der Scheiß?«, fluchte Hunter und schlug mit der Faust gegen die Wand, als könne er das Herz einfach so zerschmettern. »Wieso sind die Hinweise so unzusammenhängend? Wieso macht er es mir so schwer?« Er begann auf und ab zu laufen. Seufzte. Ballte nun beide Hände zu Fäusten. Presste die Lippen aufeinander. Fasste sich dann an den Kopf und fuhr sich durchs Haar. Dann sank er im Schneidersitz auf dem Boden zusammen. Für einen winzigen Augenblick meinte ich eine Träne in seinen Augen glitzern zu sehen, aber Hunter vergrub das Gesicht in seinem Ärmel und atmete laut aus. »Fia.«

Unschlüssig setzte ich mich neben ihn. »Ist Fia ... tot?«, fragte ich behutsam.

»Schön wär's«, spuckte Hunter giftig aus. »Ich verabscheue dieses Miststück.«

Ok. Das kam unerwartet. Ich dachte, ich müsse ihn jeden Moment trösten.

»Du hast gerade ernsthaft jemanden beleidigt und gesagt, dass du sie hasst. Wo ist denn deine Harmoniebedürftigkeit hin?«, fragte ich bemüht die Atmosphäre aufzulockern.

»Es gibt Menschen auf dieser Welt, die werden sich niemals ändern, Taylor.«

»Wer genau ist Fia und was hat sie getan? Was könnte Ryan –«

»Ich weiß es nicht!«, fuhr er mich an. »Ich weiß nur, dass Sofia Cassel Ryans größtes Unglück war. Sie war wie eine Droge für ihn und hat ihn zerstört. Die beiden waren nicht gut für einander, konnten aber nicht voneinander lassen. Sie haben sich gegenseitig in Abgründe gezogen, aus denen sie nicht mehr herausgefunden haben. Nicht einmal zusammen. Sie stammte aus einer ziemlich reichen Familie, hatte einen Ruf zu verlieren. Ihre Eltern haben sie gezwungen den Kontakt zu Ryan abzubrechen und sie in irgendein strenges Privatinternat einsperren lassen. Sie war von einem Tag auf den anderen weg. Genau wie er später.«

»Beruhige dich wieder«, flüsterte ich. »Sie scheint wichtig zu sein. Ansonsten hätte man dich nicht hierher geschickt. Wir behalten diese Information erst einmal im Hinterkopf und kümmern uns als nächstes um den Poetry Slam, okay?« Anstelle einer Antwort zog Hunter mich in eine feste Umarmung. »Gott, bin ich froh, dass du da bist«, murmelte er und ließ nicht mehr los.

15

Alles was danach geschah, verschwamm später am Abend zu ein paar flüchtigen Erinnerungen. Hunter und ich waren nach meiner Entdeckung wieder aufgebrochen. Unseren letzten Nachmittag in Cape Condrick verbrachten wir alle zusammen am Strand. Es war eine gute Ablenkung mit den anderen zusammen zu sein. Ausnahmsweise schienen alle Spaß zu haben. Da wir nicht bleiben konnten, bis es dunkel wurde, weil die Heimfahrt noch vor uns lag, beschlossen wir einfach so am Lagerfeuer zu grillen, als Abschluss für den Wochenendtrip. Nachdem wir aufgeräumt hatten, packten wir unsere Sachen zusammen und gaben die Schlüssel an der Rezeption ab. Zufällig traf ich dabei auf Ethan und seinen Bruder. Das war meine Chance mich zu entschuldigen, aber Ethan lächelte nur und war nicht nachtragend. Wir tauschten unsere Emailadressen aus, um weiter in Kontakt bleiben zu können. Dann ging jeder seines Weges. Ich und meine neu gewonnenen Freunde teilten uns auf die Autos auf. Kates Schwester kam pünktlich, um Kate, Lucy und mich abzuholen. Die Rückfahrt über hingen wir alle träge in unseren Sitzen. Kein Vergleich zur munteren ersten Fahrt, aber Kates Schwester fragte nicht weiter nach. Ein paar Stunden später lagen Lucy und ich in meinem Bett und sahen uns eine DVD an.

Unsere Eltern waren ausgegangen, weshalb es niemanden gab, der uns neugierige Fragen stellen konnte. Darüber waren wir beide ganz froh. Irgendwie hatte mich die Autofahrt ziemlich müde gemacht. Die letzten Ereignisse tauchten immer wieder in meinem Bewusstsein auf und verdrängten den Film, der so nah vor meinen Augen ablief. Die düstere Stimmung, die mich bei meinem Gespräch mit Hunter übermannt hatte, kam zurück wie ein Bumerang. Mir hätte bewusst sein müssen, dass dies jederzeit geschehen konnte, besonders nachdem ich über die ganze Sache mit Jordan gesprochen hatte. Die alten Gefühle, die wie verlorengegangene Gegenstände an die Oberfläche gespült worden waren. Während ich grübelte, schlief Lucy ein. Um sie nicht zu wecken, erhob ich mich ganz langsam vom Bett und schlich aus dem Zimmer. Nicht, ohne vorher Fernseher und Licht auszuschalten. Auf dem Weg ins Badezimmer fiel mein Blick durch Lucys offene Zimmertür auf ihr Buchregal. Als wäre der Spot hell beleuchtet, blieben meine Augen an dem Jahrbuch hängen. Ich besaß es nicht mehr, weil ich es zu sehr mit der alten Schule und den Menschen dort verbunden hatte. In diesem Moment war ich froh, dass Lucy ihres so sorgfältig aufbewahrt hatte. Direkt zwischen dem ersten Band von *Harry Potter* und *Wer die Nachtigall stört,* als verdiene es einen verdammten Ehrenplatz. Ich zog es aus dem Regal, setzte mich an den Schreibtisch und blätterte es durch.

Ich hatte vollkommen vergessen, wie viele Bilder es darin von mir gab. Ich war in sehr vielen Clubs und AGs gewesen. Man sah mich ständig umgeben von Mitschülern und diesem selten dämlichen Lächeln im Gesicht. Bis ich fand, was ich suchte, vergingen viele Seiten. Schließlich sah ich in sein Gesicht. Wir beide sahen glücklich aus. Es war der absolute Schnappschuss, einer, der unerwartet entstanden war. Ich legte mein Handy daneben und betrachtete das Bild, das Hunter von sich und mir geknipst hatte. Wenn man beides verglich, konnte man kaum einen Unterschied zwischen meinem alten Ich und dem neuen feststellen. Ich schien auf allen Fotos gleich glücklich zu sein und das machte mir irgendwie Angst. Bedeutete das nicht auch, dass ich wieder etwas zu verlieren hatte? Plötzlich fühlte es sich so an, als würde ein kleiner Teil von mir nur darauf warten, dass Hunter alles ruinierte. Aber was bedeutete schon *alles*? Was genau war es, was sich da zwischen uns anbahnte?

Ich riss die Seite aus Lucys Jahrbuch heraus, faltete sie zusammen und nahm sie mit dem Handy an mich. Ich stellte das Buch zurück an seinen Platz und lief in die Küche. In der Schublade neben dem Kühlschrank lag ein Feuerzeug, aber als ich es in den Händen hielt, brachte ich es nicht über mich, das Foto zu verbrennen. Vielleicht war es gut, dass ich mich mit dem Vorfall auseinandersetzte. Genau wie Hunter anfing den Hinweisen und dem Fall seines Bruders nachzugehen, war es wichtig, dass ich nicht vergaß, was dazu geführt hatte, dass ich mich verändert hatte.

Ein Fehler sollte nicht das ganze Leben zerstören dürfen. Fehler konnte man mit viel harter Arbeit wieder gutmachen, oder? Es musste doch eine Chance bestehen, dass wir beide das fanden, was wir suchten. Etwas, das mehr war als Tränen, Wut, Gedichtzeilen oder ein Bild lang vergessener Ereignisse. Statt des Feuerzeugs nahm ich einen Block und einen Kugelschreiber und ließ die Schublade zuknallen. Es war an der Zeit etwas Neues zu wagen. Wie zum Beispiel ein Gedicht für einen Poetry Slam zu schreiben. Gedichte hatte ich eigentlich nie gemocht. Ihre Bedeutung war mir immer zu schwammig und unscheinbar erschienen. Man konnte zu viel zwischen den Zeilen herauslesen oder dazuinterpretieren, was es nicht gab. Ihre Botschaft war nicht klar. Doch genau das, was ich nie daran gemocht hatte, war nun ein Vorteil für mich. Zweideutigkeit konnte, richtig eingesetzt, eine scharfe Waffe sein. Eventuell würde es mir möglich sein mit meiner Teilnahme jemanden aus der Reserve zu locken. Die Frage war nur, wie genau ich das anstellen würde. Worte zu finden, nicht die passenden, die perfekten. Ich versank in das Gedichteschreiben, bis meine Eltern zurückkamen.

***

Der Montag war die Hölle. Niemand mag die Erkenntnis, dass das Wochenende vorüber ist, deshalb zählten Montage grundsätzlich zu den von allen Schülern am meisten verhassten Tagen. Wenn man wie ich vergessen hatte, für einen Vokabeltest in Latein zu lernen, statt des Geschichtsbuchs das für Ethik eingepackt hatte und dann auch noch irgendwo sein Portemonnaie verlor, dann traf das Wort *Hölle* mehr als nur zu. Ich verbrachte die ersten Schulstunden mit einem solchen Dauerseufzen, dass ich anschließend das Gefühl hatte, sämtliche Luft aus meinen Lungen gepresst zu haben. Meine Schwester hatte einen Zahnarzttermin, weshalb ich mir nicht einmal Geld borgen konnte und ich war einfach noch nicht so weit mich zu Kate und der Horde an Mädchen zu gesellen, mit denen sie sich beim Lunch abgab. Trotz unserer Freundschaft. Für alle anderen war ich immer noch das seltsame Mädchen, das lieber allein war. Deshalb kam es dazu, dass ich in den dritten Stock schlenderte, um mich in der Nähe der Hauswirtschaftsräume herumzutreiben. Irgendeine Klasse bereitet immer gerade etwas zu und es fiel auch immer etwas davon ab, weshalb es bis zur Mittagszeit eine Art offenes Buffet gab. Ich war nicht die Einzige, die auf diese Idee gekommen war, stellte es aber weitaus geschickter an als die anderen. Ich wartete nämlich nicht, bis man uns die Erlaubnis erteilte in den Klassenraum zu gehen, sondern tat es einfach.

Als ich gerade dabei war, mir einen Muffin (heute war nur gebacken worden) in den Mund zu schieben, sagte jemand in tadelndem Tonfall ziemlich laut meinen Namen. Ich drehte mich mit erhobenen Händen um, weil ich auf frischer Tat ertappt worden war. Dann ließ ich die Arme ungläubig sinken, als ich keinem geringeren als Ethan gegenüberstand, der niemand anderen als Erin im Schlepptau hatte.

»Ihr kennt euch?«, echote es aus drei Mündern gleichzeitig und für ein paar Sekunden herrschte totale Verwirrung in unser aller Mienen. Ich kaute rasch zu Ende.

»Ich bin mit Erin im Basketballteam«, sagte ich zu Ethan. »Und du –«

»Das gibt es doch nicht!«, unterbrach er mich. »Wir gehen auf dieselbe Schule.«

»Sie ist das Mädchen, von dem du mir erzählt hast?«, fragte Erin irritiert. Wieder bildeten wir das Bermuda-Dreieck des Unglaubens und der heillosen Verwirrung. Wie bei einem Tischtennisturnier wanderten meine Augen hin und her und hin und her. Dann grummelte mein Magen hörbar und die beiden Jungs fingen an zu lachen.

»Sollen wir uns an einen Tisch setzen?«, schlug Ethan vor. Kommentarlos nahm er den Teller mit den Muffins einfach mit und wurde somit zu meinem Helden des Tages.

»So sieht es in Weit-weit-weg also aus«, meinte ich belustigt.

»Dann geht dein Freund Hunter hier auch zur Schule?«, fragte Ethan.

»Er ist sogar ebenfalls im Basketballteam«, sagte Erin. »Ist ziemlich gut.«

»Er ist nur ein Freund, nicht meiner.« Warum ich den Drang verspürte das immer wieder klarzustellen, war mir selbst ein Rätsel. Ich mochte den

Gedanken einfach nicht an jemanden gebunden zu sein, der so viel Einfluss auf meine Gefühle besaß wie Hunter.

»Habt ihr beiden nicht sogar gleich Theater AG?«, fuhr Erin fort.

»Dann hätte ich dich dort schon mal sehen müssen, oder nicht?«, fragte ich.

»Ich bin neu dabei«, erklärte Ethan. »Man hat mich nämlich aus dem Fechtkurs geworfen, weil ich jemanden fast aufgespießt habe. Danach war man der Meinung, ich könne meinen Hang zum Drama besser dort ausleben.«

»Hat es etwas mit ihr zu tun?«, flüsterte ich ganz vorsichtig.

»Du hast Taylor von der Freundin deines Cousins erzählt?« Erin war sichtlich geschockt. »Obwohl, was frage ich noch? Wenn du noch mehr Drama möchtest, bist du bei ihr ja genau an der richtigen Adresse. Sie und Hunter streiten sich ständig.«

Er sagte das, als würde er uns beide seit einer Ewigkeit kennen.

»Viel Drama«, bestätigte Ethan. »Ich sollte lernen kompliziert zu mögen.«

Das klang nun fast so, als wollte Ethan mit mir flirten.

»Du kannst eine fette Ladung von beidem haben, wenn wir uns nicht auf den Weg machen. Die Lehrerin, welche die Theater AG betreut, hasst es, wenn man zu spät kommt. Vielleicht solltest du auch nicht unbedingt in meiner Gesellschaft dort auftauchen. Ich habe das letzte Mal geschwänzt und muss zur Strafe bestimmt Garn sortieren oder irgend so einen schwachsinnigen Mist.«

***

»Wie kommt es, dass wir uns vorher nie begegnet sind?«, fragte Ethan auf dem Weg durch die Flure. »Ich weiß, es ist eine große Schule, aber du warst neu, oder?«

Ich betrachtete ihn unauffällig von der Seite. Es kam mir so vor, als wollte er etwas Bestimmtes von mir hören, aber ich hatte nicht den blassesten Schimmer, was genau.

»Was ist daran schon merkwürdig?«, sagte ich leichthin. »Ich sehe jeden Tag hunderte Gesichter und kenne nicht einmal annähernd die Namen der

Hälfte meiner Mitschüler, die ich immer wieder in denselben Kursen sehe. Außerdem – bist du nicht eine Stufe über mir, wenn du mit Erin befreundet bist?«

»Das wird es wohl sein«, meinte er ziemlich leise. Wir erreichten die große Aula. Auf und hinter der Bühne liefen die Mitglieder der Theater AG herum und arbeiteten entweder am Bühnenbild oder übten einen Textpart. Ms Fletcher veranstaltete irgendein Vorsprechen, weil sie sich noch nicht festgelegt hatte, welches Stück sie dieses Jahr aufführen wollte. Ich hoffte doch sehr eines mit vielen Bäumen. Ich war noch immer sehr dafür unauffällig Windgeräusche nachzuahmen und niemandem zeigen zu müssen, dass ich Teil einer Gruppe war, die in Strumpfhosen schlüpfte und Shakespeare zitierte.

Mehrere Scheinwerfer lagen auf der Mitte der Bühne. In der ersten Reihe saßen einige Mädchen wie die Hühner auf der Stange und gaben erstickte Laute von sich. Sie waren vollkommen von dem Spektakel auf der Bühne eingenommen. Einige der anderen, die gerade an etwas arbeiteten, hatten ebenfalls mitten in der Tätigkeit unterbrochen. Ein Blick genügte, um zu wissen, was so spannend mitzuverfolgen war. Unsere Lehrerin stand zusammen mit Hunter auf der Bühne und wies ihn zurecht – nein, Moment! War denn die Hölle zugefroren? Sie lobte ihn überschwänglich. Ich traute meinen Ohren kaum.

»Das war ausgezeichnet, Mr Reeves, lassen Sie uns erneut einen Versuch starten.«

Hunter sah ganz anders aus, als ich ihn von den letzten Tagen her kannte. Er trug ein weißes Hemd, dessen obere Knöpfe aufstanden und eine schwarze Krawatte, die genauso dunkel war wie seine Hose. Seine Augen wurden von einer Brille eingerahmt. Das Haar, das für eine solche Frisur viel zu lang und störrisch war, hatte er versucht nach hinten zu kämmen. Ein Bild von unserer ersten Begegnung schoss mir wie ein Pfeil durch den Kopf. Da hatte er auch ausgesehen, als trüge er irgendeine Schuluniform. Der Look stand ihm gut, ließ ihn erwachsener wirken, aber auch abweisender. Plötzlich hatte ich das stereotypische Bild des Kerls vor mir, der mich mit seinem arroganten Lächeln von der ersten Sekunde an so dermaßen auf die Palme gebracht hatte. Viel schrecklicher war allerdings, dass diese äußerliche Erinnerung mir ins Gedächtnis rief, dass ich Hunter kaum mehr als knappe zwei Wochen kannte. Verdammt wenig, wenn ich der Stimme der Vernunft in meinem Oberstübchen mal ein bisschen Beachtung schenkte.

»Du siehst aus, als hättest du plötzlich einen Geist gesehen, Taylor«, sagte Ethan. Ich packte seinen Arm, um mich abzustützen, weil mir furchtbar schlecht wurde. Er half mir mich auf einen Platz sinken zu lassen und setzte sich dann neben mich. Ich sah wieder zur Bühne, wo Ms Fletcher Hunter die Vorlage für seinen Text lieferte. Seine Lippen bewegten sich, aber mein Gehirn hatte den Ton auf mute gestellt. Es war seltsam. Erst der Orkan von klatschenden Händen brachte die Geräusche zurück. Ich zuckte zusammen.

»Damit steht es fest, Sie werden die Hauptrolle, den Prinzen, spielen!«

Diese Aussage erntete erneuten Beifall von den Fan Girls in der ersten Reihe, aber auch andere schienen die Idee gutzuheißen, dass Hunter so viel Verantwortung zuteilwurde. Er selber wirkte wenig beeindruckt von den Gegebenheiten. Sein Blick erfasste mich und ein Lächeln stahl sich in sein Gesicht, eines, das ich mochte. Was hatte der Kerl nur mit mir angestellt, dass sich meine Meinung über ihn innerhalb von vierzehn verdammten Tagen verändert hatte?

Gib's zu, mit mir zu streiten macht Spaß.

Ich verschränkte die Arme vor der Brust.

Ms Fletcher folgte Hunters Blick und rümpfte die Nase.

»Miss Reagan, sind Sie auch endlich eingetroffen?«, fragte sie.

»Ich saß schon seit Beginn der Proben hier«, log ich.

»Dann wissen Sie sicher auch, für welches Stück wir uns inzwischen entschieden haben«, stellte mir Ms Fletcher eine gemeine Falle. »Mr Reeves hier hat sein Versäumnis vom letzten Mal wieder gutgemacht. Wie steht es mit Ihnen? Wollen Sie auch etwas beitragen zu unserem Stück, dessen Name lautet –?«

»Eines mit einem edlen Prinzen«, antwortete ich schnippisch. Einige meiner Mitschüler lachten über diesen Kommentar. »Der vermutlich eine Prinzessin retten muss. Das grenzt natürlich die Auswahl ungemein ein. Immerhin keines der klassischen Stücke, die jede Schule schon an die dreihundert Mal durchgekaut hat.«

»Ihre Wortwahl missfällt mir etwas, aber ich nehme das als Kompliment.« Sie deutete mit dem Finger auf mich, dann neben sich. »Kommen Sie auf die Bühne, Miss Reagan.«

Als ich mich erhob, bemerkte ich, dass Ethan mir noch immer einen Arm aufgelegt hatte. Etwas verlegen zog er die Hand zurück. Ich hatte die Berührung gar nicht wahrgenommen. Etwas unwohl rieb ich mir über den Arm.

Ich leistete dem Befehl Folge und stieg weiter die Stufen hinab, bis ich vorm Bühnenrand stand. Hunter kam mir zu Hilfe und hielt mir beide Hände entgegen, damit er mich hochziehen konnte. Er tat das mit solcher Leichtigkeit, als hätte ich das Gewicht einer Feder. Er ließ mich nicht sofort los, sondern sah mir für einen unruhigen Moment fest in die Augen. Ich war es, die die Hände von seinen löste und sie in die Taschen schob, weil ich nicht wusste, wohin damit. Ms Fletcher lächelte mich auf eine unheilvolle, aber nicht unfreundliche Art an.

»Es ist ein Märchen«, fuhr sie fort. »Schneewittchen, das sagt Ihnen sicher etwas.«

»Die dumme Prinzessin, die an einem Apfel erstickt ist«, sagte ich ungehalten und weil das Chaos schon angerichtet war, warf ich hinterher: »Da hätte ich doch lieber ellenlange Haare und würde hoch oben in einem Turm wohnen. Immerhin gäbe es dann die Ausrede, dass man vor lauter Einsamkeit das Gesicht seiner eigenen Stiefmutter vergessen hat.«

»Sparen Sie sich Ihr loses Mundwerk für eine andere Gelegenheit auf«, tadelte mich Ms Fletcher, die nun weitaus ungehaltener war und nicht mehr ganz so freundlich dreinblickte. Sie war eine schrullige Frau mit einem eigensinnigen Stil, der neben Hunters glänzender Erscheinung noch mehr herausstach. Heute sah es so aus, als habe sie sich nach dem Motto von *Game of Thrones: Winter is coming* einfach zehn Decken auf einmal um den Körper geschlungen. Jon Snow hätte jedenfalls eine davon gebrauchen können, als er die zugefrorene Felswand empor gestiegen war, um zurück zur Nachtwache zu finden. Der Zwiebellook wurde von einem Dutzend Ketten und Gürteln zusammengehalten. Das Nest auf ihrem Kopf sah auch so aus, als gehöre es einer Elster, so viele Dinge funkelten darin. Musste furchtbar umständlich sein, sich den ganzen Mist in die Haare zu stecken.

»Sie können vorsprechen, jetzt gleich, wenn Sie wollen.«

Von Wollen konnte bei dieser ganzen Aktion nicht die Rede sein. Was ich wollte war zu Hause vor meiner Playstation zu hocken oder mir eine Pizza reinzuziehen.

»Ich bin für so etwas nicht geeignet«, antwortete ich etwas bang. »Außerdem sehen die da –« Ich deutete in die erste Reihe »... sehr viel motivierter und talentierter aus.«

»Ich würde sehr gerne vorsprechen!«, meldete sich ausgerechnet Rachel zu Wort. »Das letzte Mal habe ich keine Gelegenheit gehabt, weil die Aufführung nicht stattfinden konnte.« Ich erinnerte mich nur noch vage an den Zettel, den ich damals ans schwarze Brett gehängt hatte. Dass die Theater AG finanzielle Probleme hatte, wusste ich nicht. Was sollte es sonst für einen Grund geben ein Stück abzusagen? Oh, Moment: grottige Darsteller wie Rachel Easterfield. Dass sie auf ihrer eigenen Schleimspur nicht ausrutschte, war echt ein Wunder. »Sie wissen doch, wie sehr mir das alles am Herzen liegt.«

»Das wissen wir alle«, bemerkte ein blonder Typ genervt. »Schließlich müssen wir uns bei jeder Probe deine ätzenden Monologe anhören.«

Hui, der war mir sofort sympathisch. War er nicht in meinem Mathekurs?

»Ich bitte Sie, junge Herrschaften, reißen Sie sich zusammen!«, sagte Ms Fletcher barsch. »Ich werde Ihnen einen Kompromiss vorschlagen: ein offenes Casting, an dem jedes Mädchen der Theater AG teilnimmt, damit wir die Schneewittchen-Rolle bestimmen können. Behalten Sie dabei aber im Hinterkopf, dass es nicht auf das Aussehen ankommt, sondern die Präsenz und besonders die Chemie zwischen den Schauspielern.«

»Es ist doch kein offenes Casting, wenn man uns a) dazu zwingt und b) nur die Mädchen der Theater AG mitmachen dürfen«, meldete ich mich wieder zu Wort. Meine große Klappe war heute ganz schön ... groß. Verhalten zuckte ich mit den Achseln, als die Lehrerin mich schwermütig und kritisch betrachtete, als wäre ich ihr Sorgenkind Nummer Eins.

»Miss Reagan, ich möchte Sie später sprechen. Kommen Sie in mein Büro. Und jetzt ist Schluss mit lustig, heute arbeiten wir weiter an Kostümen und Bühnenbild. Los!«

Die nächsten zwei Stunden bewies ich, wie wenig nützlich ich war. Ich konnte weder gut malen noch nähen und daher hätte ich mich auch einfach in eine Ecke setzen und unsichtbar machen können, das Ergebnis wäre das gleiche gewesen. In der Tat verdoppelte sich die Arbeit für meine fleißigen und engagierten (hallo, die waren auch alle freiwillig und aus Spaß an der Sache hier!) Mitschüler, weil alles, was ich anpackte, schief ging. Zwischenzeitlich wurde ich, zusammen mit dem frechen Blondschopf, wirklich abgeschoben oder wie Ms Fletcher es nannte: *ausgeschickt*, um Stärkung für das Team zu holen. Die Wahrheit war, die Alte wollte uns beide einfach nur loswerden. Da nicht viel geredet wurde (was zur langweiligen Arbeitsatmosphäre beitrug) und im Radio ein schreckliches Dudelsack-Solo (welches anscheinend den Rahmen einer halben Stunde zu sprengen versuchte) lief, empfand ich dies nicht als Strafe, sondern eher als Erlösung. Ich hatte sowieso keine Gelegenheit, um mit Hunter oder Ethan abzuhängen, weil beide ständig mit irgendetwas zu Gange waren. Bis auf gelegentliches Lächeln beiderseits kam ich mir vor, als lebten wir in einem Sklavenlager, in dem man uns allen die Zunge herausgeschnitten hatte, damit wir effektiver vorankamen.

»Jetzt weiß ich, warum du mir so bekannt vorkamst«, sagte Blondschopf, der eigentlich Paul hieß. »Du bist doch Lucy Reagans Schwester, oder?«, fragte er ehrfurchtsvoll.

Ich verging mich gerade am Snackautomaten, der vor dem Lehrerzimmer stand und die einzige Nahrungsquelle war, weil die Cafeteria heute früher geschlossen hatte. Das störrische Ding hatte genüsslich unser Geld gefressen, spuckte aber die Schokoriegel nicht aus, also versetzte ich dem Teil einen Tritt. Dann noch einen, bis es klappte.

»Ja«, sagte ich kurz angebunden.

»Sie ist wirklich beliebt«, erzählte Paul, weil er anscheinend der Meinung war, dass ich das hören wollte. Er hätte mir auch sagen können, dass Lucy gerade auf einem indischen Teppich an uns vorbeigeflogen wäre, es hätte mich genauso wenig interessiert. Nachmittags schaltete mein Gehirn immer in den Energiesparmodus, besonders nach mehrmaligem Versagen meinerseits. »Verdammt hübsch ist sie auch, Benjamin hat so ein Glück. Sag mal Taylor –«

»Nein«, sagte ich monoton.

»Ich hab doch noch gar nicht –«

»Nein«, wiederholte ich. Dann: »Trag das.« Ich packte Paul die Wasserflaschen in die Arme, die wir aus dem Getränkeautomaten daneben geholt hatten. Er ächzte unter dem Gewicht, als wären es Fünfzig-Kilo-Hanteln. Ich packte die Schokoriegel zusammen.

»Dann siehst du momentan jemanden?«, fragte Paul.

Er konnte es echt nicht lassen, was?

»Mich selbst, weil sich mein Gesicht gerade im Glas spiegelt, danke der Nachfrage.«

»Du weißt, wie ich das gemeint habe«, sagte er mürrisch.

»Ich bin nicht der Typ Mädchen, den man datet«, sagte ich etwas umgänglicher. »Früher war ich das einmal. Heute bin ich ein schwieriger Umgang. Ich hab zu hohe Ansprüche. Ich lache nur über Witze, die ich echt gut finde. Ich freue mich selten über Komplimente und machen tue ich erst recht kaum welche. Im Restaurant bestelle ich mir die ganze Karte, wenn ich Hunger habe. 0815-Dating-Plätze wie Kino oder Parks finde ich sterbenslangweilig und wenn ich zu viel lächle, bekomme ich schlechte Laune.«

»Vergiss, dass ich gefragt habe«, murmelte Paul.

***

Als der Ruf der Freiheit zum Greifen nah war und alle sich verziehen durften, musste ich auf Ms Fletcher warten und sie danach zu ihrem Büro begleiten. Mal im Ernst, hatte sie nichts Besseres zu tun als an die außerschulischen Aktivitäten außerschulische Aktivitäten zu hängen? Sie wurde sicher nicht dafür bezahlt, Psychologe mit mir zu spielen.

»Ihr Verhalten heute war unangebracht und respektlos.«

»Ich entschuldige mich für mein unangebrachtes und respektloses Verhalten.«

»Können Sie dies auch mit etwas mehr Ehrlichkeit sagen, Miss Reagan?«

»Es tut mir leid, wenn ich Sie persönlich beleidigt habe«, sagte ich mit mehr Elan. »Kann ich jetzt gehen? Ich verpasse sonst den letzten Bus und sitze hier bis morgen fest.«

»Bleiben Sie sitzen«, wies sie mich an, als ich mich erheben wollte. »Wissen Sie, Miss Reagan, ich sehe selten Schülerinnen wie Sie. Ich unterrichte schon mehr als dreißig Jahre, aber ein Mädchen wie Sie ist selten. Soll ich Ihnen sagen, warum? Sie besitzen sehr viel Potenzial und verschenken dieses wissentlich. Viele andere junge Menschen in Ihrem Alter führen sich oftmals so abweisend auf wie Sie, weil sie ihr eigenes Potenzial noch nicht erkannt haben oder dieses ausschöpfen, aber Sie sind anders.«

Ms Fletcher fischte eine Akte aus ihrem Schreibtisch heraus. Meine Akte.

»Ich habe sie komplett gelesen«, fuhr sie fort. »Sie waren ein ehrgeiziger und engagierter Mensch. Ich weiß auch, warum sich das geändert hat und möchte Ihnen einen Rat mit auf den Weg geben. Sehen Sie über Ihren derzeitigen Tellerrand hinaus. Wenn man jung ist, erscheint einem eine einzige Katastrophe wie das Ende der Welt, das ist es aber nicht.«

»Ich verstehe nicht, warum Sie sich so bemühen«, sagte ich ehrlich. Ms Fletcher lächelte.

»Ich habe Sie schon eine Weile im Auge und Sie wären einfach ganz wunderbar für die Hauptrolle des Stücks. Jetzt ersparen Sie mir Ausreden, was Ihr Talent betrifft. Irgendwo da drinnen schlummert es zweifelsohne. Es geht auch vielmehr um das Ergebnis. Die Schule streicht das Budget für die Theater AG fast halbjährlich. Dieses Stück könnte unsere letzte Chance sein etwas Wundervolles auf die Beine zu stellen. Wenn ich nicht mal einen störrischen Teenager von der Hingabe zu Drehbüchern begeistern kann, wie soll ich dann ein ganzes Ausschusskomitee überzeugen?«

»Sie wollen ein Exempel an mir statuieren?«, fragte ich verwundert.

»Das werden wir noch sehen«, antwortete sie. »Wer weiß, vielleicht wachsen Ihnen noch kleine Flügelchen und Sie können eigene Begeisterung wie Inspiration verschenken.«

Dummes Künstlergerede.

»Sie sind entlassen, gehen Sie und bekommen Sie Ihren Bus.«

Das ließ ich mir nicht zweimal sagen. Ich schnappte meine Tasche und verließ das Büro. Hatte dieses Gespräch gerade wirklich stattgefunden oder hatte ich das alles geträumt?

16

Natürlich fuhr mir der Bus direkt vor der Nase davon. Der nächste würde erst in einer halben Stunde kommen, weil der Plan sich nachmittags änderte und nicht mehr alle zehn Minuten einer an der Schule hielt. In dieser Zeit würde ich es vielleicht auch zu Fuß nach Hause schaffen, also machte ich auf dem Absatz kehrt. In exakt der gleichen Sekunde drosselte ein Wagen neben mir auf Schritttempo. Ich kannte das Modell, weil ich erst vorgestern selber darin gesessen hatte. Es war Hunters Auto. Er kurbelte das Fenster herunter und grinste mich vielsagend an.

»Ich hab auf dich gewartet«, sagte er. »Hüpf rein.«

»Ich bin nicht James Bond«, sagte ich. »Ich springe nicht in fahrende Autos.«

Hunter trat demonstrativ auf die Bremse und der Wagen kam zum Stehen. Ich lief um den Volvo herum, stieg auf der Beifahrerseite ein und schnallte mich an.

»Was verschafft mir die Ehre?«, fragte ich, denn er hatte sicher nicht ohne Grund auf mich gewartet. Hunter tat nie etwas ohne Hintergedanken, das war mir sofort klar gewesen, als ich ihn kennengelernt hatte – aber welcher Mensch tat das schon? Selbstlosigkeit war nicht gerade weit verbreitet.

»Der Poetry Slam«, begann Hunter. »Heute ist Anmeldeschluss.«

»Heute schon?«, fragte ich überrascht.

»Wir fahren schnell rüber und lassen unsere Namen auf die Teilnehmerliste setzen.«

»Wir sollen beide daran teilnehmen?«, wollte ich wissen.

»Dann stehen die Gewinnchancen für uns besser.«

»Wir sollen auch noch gewinnen?«, fragte ich weiter.

»Taylor«, sagte er ungeduldig.

»Hunter«, sagte ich ebenso genervt.

»Wir versuchen es zumindest«, meinte er. »Mehr kann man nicht von uns verlangen.«

»Leidet dein Ruf nicht darunter, wenn du Gedichte schreibst und in aller Öffentlichkeit vorträgst?«, meinte ich in einem munteren und sehr erheiterten Tonfall.

»Das macht mich nur noch attraktiver«, sagte er. »Ich sehe gut aus und habe Tiefgang. Da schmelzen alle Mädchen einfach nur so dahin. Außerdem schert es mich überhaupt nicht, was andere von mir denken, mit Ausnahme von dir, versteht sich.«

»Sicher«, sagte ich. »Ich schmelze bei Gedichten aber nicht dahin.«

»Das Gedicht über den Rozel-Tower mochtest du«, erinnerte mich Hunter. »Außerdem wäre das auch viel zu leicht, schließlich bist du der Typ Mädchen, den man besser nicht daten sollte, oder?« Er warf mir einen Seitenblick zu. Ich bekam rote Wangen.

»Du hast unser Gespräch belauscht?«

»Ihr habt ziemlich lange gebraucht. Ich hatte die Befürchtung, dass Paul dich in eine Besenkammer gezerrt und mit seinen Küssen willenlos gemacht hatte. Immerhin ist allgemein bekannt, dass er total auf Lucy steht und du bist ... nun ja, ihre Schwester.«

»Oh, dann hast du den Teil, der genau dieser Beschreibung entspricht, wohl verpasst«, erwiderte ich kühl. »Nur weil mich jemand küsst, heißt das noch lange nicht, dass dann mein IQ sinkt und außerdem, eine Besenkammer? Gibt es etwas Seltsameres?«

»Wenn ich dich in eine Besenkammer zerren und küssen würde, würdest du dich später nicht einmal mehr an deinen vollen Namen erinnern«, sagte Hunter herausfordernd.

»Das ist wahrscheinlich der beste Anmachspruch aller Zeiten«, verkündete ich. »*Datet Hunter Reeves, er küsst euch ins Koma und all eure Sorgen lösen sich für immer in Luft auf.* Vielleicht hat Ms Fletcher dich deshalb als Prinzen angestellt. Sie muss die ungeheure Hoffnung hegen, dass deine besondere Gabe ihr hilft das Stück authentischer zu machen. Nur, wie soll das arme Schneewittchen danach je wieder zur Besinnung kommen?«

»Ich bin einfach gut, das ist alles«, sagte Hunter trocken. »Wir sind da.«

Der Poetry Slam fand dieses Jahr im Kino statt. An der Fassade des Gebäudes hingen aufgereiht Plakate der Filme, die derzeit liefen und direkt neben dem Eingang gab es ein besonders großes, das den Wettbewerb ankündigte.

Ich ließ Hunter alleine aussteigen, da er nur zum Kassenhäuschen gehen musste, um für uns beide ein Formular zu holen. Als er wieder in den Wagen stieg, reichte er mir ein Blatt Papier.

»Ich fahre dich jetzt nach Hause«, meinte er knapp.

»Och, wie schade«, scherzte ich. »Keine weiteren Anbaggerversuche?«

»Die spare ich mir alle für später auf. Ich muss noch etwas erledigen.« Bei diesen Worten fasste er sich an die Krawatte, die er trug und runzelte die Stirn. Als er mich abgesetzt hatte, sagte er zum Abschied: »Ich melde mich später wieder, dann überlegen wir uns was Genaueres wegen dem Poetry Slam.«

»Okay«, sagte ich bloß, weil mir nichts Besseres einfiel.

***

Nachdem ich meine Hausaufgaben erledigt hatte, grübelte ich über Hunters Aufzug nach. Wo er wohl hingegangen war? Die Antwort darauf interessierte mich sehr. Umso panischer wurde ich, als ich später am Nachmittag eine SMS von Hunter erhielt, die mein Herz für einen Moment aussetzen ließ:

Notfall. Komm zu mir nach Hause.

Ich packte mein Skateboard (Lucy hatte mal wieder das Auto) und machte mich ohne große Umschweife sofort auf den Weg. Ich raste wie der Blitz die Bordsteige entlang und hätte dabei fast eine alte Frau über den Haufen gefahren. Ihre Flüche verfolgten mich die ganze Straße hinunter. Als ich das Grundstück der Reeves erreichte, sprang ich ab und machte mir nicht einmal die Mühe auszubremsen. Mein Skateboard rollte auf das Stück Wiese, die den Vorgarten darstellte, überschlug sich einmal und blieb dann liegen. Wie eine Irre klingelte ich Sturm. Als die Haustür sich öffnete, sprudelten die Worte aus meinem Mund, noch bevor Hunter zu einer Begrüßung ansetzen konnte.

»Was ist so wichtig, dass ich sofort kommen sollte?« Meine Finger schlossen sich fester um mein Handy, auf dem die SMS mit dem Betreff *Notfall* gespeichert war. »Hunter?«

Er unterdrückte ein Lachen. »Ich wollte nur sehen, wie schnell du hier bist.«

»Soll das ein Witz sein?«, fragte ich atemlos von der wilden Fahrt. Ich ließ die Schultern sinken und versuchte meine Atmung wieder zu beruhigen. Hunter hob abwehrend die Hände. »Ich konnte ja nicht wissen, dass du für mich alles stehen- und liegenlässt.«

»Dann gibt es keinen Notfall?«, bohrte ich überflüssigerweise nach.

»Nein.« Ich streifte mir meine Haare aus dem Gesicht und funkelte ihn wütend an. »Warte«, sagte er und hielt mich am Arm fest, um mich daran zu hindern sofort wieder abzuhauen. Sehnsüchtig starrte ich mein Skateboard an. Hunter war nicht zu fassen!

»Worauf?«, fragte ich trotzig. »Dass wirklich ein Notfall entsteht? Ich habe nämlich gerade richtig große Lust dir eine Kniescheibe zu zertrümmern oder einen Zahn auszuschlagen. Mir fallen bestimmt auch noch ein paar andere Dinge ein, die ich –«

Hunter erstickte meine nächsten Worte mit einem Kuss. Er zog mich näher zu sich heran, legte eine Hand in meinen Nacken und seine Lippen auf meine. Es war ein schneller, flüchtiger Kuss, aber trotzdem hatte er die erzielte Wirkung und brachte mich zum Schweigen. »Und jetzt komm rein«, meinte er, als wäre nichts gewesen. Verdutzt klappte mir der Kiefer herunter, aber es entfuhr mir nur ein leises Seufzen. »Das letzte Mal warst du zu schnell weg, um unsere geschmackvolle Inneneinrichtung bewundern zu können. Fühle dich einfach wie zu Hause, Taylor.«

Doch anstatt das Haus der Familie Reeves genauer in Augenschein zu nehmen, sah ich Hunter an. Er war wieder legerer gekleidet und erinnerte an den Surfertypen. Die schwarze Brille trug er aber immer noch, was bedeutete, dass er normalerweise Kontaktlinsen benutzte. Seltsam, was ein so kleines Detail für einen Unterschied machte.

»Du bist wieder normal«, sagte ich, ohne groß darüber nachzudenken.

»Normal?«, fragte er und dann ging ihm ein Licht auf. »Ach, das meinst du.«

»Wieso bist du heute im Anzug zur Schule gekommen?«, fragte ich. »Und damals?«

»Alle zwei Wochen besuche ich meine Mom«, antwortete er. »Öfter geht es nicht, wegen der Therapie, die sie macht und deshalb ziehe ich mich jedes Mal so an. Sie hat es immer gemocht, wenn ich so aussehe und dann gesagt, dass aus mir eines Tages vielleicht wirklich etwas werden kann. Eine Zeitlang sah es nämlich nicht danach aus. Wir haben immer dieses Spiel gespielt, bei dem es darum ging sich die verrücktesten Dinge auszumalen, die man selber in der Zukunft erleben wird. Sie hat dabei immer gewonnen, weil ihre Phantasie einfach viel weiter hinausreichte als meine. Aber eines hat sie am Ende jedes Spiels gesagt, dass ich in diesem Aufzug Sicherheit und Ruhe ausstrahle und sie sich für mich wünscht, dass meine Zukunft das auf jeden Fall bereithält. Irgendwie glaube ich, wenn sie mich so sieht, fühlt sie sich besser, weiß, dass es mir gut geht.«

Erstaunt über seine Offenheit wandte ich meinen Blick nicht von seinem Gesicht ab. Er räusperte sich, als wäre er verlegen und drehte sich dann auffällig schnell von mir weg.

»Außerdem finden die Krankenschwestern das ungeheuer sexy«, meinte er überheblich. »Sie überschlagen sich förmlich alle, um mir jeden Wunsch von den Lippen abzulesen.«

»Ist mit deiner Mom denn alles in Ordnung?«, fragte ich besorgt. Hunter zögerte.

»Vermutlich mehr als das. Jeden Tag macht sie kleine Fortschritte. Sie vermisst es zu Hause zu sein. Sie vermisst Dad und mich und … Ryan. Jedes Mal, wenn ich zu ihr gehe, erzähle ich ihr, dass er draußen vor der Tür steht und er es nicht über sich bringen kann hereinzukommen. Dass er zu viel Angst hat, sich zu sehr sorgt. Jedes Mal lüge ich ihr mitten ins Gesicht und jedes Mal glaubt sie mir, denn warum sollte ich etwas so Hinterhältiges tun wie sie anzulügen?«, fragte Hunter bitter. »Ich will, dass es irgendwann keine Lüge mehr sein muss, dass Ryan wirklich wartet und sie sehen will.«

»Vielleicht«, setzte ich an, aber ich wusste nicht, was vielleicht sein würde.

»Ich habe ihr von dir erzählt«, sagte Hunter wieder etwas fröhlicher und grinste.

»Ach, wirklich?«, fragte ich spöttisch. »Du hast ihr erzählt, dass du dieses Mädchen getroffen hast, mit dem du dich andauernd streiten musst, weil du so stur bist?«

»Ich habe ihr erzählt, dass ich da dieses Mädchen getroffen habe, mit dem ich mich andauernd streite, weil wir beide so stur sind und dass mich jede Minute, die ich mit ihr zusammen bin, irgendwie glücklich macht.«

»Auch, wenn ich dir die Kniescheibe zertrümmere oder –«

»Mir einen Zahn ausschlägst? Vermutlich würde ich total darauf abfahren.«

Er nahm meine Hand und fuhr langsam mit seinem Daumen über meinen Handrücken. Hastig zog ich die Hand wieder weg, bevor ich noch anfing zu sabbern.

»Lass das«, sagte ich kleinlaut.

»Das hier?«, fragte er, umfasste wieder mein Handgelenk und beugte sich vor. Ich bekam doch wirklich dumme Wackelpudding-Knie, als er mich verheißungsvoll anlächelte. Ich wusste, er würde mich jede Sekunde wieder küssen. »Wenn du wüsstest, wie süß du bist, wenn du mich so ansiehst. Dann werden deine Augen immer ganz groß.«

»Spielt dir deine Einbildung mal wieder Streiche?«, grummelte ich.

»Und du runzelst dann jedes Mal die Stirn, als wäre ich dir ein großes Rätsel.«

»Das tue ich ganz bestimmt nicht!«, meinte ich.

»Dann fängst du immer an unsinniges Zeug von dir zu geben, weil du nervös bist.«

Ich presste die Lippen fest aufeinander und versuchte grimmig auszusehen.

»Ich wette«, fuhr Hunter fort und legte einen Finger an mein Schlüsselbein, »dass dein Herz gerade viel, viel schneller schlägt. Jetzt noch mal einen Gang hochschaltet.«

Er ließ sanft von mir ab, aber vor Verwunderung ging ich automatisch ein paar Schritte rückwärts und stieß mit den Ellbogen gegen einen Beistelltisch. Eine Vase ging zu Bruch.

»Als nächstes passiert dir immer irgendetwas total Tollpatschiges«, vollendete Hunter seine Ausführung. Erschrocken starrte ich auf die vielen Scherben. »Innerhalb des nächsten Herzschlags hast du schon wieder vergessen, dass du auf mich sauer sein wolltest, weil deine Gedanken ganz woanders hin wandern. Deshalb lässt du dich am Ende auch immer wieder von mir küssen.«

Als ich ihm den Kopf zudrehen wollte, stand er schon wieder neben mir, schob mich das winzige Stück gegen die Wand und ließ seine Finger an meiner Hüfte ruhen. Behutsam strich er mir eine Haarsträhne hinters Ohr und sah mich mit leuchtenden Augen an. Ich streckte eine Hand aus und nahm ihm die Brille ab.

»Glaubst du, das macht mich wehrlos?«, fragte er. »Ich sehe auch ohne das Ding ganz gut. Ich bin nämlich kurzsichtig, das heißt, alles, was sich genau vor mir befindet, finde ich extrem scharf.«

Dann kippte die Stimmung schlagartig, als es an der Tür klingelte. Hunter lachte. Lässig ließ er mich stehen, öffnete und begrüßte einen Pizzaboten. Er zahlte für das Essen und gab ein gutes Trinkgeld, dann stieß er die Tür mit dem Fuß zu, weil seine Hände damit beschäftigt waren, den Karton zu öffnen und sich schon ein Stück in den Mund zu schieben. Ich stand noch immer wie eine Säule unbeweglich im Flur herum.

»Lass uns was essen, dann geben wir unsere Teilnahmeformulare im Kino ab und sehen uns einen Film an. Sie zeigen eine ganze Menge alte Actionfilme.«

Himmel. Das nannte man wohl ein perfektes (oder perfides) Timing.

»Hast du den Teil vergessen, der besagt, dass ich undatebar bin?«

»Das Adjektiv gibt es nicht«, meinte Hunter. »Außerdem, wer sagt denn, dass es ein Date ist? Ich habe Lust auf einen Film und zwinge dich mitzukommen. Ich glaube, das richtige Wort dafür ist Nötigung. In manchen Kulturen vielleicht auch Entführung. Ich sollte es besser gleich richtig machen und dich in meinen Keller einsperren, damit du nur mir gehörst. Ich könnte mir ganz Prinzen-mäßig einen richtigen Kerker anlegen.«

Hunter ging an mir vorbei ins Wohnzimmer.

»Am besten sollte er von einem Drachen bewacht werden!«, phantasierte er weiter. Ich verschränkte die Arme vor der Brust und folgte ihm missbilligend. »Dann müsste es aber auch einen Wassergraben um unser Haus geben. Dafür müsste tief gebuddelt werden. Naja, vielleicht finden wir dann endlich diesen elenden Maulwurf, der immer die Blumenbeete meiner Mom umgräbt.«

Mir missglückte der Versuch darüber nicht zu lachen. Hunter wedelte auffordernd mit einem weiteren Stück Pizza durch die Luft.

»Komm schon, du kannst doch eh nicht widerstehen.«

Ich war mir nicht ganz sicher, ob er sich oder das Essen meinte.

»Wenn du so unbedingt fahren willst, sollten wir das jetzt tun. Sofort. Ich habe schließlich noch Besseres zu tun, als den restlichen Abend mit dir zu verbringen.«

»Da bin ich aber gespannt«, antwortete er. »Müssen die Pflanzen wieder gegossen werden? Du musst inzwischen ja eine ganze Armee aufgestellt haben.«

»Ich bin müde«, sagte ich lahm.

»Dann schlafe während des Films.«

»Hast du auf alles eine Antwort?«

»Genau wie du auf alles Widerworte?«

»Pass auf, sonst lass ich meine Killerpflanzen auf dich los.«

»Sie wurden sicher mit jeder Menge Wut gedüngt«, spottete Hunter. »Wie wäre es mit einem Kompromiss? Die Bedeutung des Wortes kennst du doch sicher.«

»Lässt du mich deinen Wagen fahren?«, schlug ich vor.

»Nicht in hundert Jahren«, erwiderte er.

»Du könntest mich vierundzwanzig Stunden in Ruhe lassen?«

»Das überlebe ich nicht. Genauso wenig wie du.«

»Ich glaube, du kennst die Bedeutung des Wortes *Kompromiss* nicht.«

»Ich könnte dir zeigen, wie man Pfannkuchen macht?«

»Das kann Google auch«, erwiderte ich.

»Uns fällt noch etwas ein. Wir könnten auf dem Weg darüber nachdenken.«

»Bevor wir noch mehr Energie verschwenden, stimme ich dem zu.«

»Ha!«, machte Hunter triumphierend. »Ein waschechter Kompromiss!«

»Also sind wir uns einig, dass wir uns nicht einig sind?«, fragte ich kopfschüttelnd. Seufzend verließ ich das Haus und sammelte mein Skateboard ein. Fröstelnd rieb ich mir über die Arme, weil es inzwischen kälter geworden war und ich nur ein Shirt trug. Ich war wirklich ohne nachzudenken losgefahren. Alles, was ich bei mir hatte, war mein Handy. Im nächsten Moment war Hunter an meiner Seite. Er schien die Fähigkeit eines Ninjas zu besitzen, so leise, wie er sich mir immer wieder nähern konnte, ohne dass ich etwas merkte. In den Händen hielt er einen zweiten Pullover, den er mir einfach über den Kopf zog. »Ich dachte mir schon, dass du frieren wirst. Heute Abend soll es ein richtiges Unwetter geben.« Weil er einfach Recht hatte, drückte ich ihm mein Skateboard in die Hand, schlüpfte in die Ärmel hinein und schob mein Handy in eine Seitentasche. Der Pullover war mir viel zu groß, aber immerhin roch er nach Waschpulver und nicht nach Hunter. Ich hatte mir auch noch nie Gedanken darüber gemacht, wie Hunter roch.

»Du wärst im Surfen bestimmt richtig gut«, meinte er und lächelte dabei ziemlich zufrieden, weil ich sein Angebot mit dem Pullover einfach so angenommen hatte. »Wenn du dein Gleichgewicht halten kannst, egal bei welcher Geschwindigkeit und auf unebenem Grund, dann ist das schon die halbe Miete. Es würde dir bestimmt Spaß machen.«

»Wie nett von dir«, sagte ich übertrieben begeistert.

»Du solltest es mal ausprobieren«, meinte er ernst.

»Du weißt also, was gut für mich ist«, scherzte ich.

»Ich bin gut für dich«, sagte Hunter noch ernster. Der Satz traf mich unvorbereitet. Hunter besaß anscheinend noch eine andere Ninja-Gabe: den Gegner mit Worten zu entwaffnen. Ich fühlte mich plötzlich ziemlich schutzlos.

»Das enttäuscht meine Erwartungen«, sagte ich und versuchte dabei so locker wie möglich zu klingen. »Eigentlich müsstest du mein Interesse wecken, indem du mir sagst, dass wir niemals zusammen sein können, weil du ein dunkles Geheimnis hast.«

»Aber wir können zusammen sein«, antwortete Hunter. »Es gibt da einen Teil von dir, der damit ein Problem hat, weil du befürchtest, du könntest mich verletzen oder selber wieder verletzt werden, aber einem anderen Teil von dir gefällt die Option. Ich werde diesem Teil helfen zu gewinnen. Egal wie lange es dauert. Deshalb klingt *irgendwann* gut, das bedeutet nämlich, dass wir alle Zeit der Welt haben, Taylor. Willst du wissen, woher ich das so genau weiß? Weil ich mich ganz genauso fühle. Am Strand war es vielleicht etwas kitschig ausgedrückt, aber es war trotzdem wahr. Vielleicht haben wir einzeln jede Menge Probleme, aber zusammen können wir etwas ganz Neues sein.«

»Hunter ...«, setzte ich mit klopfendem Herzen an. »Das ist –«

»Total bescheuert? Abwegig? Das Dümmste, was du je gehört hast?«

Hunter war über seine eigenen Vorschläge erheitert.

»Das ist verdammt süß«, brachte ich hervor. Dann lachte ich. »Deine Augen werden gerade ganz groß«, stellte ich fest. »Übrigens runzelst du auch die Stirn, wenn du etwas nicht einordnen kannst. Selbst für Hunter Reeves gibt es also Rätsel.«

»Das tue ich ganz bestimmt nicht!«, ahmte er meine Worte von vorhin nach.

»Im Gegensatz zu mir sagst du dann aber kein Wort. Man kann förmlich sehen, wie du angestrengt nachdenkst und dabei immer den Mund verziehst!«

Ich beobachtete, wie sein Griff um mein Board fester wurde. Er spannte die Hände so sehr an, dass seine Knöchel weiß hervortraten, als kostete es ihn große Mühe sich zu beherrschen.

»Ich wette«, fuhr ich fort und legte einen Finger an meinen Hals, »dass dein Herz gerade viel, viel schneller schlägt.« Langsam fuhr ich mit dem Finger zu meinem Schlüsselbein hinab, dann ein Stück weiter, weshalb Hunters Blick plötzlich nicht mehr auf meinem Gesicht ruhte. Sein Mund öffnete sich leicht. In der nächsten Sekunde schnappte ich mir seine Autoschlüssel und lief zur Einfahrt. »Man lässt sich doch nicht mit seinen eigenen Waffen schlagen!«, rief ich ihm zu, stieg ein und startete den Wagen.

»Taylor«, knurrte er. Alles Weitere, was er hatte sagen wollen, erstarb, weil es in dem Moment anfing wie aus Kübeln zu gießen und er sich schnell auf den Beifahrersitz rettete.

»Du bist unmöglich«, nuschelte er schmollend.

»Genau wie du«, sagte ich grinsend und fuhr los.

17

Die nächsten Tage vergingen in einer raschen Abfolge aus Unterricht, AGs und meinem Nebenjob, den ich in letzter Zeit etwas vernachlässigt hatte, wie so vieles. Seit dem damaligen Vorfall an meiner alten Schule und dem Unfall, bei dem der Junge starb, von dem ich geglaubt hatte ihn zu lieben, hatte ich mich mehr und mehr zurückgezogen, bis von meiner Persönlichkeit kaum noch etwas übriggeblieben war. Daran dachte ich, als ich am Mittwochnachmittag in meinem Zimmer stand, das Foto aus Lucys Jahrbuch in den Händen, den Blick aber an die Trophäenwand gerichtet. Es hatte so viele Dinge gegeben, die mich interessiert hatten, die ich noch hatte ausprobieren wollen und letzten Endes war alles in einem Strudel aus Trauer und Selbstmitleid zerflossen. Ich hatte gedacht, die alte Taylor, der ich so oft nachgetrauert hatte, wäre damals mit ihm gestorben. Das stimmte nicht. Hunter brachte sie langsam zurück. Es war mehr als nur dieses vertraute Gefühl in meiner Brust, das mich daran erinnerte, wie ich einmal gewesen war. Allmählich begann sich die Leere in meinem Inneren mit Bruchstücken dessen zu füllen, was mich ausmachte. Wie bei einem Puzzle, welches man langsam zusammensetzte.

Mit mehreren Handgriffen nahm ich die Pinnwand von der Wand ab. Ich hing eine neue, leere auf, die ich auf dem Rückweg von der Schule gekauft hatte. Nachdem meine Augen sich eine Weile in den Kork gebohrt hatten, war es, als würden Punkte vor ihnen tanzen, also blinzelte ich, um mich aus der Starre zu lösen. Ich fuhr meinen Laptop hoch, schloss mein Handy über den USB-Anschluss an und zog das Bild, das Hunter im Leuchtturm von uns beiden geschossen hatte, in einen Ordner. Anschließend druckte ich es aus und klebte es als erstes Puzzlestück meines neuen Lebens an die Pinnwand.

»So, so«, machte Lucy, die in der Tür aufgetaucht war, ohne zu klopfen. »Ich dachte, ihr hättet vielleicht etwas Interessanteres gemacht, als nur nette Fotos zu schießen.«

Ich warf mir meine Tasche um und ging an ihr vorbei.

»Lucy?«, sagte ich und drehte mich kurz um.

»Ja?«, fragte sie erwartungsvoll.

Ich lächelte sie munter an. Sie lächelte zufrieden zurück. Wenn man wollte, dass ein neues Motiv entstand, brauchte man neue Teile, die man in seinem eigenen Tempo zusammenfügen konnte. Erkenntnis des Tages abgeschlossen!

***

Ich hatte einen Schülerjob im Aquapark, einer Mischung aus Freizeitpark und Zoo. Der Aquapark verzeichnete täglich hohe Besucherzahlen. Nicht nur die Attraktionen, die meistens etwas mit Wasser zu tun hatten, riefen viele Menschen auf den Plan, sondern vor allem die fantastischen Shows mit den gut dressierten Tieren.

Ich hatte den Job noch nicht besonders lange, war über die Anzeige kurz nach unserem Umzug gestolpert. Zuerst half ich immer dort aus, wo Not am Mann war. Für ein paar Stunden die Woche, so gut ich es eben mit meinem Stundenplan vereinbaren konnte, was meistens bedeutete, dass ich nachmittags oder am Wochenende hinging. Ich war schon in dutzende Rollen geschlüpft und hatte mich nie über irgendeine Arbeit beschwert, weshalb mich die vielen Mitarbeiter, die ich fast alle beim Namen kannte, wirklich ins Herz geschlossen hatten. Eigentlich hatte ich nur nach einer Möglichkeit gesucht mir ein bisschen Geld zu verdienen, aber bereits nach der ersten Woche hatte mir der Job so viel Spaß gemacht, dass ich mich glücklich schätzte, eine solche Ablenkung gefunden zu haben.

Der Aquapark schien mehr Aushilfen zu beschäftigen als fest angestellte Mitarbeiter, worüber sich viele immer wieder beschwerten, da die meisten in meinem Alter nie lange ihr Interesse an der Arbeit behielten. Es konnte ganz schön stressig werden, das musste ich zugeben, besonders wenn man nach dem Arbeitsplan für das große Restaurant eingeteilt wurde. Zu dieser Tätigkeit war ich heute verdonnert worden, aber was schlecht gelaunte Gäste oder quengelnde Kinder anging, war ich ziemlich stressresistent. Ich schaltete bei solchen Dingen immer auf Durchzug und verrichtete meine Arbeit im Zombie-Modus, sprich: Ich blockte Geräusche und Unterhaltungen ab und setzte den Fokus auf das Wesentliche. Bestellungen annehmen, weiter geben, am Tisch abliefern.

Ich hatte jede Menge Geld zusammengespart und wusste eigentlich nicht genau wohin damit, aber mein Vater meinte immer, dass es schön wäre, wie sehr ich mich für meine Zukunft engagierte. Immerhin konnte man nie wissen, was auf einen zukam. In Wahrheit war er einfach verdammt froh gewesen, dass es etwas gegeben hatte, das mich aus meiner Lethargie herauszog. Eine normale Tätigkeit, für ein normales Mädchen. Meine Eltern hatten nämlich für Lucy und mich separate Sparbücher angelegt, seitdem wir Kinder waren, und wenn man das ausrechnete, lag da eine ganze Menge auf der hohen Kante.

Ich selbst war froh darüber, eine Zufluchtsstätte gefunden zu haben. Die Leute dort waren freundlich, aber nicht daran interessiert irgendeine Art von Beziehung auszuweiten, so wie man immer in der Schule Gefahr lief. Man war umgeben von Menschen, aber doch allein und das war zur damaligen Zeit ziemlich tröstlich für mich gewesen. Sich in einem bunten Meer aus Stimmen und Gesichtern zu bewegen war mir sicher erschienen. Außerdem war ich selbst in meinen schlimmsten Phasen eine Person, die nur schwer stillsitzen und nichts tun konnte. An den Tiefpunkten meiner Ängste und Sorgen war ich immer ziellos umhergewandert, denn Stillstand kam einfach nie in Frage. Rückblickend hatte ich mich bis zum heutigen Zeitpunkt doch sehr von meinem damaligen Ich abgegrenzt. Aber obwohl ich versucht hatte mich abzugrenzen und alles, was mich betraf, auszulöschen, schien es bestimmte Grundeinstellungen zu geben, die sich nie änderten. Das war auch der Faktor, der für mich bestätigte, dass Menschen ihre Persönlichkeit nicht verstellen konnten. Man konnte sich weiterentwickeln, aber nicht grundlegend ändern.

Veränderung. Da war es wieder, dieses hartnäckige Wort, das ich mit einer noch hartnäckigeren Person in Verbindung brachte. Hunter Reeves. Es war doch nicht mehr normal, wie sehr er an diesem Tag meine Gedanken vereinnahmte – und er war nicht einmal anwesend oder irgendwo in Sicht! *Reiß dich zusammen, Taylor,* schalt ich mich.

»Kannst du dem Kerl an Tisch sieben mal sagen, dass er noch etwas bestellen muss, wenn er weiter dort sitzen will?«, fragte mich Helen. Sie stand hinter der Bar und war dabei Gläser abzutrocknen. Ich hatte mit meinem Notizblock in der Hand vor mich hingeträumt. Ich schüttelte alle Gedanken an Hunter ab und nickte einfach. »Der sitzt da schon seit Stunden und bewegt sich keinen Zentimeter«, beschwerte sie sich.

Ich lugte an einigen Köpfen vorbei, um Tisch sieben anzuvisieren. Es war ein schöner Platz, direkt neben einem der riesigen Aquarien, die hier wie eine Art Abgrenzung fungierten und der Fensterfassade, durch die man den ganzen Park überblicken konnte. Seit etwa einer Viertelstunde hatte sich das Restaurant deutlich geleert, weshalb die übriggebliebenen Gäste sehr überschaubar waren. Schon als ich zu dem Tisch hinüber schlenderte, erkannte ich den Jungen, der dort saß und dabei wirklich starr einen Punkt fixierte. Der Fixpunkt von Ethan stellte sich als ein Paar, eine ganze Stuhlreihe weiter, heraus. Es war nicht schwer zu erraten, wer die beiden sein mussten: sein Cousin und dessen Freundin, das Mädchen, das Ethan anscheinend sehr mochte oder vielleicht auch liebte. Dass sie hübsch war, konnte ich selbst von hier locker ausmachen. Langes blondes Haar, ein Gesicht mit weichen Konturen und alles an ihrer Kleidung, von dem Blumenkleidchen bis hin zum Schmuck schrie: süß.

Ethan folterte sich selbst, denn die Beschäftigung, der beide ohne zu atmen nachgingen, hatte nichts mit dem Essen auf ihren Tellern zu tun. Und ich hatte mich schon gefragt, warum keiner von ihnen Ethan bemerkt hatte. Immerhin war er nicht sonderlich schwer auszumachen, wenn man den Kopf kurz herumdrehen würde.

»Ich bestelle gleich etwas!«, fuhr Ethan mich an.

»Das will ich dir auch raten, sonst schmeiß ich dich in eines der Aquarien, und mal unter uns, du siehst wirklich so aus, als könntest du eine schöne lange Abkühlung gebrauchen.«

Sein Kopf schnellte herum, vermutlich mit einer empörten Erwiderung auf der Zunge. Sie erstarb ihm noch im Mund, als er mich ansah, erkannte und lieber schwieg.

»Dann also ein Wasser«, meinte ich und verschwand wieder. Ich gab Helen Bescheid, dass ich meine Pause jetzt nehmen würde und kehrte mit der nicht aufgegebenen Bestellung zurück an Ethans Tisch. Ich setzte mich ihm gegenüber. Er zog eine Augenbraue hoch.

»Nette Uniform«, nuschelte er, genauso grimmig wie zuvor. Nett traf es eigentlich schon. Es gab weitaus Schlimmeres, als ein blaues Hemd mit dem Logo des Parks und farblich dazu passende Shorts tragen zu müssen. Wenn man irgendwo Tiere fütterte, durfte man sich nämlich ein bescheuertes Basecap aufsetzen.

»Nette Eifersucht«, konterte ich und schob ihm das Glas hinüber. »Geht auf mich.«

»Ist Hunter in der Nähe?«, wollte Ethan wissen und trank einen Schluck.

»Nein. Es ist niemand in der Nähe, den wir kennen, denke ich zumindest. Hast du Angst, jemand könnte mitbekommen, wie du äußerst unauffällig –«

»Ich will es nicht hören«, meinte Ethan und sank in seinen Stuhl zurück.

»Was genau machst du hier?«, fragte ich. »Bitte, gib mir eine vernünftige Antwort.«

»Eigentlich wollte ich etwas mit Wren und Erin machen.«

»Aha.«

»Dann haben beide abgesagt.«

»Ok.«

»Dann stand ich an der Tankstelle.«

»Wie spannend.«

»Hab die beiden gesehen.«

»Jetzt kommt der beste Teil, oder?«

»Bin ihnen gefolgt.«

»Dachte ich mir bereits.«

»Seitdem sitze ich hier und arbeite an mehreren Theorien.«

»Lass hören.«

»FSK 18, sorry, die behalte ich für mich.«

»Ich hätte eine«, sagte ich. »Könnten sie vielleicht von Körperfressern besessen sein, so wie in *Galaxy Quest Titanium*? Sieht nämlich so aus, als würden sie sich gegenseitig die Gesichter auffuttern.«

»Du spielst *Galaxy Quest*?«, fragte Ethan.

Ablenkungsmanöver geglückt!

»Ich spiele es nicht nur, jeden Freitagabend lebe ich es.«

»Hailey mochte das Spiel auch immer.«

Ablenkungsmanöver fehlgeschlagen!

»Das ist ihr Name, Hailey. Mein Cousin heißt Scott.«

»Klingt, als wären sie wie füreinander geschaffen.« Ethan sah mich finster an. »Sie werden sich nicht plötzlich streiten und trennen, wenn du ihnen mit deinem Blick Löcher in den Nacken bohrst«, meinte ich. »Hör auf damit.«

»Was interessiert es dich?«, fragte Ethan.

»Ich bin dir etwas schuldig, oder nicht?«, sagte ich aufmunternd. Ethan musterte mich. Zuerst skeptisch, dann hellten sich seine Augen auf, als habe er plötzlich eine Idee.

»Warst du schon mal richtig eifersüchtig?«, fragte er.

»Nein«, antwortete ich sofort. »Nicht in dieser Form.«

»Wird Hunter nicht ständig von irgendwem angemacht? Ich dachte, er wäre der Typ, der Mädchen so richtig rasend vor Eifersucht machen kann«, meinte Ethan amüsiert.

»Naja«, sagte ich gedehnt. »Hunter und ich sind nicht zusammen.«

»Dann würde es dich nicht stören, wenn er eine andere küsst oder dergleichen?«

Ich verzog das Gesicht, weil in meinem Kopf eine große Leere herrschte.

»Hunter macht doch eh, was er will«, sagte ich und zuckte mit den Achseln.

»Du hast noch nie darüber nachgedacht, oder?«

»Sollte ich das denn?«, fragte ich nun verwirrt. Etwas in meinen Gedanken setzte sich in Bewegung. Eigentlich hatte ich Hunter außer mit mir oder Lucy noch nie mit einem anderen Mädchen zusammen, geschweige denn ein Wort wechseln, gesehen. Das tat er zu hundert Prozent, aber bisher hatte mich das nicht interessiert. Ethans Worte brachten mich zum Nachdenken. Was wäre, wenn …

… Hunter plötzlich jemand anderen mögen würde?

… er das vielleicht schon tat?

… er sich bald von mir abwenden würde?

… ich ihn nie wieder sah?

Nahm ich seine Bemühungen für selbstverständlich? Ich blickte zu Hailey und Scott hinüber und plötzlich spielte mir mein Kopfkino einen Streich. Es war nicht mehr Ethans Cousin, der dort saß und seine Lippen auf die des Mädchens legte, sondern Hunter. Die Vorstellung war so lebendig, dass ich mich fast betrogen fühlte. War das Eifersucht?

Wie dämlich, Taylor. Hör auf zu träumen!

»So ist das«, sagte Ethan wissend und sah mich eindringlich an. »Du denkst gerade an Hunter und ob er vielleicht irgendwo sitzt, in Gesellschaft einer Hailey und –«

»Hunter kann tun und lassen, was er will«, unterbrach ich ihn.

»Da kannst du dich glücklich schätzen, Taylor.«

»Wieso das denn?«, fragte ich, weil ich den Zusammenhang nicht verstand.

Ethan schüttelte den Kopf. »Das wirst du schon noch verstehen«, sagte er und lächelte. »Zurück zu dem Gefallen, den du mir schuldest! Hast du schon mitbekommen, dass die Schule dieses Wochenende eine Wohltätigkeitsveranstaltung in Form einer Casino-Nacht veranstaltet? Das hat das Veranstaltungskomitee letztes Jahr schon mal gemacht. Wir sind nicht verpflichtet hinzugehen, aber meine Mutter sitzt im Schulgremium, daher werde ich förmlich gezwungen. Es ist nicht übel, zumindest langweilt man sich nicht …«

»Ich verstehe nichts von Glücksspielen«, sagte ich.

»Kannst du mein Date sein?«, stellte er die Frage ganz beiläufig.

»Willst du mir etwa weismachen, dass es niemand anderen gibt, der das für dich tun würde? Und wenn du damit Hailey eifersüchtig machen willst, ist das Blödsinn!«

»Ich überlebe den Abend nicht allein«, erwiderte er bitter. »Außerdem kann ich mir nicht mal eben ein Date aus dem Hut zaubern – okay, könnte ich schon – aber selbst ein Blinder würde doch erkennen, dass ich nur Augen für Hailey habe.«

»Ich … ich soll das verhindern, indem ich was tue …?«

»Mir nicht von der Seite weichst«, sagte er. »Mich ablenkst. Bitte?«

»Nein«, antwortete ich.

»Ist es wegen Hunter?«

»Nein.«

»Weswegen dann?«

»Du kannst vielleicht Außenstehende belügen oder ihnen etwas vormachen, aber bei dir selber geht das nicht. Glaub mir, am Ende würdest du dich noch elender fühlen.«

»Es ist wegen Hunter.«

»NEIN!«, fuhr ich ihn an.

»Ich wette, er würde rasend vor Eifersucht werden, wenn du mit mir statt ihm hingehst«, grinste Ethan. »Dann bringt er mich wirklich um.«

»Vielleicht findest du dann endlich Erlösung«, hörte ich jemanden hinter uns sagen. »Im Ablenken ist Taylor ziemlich gut, sieh mal, die beiden Lovebirds sind davongeflattert.«

Natürlich war es Hunter, der da hinter mir stand. Der sich ungeladen zu uns setzte. Er trug ein schwarzes Shirt mit dem Logo eines Pizzalieferservice. Die dazu passende Mütze hatte er sich gerade vom Kopf gezogen, weshalb sein dunkles Haar ein einziger Haufen wirrer Wellen war. Er stützte den Kopf mit einer Hand ab und sah mich an.

»Was machst du hier und woher wusstest du, wo ich arbeite?«

»Ich bin bei meiner Tour bei euch zu Hause vorbeigekommen.«

»Lucy«, murmelte ich. »Ich arbeite noch«, fügte ich hinzu.

»Diesen Job hätte ich auch gerne«, sagte Hunter theatralisch.

»Ich mache gerade Pause«, verteidigte ich mich.

»Die du lieber mit Ethan verbringst als mit mir«, sagte er schmollend.

»Siehst du, Eifersucht ist überall«, kommentierte Ethan.

»Du willst mich nie, niemals erleben, wenn ich eifersüchtig bin«, sagte Hunter todernst.

»Das ist unheimlich«, sagte ich.

»Kannst du mir Tipps geben?«, fragte Ethan.

»Ich hab Hunger«, sagte Hunter. »Kellnerin, bring mir etwas zu essen!«

Ich zog eine Augenbraue hoch. »Sehe ich aus wie deine persönliche Bedienung?«

»Heute schon.« Er deutete auf mein Namensschild, das mich als Servicekraft auswies.

»Du bist ein Arsch«, erwiderte ich und stand auf.

»Etwas freundlicher bitte, sonst gibt es kein Trinkgeld.«

Hunter grinste mich frech an. Ich knirschte mit den Zähnen, zückte demonstrativ meinen Notizblock und lächelte angestrengt. »Was darf ich dir bringen?«

»Überrasche mich«, sagte er. »Falls du auf die Idee kommst mich zu vergiften, ich habe keinerlei Allergien, was bedeutet, dass ich alles esse.«

»Ethan, möchtest du auch etwas?«, fragte ich seufzend.

»Ich nehme dasselbe wie er.«

Ich rieb mir den Nasenrücken, um eine Welle heraufziehender Kopfschmerzen zu vertreiben und schlenderte zurück Richtung Bar. Helen lächelte mich erwartungsvoll an, als ich mich neben sie stellte, nachdem ich die Bestellung zur Küche durchgegeben hatte. Ich hatte einfach das Tagesmenü aufgegeben – irgendein Fischragout mit Gemüse, was ehrlich gesagt nicht sonderlich appetitlich klang.

»Gleich zwei hübsche Jungs an deiner Seite«, stellte sie fest. »Wer von beiden ist denn dein Herzblatt?«, fragte sie in einem altbackenen Oma-Tonfall. »Ich erinnere mich noch gut an meine Jugend!« Sie sagte das, als wäre ihre Jugend schon Jahrhunderte her, dabei war Helen erst Mitte vierzig und sie hatte sich gut gehalten. Ihre Augen funkelten. »Oder läuft da so ein Dreierding? Offene Beziehungen scheinen ja der neueste Trend zu sein.«

Grüblerisch machte sie eine Sherlock-Holmes-Pose. Eine Hand ans Kinn, die andere benutzte sie, um ihren Ellbogen abzustützen. Sie zog die Lippen kraus. »Taylor?«

»Denk doch, was du willst«, murmelte ich. Ich steuerte die Küche an und ließ die Flügeltür hinter mir zuschlagen. Es arbeiteten nur noch ein Koch und zwei Aushilfen. Ich kannte alle drei, daher unterhielt ich mich mit ihnen, während sie das Essen machten. Als es fertig war, betrachtete ich ein paar Sekunden das Tablett.

»Stimmt etwas nicht?«, fragte mich John, der Koch.

»Nein, alles bestens«, sagte ich, aber mein Blick glitt dabei zu dem Gewürzregal und blieb an einer Flasche Tabasco hängen. Das Menü des Tages verdiente ein kleines Extra.

***

Ich stellte die Teller vor Ethan und Hunter auf den Tisch und lächelte.

»Guten Appetit!«, sagte ich fröhlich.

»Moment!«, rief Hunter und packte meinen Arm. Allmählich nervte es, dass dieser Reflex bei ihm immer wieder die Oberhand gewann. Ich schüttelte ihn ab. »Ethan, gib mir deinen Teller, Taylor hat mir sicher etwas ins Essen gemischt. Nein, warte, bestimmt dachte sie, dass ich genau das denke und hat es in dein Essen gestreut. Obwohl es leichter wäre, es in dein Essen zu tun, denn wenn sie denkt, dass ich denke, dass sie –«

»Halt einfach die Klappe«, unterbrach Ethan ihn. Er schob sich eine Gabel in den Mund. »Ich hab zwar keine Ahnung was das ist, aber es schmeckt ganz gut.«

Hunter musterte ihn skeptisch. Als er mich wieder ansah, grummelte sein Magen. Ich verließ den Tisch, um zwei Mädchen zu bedienen, die Eisbecher orderten. Langsam lief ich meinen üblichen Weg zurück und blickte hämisch über meine Schulter. Hunter spuckte gerade sein Essen über den ganzen Tisch, weil die halbe Flasche Tabasco ihn höchstwahrscheinlich gerade um die Geschmacksnerven brachte. Ich beschleunigte meinen Gang und bückte mich hinter dem Tresen auf den Boden.

»Ich bin nicht da!«, flüsterte ich, als Helen mich verwundert ansah. Kaum einen Augenblick später, hörte ich Hunter atemlos sagen: »Wasser! Ich brauche ein Glas Wasser – sofort!« Helen griff nach einer Flasche, aber ehe sie diese aufschrauben konnte, entriss Hunter sie ihr mit einem flinken Griff. Dann fluchte er unaufhörlich und nicht gerade leise. Wasser machte solche Situationen nur noch schlimmer. Ich unterdrückte ein Kichern.

»Wo ist Taylor?«, fragte er und es klang, als hinge ihm dabei die Zunge aus dem Mund.

»Taylor ist gerade nicht da«, sagte Helen, mir treu ergeben.

»Wo ist sie hingegangen?«, bohrte Hunter weiter.

»Vielleicht aufs Klo«, spekulierte Helen.

»Sie hockt da unten, oder?«

Helen musste wohl nachgegeben und genickt haben, denn plötzlich stand Hunter über mir und schleifte mich hinter dem Tresen hervor. Mit eisernem Griff umfasste er mein linkes Handgelenk, mit der anderen Hand nahm er sich eine zweite Flasche Wasser.

»Helen«, bat ich um Hilfe, aber diese schüttelte nur den Kopf, als wollte sie sagen: wer anderen eine Grube gräbt, fällt selbst hinein. Scheiße, konnte eine Grube tief sein!

»Ich sag Beth dann, dass du früher Schluss gemacht hast«, rief sie mir nach. »Du kannst die fehlenden Stunden dann nächste Woche nachholen!«

»Nein, nein, nein«, quiekte ich, als Hunter mich durch die automatische Schiebetür schob und wir um die Ecke bogen, außer Sichtweite jeglicher Zeugen. Irgendwie hatte er es geschafft mit einer Hand die Wasserflasche zu öffnen und trank sie in einem Atemzug leer.

»Ich werfe dich den Haien zum Fraß vor«, sagte Hunter.

»Wo willst du hin?«, meckerte ich und ließ mich nach hinten sacken, damit er es schwerer hatte mich wie einen Sack Kartoffeln hinter sich herzuschleifen.

»Du musst mich ins Krankenhaus fahren«, keuchte er. »Ich bekomme kaum noch Luft.« Hunter hustete kräftig und zog dann laut und röchelnd wieder Sauerstoff ein. Er ließ mich los und fasste sich an die Kehle. »Ich glaube, ich ersticke gleich!«

»Stell dich nicht so an!«, sagte ich. »Das war nur Tabasco.«

Hunter blieb stehen und lehnte sich gegen die Wand. Er gab ein paar schnappende Laute von sich und ich bekam es dann doch mit der Angst zu tun. Er hustete wieder.

»Taylor«, krächzte er meinen Namen und sank zu Boden. Er presste sich die Hände aufs Gesicht. *Heilige Scheiße, ich hatte ihn wirklich vergiftet! Oh Gott, oh Gott, oh Gott!*

Ich blickte den Flur hinunter, aber nirgends war auch nur eine Menschenseele zu sehen. Hunter atmete inzwischen nur noch unregelmäßig, hatte die Hände sinken lassen und die Augen geschlossen. »Hunter?«, fragte ich panisch. Ich kniete mich neben ihn und fühlte seinen Puls. »Taylor ... komm näher«, murmelte er leise. »Ich muss. ...«

Das machte er doch mit Absicht! Ich verstand kaum ein Wort.

»Du musst was?«, fragte ich und schluckte schwer. Ich konnte seinen Atem auf meinem Gesicht spüren, als er versuchte weiterzusprechen. Ich musste einen Krankenwagen rufen. In dem Moment, als ich nach meinem Handy fischte, spürte ich plötzlich eine Hand an meinem Rücken. Genauer gesagt zwei Finger, die mich piksten. Ich bekam einen hochroten Kopf und verschränkte die Arme vor der Brust, als ich spürte, wie mein BH aufsprang. Ich trug zwar noch ein Shirt, aber trotzdem fühlte ich mich entsetzlich nackt.

»Mich an dir rächen!«, brüllte Hunter triumphierend laut. Ich zuckte zusammen. Er zupfte mit einer Hand an einem der Träger, der lose aus meinem Ärmel hing und grinste mich anzüglich an. »Du hast mir die Nummer wirklich abgekauft.«

Wütend funkelte ich ihn an.

»Das ist überhaupt nicht fair!«

Hunter packte den Saum meines Shirts und zog daran. »Also meiner Meinung nach müsstest du das auch noch loswerden, damit wir quitt sind. Ich kann dir gerne helfen, das macht mir gar nichts aus.« Seine Fingerspitzen streiften entlang meines Bauchs. Das brachte das Fass zum Überlaufen und ich konnte den Wutanfall nicht mehr unterdrücken.

»Was fällt dir ein?«, schimpfte ich. »Ich arbeite hier! Du bist total irre.«

»Nur technisch begabt«, erwiderte er. Sein Blick glitt an mir hinab.

»Wenn das eine Begabung sein soll, dann Hallelujah!«

»Dafür ist jemand ins *Guinness Buch der Rekorde* gekommen«, sagte Hunter ehrfürchtig. »Wenn ich an dir übe, schaffe ich das bestimmt auch und wir werden reich!«

»Genau«, schnaubte ich. »An mir wirst du gar nichts mehr üben!«

»Das klingt, als hätten wir schon was total Verbotenes getan.«

»Ich hab keine Lust mehr auf diese scheiß Spielchen!«, fauchte ich.

»Du hast damit angefangen«, sagte Hunter total entspannt. »Willst so tun, als ob du Ethans Freundin wärst, um diese dämliche Hailey eifersüchtig zu machen.«

»Ich habe gesagt, dass ich das nicht tun werde«, konterte ich. »Vielleicht solltest du mal anfangen, die wichtigen Teile der Gespräche, die du so belauschst, nicht auszulassen.«

Ich rappelte mich auf und versuchte irgendwie mit einer Hand meinen BH wieder zu schließen, was natürlich nicht funktionierte, also rannte ich, noch immer zornig, den Flur entlang und verschwand in der nächsten Toilette, um das Desaster zu beheben. Als ich wieder einigermaßen beruhigt das Klo verließ, wartete Hunter bereits auf mich.

»Ein Wunder, dass du nicht direkt reingeplatzt bist«, grummelte ich.

»Welcher Kerl wagt sich denn da rein?«, fragte er schockiert. »Die Mysterien, die hinter solchen Türen vor sich gehen, will ich absolut nicht wissen. Es muss schließlich einen guten Grund geben, warum ihr immer zu zweit hineinrennt, als wäre es ein Tempel.«

»Tu so etwas nie wieder!«, sagte ich, aber es klang schon so, als habe ich ihm verziehen. Meine Wut war so schnell verpufft, wie sie gekommen war. Richtig schlimm das Ganze.

»Ich schwöre es feierlich«, sagte Hunter und legte eine Hand aufs Herz.

»Vielleicht solltest du dich genauer ausdrücken«, sagte ich kopfschüttelnd.

»Aber mein Magen ist immer noch leer. Mit leerem Magen kann ich nicht denken.«

»Falls du damit andeuten willst, dass wir irgendwo hinfahren sollten: vergiss es. Ich lasse Ethan jedenfalls kein zweites Mal einfach sitzen und die Rechnung bezahlen.«

Hunter und ich erreichten den Speisesaal. Helen sah mich überrascht an.

»Taylor, ich dachte, ihr zwei …«, setzte sie an, verlor aber dann den Faden. Ich zeigte mit dem Finger auf sie. »Verräterin«, sagte ich grimmig. Helen wirkte bestürzt.

»Schätzchen, sei mir doch nicht böse. Wer kann denn diesem Lächeln widerstehen?«, fragte sie und deutete auf Hunter, der wie auf Kommando charmant lächelte.

»Ja, Taylor«, sagte er. »Wer kann das schon?«

Ich trat ihm gegen das Schienbein. Hunter verzog das Gesicht.

»So schwer ist das nicht. Besonders, wenn es dieses Lächeln ist.«

»Was meinst du denn damit?«, fragte er neugierig. Ich schwieg. Ethan war gerade dabei zu gehen. Er zog sich seine schwarze Jacke an und kam uns entgegen.

»Ich dachte, ihr hättet mich wieder sitzenlassen«, sagte er frustriert.

»Sieh mich doch nicht so an, es ist immer Hunters Schuld.«

»Gar nicht wahr!«, protestierte dieser und klang wie ein Fünfjähriger.

»Ich gehe mit dir«, sagte ich zu Ethan.

»Als meine Freundin?«, fragte er hoffnungsvoll.

»Als eine Freundin«, sagte ich. »Das wird schon.«

»Na gut, dann muss ich damit wohl leben«, sagte er halbwegs zufrieden.

»Ich komme auch mit«, verkündete Hunter.

»Als meine Freundin?«, fragte Ethan skeptisch.

»Ich wäre eine hübsche Freundin«, sagte Hunter. »Können wir dann endlich etwas Vernünftiges essen gehen?«, fügte er hinzu. Ich spähte an Ethan vorbei auf den Teller, der so aussah, als wäre er kaum angerührt worden. Schien wohl doch grausig zu schmecken.

»Ich würde für einen Cheeseburger meine Oma über den Haufen fahren«, sagte Ethan.

»Ohne mich«, sagte ich. »Ich hab Lucy versprochen sie von Ben abzuholen.«

Hunter legte brüderlich einen Arm um Ethans Schultern.

»Dann nur wir beide.«

»Also werden wir jetzt so etwas wie Freunde?«, fragte Ethan sichtlich verwirrt.

»Beste Freunde«, sagte er, sah dabei aber mich an. »Denn beste Freunde verlieben sich niemals in dasselbe Mädchen. So wendet man die Gefahr am leichtesten ab.«

Gefahr? Himmel. Hunter Reeves hatte wirklich eine blühende Phantasie.

18

Mitten in der Nacht begann es so heftig zu gewittern, dass ich vom prasselnden Regen und lautem Donnerschlag geweckt wurde und anschließend nicht mehr einschlafen konnte. Mein Wecker zeigte drei Uhr morgens an. Stöhnend drehte ich mich auf die Seite, aber es half alles nichts. Nachdem ich mich die nächste halbe Stunde hin und her gewälzt hatte, stieg ich aus dem Bett und ging in die Küche, um mir ein Glas Wasser zu holen. Das Ticken der Uhr kam mir in der nächtlichen Stille genauso laut vor wie das Unwetter.

Obwohl ich in wenigen Stunden eigentlich auf dem Weg zur Schule sein sollte, kuschelte ich mich im Wohnzimmer in eine Decke und schaltete den Fernseher ein. Das hatte ich als Kind immer getan, wenn ich nicht schlafen konnte. Irgendwie war es mir immer spannender erschienen, als in meinem eigenen Bett zu liegen. Als ich alle Programme einmal durchgezappt hatte und nichts Interessantes lief, stellte ich den Sleep Timer ein und begann die Decke anzustarren. Mir fielen die Augen wieder schneller zu als gedacht. Das zweite Mal wurde ich von Stimmen wach. Sie waren kaum mehr als ein Murmeln. Zuerst dachte ich, meine Mom wäre gekommen, um mich zu wecken, aber dann erkannte ich, dass niemand mit mir sprach, sondern meine Eltern sich nebenan unterhielten.

Meistens waren beide früher aus dem Haus als Lucy und ich. Aufgrund ihrer Jobs, die früh anfingen, bekam keiner von uns je mit, wann genau sie aufstanden. Zu einer inhumanen Zeit, das war jedenfalls klar. Ich wollte den Kopf wieder im Kissen vergraben, als ich bei dem Klang meines Namens hellhörig wurde. Als ich anfing zu lauschen, kamen mir die Stimmen gar nicht mehr so entfernt vor und jedes Wort war klar und deutlich zu hören.

»… besser für sie ist. Taylor ist endlich wieder bereit sich zu öffnen.«

»Ich halte es für keine gute Idee sie darauf anzusprechen«, sagte meine Mom. »Sie hat uns damals nicht genug vertraut, um es uns zu sagen, warum sollte das nun anders sein?«

»Irgendwann muss sie mit uns darüber sprechen«, sagte mein Dad ernst. »Ich kann mir nicht einmal annähernd vorstellen, wie sie sich nach seinem Tod gefühlt haben muss, aber ich war damals schon der Meinung gewesen, dass wir ihr Hilfe hätten besorgen sollen.«

Ein Stuhl wurde verrückt, etwas knirschte und dann klirrte Geschirr aneinander.

»Genau wie wir uns damals deswegen gestritten haben«, erinnerte ihn Mom. »Schatz, ich weiß, es ist schwer, aber der Umzug hat ihr gut getan, uns allen. Sie scheint sich allmählich einzugewöhnen. Nimmt an AGs teil, hat ein paar Freunde gefunden. Es sind kleine Schritte, aber es geht Stück für Stück weiter. Wenn sie soweit ist, wird Taylor –«

»Wir wissen nicht, ob oder wann«, unterbrach Dad sie, »wir wissen nur, dass Taylor früher oder später immer wieder dasselbe Problem haben wird, wenn sie sich nicht ordentlich damit auseinandersetzt. Wir haben gemeinsam beschlossen, das Thema ruhen zu lassen, das habe ich damals akzeptiert, Stephanie, aber inzwischen …«

Ich hielt den Atem an.

»Ich weiß gar nicht, wie wir auf dieses Thema gekommen sind«, seufzte Mom.

»Der Todestag«, sagte Dad. »In ein paar Tagen ist sein Todestag. Wir haben beim Floristen damals zwar unsere alte Adresse hinterlassen, aber die von mir hinterlegte Handynummer ist noch immer aktuell. Gestern hat der Florist hier angerufen, um zu fragen, ob diesen Monat wieder Blumen rausgehen sollen.«

Jetzt wurde mir wirklich schlecht. Blumen? Verdammte Blumen? Wieso zur Hölle hatte es nur ein Gewitter gegeben, wieso hatte ich einen so leichten Schlaf und wieso war ich nicht in meinem Zimmer geblieben? Manche Dinge waren nicht für meine Ohren bestimmt. Manche Dinge sollte man nicht ohne Vorwarnung mitbekommen.

»Ich denke, wir sollten –«

»Was solltet ihr?«, fragte ich. Mein Körper hatte sich, wie von Geisterhand gesteuert, einfach bewegt. Ich stand nun im Türrahmen und rieb mir fröstelnd die Arme.

»Taylor, Schätzchen, warum bist du schon so früh auf?«, fragte Mom freundlich.

»Euer Gespräch hat mich geweckt, ich hab auf der Couch geschlafen.«

Etwas in der Miene meiner Mom veränderte sich merklich. Sie gab sich jedoch große Mühe, sich von mir nicht aus der Fassung bringen zu lassen. Genau wie mein Dad.

»Ich hab jedes Wort gehört«, sagte ich. »Das war nicht beabsichtigt, aber –«

»Taylor, willst du dich zu uns setzen?«, bat Mom fast flehentlich.

»Nein«, erwiderte ich. »Was ich will, ist eine Antwort. Ihr wisst Bescheid?«

»Taylor, bitte, setz dich hin. Wir können in Ruhe darüber reden.«

»Vielleicht ist es genau das, was sie braucht«, mischte sich Dad ein und sah mich an. »Wir alle hatten genug Ruhe und wir könnten diese Situation zum Anlass nehmen uns alle auszusprechen, Taylor. Deine Mutter und ich machen uns Sorgen um dich. Das tun wir seit langer Zeit. Ich finde, es reicht. Wir verdienen die Wahrheit.«

»Die Wahrheit?«, wiederholte ich. »Weil ihr hinter meinem Rücken über mich redet? Oder weil ihr das anscheinend so lange geheimhalten konntet? Ihr wisst rein gar nichts, oder? Das ist es doch, was Eltern tun. Sie sehen und hören Dinge und meinen, sie würden ihre Kinder verstehen, aber das ist falsch. Ihr seid falsch!«

»Reg dich nicht auf«, sagte Dad. »Wir haben alle einen gewissen Teil Wut in uns sitzen. Seit fast einem Jahr schleichen wir jetzt um dieses Thema herum, als würde irgendetwas zerbrechen, wenn jemand auch nur den Namen des Jungen ausspricht.«

»Es ist bereits etwas zerbrochen«, zischte ich. »Jemand ist gestorben.«

Mein Herz schlug immer schneller. Ich wollte nur noch weg von hier, aber ich blieb stehen, bewegte meine Füße keinen Zentimeter und versuchte meine Hände zu entspannen, die sich wie automatisch zu Fäusten geballt hatten.

»Das wissen wir«, sagte Mom sanft. »Wir wissen, was die Polizei uns erzählt hat, die Nachbarn. Hast du vergessen, dass ich dabei war, als du auf dem Revier befragt wurdest?«

Das stimmte nicht ganz. Als ich eingeladen worden war, hatte sie vor der Tür gesessen und gewartet, weil ich es so gewollt hatte. Man hatte mir nichts zu Lasten gelegt, aber trotzdem hatte ich mehrere Stunden auf dem Revier verbracht. Als ich danach wieder herausgekommen war, hatte sich alles verändert. Meine Eltern wussten vielleicht, dass er bei einem Autounfall gestorben war und auch, dass Alkohol dabei eine Rolle gespielt hatte, aber niemand wusste wirklich, dass ich die letzte Person gewesen war, die ihn lebend gesehen hatte. Die vielen Gerüchte verbreiteten sich zwar so schnell wie der Wind, aber es war eben kaum mehr als das – Gerüchte. Es gab niemanden, der das Gespräch zwischen uns bezeugen konnte. Der Einzige, der die ganze Wahrheit kannte, war Hunter.

»Vielleicht hast du vergessen, dass ich euch damals schon nicht genug vertraut habe«, sagte ich schneidend. »Genau deswegen. Ihr setzt euch zusammen und tut so, als würde euch interessieren, was ich denke und fühle, dabei geht es um etwas ganz anderes.«

»Und was soll das deiner Meinung nach sein?«, fragte mein Dad gereizt.

»Ihr wollt eure alte Tochter zurück. Eine, die jeden Tag lächelt und gute Noten schreibt. Eine, die Preise mit nach Hause bringt, eure Erwartungen erfüllt und normal ist. Aber soll ich euch mal etwas sagen? Normal ist beschissen und ich werde nie wieder normal sein!«

Ich stampfte in den Flur, dachte aber nicht im Traum daran in mein Zimmer zu gehen. Ich riss die Autoschlüssel vom Schlüsselbrett und die Haustür auf. Es hatte wieder angefangen zu regnen oder vielleicht gar nicht erst aufgehört. Auf dem kurzen Weg zum Wagen wurde ich pitschnass, aber ich fror nicht, obwohl ich nur eine Shorts und ein Top trug, die ich immer zum Schlafen anzog. Als ich die Fahrertür aufschloss, hörte ich Mom nach mir rufen. »Wo willst du hin, Taylor? Komm wieder rein!« Sie klang verzweifelt.

»Weg von hier!«, rief ich. »Und ganz sicher nicht zur Schule. Wir sehen uns!«

Ich wischte mir Wasser aus den Augen und startete den Motor. Mit quietschenden Reifen fuhr ich in viel zu hohem Tempo rückwärts aus der Auffahrt, riss dabei eine Mülltonne um und preschte dann die Straße hinunter. Ich hatte kein bestimmtes Ziel. Ein Blick auf den Tank verriet mir, dass er noch halb voll war. In diesem Moment dachte ich daran so lange weiter zu rasen, bis der letzte Tropfen Benzin verbraucht war.

***

Nachdem ich eine ganze Weile über den Highway gefahren war und mir klar wurde, dass ich mal wieder einen überstürzten Aufbruch hingelegt hatte, ohne irgendetwas mitzunehmen, musste ich mir etwas einfallen lassen. Da ich nicht wirklich weiterfahren konnte, bis mein Tank leer war, brauchte ich einen Ort, den ich ansteuern konnte. Spontan fiel mir da nur meine Grandma ein, die ich schon fast ein halbes Jahr nicht mehr gesehen hatte. Als das Schild für die Abfahrt in Sicht kam, traf ich eine Entscheidung. Ich war angeschlagen, müde und hungrig und hatte keinen Cent in der Tasche, also blieb mir im Prinzip nichts anderes übrig. Ich beschloss Grandma zu besuchen.

Nach dem Highway folgten mehrere Landstraßen. Die Sonne stieg immer höher und blendete mich beim Fahren, weshalb ich das Ortseingangsschild fast übersehen hätte. Die Häuser hier standen in großen Abständen voneinander, weil diese Stadt sehr ländlich gelegen war. Als ich in die Straße einbog, in der Grandma wohnte, kam ich mir ziemlich dämlich bei diesem Überraschungsbesuch vor. Sie besaß ein großes Haus, welches sie selber einmal geerbt hatte, in dem auch meine Mom zusammen mit ihren zwei Brüdern aufgewachsen war. Seit dem Tod meines Grandpa lebte sie allein. Es sei denn, man zählte Pepe, den schwarzen Labrador, dazu, der mindestens genauso steinalt sein musste wie Grandma Josephine selbst.

Ich versuchte mir ins Gedächtnis zu rufen, wann genau ich sie das letzte Mal gesehen und was ich zu ihr gesagt hatte, aber seitdem war so viel passiert, dass es mir nicht gelang und ich mich hier plötzlich ganz fremd fühlte. Aus diesem Grund kostete es mich ein klein wenig Überwindung die Verandastufen hinaufzusteigen.

An der Haustür hing ein Schild, das verkündete: *Bin im Garten.* Ich lief über den Kieselsteinweg an der Ostseite entlang und musste mich durch Gras kämpfen, das so hoch gewachsen war, als wäre es seit Jahren nicht mehr gemäht worden. Dem Geräusch nach erledigte das aber gerade jemand. Irgendwo in der Nähe sprang ein Rasenmäher an und ich zuckte zusammen.

Meine Grandma saß auf der Terrasse in der Hollywoodschaukel, die ich als Kind geliebt hatte, und trank etwas, das nach Limonade aussah. Ihre zierliche Gestalt wurde durch einen großen geblümten Hut halb verdeckt. Ihr Blick war auf einen jungen Mann gerichtet, der anscheinend ihr Gärtner war. Sie rief ihm irgendeine Anweisung zu und er unterbrach seine Arbeit wieder.

»Ich sagte, du sollst aufhören, Jason! Komm her und trink mit einer alten Dame ein Glas Limonade. Ich habe sie selber gemacht, wenn du sie nicht willst, bin ich beleidigt.«

»Ich dachte eher daran, das seltsame Mädchen von deinem Grundstück zu schmeißen, Josie«, erwiderte er. Er war merklich älter als ich, wahrscheinlich Mitte zwanzig und hatte exakt dieselbe helle Haarfarbe wie Lucy. Unsere Blicke trafen sich. Als ich in seine eisig blauen Augen blickte, war ich fast geschockt meinen Cousin wiederzuerkennen.

»In meinem Garten treiben sich nur seltsame Vögel herum«, begann Grandma Josephine zu meckern. »Und das nur, weil du das Elsternest noch nicht aus dem Baum geholt hast.«

Jason rieb sich die verschwitzen Hände an seinem karierten Hemd ab. »Da steht aber ein Mädchen, ein besonders hübsches, wenn du mich fragst.«

»Spare dir deine Anmachsprüche für Mädchen auf, die nicht blutsverwandt mit dir sind«, feixte ich. »Tut mir leid, wenn ich hier so ungeladen reinplatze, aber ich befinde mich sozusagen auf der Flucht vor ... mir selbst vielleicht. Das ist noch nicht entschieden.«

Jason pfiff laut. »Die kleine Taylor Reagan. Das gibt es doch nicht!« Ehe ich mich versah, hatte er mich in eine feste Umarmung gezogen und wollte gar nicht mehr loslassen. Grandma beugte sich vor und klappte ihre Hutkrempe hoch, um besser sehen zu können.

»Taylor?«, fragte sie ungläubig. »Du lebst also auch noch. Komm her, Kindchen.«

***

Ein paar Stunden, eine Dusche und ein ordentliches Frühstück später saß ich in der Waschküche auf dem Trockner und half Grandma beim Wäschefalten. Ich hatte ihr natürlich eine Erklärung abliefern müssen, die in etwa so aussah: Ich hatte einen Streit mit Mom und Dad gehabt, weil ich sie belauscht hatte und war dann einfach gegangen. Dass ich die Schule schwänzte, schien sie nicht zu stören. Sie freute sich wahnsinnig über meinen Besuch und fragte auch jede Menge über Lucy. Dass wir uns so lange nicht mehr gesehen hatten, erwähnte zunächst keiner.

Als ich mit der Wäsche fertig war, ging ich zurück ins Gästezimmer, um mir einen Sweater zu holen. Dass das einzige Kleidungsstück, das sich im Auto befunden hatte, Hunter gehörte, brachte mich zum Nachdenken.

»Du musst deine Eltern anrufen, damit sie wissen, dass es dir gut geht«, hatte Grandma Josephine, die lieber Josie genannt wurde, zu mir gesagt. Ein Streit war der Grund gewesen, warum meine Familie den Kontakt zu ihr abgebrochen hatte. Eigentlich war das damals Moms Entscheidung gewesen. Nach der Heirat meiner Eltern und dem Kauf unseres ersten Hauses hatten sich ein paar Schulden angesammelt. Josie hatte Mom und Dad das Geld geliehen, damit die Zinsen nicht immer mehr wurden und sie ihr den Betrag in Ruhe zurückzahlen konnten. Nach und nach wurde das Thema für Mom und Grandma aber immer öfter zum Anlass einer Auseinandersetzung. Ich kannte nicht alle Details, aber irgendwann wurden die Telefonate weniger, der Kontakt geriet ins Stocken und ich hing meinen Gedanken nach, statt der Ursache des Familienstreits auf den Grund zu gehen. Unsere Verwandtschaft war nie ein großer Teil unseres Lebens gewesen, und in diesem Moment erkennen zu müssen, wie traurig das eigentlich war, tat seltsamerweise weh. Etwas Gutes hatte die Sache aber: Mom würde nicht herkommen, um mich wieder nach Hause zu schleifen. Nachdem ich die fertige Wäsche weggeräumt hatte, war Josie gegangen, weil sie eine Verabredung hatte. Zuvor hatte sie mir eingebläut den Anruf nicht zu lange vor mir herzuschieben.

»Es ist noch Lasagne von gestern im Kühlschrank. Ich bin in ein paar Stunden wieder hier. Fühle dich wie zu Hause, wenn du das in Jasons Gesellschaft überhaupt kannst.«

Dieser hatte nur gelacht. »Ich bin sehr charmante Gesellschaft!« Jason saß seitdem vor dem Fernseher, ich im Flur und starrte das Telefon an.

»Soll ich das für dich übernehmen?«, fragte er freundlich, als er an mir vorbeiging, um sich etwas zu trinken aus der Küche zu holen, die auf dem Weg lag. »Ich kenne das Gefühl nur zu gut. Was meinst du, warum ich hier hocke? Ich bin schon seit drei Wochen hier, weil ich es zu Hause nicht mehr ausgehalten habe, Taylor. Ich will nicht drüber reden.«

»Das wäre echt ... hilfreich«, murmelte ich und nannte ihm die Nummer. Gespannt beobachtete ich Jasons Mienenspiel, als jemand am anderen Ende der Leitung abnahm.

»Ich rufe wegen Taylor an. Nein, keine Sorge, es geht ihr gut. Ihr was – wer zur Hölle bist du, Mann? Sind Mr und Mrs Reagan in der Nähe? OK. Verstehe.« Jason lachte. »Ich frag sie mal.« Er hielt die Hand über den Hörer und drehte sich zu mir. »Darf ich ihm sagen, wo du bist? Er will dich abholen kommen.«

»Ist das Hunter?«, fragte ich verwirrt. »Was macht er bei mir zu Hause?«

Jason zuckte mit den Achseln. Auffordernd hielt er mir das Telefon hin. Ich seufzte.

»Hunter, was machst du bei mir zu Hause?«, fragte ich ohne Begrüßung.

»Dich vermissen«, sagte er. »Ich dachte, du wärst krank, als du nicht in die Schule gekommen bist. Deine Schwester hat keine Ahnung, was passiert ist, weil deine Eltern es ihr nicht sagen wollen. Sie sitzt schon seit Stunden neben dem Telefon, Taylor.« *Oh.* Jetzt meldete sich mein schlechtes Gewissen. »Sie hat ein Date mit Ben, weshalb ich ihr versprochen habe die Stellung zu halten. Wir haben uns Sorgen gemacht. Wo bist du?«

»Jedenfalls nicht zu Hause«, murmelte ich schwermütig.

»Wer ist bei dir? Wer ist der Kerl?«, fragte Hunter danach.

»Mein neuer Freund. Wir haben eben in Vegas geheiratet und wandern jetzt aus. Richtig, Jason?«, sagte ich. Mein Cousin zwinkerte mir belustigt zu.

»Vollkommen richtig, Baby«, sagte er engagiert. »Also leg endlich auf, jetzt, wo deine Familie weiß, dass du noch lebst. Wir sollten aufbrechen, sonst verpassen wir unseren Flug. Die Flitterwochen sollen doch das Beste an der Ehe sein.«

»Wie du hörst, habe ich zu tun«, sprach ich weiter.

»Das ist nicht lustig, Taylor«, sagte Hunter ernst. »Wo bist du, verdammt?«

»Ich brauch etwas Abstand«, antwortete ich.

»Wenn du nicht am Telefon darüber sprechen willst, okay, aber du wirst mir sagen, was passiert ist«, beharrte er. »Es sei denn, du vertraust Jason mehr als mir.«

Der letzte Satz sollte keine Frage sein, das spürte ich wegen des etwas beklommenen Tonfalls, aber die Unsicherheit in Hunters Stimme machte ihn zu einer. *Vertrauen. Da war es wieder, dieses Wort, das so viel Bedeutung hatte.* Mein Herz schlug schneller.

»Ich ...«, setzte ich an, wusste aber nicht recht, was ich hatte sagen wollen.

»Du machst mich echt verrückt, Taylor!«, knurrte Hunter.

»Ich dachte, du stehst auf verrückt«, witzelte ich ziemlich lahm.

»Bitte«, sagte er mit viel Nachdruck. »Ich werde es auch für mich behalten.«

»Nun sag dem Jungen schon die Adresse«, tadelte mich Jason. »Du lässt ihn ja ganz schön dafür arbeiten. Sonst werde ich es tun.« Er schnappte nach dem Hörer. Als ich auswich, fiel ich fast vom Stuhl. Jason hob erwartungsvoll eine Augenbraue.

»Ich bin bei meiner Grandma«, gab ich geschlagen preis.

»Gib mir seine Nummer. Ich sims ihm die Adresse«, schlug Jason vor.

***

Hunter meldete sich den restlichen Tag nicht mehr, worüber ich mich ärgerlicherweise wunderte. Zur Ablenkung half ich Jason neue Blumen in die Beete entlang des Zauns einzupflanzen. Als Josie zurückkam, aßen wir gemeinsam Abendbrot. Jason, der sich ein paar Freunde in der Gegend gemacht hatte, ging aus. Ich lehnte seine Einladung mitzukommen dankend ab. Er meinte, wenn es zu spät werden sollte, würde er bei einem Freund übernachten – etwas, das er anscheinend auch öfters tat. Bisher hatte sich noch keine wirkliche Chance ergeben Jason zu fragen, was er überhaupt hier machte, aber Josie hatte beim Abendessen durchblicken lassen, dass er ein paar Probleme zu Hause hatte und eine Auszeit brauchte. Seine Mom war über ein paar Ecken mit meinem Dad verwandt, aber ich kannte Jasons Familie nicht wirklich. Anscheinend war Grandmas Haus eine Zufluchtsstätte für all die verlorenen Teenager aus dem Reagan-Clan, wenn es denn sein musste.

Grandma wanderte in Begleitung eines Buches früh zu Bett. Ich setzte mich in die Hollywoodschaukel und genoss die kühle Brise. Diese Art von Einsamkeit fühlte sich wirklich gut an. Die Stille war friedlich. Mit dem Rauschen des Windes in den Ohren nickte ich ein. Ich kuschelte mich tiefer in die flauschigen Kissen, die eigentlich nur Zierde sein sollten und nahm plötzlich einen vertrauten Geruch war. Zuerst dachte ich, es sei das Waschpulver, dann fiel mir schlagartig ein, dass ich noch immer Hunters Sweater anhatte und es sein Geruch war, den ich als so angenehm empfand. Abrupt setzte ich mich auf. Mein Herz begann wieder wie wild zu klopfen. *Scheiße, Hunter! Er konnte jeden Moment unerwartet auftauchen und würde sehen, dass ich –*

»Ich hab mich schon gewundert, ob ich den Pullover jemals wiedersehe.« Ein kalter Schauer lief mir über die Haut, als seine Stimme meinen Gedanken zu Ende führte. Zum Glück wusste er nicht, was exakt ich gedacht hatte. »Hast du gerade daran geschnüffelt? Darf ich dir jetzt endlich vorhalten, dass du mich bei unserem ersten Date seltsam angesehen hast, als ich meinte, dass ich dein Haar mag, weil es nach Pfirsich riecht?«

»Ich weiß nicht, wovon du redest. Außerdem erinnere ich mich nicht daran und es war kein Date, der Part ist mir jedenfalls noch sehr gut im Gedächtnis geblieben.«

Hunter kam auf die Terrasse und stellte seinen Rucksack auf dem Boden ab. Sein Blick blieb an meinen nackten Beinen hängen, glitt nur langsam an mir hoch und verharrte auf meinem Gesicht. Ich verschränkte die Arme vor der Brust, überlegte, ob es etwas half den Sweater jetzt sofort auszuziehen. Hunter lächelte. Manchmal dachte ich, dass er das nur für mich tat. Der Gedanke gefiel mir. Sehr. Ich seufzte leise. Heute hatte er seine Brille wieder verbannt, trug Kontaktlinsen, die seine Augen strahlen ließen. Das machte mich nervös.

Er kam näher. Ich setzte mich auf, um Platz für ihn zu machen. Sein Arm streifte meinen, als er sich mir zuwandte und den Kopf schräg legte, um mich zu betrachten.

»Du siehst aus, als hättest du nicht sonderlich viel Schlaf bekommen.«

»Das lag an einem Unwetter. Nicht an meinen Eltern.«

Wieso fiel ihm so etwas immer auf? Sollte ich mir darüber vielleicht mehr den Kopf zerbrechen? Unbehaglich versuchte ich mit den Fingerspitzen mein Haar glattzustreichen. Ich hatte den ganzen Tag keinen Blick in den Spiegel geworfen. Ein Vogelnest und Pyjamashorts waren nicht gerade das beste Outfit, das ich besaß. Ich ließ die Hand sinken, als Hunter die Stirn runzelte. Gott, am liebsten hätte ich meinen Kopf gegen eine Wand geschlagen, damit mir die vielen oberflächlichen, auf Hunter bezogenen Gedanken aus den Ohren purzelten und ich wieder geradeaus denken konnte.

»Wie geht es dir?«, fragte er leise.

»Mir geht es gut.«

»Du siehst nicht aus, als ob es dir gut ginge.«

»Ich hab schon beim ersten Mal verstanden, dass ich scheiße aussehe.«

»Du könntest auch einen Kartoffelsack und eine Clownperücke anhaben und ich fände dich immer noch bezaubernd«, sagte er schmunzelnd. Er nahm eine meiner Haarsträhnen zwischen Daumen und Zeigefinger und zog daran, so dass ich mich weiter nach vorne lehnte. »Das meinte ich auch gar nicht und das weißt du. Ich will nicht, dass du mich so ansiehst.«

»Wie sehe ich dich denn an?«, flüsterte ich.

»Verletzt. Der einzige Trost ist, dass es nicht meine Schuld ist.«

Ich biss mir auf die Unterlippe. »Meine Eltern, sie … sie wissen Bescheid, Hunter. Eigentlich weiß ich nicht genau, was sie wissen. Ich habe sie belauscht und dann zur Rede gestellt, aber ein Teil von mir ist zornig geworden. Dann habe ich sie angeschrien und ihnen Dinge an den Kopf geworfen, und die Dinge, die sie gesagt haben, waren auch nicht gerade nett und dann bin ich einfach –«

»Taylor«, unterbrach er mich sanft. »Tief durchatmen.«

Ich ließ den Kopf nach vorne sacken und vergrub das Gesicht an Hunters Schulter. Seine Hand ruhte ein paar Sekunden in meinem Haar, fuhr dann über meinen Rücken. Er legte den ganzen Arm um mich und drückte mich fester an sich. Ich atmete langsam und regelmäßig ein und aus. Es war, als würde mich Hunters Geruch einhüllen.

»Das kommt schon wieder in Ordnung. Du hattest Angst und brauchtest einen Tag für dich, dafür werden sie Verständnis aufbringen. Du musst einfach nur ehrlich sein.«

»Warum muss man ständig Angst haben?«, flüsterte ich gebrochen.

»Das ist ein Teil des Lebens«, antwortete Hunter ruhig. »Eleanor Roosevelt hat einmal gesagt: *Tu jeden Tag etwas, das dir Angst einjagt.* Sie meinte damit, dass es besser ist sich seinen Ängsten zu stellen, als darauf zu warten, dass sie einen einfach überrumpeln.«

»Ich bin mir nicht sicher, ob ich …«

»Doch, Taylor. Du kannst das. Vielleicht nicht heute oder morgen, vielleicht erst in einer Woche oder einem Monat, aber du kannst das. Du bist stärker, als du dir eingestehst.«

Ich zog mich ein Stück zurück. Hunter ließ seine Hand meinen Arm hinuntergleiten und auf meinen Fingern ruhen.

»Warum belastet dich das nicht?«, fragte ich. »Du bist so … verständnisvoll.«

Er stieß ein kehliges Lachen aus. »Als ob das etwas Schlechtes wäre. Ich dachte, Mädchen stehen auf verständnisvolle Typen. Ich hätte noch Blumen mitbringen müssen, oder? Am besten gleich die ganze Palette, um die Nummer überzeugender zu gestalten. Wenn du dich kurz umdrehst, könnte ich was aus dem Beet deiner Grandma rupfen.«

»Du könntest etwas anderes tun«, sagte ich mit klopfendem Herzen.

Hunter grinste verschlagen. »Ach, und was wäre das nur? Etwa –«

Ich ließ ihn den Satz nicht beenden, beugte mich vor und küsste ihn. Seine Lippen fühlten sich eiskalt auf meinen an und schmeckten nach Pfefferminz. Die Tatsache erinnerte mich an unseren ersten Kuss. In einer dunklen Nacht, mitten vor seiner Haustür. Hunter ließ sich nicht sofort mitreißen. Ich spürte, wie er gegen meinen Mund lächelte, wie er zitternd ausatmete. Ich senkte das Gesicht ein winziges Stück, trennte unsere Lippen voneinander, nachdem der Kuss so kurz und leicht gewesen war, aber Hunter flüsterte so leise, dass ich fast meinte es mir einzubilden: »Nein, Taylor.«

Das verunsicherte mich einen zeitlosen Augenblick, aber die Frage, die ich daraufhin hatte stellen wollen, verlor sich in irgendeinem Winkel meines Bewusstseins, als Hunter eine Hand auf meine Hüfte legte und ein Blitz aus Hitze durch meinen Körper schoss. Beim zweiten Mal küsste er mich. Wieder kurz und leicht, wie der Flügelschlag eines Schmetterlings auf nackter Haut. Ein warmer Strom Glück schien durch meine Adern zu schießen und im nächsten Moment musste ich lachen. Ich war selber überrascht, wie zufrieden und echt es klang. Hunters Finger tanzten meinen Rücken hinauf und sofort wich das Gefühl einem anderen: Verlangen. Als er mir in die Augen sah, setzte mein Herz einen Schlag lang aus.

Kuss Nummer drei verschwamm zu einem Wirbel aus Farben und Geräuschen, weil ich das Gefühl hatte die Welt um uns herum würde zu existieren aufhören. Ich hätte ihn immer weiter küssen können, weil der Zustand, in dem ich mich gerade befand, berauschend war. Schwerelos in einer Blase aus Wärme zu verweilen fühlte sich gut an. So unglaublich gut, und der Gedanke daran, dass nur Hunter es schaffte mich so etwas spüren zu lassen, war mit einer Angst verbunden, die ich genießen konnte. Die mich reizte, weil sie meinen Verstand immer wieder austrickste. *Ich mag dich.* Das hatte ich vor einer Ewigkeit, wie es schien, zu ihm gesagt, aber wie ernst es mir damit gewesen war, schoss mir erst in diesem Augenblick durch den Kopf. Erschrocken wollte ich mich von ihm lösen, aber Hunter kam mir zuvor.

Er ließ den Kuss enden. Ausklingen, indem seine Lippen zu meinem Ohr wanderten, eine Hand über meine Wange glitt und an meinem Hals verharrte.

»Du kannst sagen, was du willst. Tun, was du willst, aber meine Gefühle werden nicht mehr so einfach verschwinden, Taylor«, flüsterte er. »Ich komme nicht dagegen an.«

Ich schloss die Augen, musste mich zusammenreißen, weil etwas in meiner Brust so unerbittlich brannte, dass es fast schmerzte. Wie gerne ich auch Hunters Nähe hatte, ich war nicht bereit dazu das zu hören. Zu realisieren, wie viel Macht seine Worte besaßen.

»Würdest du gerne –«

»Ins Bett gehen? Eine sehr gute Idee«, unterbrach ich ihn. »Es ist nämlich schon spät und dunkel und kalt, also ...« Als ich viel zu schnell aufstand, stieß ich mit dem rechten Schienbein gegen den Tisch und fluchte leise. »Gute Nacht oder so«, murmelte ich.

»Ist das etwa eine Einladung?«, fragte Hunter feixend.

Himmel! Meine Knie wurden ganz schwach. Plötzlich schoben sich dutzende Bilder in mein Bewusstsein. Hunter und ich und ein warmes weiches Bett. Seine Hände, sein Atem, seine Lippen auf meiner Haut und so viel prickelnde Wärme, Wärme, Wärme. Obwohl ich fest auf dem Boden der Tatsachen gestanden hatte, strauchelte ich und griff Halt suchend nach der Tischplatte, damit ich ihm nicht gleich zu Füßen lag. Hunter öffnete leicht den Mund und fuhr sich durchs dunkle Haar. So erheitert hatte ich seine Miene noch nie gesehen. Seine Augen funkelten förmlich, als er mir die Gedanken im Gesicht ablas.

»Sicher nicht!«, sagte ich schroff.

»Du konntest auch schon mal besser lügen«, sagte er wissend.

»Ach ja?«, fragte ich. »Dann versuch mal herauszufinden, ob das eine Lüge ist: Es ist vielleicht ganz nett dich zu küssen, aber deshalb spring ich sicher nicht mit dir in die Kiste. Und dieser ganze Mist von wegen Ehrlichkeit und Gefühle: Ich hab es so satt in diesem beschissenen Chaos zu leben. Es kotzt mich echt an, wie du meinst mich zu kennen, nur, weil wir ... das tust du nicht! Du kennst vielleicht ein paar meiner Geheimnisse, aber das macht keinen Unterschied. Weißt du, wenn die verdammte Titanic untergeht, nützt einem selbst der beste Rettungsring nichts, also schwinge dich besser in ein Boot und segle davon. Das würde uns beiden eine Menge Ärger ersparen.«

Ausgesprochen klangen die Worte heftiger als beabsichtigt. Hunter zuckte nicht einmal mit der Wimper, als ich ihm all das entgegenschleuderte, und das, obwohl ich die Stimmung mit solcher Leichtigkeit umgekippt hatte, als wäre sie ein Glas Wasser. Er stand langsam auf, zupfte am Kragen seiner Jacke und straffte die Schultern.

»Du bist dabei dich in mich zu verlieben«, sagte er. Sein Tonfall war nicht mehr eindringlich und brachte mich zum Zittern. Er war stechend, entwaffnend. »Ich kann mir vorstellen, wie beschissen das sein muss. Äußerlichkeiten sind schließlich nicht alles. Du bekommst einen ganzen Haufen Probleme dazu. Weißt du, was das Dumme an der Sache ist, Taylor? Dass jedes meiner furchtbaren, furchtbaren Worte wahr gewesen ist. Ich kann dich nicht mehr in Ruhe lassen. Ich kann mich nicht mehr abwenden. Du kannst mich anschreien, mich verletzen, vielleicht sogar hassen, aber ich verliebe mich auch gerade in dich, und du hast Recht, wenn die verdammte Titanic untergeht, entsteht ein Sog, der so stark ist, dass sich keiner von uns beiden retten könnte, ob wir das nun wollen oder nicht. Also, mir ist es scheißegal, was du denkst: ich lasse dich nie wieder allein.«

Mit diesen Worten stampfte er an mir vorbei ins Haus. Er drehte sich kurz um.

»In dem Rucksack sind ein paar Sachen von dir, die Lucy eingepackt hat. Ich werde jetzt einfach mal so frei sein und das Sofa für mich beanspruchen. Ich hoffe, deine Grandma hat starke Nerven, denn sonst erleidet sie morgen früh einen Herzinfarkt.«

Ein dunkler Schatten huschte über sein Gesicht, bevor er sich abwandte. Ich blieb völlig perplex und benommen auf der Terrasse stehen und starrte ihm hinterher. Ich hatte die Macht verloren etwas zu ändern. Ich konnte die Dinge nicht mehr zerstören, selbst wenn ich es gewollt hätte. Das alles war nicht mehr normal. Das alles war nicht mehr verrückt. Es war schlicht und ergreifend die unbeschreiblichste Sache, die mein Leben jemals verändert hatte. Und sie hatte einen Namen: Hunter Reeves.

19

Jason war derjenige gewesen, der Josie wegen Hunter vorgewarnt hatte, noch bevor ich aufgestanden war. Er war früh am Morgen joggen gegangen und meine Grandma schien ebenfalls einen totalen Frühaufsteher-Rhythmus zu leben. Was auch immer mein Cousin gesagt hatte, wirkte wie ein kleines Wunder. Hunter wurde jedenfalls nicht hochkant hinausgeworfen, sondern teilte sich jetzt das zweite Gästezimmer mit Jason. Ich mied das Frühstück – ach, was sagte ich da? – ich mied jede Person im Haus, indem ich stur behauptete, den Wocheneinkauf für Josie erledigen zu wollen, weil ich absolut nicht hungrig sei, dabei hing mir mein Magen kurz nach dem Aufstehen in den Kniekehlen.

Ich bedankte mich nicht einmal bei Hunter für den Rucksack und die Klamotten darin. Lucy hatte nicht wahllos irgendetwas aus meinem Kleiderschrank hineingestopft, sondern gezielt Sachen, die ihr gehörten, ausgewählt. Das bedeutete, es waren Teile, die ich normalerweise nicht trug und die mich anders aussehen ließen. Richtig lucyhaft und das bedeutete zwei Dinge: a) mädchenhaft und b) auffällig. Als ich mich in dem langen Spiegel betrachtete, der im Badezimmer hing, sah ich seit langer Zeit unsere schwesterliche Ähnlichkeit wieder. Das machte ein tief ausgeschnittenes Top, eine rote Lederjacke und ein schwarzer Rock aus mir: eine zweite Ausführung meiner Schwester, die so aussah, als habe sie vor in einem angesagten Club abzuhängen. Das Rot in meinen Haaren biss sich mit der Farbe der Jacke, aber der Effekt verstärkte den wilden Eindruck nur. Wollte sie, dass ich Ärger wie magisch anzog? Oh, verdammt. Sie wollte, dass ich Hunter wie magisch anzog!

Da hätte sie mir doch gleich ein Grab schaufeln können.

Obwohl – hatte ich das nicht gestern Abend selber getan? Auch in dieser Nacht hatte ich kaum schlafen können, weil der Gedanke, dass Hunter ein

Stockwerk unter mir schlief, mich völlig um den Verstand brachte. Mein schlechtes Gewissen war schuld, weil es mich mit Fragen quälte, die mir das Gefühl bescherten, ich sei der schlechteste Mensch der Welt. Dem Titel hatte ich zumindest verdient alle Ehre gemacht. Irgendetwas in meinem Kopf musste doch komplett kaputt sein, so wie ich mich benahm.

Unzurechnungsfähig, unlogisch und unberechenbar.

Du bist dabei, dich in mich zu verlieben.

Die drei gefürchteten U, die alles verkomplizierten!

Ich kann dich nicht mehr in Ruhe lassen.

Schon wurden meine Gehirnzellen wieder zu Watte. Ein Glück, dass es so etwas wie Meerrettich, Auberginen und anderes Zeugs gab, das mich ablenken konnte. In dem kleinen Supermarkt zwei Straßen weiter war es schwerer herauszufinden, wo sich was für Lebensmittel befanden, als den Ausgang von einem Labyrinth durchbrechen zu müssen. Immerhin zog sich so das Abarbeiten der Einkaufsliste ungemein in die Länge. Nachdem ich das Geschäft mit den vollen Einkaufstüten verlassen hatte, verlangsamte ich meine Schritte erneut. Etwas hatte meine Aufmerksamkeit erregt oder besser gesagt, jemand. Es war ein unheimlich dreinblickender Typ, der einer alten Dame in einem besonders auffälligen Abstand folgte. Er sah sich immer wieder um, als habe er Angst, jemand könne ihn bemerken. Das Beunruhigende war, dass ich mir hätte einreden können, ich würde mir das Ganze nur einbilden, wäre da nicht ein zweiter Mann gewesen, der einige Meter entfernt bereits auf den Unbekannten zu warten schien. Die beiden tauschten einen Blick und ein Lächeln und hefteten sich dann rascher an die Fersen der alten Frau. Sofort schrillten alle Alarmglocken in meinem Kopf.

Ich blinzelte und schon waren alle um die nächste Hausecke verschwunden. Ich wusste nicht genau, was mich dazu brachte, aber ich setzte die Einkaufstüten ab und lief ihnen hinterher, das Handy in der Hand, den Notruf bereits gewählt. Es tutete kurz.

»Ich muss einen Überfall melden!«, sprudelte es aus mir heraus. Blitzschnell gab ich meine Daten und die Lage des Supermarkts durch. Dann rannte ich direkt in die Szenerie hinein. Mir war durchaus bewusst, dass eine andere Entscheidung sicherer gewesen wäre, aber ich hatte einfach zu viele schreckliche Nachrichten gesehen, um die Frau ihrem Schicksal zu überlassen. Ich konnte Schlimmeres vielleicht verhindern. Die Alte lag bereits am Boden, ein Mann mit schütterem Haar stand über sie gebeugt und versetzte ihr, trotz offensichtlicher Ohnmacht, einen Tritt in die Seite. Sein Komplize war dabei, das Bargeld aus dem Portemonnaie zu fischen und zu zählen.

»Hey!«, rief ich laut. »Die Polizei ist auf dem Weg, lass sie in Ruhe!«

Zwei Augenpaare richteten sich auf mich. Es war nicht im Mindesten tröstlich eine schrille Sirene bereits im Hintergrund hören zu können. Ich schreckte zurück, als der augenscheinlich gewalttätigere der beiden mich ins Visier nahm. Der andere bemerkte meine Reaktion und nutzte sie schamlos aus. Innerhalb eines Lidschlags hatten sich raue Finger um mein rechtes Handgelenk gelegt. Die andere Hand drückte mir ein Messer gegen den Unterbauch. Für mich fror die Zeit einfach ein.

»Lass das Mädchen, wir müssen verschwinden!« Doch mein Angreifer blendete die Worte seines Freundes aus. Seine Augen bohrten sich in mein Gesicht hinein und dann spürte ich, wie die Spitze des Messers meine Haut verletzte. Zuerst war es nur ein leichtes Ziehen, dann ein warmes Stechen. »Nicht, ohne dem Miststück einen Denkzettel zu verpassen«, kam es als Antwort. »Man sollte seine Nase niemals in Angelegenheiten stecken, die einen nichts angehen!«, fauchte er. Mir wurde vor Panik übel, dann vor Schmerz. Er stieß mich von sich und ich stürzte auf die Knie. Im selben Moment hörte ich Rufe und das Heulen der Sirene war abrupt so nah, als schreie sie direkt in mein Ohr.

»Alles in Ordnung, Miss?«, fragte ein schwarzer Polizist, der wie aus dem Nichts neben mir aufgetaucht war. Er legte mir eine Hand auf die Schulter. Plötzlich bekam ich keine Luft mehr. Ich schnappte nach Luft, wollte mir automatisch an die Kehle fassen und da sah ich das Blut. Das Blut, das meine Finger benetzte und mein Top purpurn färbte.

»Ich glaube, nicht wirklich«, sagte ich humorlos. »Die alte Frau –«

»Mein Kollege kümmert sich um sie. Ein Krankenwagen ist unterwegs.«

Ich starrte auf meine Finger. »Ich kann absolut kein Blut sehen«, murmelte ich, aber die Vorwarnung brachte nicht mehr viel. Von der einen auf die andere Sekunde legte sich Düsternis über mich und mein Bewusstsein verabschiedete sich ins Land der Träume.

***

Als ich zu mir kam, brummte mir der Schädel. Ich schien nicht besonders lange weg gewesen zu sein, denn ich befand mich auf einer Liege in einem Krankenwagen, der auf dem Parkplatz vor dem Supermarkt stand. Dass dieser noch immer hier verweilte, musste bedeuten, dass er gerade eben erst angekommen war. Ich drehte den Kopf zur Seite und blickte in das Gesicht eines freundlich aussehenden Sanitäters.

»Bleib besser liegen. Wir haben dir etwas zur Beruhigung und gegen die Schmerzen gegeben. Von dem Mittel kann man Kopfschmerzen und Schwindel bekommen.«

»Ich fühle mich, als hätte mich ein LKW überrollt«, murmelte ich.

»Kannst du mir sagen, wie du heißt?«, fragte der Mann.

»Taylor«, sagte ich und ließ den Kopf zurücksinken.

»Gut, Taylor«, sprach er in einem ruhigen Tonfall weiter. »Deine Stichwunde ist nicht besonders tief gewesen, hat aber ordentlich geblutet, weil eine oberflächliche Vene getroffen wurde. Wir bringen dich ins Krankenhaus, damit die Verletzung genäht werden kann und wegen Vorsorgemaßnahmen gegen eine Blutvergiftung. So etwas kann sehr leicht passieren, wenn sich die Wunde entzündet. Bist du damit einverstanden?«

»Hab ich denn eine Wahl?«, seufzte ich. Ich wollte mit der Hand nach meinem Bauch tasten, aber der Sanitäter umschlang vorsichtig mein Handgelenk.

»Nicht anfassen, die Wunde ist noch offen«, warnte er mich. »Wohnst du hier in der Gegend? Gibt es jemanden, den wir anrufen können, damit er dich begleitet?«

Vor der Frage hatte es mir wirklich gegraut.

»Was ist mit der alten Dame?«, fragte ich.

»Du hast ihr wahrscheinlich das Leben gerettet. Sie ist bereits mit einem anderen Krankenwagen in die Notaufnahme gebracht worden«, sagte der

Mann. »Die Polizei ist informiert und wird später im Krankenhaus eintreffen, um deine Aussage aufzunehmen. Jetzt ist es wichtig, dass wir jemanden kontaktieren, der dir nahe steht, Taylor.«

Meine Familie würde ausrasten. Die Fahrt würde zermürbend und viel zu lange für sie alle sein, weil ich genau wusste, dass die Sorge um mich sie auffressen würde. Josie würde natürlich nicht ihre Klappe halten können und Jason ebenso wenig. Immerhin hatte er mich praktisch gezwungen Hunter einzuladen. *Fuck*! Ich war so was von erledigt.

»Ist das unbedingt notwendig?«, erkundigte ich mich. Der Sanitäter schüttelte den Kopf. »Du bist ein ganz schön stures Mädchen, oder?«, fragte er. »Es ist notwendig«, fuhr er etwas energischer fort. »Du kannst nicht entlassen werden, wenn dich niemand begleitet. Du stehst unter dem Einfluss von Medikamenten, Taylor.«

Wie oft wollte er noch meinen Name sagen? Zudem sprach er ihn völlig falsch aus. Hörte sich an, als würde er die ganze Zeit *Talooor* sagen, anstatt *Tay-leer.*

»Hunter Reeves«, würgte ich den Namen hervor. »Er ist mein …« Kannst du einen Satz nicht beenden, lass die drei Punkte das Ganze wenden!

»Kannst du mir die Nummer deines Bruders geben? Wir warten dann auf ihn.«

Genau. Mein Bruder. Die Alternative war gar nicht mal so schlecht. Hunter wäre sicher ein toller großer Bruder! Wäre da nicht die Tatsache, dass ich am liebsten wilde Rummach- Orgien startete, sobald er mich ansah oder berührte. Dann musste ich mich auch noch in Grund und Boden schämen, weil ich seine Nummer auswendig konnte. Auswendig! War das denn zu fassen? Ich konnte nicht mal meine eigene Postleitzahl auswendig!

***

Hunter trudelte circa zehn Minuten später, völlig atemlos, auf dem Parkplatz ein. Seine Augen waren geweitet, der Mund stand ihm offen und der Schreck ins Gesicht gemeißelt.

»Kann man dich denn keine Stunde allein lassen?«, schrie er. Der Ausbruch der daraufhin folgte, machte einem großen Bruder jedenfalls keine Schande.

»Ständig muss man sich Sorgen um dich machen! Verdammte Scheiße, Taylor! Was hast du nur wieder getan? Wieso musst du immer irgendetwas total Dummes anstellen!«

Das war wirklich nicht fair! Ich traf immer ziemlich gute Entscheidungen. Ich-bezogene, ungefährliche und gut abgewogene Entscheidungen. Er stellte mich dar, als wäre ich eines dieser dummen Hühner, die bei Horrorfilmen immer in ihren Tod liefen, obwohl der ganze Kinosaal tobte, weil es offensichtlich war, nicht in das dunkle verlassene Haus des Serienmörders zu laufen, der seine Wände mit Äxten tapezierte. Musste echt eine Menge Arbeit sein, jeden Nagel einzeln in den Putz zu hauen. Wahrscheinlich brauchte jeder mal Abwechslung. Tagsüber Handwerker, nachts Freddy Krüger.

»Hun –« Drei Buchstaben seines Namens später tobte Hunter einfach weiter. Der Protest samt hervorragenden Argumenten erstarb auf meinen Lippen. »Könnten Sie mich nicht schlafen lassen, solange das hier anhält?«, fragte ich den netten Sanitäter, der nicht von meiner Seite gewichen war und deutete auf Hunter. »Das ist ja nicht zum Aushalten.«

»Bitte, beruhigen Sie sich, Mr Reeves, Ihrer Schwester geht es soweit gut. Wir fahren jetzt los, also setzen Sie sich hin und schnallen Sie sich an.«

»Schwester?«, fragte Hunter, völlig aus dem Konzept gebracht. Mit sanftem Druck verfrachtete ihn der Sanitäter auf einen Platz neben sich und sah ihn streng an. Ich fuhr mir mit einer Hand übers Gesicht. Meine Schläfen pochten unangenehm. »Taylor?«

»Mir geht es soweit gut, hast du doch gehört«, nuschelte ich.

»Du konntest wirklich schon mal viel, viel besser lügen.«

Das war dann der Satz, der meine Übelkeit erst so richtig verstärkte.

***

Im Krankenhaus gab es ein unglaubliches Hin-und-Her. Ich wurde von einer Ärztin behandelt, von Polizisten befragt, von einer Krankenschwester wegen dem Papierkram bedrängt und die Reihe der Menschen, die etwas von mir wollten, schien nicht zu enden. Es dauerte den kompletten Tag, bis ich mich wieder als freies Mädchen bewegen konnte.

Man hatte meine Wunde genäht, mich geimpft und mir ein paar Rezepte ausgestellt. Ich sollte für ein paar Tage faul im Bett herumliegen, drei Wochen keinen Sport treiben (als hätte ich das überhaupt in Erwägung gezogen) und regelmäßig meinen Hausarzt aufsuchen. Hunter und ich nahmen ein Taxi zurück zum Haus meiner Grandma. Nach unserer Ankunft ging die Parade leider weiter. Ich hatte keinen einzigen Moment für mich selbst. Ich hatte wirklich in Erwägung gezogen zu lügen, aber die Wahrheit wäre so oder so ans Licht gekommen – das tat sie doch immer, oder? Gnädigerweise übernahm Hunter die Aufgabe, das Geschehene (er selber hatte meine Aussagen der Polizei gegenüber mitangehört) Josie und Jason wiederzugeben, während ich mich in mein Zimmer verzog. Mitleid konnte also auch zu etwas gut sein, nämlich, wenn man sich wünschte seine wohlverdiente Ruhe zu bekommen. Diese hielt, wie erwartet, nicht lange an.

Obwohl ich bereits am Dösen war und im Bett lag, nahm Hunter keine Rücksicht darauf. Er kam ohne anzuklopfen herein und starrte mich an. Starrte mich endlose Minuten an. Ich schloss die Augen und war versucht einfach weiterzuschlafen.

»Geh weg«, sagte ich und atmete die Worte schwermütig aus. »Ich stehe unter dem Einfluss von Medikamenten und bin total unzurechnungsfähig. Ich könnte die Gelegenheit dazu nutzen dir noch mehr gemeine Sachen an den Kopf zu werfen und bräuchte noch nicht mal mehr eine Entschuldigung dafür ein egoistischer Mensch zu sein.«

Ich drehte den Kopf zur Fensterseite und somit von Hunter weg. Hunter sagte kein Wort. Er gab keinen Laut von sich. Ich spürte, wie die Matratze unter seinem Gewicht nachgab, als er sich wie selbstverständlich neben mich legte. Ich durchlebte mehrere verhasste Déjà-vus, wurde an Momente unseres Zusammenseins in der Ferienhütte erinnert und, auch wenn mein Verstand sich weigerte das gutzuheißen, mein Körper reagierte dementsprechend darauf, verlangte fast nach Hunters Nähe und Wärme. Das Blöde an der Sache war, dass ich beides spüren konnte, obwohl er mich nicht berührte.

Entschlossen kniff ich die Augen fest zusammen und konzentrierte mich auf meinen Herzschlag. Das rhythmische Schlagen hatte tatsächlich eine beruhigende Wirkung.

Irgendwann erschöpfte mich der Kampf gegen mich selbst so sehr, dass ich wirklich einschlief. Tief und fest und friedlich. Ich schlief die ganze Nacht durch, ohne auch nur einmal aufzuwachen. Als die ersten Sonnenstrahlen ins Zimmer fielen, blinzelte ich. Ich sah genau in Hunters schlafendes Gesicht. Er hatte sich so dicht neben mir zusammengerollt, dass ich jede seiner Wimpern einzeln sehen konnte. Mir wurde bewusst, dass er einen Arm um mich geschlungen hatte, seine linke Hand auf meinem Oberschenkel ruhte. Ich musste mich unbewusst an ihn herangekuschelt haben. Unvorteilhaft, wenn man unbemerkt aufstehen wollte. Als ich es versuchte, verstärkte sich Hunters Griff nur automatisch. Er schmiegte das Gesicht an meine Schulter und seine Haarspitzen kitzelten meine Haut. Ich hatte mit Hunter Reeves geschlafen. Dafür kam ich in die Hölle und das, obwohl der Satz nicht einmal zweideutig einsetzbar war. Hallo, ewige Verdammnis!

»Hunter?« Ich räusperte mich, versuchte wieder seinen Arm zu lösen.

»Nicht«, flüsterte er. »Ich bin gerade erst darüber hinweggekommen, dass ich dich nicht in eine flauschige Blase stecken kann, damit dir nichts passiert.«

»Wie lange bist du schon wach?«, flüsterte ich zurück, obwohl es unnötig war.

»Lange genug, um dich beim Schlafen zu beobachten. Du bist so verdammt süß.«

»Irre ich mich oder haben wir uns gestern nicht fürchterlich gestritten?«

»Du irrst dich. Du hast versucht dich mit mir zu streiten, aber im Grunde hast du nur jede Menge dumme Sachen gesagt und ich habe so getan, als würde ich sie hören.«

»Das kann so nicht mehr weitergehen«, sagte ich. Hunter hielt die Augen geschlossen.

»Also ein Punkt, in dem wir uns einig sind«, grummelte er.

»Was ist mit den Hinweisen? Deinem Bruder? Alles scheint in Vergessenheit zu geraten. Das ist nicht gut, nicht gesund, Hunter. Wir sollten nicht mehr zusammensein.«

»Du weißt gar nicht, was es bedeutet mit mir zusammenzusein, Taylor. Wenn du das herausgefunden hast, dann könnten wir vielleicht über die Sache reden, aber so nicht.«

»Heißt das, du willst das von gestern alles einfach vergessen?«, fragte ich.

»Ganz sicher nicht alles. Du hast dich in Gefahr gebracht und das wirst du deinen Eltern erzählen. Wenn ich dich heute zurückbringe, wirst du mit ihnen reden. Über alles.«

»Alles«, echote ich. Hunter sah mich endlich aus diesen tief dunklen Augen an. Wie zwei schwarze Löcher, die einem etwas ganz Bedeutendes stehlen konnten. Mit nur einem Wimpernschlag. In einer flüchtigen Sekunde. Tränen stiegen mir in die eigenen Augen.

»Kannst du mich nicht einfach gehenlassen?«, fragte ich gebrochen.

»Niemals«, sagte er schlicht. »Niemals.«

20

Als wir bei mir zu Hause ankamen, wollte ich mich erst gar nicht mehr aus dem Beifahrersitz lösen. Das Gefühl einer schrecklichen Vorahnung lastete schwer auf mir, nur, dass es viel mehr als das war. Nicht nur ein Gefühl, sondern das Wissen, dass sich etwas ändern würde, wenn ich durch die Tür ging. Deshalb erlebte ich die Sequenz, in der ich ausstieg und einen Blick über die Schulter warf, wie in Zeitlupe. Hunter nickte mir zu. Ich seufzte und mein Atem bildete kleine Wölkchen, weil es kälter geworden war. Hunter lächelte aufmunternd. Er hatte mir angeboten mit hinein zu kommen, aber das war etwas, was ich allein tun musste.

Ich straffte die Schultern, bevor ich aufschloss. Kurz wanderte mein Blick zu den Fotos rechts an der Wand. Wie ein kleiner Schrein meiner Familie über der alten Kommode.

Mom. Dad. Lucy. Ich. Ein Teil dieser Gemeinschaft zu sein bedeutete ehrlich zu sein. Vielleicht hätte ich den Rest meines Lebens geschwiegen. Vielleicht wäre ich daran immer mehr zerbrochen, bis nichts mehr von mir übrig blieb. Vielleicht ... ich würde es nie erfahren, denn als meine Schwester mich als Erstes bemerkte, beschloss ich das hier wirklich durchzuziehen. Lucy fiel mir um den Hals und ich stöhnte, weil Schmerz entlang meiner Wunde aufflackerte. Ein Unglück kam eben selten allein.

Nachdem ich die Karten auf den Tisch gelegt hatte, wusste ich ehrlich gesagt nicht, was ich erwartet hatte. Jedenfalls nicht die Reaktion, die folgte. Meine Mom brach in Tränen aus und erstickte mich fast mit ihren liebevollen Gesten. Mein Dad wiederholte wie eine hängengebliebene Schallplatte, dass nichts von alldem meine Schuld war. Meine Schwester sah mich todtraurig an. Keiner von ihnen hatte Mitleid mit mir, stattdessen sprachen sie mir Mut zu. Versicherten mir, dass dies nichts ändern würde.

»Ich kann nicht glauben, dass du das fast ein Jahr mit dir herumgetragen hast.«

Mom strich mir langsam über das Haar und legte wieder einen Arm um mich. *Herumgetragen.* Genau. Jetzt war es anders. Als hätten wir vier die Last unter uns aufgeteilt.

»Es tut mir so leid, Taylor«, sagte Dad. »Ich wollte dich nicht verletzen. Unser Streit war dumm. Ich wusste nur nicht recht, wie ich mit alldem umgehen sollte.«

»Ihr habt also wirklich jeden Monat Blumen an sein Grab geschickt?«

»Wir wussten uns nicht anders zu helfen«, erklärte Mom. »Es gab so viele Gerüchte und irgendwie ahnten wir ja, dass du in seinen Tod verwickelt warst, Schatz. Wir wollten mehr als unser Beileid bekunden. Wir wollten allen zeigen, dass wir als Familie hinter dir stehen.«

»Taylor«, sagte Lucy sanft. »Niemand würde dir jemals die Schuld an seinem Tod geben. Es war ein Unfall.« Sie sah meine Eltern kurz an. »Nachdem von dem Vorfall in der Zeitung berichtet wurde, gab es schon Spekulationen, aber insgeheim wussten alle, dass Jordan selbst dafür verantwortlich war. Seine Freunde, seine Mitschüler … alle wussten, was er für ein Temperament hatte. An dem Wochenende hatten die Skeletons die Play-Offs gewonnen. Überall wurde gefeiert und getrunken. Es gab Dutzende Leute, die ihn vorher gesehen hatten. Die ihn haben gehen … fahrenlassen … jeder andere hätte ihn genauso aufhalten können wie du.«

Die Tatsache, dass ich diese Möglichkeit niemals in Erwägung gezogen hatte, traf mich wie ein Schlag in den Magen. Ich war die letzte Person gewesen, die ihn gesehen hatte. Aber wie bei einem Butterfly Effekt, war es eine Verkettung von Ereignissen gewesen, die mich erst in diese Lage gebracht hatte. Plötzlich brach in mir ein Sturm der Wut und Trauer los und als ich anfing zu weinen, konnte ich nicht mehr aufhören. Meine Mom wiegte mich im Arm. Lucy setzte sich auf meine andere Seite und tat es ihr gleich. Es dauerte lange, bis ich mich wieder beruhigt hatte. Bis ich keine Tränen mehr hatte. Ich wieder normal durchatmen konnte.

»Grandma Josie hat hier angerufen, bevor du gekommen bist«, flüsterte meine Mom. »Ich hab seit knapp einem halben Jahr nicht mehr mit ihr gesprochen.« Sie klang verletzt. »Es ist doch seltsam, dass erst etwas so Schreckliches uns dazu gebracht hat wieder miteinander zu reden. Unser Streit von damals hatte plötzlich keine Bedeutung mehr.«

Sie nahm mein Gesicht in ihre Hände und küsste meine Stirn. »Ich bin so froh, dass es dir gut geht, dass du Glück im Unglück hattest.«

»So würde ich das nicht nennen«, meinte mein Dad. »Wir Reagans sind zwar schwer kleinzukriegen, aber eine Messerstecherei? Das nenne ich das Unglück schlechthin.«

Erschöpft sank ich gegen meine Mom und blinzelte gegen die Müdigkeit an.

»Ich denke, wir schaffen Taylor ins Bett«, sagte Lucy. »Das alles muss furchtbar anstrengend für sie gewesen sein. Soll ich zur Apotheke fahren, brauchst du etwas?«

»Morgen bleibst du zu Hause«, bestimmte Mom.

»Hunter –«, setzte ich an.

»Oh, darüber reden wir auch noch«, sagte Dad in einem barschen Tonfall.

»Ich werde ihm Bescheid geben«, flüsterte meine Schwester und zwinkerte mir zu. Ich lächelte matt. Meine ganze Familie machte es sich zur Aufgabe mich die Treppe hochzubringen, dafür zu sorgen, dass ich im Bett landete. Als sie alle so beisammen im Türrahmen standen und mich besorgt musterten, fühlte ich mich erleichtert. So unglaublich erleichtert, dass ich später davon träumte schwerelos zu sein, zu fliegen. Dieses Gefühl hatte mir bisher nur Hunter verschaffen können. Da begriff ich, tief in meinem Herzen, dass dies Vertrauen war. Grenzenloses Vertrauen. In meine Familie. Mich. Hunter. So musste es sich anfühlen, wenn man wusste, dass etwas Gutes im eigenen Leben geschah.

***

Am nächsten Tag blieb ich zu Hause. Jeder im Haus schlüpfte abwechselnd in die Rolle meines Butlers, weshalb ich rundum versorgt wurde. Meine Mom griff den Gesprächsfaden bezüglich meines Geständnisses taktisch clever wieder auf und legte mir nahe, die Callahans in Zukunft einmal zu besuchen.

Sie sagte, dass ich nur den ersten Schritt gemacht hatte und es erst leichter werden konnte, wenn ich dies zuließ, wenn ich dies wollte. Dann lenkte sie auf ein anderes Thema: Hunter. Es war absolut seltsam, dass meine Mom mich über einen Jungen ausfragte, weil sie das bisher nie getan hatte. Früher war ich zu jung dafür gewesen, danach hatte mich das alles kalt gelassen. Lucy war diejenige, die immer kicherte, mit Mom quatschte und mit ihr zum Shoppen oder zum Friseur ging. Irgendwie schien Mom es zu vermissen etwas mit mir zu unternehmen. Ich fühlte mich in einer Mischung aus Sorge und Belustigung gefangen. Die Zeitspanne, in der all das passierte, erschien mir zu kurz, um wirklich damit klarkommen zu können. Deshalb dauerte es nicht lange, bis ich bat, mich weiter ausruhen zu dürfen. Mom akzeptierte meine Bitte vorbehaltlos.

Am Nachmittag erzählte Lucy mir, dass Hunter nicht in der Schule gewesen war. Ich fragte mich, warum, aber als ich versuchte ihn telefonisch zu erreichen, ging nur die Mailbox dran und ich hinterließ ihm eine Nachricht.

In den kommenden Tagen ging ich unaufmerksam durch den Alltag. Ich brachte den Unterricht hinter mich, besuchte die Theater-AG, sah beim Basketball-Training zu (an welchem ich aufgrund meiner Kondition nicht teilnehmen durfte) und beschäftigte mich mit der Frage, wo Hunter abgeblieben war, der sich auch am folgenden Tag nicht blicken ließ und nicht erreichbar war. Ich begann mir Sorgen um ihn zu machen, mehr als um mich selbst, obwohl ich das mal besser getan hätte, denn meine Wunde entzündete sich trotz der Vorsichtsmaßnahmen und ich bekam hohes Fieber. Drei Tage lang lag ich in einem Delirium, benebelt von Antibiotika und anderen Tabletten. Es kam mir vor, als würde mein Leben ausschließlich aus schlafen und essen bestehen. Als ich mich am Freitag putzmunter und vollständig kuriert auf dem Rückweg vom Arzt befand, bat ich Lucy bei Hunters Haus zu halten. Ihn mehr als eine ganze Woche nicht mehr gesehen zu haben, schlug mir sichtlich aufs Gemüt und ich hatte es satt mich zu wundern, wo er steckte.

Der Mann, der mir die Tür öffnete, war unverwechselbar Hunters Vater. Die Ähnlichkeit war verblüffend. Dieselben dunklen Augen und derselbe

Teint, die markanten Gesichtszüge und das schimmernde Haar. Natürlich sah er aus wie eine dreißig Jahre ältere Ausgabe seines Sohnes und auch nur halb so offen und charmant, wenn ich ehrlich war. Seine Miene wirkte verspannt. Auf seiner Stirn lagen tiefe Falten, die Mundwinkel waren verkrampft und die Lippen energisch zusammengepresst. Er hatte den Look eines geschäftigen Business-Mannes. Die volle Montur, in die Hunter auch manchmal schlüpfte, wenn er seine Mom besuchte. Mr Reeves musterte mich abschätzig und mir rutschte das Herz in die Hose. Ich hatte mir bisher keine Gedanken über ihn als Person gemacht, zumal Hunter noch nie über ihn gesprochen hatte.

»Ich bin Taylor Reagan«, begann ich. »Eine Freundin von Hunter. Wir kennen uns aus der Schule. Er hat eine Woche gefehlt und war nicht erreichbar, da habe ich mich gefragt –«

»Es geht ihm gut«, schnitt Mr Reeves mir das Wort ab. Es wurde unheimlich still.

»Ist er zu Hause?«, fragte ich tapfer. »Kann ich ihn vielleicht sprechen?«

»Nein«, brummte Mr Reeves. Eine tolle ausführliche Antwort, wie ich fand.

»Ihre knappen Antworten wimmeln vielleicht Vertreter ab, die Ihnen irgendeinen dämlichen Staubsauger verkaufen wollen, aber ich rühre mich hier nicht weg, bis Sie mir mehr gesagt haben, und wenn das bedeutet, dass ich hier zelten muss, werde ich das tun. Dann fange ich vielleicht damit an, den Burggraben auf Wunsch Ihres Sohnes zu buddeln und finde mit etwas Glück den kriminellen Maulwurf, der Ihre Blumen futtert.«

Perplex starrte er mich an. Dann fing er sich wieder.

»Maulwürfe ernähren sich nicht von Blumen. Sie fressen Würmer. Obwohl das Angebot, das Vieh ausfindig zu machen, sehr verlockend ist. Den Anblick von so vielen Hügeln erträgt man vielleicht in einem Tolkien-Film, aber im eigenen Vorgarten ist das etwas unangenehm. Möchtest du reinkommen?«

Vermutlich kullerten mir die Augen jetzt jeden Moment aus dem Kopf.

»Was denn? Denkt die Jugend von heute etwa, Sarkasmus sei eine Sprache, die man ab dem zwanzigsten Lebensjahr nicht mehr beherrschen kann? Bei all den Schlagabtäuschen mit Hunter muss man das ein oder andere lernen.«

Mr Reeves trat zur Seite und deutete auf den Flur. Ich warf einen Blick zu Lucy. Sie hielt einen Daumen hoch, was wohl bedeutete, dass sie warten würde. Na dann …

Hunters Vater führte mich in die Küche und bot mir etwas zu trinken an, aber ich lehnte dankbar ab und setzte mich etwas unbeholfen an den Tisch, der gigantisch groß war. Ich fühlte mich, als ob ich jede Sekunde dahinter verschwinden würde.

»Du bist also die Freundin meines Sohnes?«, fragte Mr Reeves. Er sah zwar immer noch aus wie ein grimmiger Wikinger, aber sein Ton war hell und freundlich. Das schien wohl irgendwie seine Art zu sein. Hoffentlich. Sonst würde ich es echt mit der Angst zu tun bekommen. Zugegeben, meine Neugier würde alles übertreffen, aber Eltern von Mitschülern kennenzulernen fand ich immer etwas seltsam. Normalerweise pflegte man kaum Kontakt zu Erwachsenen, es sei denn, es waren Lehrer oder die eigenen Eltern. Und ich saß hier nicht irgendwem gegenüber, sondern Hunters Vater. Unheimlich.

»Taylor«, wiederholte ich meinen Namen. »Wieso ist Hunter nicht …?« Unter dem forschenden Blick dieser dunklen Augen verstummte ich unwillkürlich.

»Hunter ist diese Woche vom Unterricht freigestellt worden. Es gab einen Zwischenfall in unserer Familie, der uns beide sehr beansprucht hat. Ich hielt es für besser, wenn er etwas Zeit hat, um besser mit der Sache umgehen zu können. Ich habe gehört, dass es dir anscheinend ähnlich ging. Du warst in einen Überfall verwickelt.«

»Hunter hat Ihnen das erzählt?«, fragte ich verwirrt.

»Nein«, antwortete Mr Reeves. »Nicht direkt.«

Was sollte das nun wieder bedeuten?

»Was meinen Sie damit? Nicht direkt?«

»Hunter ist gut darin Geheimnisse zu bewahren. Die anderer Leute und eigene. Ich gebe es ungern zu, aber ich habe gehört, wie er darüber am Telefon gesprochen hat. Vielleicht mit deiner Schwester Lucinda, wenn ich das richtig verstanden habe.«

»Ihr Name ist Lucy«, verbesserte ich ihn automatisch.

»Das ist aber nicht der Grund, warum du hergekommen bist.«

»Ich möchte Sie keinesfalls drängen mir irgendetwas Privates zu erzählen«, sagte ich höflich. »Ich möchte nur wissen, wo Hunter ist und ob es ihm gut geht. Es ist untypisch für ihn, sich so lange nicht mehr bei mir zu melden.« *Oder mich zu ärgern. Zu belästigen. Anzufassen. Zu küssen. Einfach für mich da zu sein. Einfach Hunter zu sein.*

Mr Reeves setzte sich mir gegenüber. Er rieb sich nachdenklich den leichten Bart. »Kann ich dich etwas fragen, Taylor?« Seine Augen suchten mein Gesicht ab.

»Sicher«, antwortete ich zuversichtlich. Hunters Dad lächelte zum ersten Mal.

»Hat er dir von Claire, seiner Mutter, erzählt? Von Ryan?«

Ein Ziehen in meinem Bauch veranlasste mich dazu zu lügen. »Nein. Er hat mir gar nichts erzählt«, sagte ich sehr überzeugend. Mr Reeves schüttelte kaum merklich den Kopf. Er lächelte noch warmherziger. Seine Züge hellten sich mit einem Mal auf und die Anspannung wich etwas Undefinierbarem.

»Das wundert mich«, sagte er leise, als würde er nicht mehr mit mir sprechen, sondern ein Selbstgespräch führen. Deutlicher fuhr er fort: »Er hat dir alles erzählt, Taylor.«

»Woher wollen Sie das wissen?«, fragte ich leicht panisch durchschaut worden zu sein. Hielt er mich jetzt für eine respektlose Göre, weil ich ihm mitten ins Gesicht gelogen hatte?

»Du willst ihn schützen«, sagte Hunters Vater. »Du kennst die Wahrheit.« Ich schwieg, weil ich nicht wusste, was ich als nächstes zu erwarten hatte. »Er muss dich sehr mögen.«

Mr Reeves' Blick wanderte zum Fenster. »Hunter und Ryan hatten immer diesen einen Lieblingsplatz. Es war so etwas wie ihre Zufluchtsstätte. Sie haben sich immer dorthin zurückgezogen, wenn etwas passiert ist, das ihnen nicht gefiel. Zuerst war es ein Baumhaus, mitten im Nirgendwo, aber bei einem Sturm ist es heruntergekracht und sie haben sich etwas Neues gesucht. Was beide nie ahnten war, dass ihre Mutter und ich genau wussten, wo dieser Ort lag. Wir haben es ihnen nur nie erzählt.«

Aufmerksam sah ich Mr Reeves dabei zu, wie er mit Daumen und Zeigefinger der linken Hand an dem goldenen Ring an seiner Rechten herumfingerte. Er rieb immer wieder darüber, während er weitersprach, als beruhigte ihn sein Ehering.

»Es gibt da dieses eingefallene Haus, nahe der High School. Etwas südlich im Wald, genau zwischen dem Everly Fluss und dem großen Spielplatz. Ich denke, wenn Hunter irgendwo ist, dann dort.«

»Mr Reeves, geht es Ihnen gut?«, fragte ich beklommen.

»Jetzt ein bisschen besser«, erwiderte er. »Du solltest gehen, Taylor. Es hat mich sehr gefreut deine Bekanntschaft zu machen.«

21

»Du warst verdächtig lange da drin«, sagte Lucy, als ich wieder zu ihr in den Wagen gestiegen war. Sie kaute nervös auf ihrer Unterlippe herum.

»Hunters Vater hat mir sozusagen eine Mission aufgetragen«, meinte ich. Meine Schwester runzelte gefährlich lange die Stirn und verzog den Mund.

»Mensch, Taylor ... du willst wieder irgendwas Verrücktes tun.«

»Kannst du mich zur Schule fahren?«, fragte ich.

»Du willst nicht wirklich zur Schule.«

»Nicht wirklich«, bestätigte ich. »Ich werde ... wandern gehen.«

»Wandern?«, fragte Lucy skeptisch. »Es wird jeden Moment regnen.«

»Lässt sich nicht ändern. Es ist wichtig. Es ist wegen Hunter, Lu.«

»Dann nimm wenigstens meinen Regenschirm mit«, bat sie.

»Damit ich einen Blitzableiter bei mir trage?«, meinte ich.

»Du hast Recht«, murmelte sie mürrisch. Die Fahrt zur Schule dauerte keine zehn Minuten. »Du bist sicher, dass ich nicht mitkommen soll? Ich würde. Sofort.«

»Das weiß ich zu schätzen, aber ich muss mit Hunter allein sprechen.«

Lucy riss die Augen weit auf und starrte mich auf unheimliche Weise an. »Du bist so etwas von verschossen in ihn!«, entfuhr es ihr ungehalten.

»Seltsam. Das hat er mir auch schon gesagt«, meinte ich. »Es ist doch erstaunlich, dass alle anderen meinen, sie wüssten, was ich fühle – nur ich selber nicht.«

»Du bist ein solcher Sturkopf!«, tadelte mich meine Schwester seufzend. »Wehe, du meldest dich nicht augenblicklich, nachdem du ihn gefunden hast. Mir gefällt der Gedanke gar nicht, dass du allein durch den Wald irrst. Bei deinem Glück fällst du noch in den Fluss und ertrinkst. Mist, ich kann dich nicht gehen lassen. Ich fessle dich an den Sitz!«

»Ich irre nicht allein durch den Wald«, sagte ich. Irgendwie würde ich das schon tun, wenn auch für eine begrenzte Zeit. Einige Minuten vielleicht. »Im Fluss ertrinken kann ich auch nicht, der ist gerade mal einen Meter tief, Lucy. Bitte übertreibe nicht, okay?«

Sie beugte sich zu mir und nahm mich fest in den Arm. Ich hatte aufgehört zu zählen, wie oft mein Anblick die Leute dazu brachte sich mir an den Hals werfen zu wollen. Schön. Meine Familie, nicht Leute. Noch hielt es sich in Grenzen. Ich lachte leise.

»Schön, dass dich meine Sorge amüsiert«, grummelte Lucy.

***

Ich war erst wenige Meter über den Parkplatz gegangen, als mein Handy klingelte. Als ich den Namen meiner Schwester auf dem Display sah, verdrehte ich die Augen.

»Ich bleibe so lange in der Leitung, bis du mir sagst, dass du Hunter gefunden hast.« Ich seufzte laut und theatralisch in den Hörer, war aber einverstanden. »Wo bist du jetzt?«, fragte Lucy nach zwei Minuten.

»Im Wald. Immer noch im Wald. Wenn ich mich umdrehe, könnte ich dir winken.«

»Ich sehe dich nicht mehr, Taylor.«

»Ja«, sagte ich genervt. »Weil ich jetzt noch tiefer im Wald stehe. Ich bewege mich schließlich nicht wie eine Schnecke. Kannst du kurz still sein?«

Ich blickte den abgetretenen Wanderweg entlang und versuchte mich zu orientieren. Das Rauschen des tosenden Flusses zu hören, der trotz geringer Tiefe schnellfließendes Wasser führte, fiel mir leicht. Ich verließ den gekennzeichneten Weg und trampelte dabei wahllos Pflanzen platt. Nachdem ich mich bemüht hatte meine Umgebung genauer zu betrachten, erkannte ich bald, dass es Stellen gab, die so aussahen, als wäre hier schon öfter jemand entlanggegangen. Äste waren abgebrochen und das Gras klebte platt an der Erde. Da wir gerade einmal Mittag hatten, war es hell und ich konnte mir einen guten Überblick verschaffen. Innerhalb von fünf Minuten stand ich am Ufer des Flusses.

»Ich überquere jetzt den Fluss«, teilte ich Lucy mit und kam mir dabei vor wie ein Wissenschaftler auf Erkundungstour. »Ich meine natürlich das tobende Wasser, das seine eisigen Finger nach mir ausstreckt, um mich in den nassen Tod zu reißen.«

»Kannst du die Ruine schon sehen?«

Ich trat vorsichtig auf herausragende breite Steine und hopste so ans andere Ufer. Ein Kinderspiel und alles andere als gefährlich. Im nächsten Moment tropfte mir etwas auf den Kopf. Dann auf meine rechte Schulter, danach lief mir etwas den Nacken hinunter. Der von Lucy vorhergesagte Regen setzte ein. Zuerst nieselte es nur leicht, dann prasselten immer mehr Tropfen vom Himmel. Durch das dichte Geäst über meinem Kopf wurde ich ganz gut geschützt, aber so aufgeweicht wie der Waldboden hier war, musste es zuvor schon einmal stärker geregnet haben. Es roch auch danach. Irgendwie modrig.

»Ich glaube schon«, antwortete ich reichlich spät.

»Du glaubst?«

»Ich sehe ein kleines Haus«, meinte ich. Es von nahem zu betrachten gab mir die Bestätigung. Es war eine kleine Hütte, deren eine Hälfte eingestürzt war. Überall lagen Bretter herum, über die Kletterpflanzen oder Moos wuchsen. Die zweite Hälfte war noch vollkommen intakt. Auf den ersten Blick wirkte es, als habe jemand das Ganze in der Mitte durchgerissen und nur eine Seite verschont. Das Welldach war so angebracht worden, dass es einen Teil der fehlenden Wand ersetzte und gut vor Wind und Regen schützte.

»Ich habe Hunter gefunden«, flüsterte ich. »Ich lege jetzt auf. Bis später.«

Ich hatte Hunter tatsächlich gefunden. Er saß in einer Ecke der Hütte, unter einem milchigen Fenster. Neben ihm befind sich so etwas wie eine Feuerstelle, in der etwas dabei war zu verbrennen. Der Qualm, der von dort aufstieg, kam von keinem normalen Feuer. Mit einem Schürhaken stocherte Hunter lustlos darin herum. Er sah völlig durchgefroren aus. Die Kleider und das Haar klebten an ihm, schienen nur schwer wieder zu trocknen. Das bestätigte meine Vermutung von eben. Es hatte zuvor geregnet und Hunter war durch den Sturm hindurchgelaufen. Er wirkte mitgenommen und zitterte. Seine Augen glommen düster im Schein der Lichtquelle. Sein Mund war eine einzige harte Linie.

Der jetzige Regen schwoll zu einem ohrenbetäubenden Geräusch an, das meine Schritte und Anwesenheit überdeckte. Erst als ich seinen Namen sagte, bemerkte er mich.

»Was machst du hier? Wie hast du mich gefunden?«, fragte er richtig erschrocken.

»Nachdem ich dich gefühlte hundert Mal versucht habe zu erreichen, habe ich ein SWAT-Team ausgeschickt, die dich durch den GPS-Sender in deinem linken Eckzahn ausfindig gemacht haben«, sagte ich. »Jetzt ist es raus: Ich bin eine Spezial-Agentin des FBI.«

Hunter starrte mich bloß an. Das hatte er schon öfters getan, aber noch nie so dermaßen aus der Fassung gebracht. Als könnte er meinen Witz nicht einordnen. Meine Worte gingen spurlos an ihm vorbei. Er senkte den Kopf und verlor sich wieder in dem Feuer. Ich setzte mich neben ihn auf den harten Holzboden und betrachtete die Feuerstelle. Zwischen alten Kohlen und dünnen Ästen zerfielen gerade dutzende Fotos zu Asche und Rauch. Zuerst hatte ich Schwierigkeiten die Gesichter darauf zuzuordnen.

»Das ist deine Familie, oder?«, fragte ich, weil ich Hunters Vater erkannte. »Ich habe ihn heute kennengelernt. Er hat mir nicht erzählt, was passiert ist, aber es muss etwas passiert sein, wenn du dich eine Woche nicht meldest.«

»Du bist es einfach nur gewohnt, dass ich immer da bin«, sagte Hunter erschöpft. »Ich hatte dafür einfach keine Energie mehr, vielleicht werde ich das nie wieder haben.«

Er ließ das Gesicht in eine flache Hand sinken und schloss die Augen. Ich wollte den Arm ausstrecken, um ihn zu berühren, tat es dann aber doch nicht. Suchend schob ich die Finger in meine Jeanstasche. Es war immer noch dort. Ich faltete die Seite aus Lucys Jahrbuch auseinander, nahm Hunter den Schürhaken aus der Hand und spießte es auf. Hunter beobachtete irritiert mein Vorgehen. In der nächsten Sekunde begann es zu brennen, weil ich es ins Feuer hielt.

»Sein Name war Jordan«, sagte ich. »Jordan Callahan.« Der Name schmeckte so verdammt bitter, dass mir ganz flau im Magen wurde. Mein Hals wurde trocken. »Ich habe diesen Namen seit fast einem Jahr nicht mehr ausgesprochen.« Ich betrachtete Jordans lachendes Gesicht. Mein lachendes Gesicht. »Wir sind zwangsweise Freunde geworden, weil meine beste Freundin mit seinem Bruder zusammen war. Ich mochte ihn von Anfang an sehr gerne, auch wenn er selten mit mir sprach. Irgendwie dachte ich immer, es würde mir reichen ihn aus der Ferne zu beobachten. Das tat es aber nicht.«

Ich starrte weiter auf das halb zerstörte Bild. Wie schnell das Feuer doch fraß.

»Schließlich hab ich ihn gefragt, ob er mit mir ausgehen möchte. In all der Zeit, in der wir zusammen waren, war ich mir sicher, dass wir uns liebten. Es war ein schöner Gedanke. Leider eine Illusion, weil er etwas ganz anderes wollte. Jemand ganz anderes war als der Junge, den ich immer aus der Ferne beobachtet hatte. In dieser einen Nacht, als ich ihn wiedergesehen habe, nach all diesen quälenden Tagen, da wollte ich ihm sagen, wie sehr ich ihn hasse. Ich konnte nur noch schreien.«

Ich ließ den Schürhaken sinken und fasste mir an die Brust.

»Es hat so sehr geschmerzt. Mein Herz. Es hat nicht aufgehört. Weder nachdem er gegangen noch nachdem er gestorben war. Erst als ich meiner Familie die Wahrheit erzählt habe, da habe ich gemerkt, dass ein Teil des Schmerzes verschwand, weil ich die Last, die all das mit sich brachte, abgeben konnte. Es hätte die ganze Zeit so einfach sein können.«

»Taylor«, setzte Hunter an, aber ich unterbrach ihn sofort.

»Was ich sagen will, ist, dass ich nicht möchte, dass du dich auch so fühlen musst. Es sieht vielleicht nicht immer so aus, weil ich so eine verdammt blöde Kuh sein kann, aber du bedeutest mir etwas. Deshalb möchte ich diejenige sein, die dir hilft die Last zu tragen.« Ich atmete tief, sehr tief durch. »Gleich purzeln Herzchen aus meinen Mund, weil das so schwülstig klang«, sagte ich verlegen. Langsam schlang ich meine Finger um die seiner linken Hand. »Ich kann dich auch nicht mehr so einfach alleinlassen. Mir gehen allmählich wirklich all die guten Ausreden aus, um das zu leugnen.«

»Ich kann noch nicht darüber reden«, flüsterte er. »Aber wenn ich es jemandem erzählen würde, dann nur dir.« Hunter lehnte sich mir entgegen, bis seine Stirn meine berührte. »Du bist manchmal wirklich unerträglich egoistisch. Genau wie ich.« Seine freie Hand ruhte plötzlich an meiner Wange. Wir verharrten eine Weile schweigend genau so.

»Hunter«, sagte ich zögernd. »Du bist total heiß.«

Hunter zog den Kopf zurück und sah mir genau in die Augen. Er grinste unheilvoll.

»Ehm … das kam sehr unerwartet«, antwortete er. »Ich hätte, ehrlich gesagt, nicht gedacht, dass ich das jemals von dir zu hören bekomme. Sag es noch mal. Ich glaube, das wird dann mein neuer Taylor-Lieblingssatz.«

»Nein«, wehrte ich ab. Ich legte eine Hand auf seine Stirn. »Du bist wirklich heiß. Wie lange sitzt du schon hier im Wald? Deine Kleider sind total klamm. Du hast Fieber!«

»Dann findest du mich nicht heiß?«, fragte er fast beleidigt.

»Hunter, dein ganzes Gesicht glüht. Wir müssen dich sofort aus den nassen Klamotten bekommen und aufwärmen«, sagte ich. Eisige Stille legte sich abrupt über uns. Hunter umfasste mein Handgelenk und zog es von seinem Gesicht fort.

»Raus aus den Sachen und warm werden. Hast du das gerade wirklich gesagt?« Seine Finger gruben sich fester in meine Haut. »Mir fällt jetzt erst auf, dass du auch aussiehst, als wärst du eine Weile durch den Regen gewandert und könntest krank werden.« Er lachte in sich hinein. *Himmel.* Mein Herz nutzte den Moment, um schneller zu werden. »In der Wildnis soll man sich doch immer mit gegenseitiger Körperwärme am Leben erhalten.«

»Wir sind nicht in der Wildnis. Fünfzig Meter von hier ist die Schule.«

»Wen interessiert schon die beschissene Schule«, meinte er mit rauer Stimme. Hunter packte mein anderes Handgelenk. In nur einem Atemzug drückte er mich zu Boden und weil der Untergrund zu hart und flach war, spürte ich jede Einzelheit von Hunters Körper, der sich so dicht an meinen presste. Es gab keine Ausweichmöglichkeit mehr für mich. Mein Haar hatte sich um mein Gesicht verteilt. Es musste aussehen, als läge es in einer dunklen Pfütze. Ich schluckte schwer.

»Jedes Mal, wenn du mich so ansiehst, denke ich nur, wie hübsch du bist. Alles an dir ist so wunderschön. Wenn du dann noch solche Sachen zu mir sagst, ist alles, was ich tun will dich zu küssen. Immer weiter zu küssen, bis es sich so anfühlt, als gäbe es nur noch uns zwei.« Er ließ eines meiner Handgelenke los und führte meine andere Hand, so dass sie sich auf die Stelle legte, an der sein Herz saß. Ich spürte den kräftigen, raschen Herzschlag unter seinen Rippen so deutlich, wie ich meinen hörte. »Dieses Gefühl macht mich verrückt.«

»Ich habe angefangen verrückt sehr, sehr gerne zu mögen«, erwiderte ich. Hunters Gesicht kam immer näher.

Doch der erwartete Kuss fand nicht statt. Plötzlich ging Hunters Atem viel zu schnell. Er rollte sich von mir herunter und fasste sich an die Schläfen.

»Ich fühle mich wirklich richtig fertig«, murmelte er. Ich strich ihm das Haar aus der Stirn und spürte dabei wieder die ungeheure Hitze, die er abstrahlte. Dann schreckte er augenblicklich wieder hoch, rutschte näher ans Feuer und streckte seine Hand hinein, um eines der Fotos zu retten. Anscheinend war ihm klar geworden, dass er einen Fehler gemacht hatte und er noch immer etwas bewahren konnte.

»Hunter!«, kreischte ich. »Bist du wahnsinnig?« Ich riss ihm das glühende Bild aus den Fingern. Es war das einzige, das noch kein Feuer gefangen hatte. Die Ränder waren vollkommen hinüber, aber ansonsten schien es unbeschadet. »Ich bringe dich jetzt sofort nach Hause, hast du verstanden?«

Da es niemand anderen gab, der mir helfen würde, rief ich meine Schwester an. Lucy war innerhalb weniger Minuten bei uns. Anscheinend war sie meinetwegen extra in der Nähe geblieben. Sie hatte Ben im Schlepptau, wofür ich dankbar war, weil ich Hunter niemals alleine aus dem Wald getragen bekommen hätte. Zu dritt schafften wir es relativ einfach. Wir verfrachteten ihn auf den Rücksitz. Ich setzte mich neben ihn.

»Sollen wir ihn ins Krankenhaus fahren?«, fragte Ben völlig panisch.

»Das ist nichts, was unsere Hausapotheke nicht wieder hinbekommt«, sagte Lucy. »Er ist einfach nur erschöpft und braucht etwas Schlaf. Stell dich nicht so an, Ben.«

Ihr Freund machte eine total ängstliche Miene.

»Aber Hunter …«

»Hunter sollte wirklich besser auf sich aufpassen!«, fuhr ich ihn wütend an, obwohl diese Wut eindeutig Hunter galt. »Stundenlang im kalten, nassen Wald sitzen. Pff!«

***

Lucy und ich entschlossen uns gemeinsam, zu uns nach Hause zu fahren. Meine Schwester und ich durchsuchten den Schrank im Wohnzimmer, der unsere Hausapotheke darstellte, während Ben Hunter dazu brachte heiß duschen zu gehen. Da uns nichts anderes übrig blieb, stibitzten wir saubere Kleider aus dem Schrank unseres Vaters. Lucy steckte Hunters Sachen alle in die Waschmaschine, während ich ihm Ibuprofen und Wasser brachte. Für Hunter schien es selbstverständlich zu sein direkt aus dem Bad in mein Zimmer zu wandern. Als ich ihn suchen wollte, fand ich ihn, wie er ausgestreckt auf meinem Bett lag und schon halb am Dösen war. Alles was er trug, war eine schwarze Jogginghose, weshalb ich nicht anders konnte als seinen nackten Oberkörper anzustarren. Mein Blick klebte an seiner Brust und all den dezenten Muskeln, die sich dort abzeichneten. *Reiß dich zusammen, Taylor! Denk an etwas anderes!*

»Trink das«, befahl ich laut. Hunter setzte sich auf und runzelte die Stirn. Ich hielt ihm zwei Tabletten und das volle Glas hin. Als er fertig war, riss ich ihm das Glas förmlich aus der Hand und knallte es auf den Nachttisch. Grob packte ich die Hand, welche er sich verbrannt hatte, und begann Salbe darauf zu schmieren. Hunter zuckte zusammen.

»Ich hab mir dich als Krankenschwester irgendwie netter vorgestellt«, scherzte er.

»Ich hab gerade keine Lust nett zu sein«, meinte ich. Dennoch begann ich um einiges langsamer und vorsichtiger den Verband um seine Hand zu wickeln. »Ich denke, das wird reichen. Könntest du dir bitte etwas mehr anziehen?«

»Wieso? Lenkt dich das etwa ab?«, fragte er amüsiert. Es ging ihm definitiv besser. Ich rollte mit den Augen, stieß fest gegen seine Brust, damit er wieder nach hinten fiel.

»Schlaf jetzt. Ich wecke dich, wenn es später was zu essen gibt.«

Hunter packte, bevor ich mich entfernen konnte, den Saum meines Pullovers.

»Mir ist immer noch ganz furchtbar kalt«, sagte er spielerisch. Ich zog das Foto, das er aus dem Feuer gerettet hatte, aus meiner Tasche und stellte es neben das Bett, so dass er es sehen konnte. Es zeigte ihn und Ryan, als sie beide kleine Jungs waren.

»Lass dich von dem Anblick wärmen«, schlug ich vor. Hunter, der den Stoff meines Pullovers immer weiter dehnte, weil er daran zog, tat dies noch kräftiger.

»Bleib hier«, quengelte er gestellt. »Ich mag es mit dir zu schlafen.«

Da war er wieder, dieser verdammt zweideutige Satz. *Herrgott noch mal.* Was Hunter konnte, konnte ich mindestens doppelt so gut. Ich lächelte wissend, beugte mich vor, bis meine Lippen an seinem Ohr lagen und flüsterte: »Du weißt nicht einmal annähernd, was es bedeutet mit mir zu schlafen.«

Ich sagte die Worte ganz langsam und blies dabei unnötig viel Atem aus, der seinen Hals streifte. Dann flüchtete ich, bevor er mich ganz packen konnte. Hunter saß mit heruntergeklapptem Kiefer total benommen einfach nur da.

»Jetzt schlaf endlich«, sagte ich und knallte die Tür hinter mir zu. Etwas atemlos stürmte ich ins Badezimmer, um selber die feuchten Kleider loszuwerden. Allerdings war mir nicht mehr kalt oder dergleichen, sondern warm, warm, warm. Verdammt warm.

22

Meine Eltern kamen gegen sechs Uhr fast zeitgleich von der Arbeit wieder. Eine Stunde später saßen meine Familie, Ben und ich zusammen am Tisch und aßen Abendbrot. Ich hatte versucht Hunter zu wecken, aber er war so weggetreten gewesen, dass ich ihn hatte schlafen lassen. Er hatte auf dem Bauch gelegen, das Gesicht tief in eines meiner Kissen gegraben und sämtliche Decken von sich gestrampelt. Ein göttlicher Anblick.

In Absprache mit meinen Eltern durfte Hunter bei uns übernachten. Es gab natürlich Bedingungen. Zum einen, dass ich nicht mit ihm in einem Zimmer schlief, sondern mich bei Lucy einquartierte, zum anderen, dass ich seinen Vater anrief, damit er sich keine Sorgen machte. Meine Eltern waren Hunter gegenüber ziemlich positiv eingestellt. Vielleicht, weil er mich zurückgebracht hatte oder man merkte, dass Hunter im Grunde ein netter Kerl war. Als ich mit ihnen über Hunters Aufenthalt bei uns sprach, hatte Mom nur wissend geseufzt und Dad mich mit einem undeutbaren Blick angesehen und nachdenklich genickt.

Keiner von beiden wollte Hunter wecken, wo er doch krank war und so ganz offensichtlich total harmlos, während er schlummerte wie ein Baby.

»Dad wird ihn beim Frühstück umbringen, oder?«, fragte ich Lucy, während ich in einen ihrer Pyjamas schlüpfte, weil ich keine Lust hatte erneut in mein Zimmer zu laufen. Meine Schwester kämmte sich gedankenverloren die Haare. Als sie das nach einer gefühlten Ewigkeit noch immer tat, nahm ich ihr die Bürste aus der Hand und schüttelte sie kräftig durch. »Lu, alles in Ordnung mit dir?«, fragte ich kichernd. Der tranceähnliche Zustand fiel abrupt von ihr ab.

»Dad will unser Frühstück töten?«, schrie sie.

Ich begann zu lachen. »Nein, ich habe etwas ganz anderes gefragt«, sagte ich.

»Entschuldige, ich dachte nur gerade an –«

»Ben?«, unterbrach ich sie.

»Ben«, seufzte sie.

Oh mein Gott. Ich spürte den unglaublichen Drang mit meiner Schwester über Jungs zu reden. Zu kichern. Meine Haarsträhne um meinen Finger zu wickeln. Mehr zu kichern.

»Wer ist jetzt in wen ganz fürchterlich verschossen?«, ärgerte ich sie.

»Taylor«, sagte sie ernst. »Ich glaube, ich liebe ihn.«

»Ja, das ist mir schon klar, Lucy.«

»Nein, Taylor.« Sie starrte mich energisch an. »Ich bin nicht in ihn verliebt, ich liebe ihn. Das ist ein riesengroßer Unterschied. Ich bin so etwas von geliefert! Das wird mir das nächste Mal, wenn wir zusammen sind, bestimmt rausrutschen! Noch schlimmer, er kann mir das bestimmt ansehen! Kann man mir das ansehen? Ich meine, sehe ich verändert aus? Ich glaube, ich muss sterben ... STERBEN!«

Hastig stand sie vom Stuhl auf und warf sich schwungvoll aufs Bett. Sie gab wehklagende Laute von sich, die sie zu ersticken versuchte.

»Weinst du etwa?«, fragte ich überrumpelt. Ich setzte mich neben sie und kämpfte mit der Überlegung ihr über den Rücken zu streicheln. »Das ist doch vollkommen okay.«

Lucy schüttelte den Kopf. »Verstehst du nicht, wenn ich das sage, dann –«

»Heilige Scheiße«, sprudelte es aus mir raus. »Du und Ben ... Ben und du ...«

Jetzt verstand ich das ganze Theater endlich. Lucy nickte langsam. Sie lächelte mich ganz glücklich an. Dann heulte sie weiter. Immerhin etwas leiser als zuvor. Verlegen rieb ich mir den Nacken. »Hat er dir irgendwie wehgetan?«, fragte ich. »Als ihr eben zusammenwart, da saht ihr nicht so aus, als ob es irgendwelche Probleme zwischen euch gab. Ich bin gerade etwas verwirrt. Und entsetzt, aber mehr verwirrt. Sehr verwirrt.«

»Hast du noch nie jemanden so gemocht, dass es schmerzt?«, fragte Lucy. Sie drehte den Kopf zur Seite, schniefte einmal und ließ ihre Tränen dann versiegen. »Das Gefühl ist schrecklich. Ich meine, es ist so, als ob allein die

Vorstellung ihn zu verlieren irgendetwas in mir kaputt macht, was Schwachsinn ist, weil er mich nicht einfach verlässt.« Sie lachte leise. »Dieser verrückte Ausbruch tut mir leid«, entschuldigte sie sich rasch. »Ich habe nur angefangen zu verstehen, was er mir bedeutet und das macht mir Angst.«

Das Gefühl kannte ich allerdings auch. Bedeutete das etwa, dass ich mich demnächst auch wie eine undichte Wasserleitung aufführen würde? Unkontrolliert austickte? Hilfe!

»Du wirst dich niemals so fühlen«, sagte Lucy, als habe sie meine Gedanken gelesen. »Du bist so viel stärker als ich, Taylor. Das habe ich nach der Sache mit Jordan begriffen.«

»Da hast du vielleicht Unrecht«, sagte ich leise. Stark sein war auf Dauer zermürbend. Wenn alle Geheimnisse aufgedeckt waren, wozu brauchte man dann noch Mauern, um sich zu schützen? Was konnten diese noch fernhalten, wenn man alles aufgegeben hatte?

Lucy wischte sich die letzte Träne von der Wange.

»Unrecht, so so«, murmelte sie.

»Wieso siehst du mich wieder so an?«, fragte ich überrascht.

»Weil du so niedlich bist, wenn du an Hunter denkst.«

»Woher willst du wissen, woran ich denke?«

»Er liegt halbnackt nebenan. Natürlich denkst du an ihn.« Sie grinste mich verwegen an. »Bist du sicher, dass du hier schlafen willst? Ich würde auch dichthalten.«

»Ich schlafe definitiv hier!«, entfuhr es mir laut. Lucy hielt sich den Bauch vor Lachen.

»Du Psycho-Tante«, beleidigte ich sie. »Wie hält Ben das nur mit dir aus?«

»Och, ich hab da so meine Methoden«, antwortete sie geheimnistuerisch.

»Ja, diese Methoden kann ich mir dank eben bestens vorstellen. Danke auch.«

»Als ob du prüde wärst«, brummte sie. Nahm das Thema auch mal ein Ende?

»Ich gehe jetzt Zähne putzen«, sagte ich abwehrend.

»Taylor?«

Ich rutschte vom Bett und hielt dann inne. »Was denn, Lu?«
»Wenn dir etwas wirklich Gutes widerfährt, dann musst du es zulassen.«
»Ja, ja, schon verstanden«, murmelte ich.
»Versprich es mir!«, beharrte sie stur.
»Ich verspreche es.«
»Hoch und heilig oder schwöre besser gleich!«
Kopfschüttelnd ließ ich meine Schwester sitzen.

23

Nervös war gar kein Wort, um den Zustand zu beschreiben, in dem ich mich nach dem Aufstehen befand. Bereits vor dem Weckerklingeln war ich hellwach gewesen. Das kam sehr selten vor. Unruhig lief ich den Flur auf und ab, bis meine Mom mir entgegenkam.

»Ich hab die Sachen von deinem –«

»Hunter!«, schrie ich förmlich. »Danke für die Sachen von Hunter.«

»Geht es dir gut?«, fragte Mom skeptisch.

»Hat jemand meinen Namen gerufen?«, fragte Hunter und steckte den Kopf aus meiner Zimmertür. Die Farbe war zurück in sein Gesicht gekehrt, er sah nicht mehr krank aus. Seine Miene war unschuldig, als er gut gelaunt lächelte. Er trug noch immer nichts außer dieser blöden Jogginghose. Selbst Mom betrachtete ihn eine Weile ziemlich eingehend.

»Hunter, das ist meine Mom«, stellte ich die beiden überflüssigerweise einander vor.

»Haben Sie vielen Dank, dass ich hier übernachten durfte«, sagte er höflich. »Ich freue mich, Sie endlich einmal persönlich zu treffen, auch wenn Taylor nicht viel über Sie erzählt hat.« Das war noch untertrieben. Ich redete vor ihm nie über meine Eltern.

»Von deiner Existenz haben wir auch erst vor ein paar Tagen erfahren«, sagte Mom und warf mir dabei einen warnenden Blick zu, der wohl besagen sollte: so etwas enthält man seiner geliebten Mutter nicht vor, du Rabentochter! Sie reichte Hunter seine Kleider. »Die sind frisch gewaschen. In einer halben Stunde gibt es Frühstück. Falls ihr noch etwas zu besprechen habt«, fuhr Mom fort, »wäre es nett, wenn ihr die Tür offenlasst.«

»Natürlich«, sagte Hunter, als sei das selbstverständlich. »Danke, Mrs Reagan.«

Als Moms Schritte auf der Treppe verklangen, grinste Hunter breit.

»Du kannst dein Zimmer jetzt wiederhaben, Hello Kitty.«

Ich verschränkte die Arme vor der Brust.

»Der gehört Lucy«, verteidigte ich mich.

»Hab ich mir schon gedacht, wo du es doch lieber luftiger magst. Lucy zeigt ihre hübschen Beine wohl nur, wenn sie mit Ben alleine ist.«

»Was interessieren dich Lucys Beine?«, murmelte ich und schob mich an ihm vorbei, um in mein Zimmer zu gehen. Das Bett war total zerwühlt. Jede Wette, es roch nach ihm.

»Stimmt. Ich interessiere mich nur für deine Beine«, sagte Hunter und folgte mir. Er zog sich innerhalb von Sekunden an, während ich noch vor dem Kleiderschrank hing und nicht recht wusste, was ich aussuchen wollte. Was repräsentierte am besten Ich-bin-eine-brave-Tochter-die-sich-an-Regeln-hält-und-euch-lieb-hat? Meine Eltern würden mich sicher in die Kirche schleifen und dazu bringen alles zu beichten. Was auch immer sie erwarteten. Scheiße! Warum hatte ich Hunter gestern nicht einfach zu ihm nach Hause gebracht?

»Zieh das rote Top an. Das hast du getragen, als wir uns kennengelernt haben. Ich könnte eine ganz furchtbar romantische Geschichte daraus machen«, meinte Hunter.

»Wieso weißt du das?«, fragte ich. »Ich weiß nicht mal mehr, was ich anhatte!«

Er stellte sich neben mich und begutachtete demonstrativ meine Sachen.

»Wir sollten dringend mal auf ein echtes Date gehen. Ich sehe da viel Potenzial.«

»Was soll das denn heißen?«, grummelte ich missmutig.

»Dass du die besten Sachen aufhebst, um auf falsche Dates zu gehen oder dich abstechen zu lassen. Das sollte mich ungemein kränken, oder? Irgendwie ist es mir egal.«

»Ja, ja, weil ich auch einen Kartoffelsack anziehen kann und gut aussehe.«

»Kartoffelsäcke sind sehr attraktiv. Ich meine, ohne Kartoffeln gäbe es das beste Essen nicht! Undenkbar, wenn niemand jemals Pommes erfunden hätte.«

»Das macht gar keinen Sinn«, erwiderte ich.

»Macht es bei uns doch eh nie«, meinte Hunter. Aus einer Laune heraus griff ich mir wirklich das rote Top und eine blaue Bluse, die gut dazu passte. Ich warf die Sachen über meinen Schreibtischstuhl und begann den Pyjama aufzuknöpfen. Hunter ließ mich dabei keine Sekunde aus den Augen.

»Also, wegen mir musst du nicht aufhören«, sagte er, als ich innehielt. »Vielleicht gesellt sich noch jemand dazu. Die Tür ist immerhin offen.«

»Schön«, sagte ich zuckersüß. »Ist sicher nicht so, als hättest du noch nie ein Mädchen in Unterwäsche gesehen.« Ich löste zwei weitere Knöpfe. »Ich hab sowieso nie verstanden, wo der Unterschied sein soll. Wenn man schwimmen geht, hat man weitaus weniger an.«

Hunter presste die Lippen zusammen und sagte kein Wort. Er begann wie wild zu blinzeln, als ich das Oberteil aufgeknöpft hatte und bereit war es jeden Moment ganz auszuziehen. Sein Blick wanderte entlang meines Halses hinunter zu meinem Bauch.

»Ich sehe nach, ob deine Eltern Hilfe brauchen. Beim Mittagessen. Ich meine Frühstück! Irgendwer braucht immer Hilfe. Ich helfe gerne Menschen. Beim Essen. Also ich esse auch gerne und –«, sprudelte es aus ihm heraus, bis er sich unterbrach. Es war, als wären ihm die Worte plötzlich in der Kehle steckengeblieben. In der nächsten Sekunde flüchtete er. Ich konnte nicht anders. Ich lachte lauthals, als ich hörte, wie Hunter die Treppe hinunter strauchelte und sich dabei bestimmt mehr als einmal irgendwo stieß.

***

Das eigentliche Frühstück war alles andere als zum Lachen. Die Fragen meines Vaters zielten wie Kugeln auf uns beide und waren jedes Mal scharf und hart.

»Dann seid ihr also zusammen?« Peng!

»Nein«, sagte ich.

»Ja«, sagte Hunter.

»Dann seid ihr nicht zusammen?« Boom!

»Ja«, sagte ich.

»Nein«, sagte Hunter.

Wir tauschten einen verärgerten Blick miteinander. Diese Geste brachte Lucy und Mom so sehr zum Lachen, dass es sich anhörte, als würden sie beide an ihrem Brot ersticken.

»Ihr seid also unentschlossen«, stellte mein Vater fest. »Wisst ihr, was das bedeutet?«

»Dass wir normale Teenager sind«, sagte ich.

Gott, das war so megapeinlich!

»Wir niemals wählen gehen sollten?«, fragte Hunter.

»Liebling, lass die beiden in Ruhe essen«, bat meine Mom und schenkte uns allen frischen Kaffee ein. Wie ein Roboter führte ich immer wieder dieselbe Kaubewegung aus, selbst als mein Mund leer war. Ich weigerte mich meinen Eltern in die Augen zu sehen, aber irgendwann war das unausweichlich. Ausgerechnet Dad starrte mich entschlossen an.

»Hunter«, sagte er. »Meinst du es ernst mit meiner Tochter?«

»Dad, die beiden wollen nicht heiraten oder so«, mischte sich Lucy ein. »Ben hast du es doch auch nicht so schwer gemacht.« Sie sah Hunter und mich abwechselnd an. »Dad mochte ihn sofort, nur weil beide total verrückt aufs Angeln sind. Mich haben sie eine Stunde links liegenlassen, um sich über die besten Köder unterhalten zu können. Das war ein total ekliges Gespräch und ich hab mir danach geschworen niemals angeln zu gehen. Kannst du dir vorstellen einen Wurm aufzuspießen, Taylor? Igitt.«

»Angelst du, Hunter?«, fragte Dad herausfordernd.

»Nein, Sir«, antwortete Hunter. »Spielen Sie zufällig Fußball? Ich habe fast fünf Jahre in der Schulmannschaft gespielt. Haben Sie jemals daran gedacht aus einem Flugzeug zu springen? Zusammen mit meinem Vater gehe ich jedes Jahr Fallschirmspringen. Mögen Sie Musik? Vor zwei Jahren habe ich Schlagzeug in einer Band gespielt. Vielleicht Interesse an Filmen? Einen Sommer lang habe ich mal einen Workshop für kreatives Schreiben mitgemacht. Später wurde mein Script für einen Werbespot genommen, der international im Fernsehen ausgestrahlt wurde. Wie sieht es mit der Natur aus, dem Meer? Ich liebe es zu surfen. Letzten Endes ist es doch egal, was man gerne tut, so lange es unterhält, oder? Sie sehen nicht so aus, als wären Sie der Typ für Langweile.«

Sprachlos sah Dad ihn an.

»Das wusste ich alles gar nicht«, sagte ich erstaunt. Hunter lächelte mich so ausdrucksstark an, dass mir ganz warm ums Herz wurde. Plötzlich war ich in diesem kurzen Augenblick wie gefangen. »Du hast mich nie gefragt«, sagte er. Selbst nachdem er sich wieder meinen Eltern zugewandt hatte, konnte ich nicht die Augen von ihm lassen.

»Mein Dad kam aus ziemlich armen Verhältnissen«, begann Hunter zu erzählen. »Er hat mir immer gesagt, dass es das Wichtigste im Leben sei etwas daraus zu machen. Trotz harter Arbeit konnte er sich das College nicht leisten, also arbeitete er so ziemlich überall, wo es Arbeit gab. Er blieb schließlich in einer Werkstatt als Mechaniker hängen. Nach dem Tod des ehemaligen Besitzers wurde er befördert und lernte dann meine Mutter kennen. Ihre Familie hatte mehr Geld, als ein Mensch besitzen sollte. Besonders meiner Großmutter war ihre Ehe ein Dorn im Auge. Wir haben nie einen Cent aus dem Erbe meiner Mom gesehen, aber das war meinen Eltern egal. Mein Vater hatte so viel Erfolg mit der Werkstatt, dass er das Unternehmen schließlich verließ und ein eigenes gründete. Seitdem ist er mehr Bürokrat und Geschäftsmann als Mechaniker, aber dieses Image steht ihm deutlich besser. Er hat es mir und meinem Bruder nie leicht gemacht, aber er hat uns zu Stolz und Eigenständigkeit erzogen. Wir sind selten einer Meinung, aber von ihm habe ich gelernt, dass man für das einsteht, was man wirklich will.«

Hunter war noch nicht fertig.

»Ich werde wahrscheinlich niemals angeln gehen. Lucy hat Recht, Würmer aufspießen ist wirklich widerlich und ich kann nicht sagen, ob ich Taylor eines Tages heirate und wir glücklich bis an unser Lebensende sein werden. Ich weiß nur, dass mir viel an ihr liegt und alles sehr viel leichter wäre, wenn Sie das so akzeptieren könnten.«

Hunter stand auf und packte währenddessen meinen Arm.

»Entschuldigen Sie uns bitte, aber wir sollten nicht zu spät zur Schule kommen.«

Mein Dad sah so aus, als würde er jeden Moment in Ohnmacht fallen. Mom sah überwältigt aus. Lucy schob sich den Rest ihres Brotes in den Mund und folgte uns hastig.

»Das war episch!«, jubelte sie, als wir alle drei zusammen in der Einfahrt standen. Sie klopfte Hunter auf die Schulter und strahlte übers ganze Gesicht. »Du hast meine Schwester wirklich verdient, Reeves. Oh, da kommt Ben.« Sie drückte Hunter die Schlüssel für unseren Wagen in die Hand. »Lass besser Taylor fahren, wegen der Versicherung. Natürlich erst, nachdem sie sich aus ihrer Schockstarre gelöst hat.« Sie gab mir einen flüchtigen Kuss auf die Wange. »Wir sehen uns sicher beim Lunch, hab dich lieb!«

***

Erst als ich den Wagen perfekt auf dem Parkplatz der Schule eingeparkt hatte, war ich wieder imstande etwas halbwegs Vernünftiges zu sagen.

»Lucy hatte Recht. Das war episch. Ich habe meine Eltern noch nie so aus der Fassung gebracht gesehen. Irgendwie war das ganz witzig. Ich meine … hast du das vorher vorm Spiegel einstudiert, oder so? Deine Worte waren hypnotisierend.« Bei der Erinnerung daran, obwohl es erst Minuten zurücklag, musste ich lachen. »Ob ich ihnen auch mal so eine Ansprache halten sollte? Vielleicht lassen sie mich dann demnächst in Ruhe. Hunter?«

Hunter stand etwas benommen noch immer neben der Beifahrertür und rührte sich nicht. Ich lehnte mich gegen das Auto und runzelte die Stirn.

»Tut mir leid. Ich habe nicht vergessen, dass dich etwas belastet.«

»Das ist es nicht«, sagte er leise.

»Reeves!«, brüllte jemand und wir wurden unterbrochen. Neben uns hielt ein Jeep an, von dessen Ladefläche unerwartet Erin hüpfte. Der Fahrer des Wagens war Ethan. Neben ihm saß jemand, den ich nicht kannte. »Hast du dich wirklich für diesen beschissenen Poetry Slam eingetragen? Am Freitag haben wir das erste Spiel als neues Team anstehen und da brauche ich dich. Ich verbiete dir offiziell hinzugehen.«

»Woher weißt du das?«, fragte Hunter sichtlich genervt.

»Sie haben die Liste ans Schwarze Brett gehängt, für den Fall, dass sich noch jemand anmelden will, weil es anscheinend kaum jemanden interessiert.« Erin schnaufte. »Außer Taylor natürlich. Ist bestimmt eh auf ihrem Mist gewachsen. Wo sie ist, bist auch du, hab ich inzwischen begriffen, Alter, aber: Wir. Brauchen. Dich. Hunter. Punkt.«

»Bring ihn besser nicht dazu dich zu erpressen!«, johlte der Beifahrer und jetzt erkannte ich ihn an der Stimme. Thayer irgendwas, ebenfalls aus unserer Mannschaft.

»Kein Problem«, sagte Hunter. »Mich interessiert der beschissene Poetry Slam schon eine Weile nicht mehr. Du kannst auf mich zählen.«

Erin stieß einen Freudenschrei aus. »Ja!«, brüllte er laut. »Was ist, willst du mitfahren? Wir lassen heute mal alle Geometrie ausfallen, um im Diner abzuhängen.«

»Sicher«, sagte Hunter achselzuckend.

»Sorry, Taylor: no girls allowed!«, meinte Erin.

»Was soll der Mist?«, fragte ich Hunter.

»Ich erkläre es dir später«, sagte er.

»Warum du die Schule schwänzt oder wieso der Wettbewerb plötzlich scheißegal ist?«

Das hatte etwas mit seinem seltsamen Verhalten in der letzten Woche zu tun. Seinem Ausflug in den Wald, dem kleinen Anfall als Feuerteufel und den Fotos. Vielleicht Ryan?

»Hunter«, setzte ich an, aber er war schon mit einem Satz auf den Jeep gesprungen. Ethan warf mir einen etwas mitleidigen Blick zu, bevor der Wagen davonrauschte und ich mich fühlte wie ein Kleinkind, dem man die Süßigkeiten gestohlen hatte.

***

»Ich fürchte, das Ding ist schon tot und kann nicht mehr leiden.«

Ich sah auf und funkelte Kate grimmig an. Ohne auf ihre Widerworte zu achten, stocherte ich weiter in dem toten Frosch herum, den wir für Biologie sezieren sollten.

»Ich meine, ich bin froh, dass du das machst, weil Frösche einfach eklig sind, aber du übertreibst es ein bisschen, Taylor.« Sie verzog das Gesicht, als sie mich weiter beobachtete.

»Ich bin sauer.«

»Ach, wirklich? Hätte ich fast übersehen.«

Ich pfefferte das kleine Skalpell ins Waschbecken und bekam prompt eine Verwarnung, weil wir mit den spitzen Gegenständen sorgfältig umgehen sollten, damit niemand verletzt wurde. Außer den toten Fröschen. Mürrisch setzte ich mich auf den Laborhocker und überließ es Kate die Zeichnung anzufertigen, die wir am Ende der Stunde abgeben sollten.

»Ich möchte nicht darüber reden«, stellte ich klar.

»Nein, ganz und gar nicht«, meinte Kate. »Kannst du bitte weitermachen? Ich fasse dieses Ding nicht an und als nächstes müssen wir ... ich will das nicht mal aussprechen.«

»Stell dich nicht so an«, zickte ich zurück und griff mir ein sauberes Instrument. »Der Frosch spürt es doch nicht mehr, wenn man ihm das Herz herausreißt! Er kann echt froh sein, dass er gerade durch den Himmel hopst und das nicht mitbekommt.«

»Klingt, als habe dir jemand das Herz herausgerissen«, sagte Kate nüchtern. »Taylor, wenn ich es nicht besser wüsste, würde ich sagen, du bist rasend vor Eifersucht. Was hat Hunter getan? Einem anderen Mädchen schöne Augen gemacht? Oder vielleicht ärgert es dich, dass er vor deinen Eltern etwas so furchtbar Süßes gesagt hat?«

»Lucy hat es dir also erzählt.«

»Lucy erzählt mir alles. Das kannst du übrigens auch. Ich dachte, wir wären so etwas wie Freundinnen nach unserem Trip zum Meer«, sagte sie in einem ganz besonders netten Ton. »Ich habe dir das schon einmal angeboten. Wenn du reden möchtest, dann ...«

»Miss Reagan!«, fauchte unser Biolehrer Mr Aspen. »Was tun Sie da?«

Ich blickte nach unten. »So wie es aussieht mir die Hand abschneiden.« Kaum war das gesagt, spritzte Blut aus meinem Handrücken. Ich hatte den Einstich nicht mal gespürt. Mr Aspen nahm mir das dünne Messer ab und wickelte ein Handtuch um meine Hand. Es war schon seltsam. Ich hatte kein Problem einen Frosch zu sezieren oder mir Wunden anzusehen, aber sobald ich mein eigenes Blut sah, lief ich Gefahr zu kollabieren.

»Es ist Ihr eigenes Verschulden, weil Sie sich zu wenig konzentriert haben. Ich möchte, dass Sie meinen Unterricht sofort verlassen. Gehen Sie zur Krankenstation und kommen Sie diese Woche nicht wieder. Ich benote Ihre Arbeit mit Null Punkten. Raus!«

Unfähig mich zu rühren blieb ich starr stehen. Mr Aspen seufzte energisch.

»Wer meldet sich, um Ms Reagan zur Krankenstation zu bringen?«

Kate öffnete gerade den Mund, als jemand laut »Ich mache das!« schrie. Mich traf der Anblick des Mädchens wie eine Ohrfeige. Hatte Hailey schon die ganze Zeit in meinem Naturwissenschaftskurs gesessen?

»Beeilen Sie sich, Ms Fernandes, das geht von Ihrer Arbeitszeit ab.«

Hailey griff sich meine Tasche und schob mich sanft zur Tür hinaus. »Du bist doch Ethans Freundin, oder?«, fragte sie. Es gab keinen Zweifel, dass sie die Frage bewusst so formuliert hatte, dass es nicht hieß eine Freundin von Ethan. *Miststück.* »Ich hab bis eben gar nicht bemerkt, dass wir zusammen Unterricht haben. Ich bin Hailey.«

»Ethan hat mir nie von dir erzählt«, antwortete ich tonlos. »Ihr seid also Freunde?«

Sie zuckte kaum merklich zusammen. »Oh ja, schon seit Ewigkeiten. Ich bin mit seinem Cousin Scott zusammen. Die beiden sind wie Brüder, aber in letzter Zeit streiten sie sich nur noch. Das ist ziemlich heftig, weißt du? Ich hab keine Ahnung, was ich tun soll.«

Sie hakte sich freundschaftlich bei mir unter. »Tut es sehr weh?«, fragte sie gespielt besorgt. Oje, was war das denn für eine Nummer, die sie hier abzog? Wollte sie mir jeden Moment die Augen ausstechen und sagen, dass ich die Finger von Ethan lassen sollte?

»Ethan hat schon einen Bruder. Vielleicht braucht er keinen zweiten.«

»Du kennst Wren?«, fragte sie, dieses Mal schwang echte Unsicherheit in ihrer Stimme mit. Ihre Augen fixierten mich argwöhnisch, obwohl sie weiterhin lächelte.

»Natürlich«, sagte ich. »Durch Wren haben wir uns erst kennengelernt.«

Hailey schien nicht bewusst zu sein, dass sie meinen Arm automatisch fester drückte.

»Eigentlich …«, setzte sie an. »Hat Ethan wirklich nie von mir gesprochen? Ich dachte, ich hätte ihn letztens zufällig gesehen, als Scott und ich aus waren. Im Aquapark.«

»Ach, ich arbeite dort«, antwortete ich. »Er hat mich besucht. Süß, oder?«

Haileys Miene verspannte sich. »Er ist wirklich ein süßer Junge«, murmelte sie. Wie sollte ich diese Aussage denn bitte zuordnen? Hatte sie etwa Gefühle für Ethan? Was war dann mit Scott und wieso zur Hölle versuchte sie mit mir (aka Person, die sie erst seit fünf Minuten kannte) darüber zu sprechen? Mädchen waren so verdammt kompliziert!

Vor der Krankenstation packte sie kurz meinen Arm.

»Du hast mir nicht gesagt, wie du heißt.«

»Taylor«, sagte ich. Ich bekam eine Gänsehaut, als ich ihr in die Augen sah.

»Pass gut auf Ethan auf, okay?« Sie wollte sich abwenden und gehen.

»Sekunde mal!«, rief ich den Flur entlang. »Was willst du mir damit sagen?«

Nervös strich sie sich das Haar mehrmals hinter die Ohren. »Wenn ich ihn schon verliere, dann wenigstens an ein Mädchen, das ihm nicht das Herz bricht, so wie ich es getan habe. Ich fühle mich deswegen schlecht. Ich möchte …«

»Was möchtest du?«, bohrte ich nach. Am liebsten hätte ich sie geschüttelt!

»… zurück in den Unterricht«, beendete sie ihren Satz und lief dann davon. Ich war in meinem ganzen Leben noch nie so verwirrt gewesen. Nachdenklich starrte ich Löcher in die Luft, bis die Tür hinter mir aufgeschoben wurde, weil die Krankenschwester gerade in Pause gehen wollte.

»Oh«, machte sie. »Eine Handverletzung? Lass mich mal sehen.«

***

Geschichte. Kunst. Lunch. Ethik. Knappe vier Stunden später hatte ich die Hoffnung auf Hunters Rückkehr aufgegeben. Der Schultag neigte sich dem Ende zu und ich hatte weder ihn noch Ethan noch Erin irgendwo herumlaufen sehen. Als ich in den letzten beiden Stunden Englisch hatte (einen Kurs, den Hunter und ich normalerweise zusammen besuchten) und er immer noch nicht aufgetaucht war, schloss ich einfach mit der Sache ab. Sollte er doch tun, was er wollte. Kurz bevor es zum Schulschluss klingelte, bekam ich eine SMS von ihm.

Ich löschte sie, ohne sie vorher zu lesen.

Aus reiner Gewohnheit lief ich die Abkürzung am Lehrerzimmer vorbei, um zurück zum Parkplatz zu kommen. Wie immer erlag ich dabei dem Fluch: Ich begegnete Ms Fletcher und diese zwang mich irgendeinen dämlichen Auftrag für sie zu erledigen.

»Miss Reagan, bringen Sie diese Bücher für mich in die Bibliothek«, befahl sie. Keine Spur mehr von der netten, zutraulichen Frau, die mich ermutigt hatte mehr aus meinem Leben zu machen, besonders was ihre doofe Theater AG betraf. »Die sind schon überfällig.«

Wahrscheinlich wusste sie ganz genau, was die Bibliothekarin mit Schülern machte, die überfällige Bücher viel zu spät zurückbrachten. Ich erfuhr es jedenfalls am eigenen Leib. Zuerst durfte ich mir eine kleine Standpauke anhören (Gegenargumentation zwecklos) und anschließend wurde mir ein Karren vorgesetzt, auf dem mindestens fünfzig Bücher lagen, die ich alle in die richtigen Abteilungen einsortieren durfte (die gerechte Strafe für alle, die das Wesen des Lesens verachteten). Die Bibliothekarin Mrs Caster war so gereizt, dass sie mir regelrecht Feuer unterm Hintern machte, damit ich mich beeilte. Da die Bibliothek der Schule öffentlich zugänglich war, hatte sie nichts mit den Unterrichtszeiten gemein. Nach einer Stunde saß ich noch immer in dem Labyrinth aus Büchern gefangen. Ich konnte keine Bücher mehr sehen, also verzog ich mich unauffällig in die Abteilung für Comics und Mangas, um mir eine Verschnaufpause zu gönnen. Mrs Caster lief jedenfalls sämtliche Gänge ab, aber *Superman* und *Sailor Moon* schützten mich vor ihren finsteren Blicken.

Ich atmete erleichtert aus, als ich hörte, wie sie geräuschvoll an mir vorbeiging. Dann zuckte ich erschrocken zusammen, als ich Wind im Nacken spürte. Ich wirbelte herum und stellte fest, dass irgendjemand auf der anderen Seite des Regals stand, gegen das ich mich gelehnt hatte und mich anstarrte.

Zwei dunkle Augen, dunkle Haarspitzen. Ich rannte in den nächsten Gang, aber bis ich dort war, hatte sich die Person aus dem Staub gemacht. *Ein Stalker, der mir in den Nacken atmet, einfach wunderbar!*

Die nächsten Minuten kam ich mir vor wie Harry Potter, der durch die Verbotene Abteilung schlich (eine Abteilung für böse, mächtige Zauber, in der er sich natürlich nicht aufhalten durfte). Ich musste darauf achten nicht die Wege mit Mrs Caster zu kreuzen und gleichzeitig versuchen dem Schatten zu folgen, der vor mir davonlief. Wegen meiner Ungeduld gab ich nach wenigen Minuten auf. Plötzlich wurde ich am Arm gepackt und weiter nach hinten gezerrt, Richtung Lexika. In dieser Ecke war es so staubig, dass ich fast geniest hätte, wäre da nicht die Hand über meiner Nase und meinem Mund gewesen, die mich dazu brachte dem Drang standzuhalten. Ich gab einen erstickten Laut von mir. In einem Anflug von Zorn rammte ich dem Unbekannten meinen Ellbogen in die Rippen.

»Idiot!«, zischte ich möglichst leise, als er mich losließ. Es hätte mir glasklar sein müssen, dass dieser Idiot niemand Geringeres als Hunter war. »Was sollte das?«

»Ich wollte dich etwas ärgern«, flüsterte er. »Aus der Reserve locken.«

»Idiot«, wiederholte ich. »Woher wusstest du, wo ich bin?«

»Zufall«, sagte Hunter. »Ich musste ein Buch zurückbringen.«

Ich gab mir Mühe ihn in Grund und Boden zu starren.

»Wieso hast du nicht auf meine Nachricht geantwortet?«

»Ich dachte mir, ich zeig dir mal, wie sich das anfühlt.«

»Dann müsstest du mich aber länger bestrafen«, meinte er.

»Länger, viel länger«, bestätigte ich. »Und auf eine viel gemeinere Weise.«

»Mir fallen da aber spaßigere Dinge ein, die wir tun können. An diesem gemütlichen, verlassenen Ort, zwischen Staub, Mief und Spinnweben. Sehr atmosphärisch.«

Hunter stützte sich mit beiden Armen an dem Regal hinter mir ab und kesselte mich so von beiden Seiten ein. Als ich mich unter ihm hinwegducken wollte, bewegte er die Arme wie zwei Schranken und verhinderte meinen Versuch einfach abzuhauen.

»Ich will eine Erklärung!«, forderte ich.

»Ich will dich küssen«, sagte er. Er ließ einen Arm rasch sinken, zog mit den Fingern spielerisch an der Kette, die ich trug und brachte so mein Gesicht seinem näher.

»Ich will dich aber nicht küssen«, erwiderte ich mürrisch. Hunter begann den Anhänger der Kette zu drehen und betrachtete ihn eine Weile, bevor sein Blick dann zu meinen Lippen wanderte. »Du hast sie schon öfter getragen, oder?«, fragte er.

»Meine Grandma hat sie mir geschenkt, als ich jünger war. Nachdem wir dort waren, hatte ich Lust sie zu suchen. Sie erinnert mich daran, dass ich jederzeit wieder zu ihr flüchten kann. Flucht klingt gerade übrigens ziemlich gut in meinen Ohren.«

»Ich sorge einfach dafür, dass du bleiben willst«, murmelte er. Einen Herzschlag später hatte Hunter die Hände in meinem Haar und küsste mich. Drängend und unerbittlich. Durch meinen ganzen Körper schoss das Gefühl eines Stromschlags. In den ersten paar Sekunden war das Ganze elektrisierend. Ein Adrenalinkick setzte bei mir ein und plötzlich wurde die Situation wild und rasant. Ein einziger Rausch aus Berührungen. Danach meldete sich ein Teil meines Verstands, der mir sagte, dass dieser Kuss falsch war. Etwas an sich hatte, das gefährlich war. Hunter hatte mich noch nie so geküsst. Jeder Kuss zwischen uns war anders, besser als der vorherige, gewesen. Dieser Kuss war besitzergreifend. Das war das richtige Wort. Als wollte Hunter sich selbst beweisen, dass er mich haben konnte, wann immer er wollte. Und dieser Gedanke versetzte mir einen Stich mitten ins Herz.

Keuchend löste ich mich von ihm, ging auf Abstand.

»Was ist dein Problem?«, fragte ich wütend.

»Du«, sagte er schlicht. »Du bist mein Problem, Taylor.« Diese Antwort überraschte mich jetzt wirklich. »Wegen dir ist alles so kompliziert. Du musst mir etwas versprechen.«

Zum zweiten Mal an diesem Tag fühlte ich mich, als habe man mich in ein Paralleluniversum geworfen und alle möglichen Leute spielten verrückt.

»Ich kann dir gerade nicht folgen«, sagte ich ehrlich.

»Versprich mir, dass du nicht zum Poetry Slam gehst. Vergiss die Hinweise.«

»Warum?«

»Weil ich Ryan nicht mehr finden will. Ich will nicht, dass er zurückkommt.«

Das kam so dermaßen brutal aus Hunter Mund, dass ich scharf die Luft einsog.

»Warum?«, fragte ich erneut. Hunter wandte den Blick ab. »Lass mich das mal zusammenfassen. Du schwänzt einfach die Schule, meldest dich nicht, küsst mich dann einfach, als müsstest du dir irgendetwas beweisen, dann kommandierst du mich herum und ich bekomme noch immer keine Erklärung für dein Verhalten? Du kannst mich mal!«

»Meine Mutter«, sagte Hunter deutlich kraftloser. »Sie hat versucht sich umzubringen.«

Der Schock nahm mich sofort in Besitz. Meine Finger begannen zu zittern, mein Magen zog sich schmerzhaft zusammen und in meinem Kopf drehte sich abrupt alles. Ich kam Hunter näher, krallte meine Nägel in seine Jacke. »Was hast du gesagt?«, flüsterte ich.

»Sie …« Es fiel ihm so unglaublich schwer zu sprechen, dass seine Worte ganz hohl klangen. »Irgendwie hat sie eine Unterhaltung mitbekommen, in der es um Ryan ging. Plötzlich wusste sie über sein Verschwinden Bescheid, unsere Lügen. Einer der behandelnden Ärzte meinte, sie ist während der Freizeitstunden im Gemeinschaftsraum vollkommen ausgeflippt. Hat mehrere Patienten verletzt und einen Angestellten. Niemand weiß so genau, wie sie es geschafft hat, aber sie ist von der Station gekommen, hat ein Fenster zerschlagen und wollte springen. Sie hat sich dabei schwer verletzt.«

Ich presste mir eine Hand auf den Mund.

»Ihr Zustand ist kritischer als jemals zuvor. Sie hat die ganze Zeit meinen Namen geschrien und ich war nicht dort, als es passiert ist. Ich war nicht da, Taylor.«

Der Riesenkloß in meiner Kehle machte mir das Atmen schwer. »Du warst bei mir«, hauchte ich. »Du bist zu meiner Grandma gefahren. Deshalb warst du die ganze Woche abwesend. Mein Gott, Hunter, das ist meine Schuld.«

»Das wollte ich damit nicht sagen. Es ist nicht deine Schuld«, sagte Hunter. Ich schlang die Arme so fest um ihn, als wollte ich ihn nie mehr loslassen. Er vergrub das Gesicht in meinem Haar und drückte mich mindestens genauso fest an sich. »Ryan«, sagte er. *Es ist alles Ryans Schuld. Er ist gegangen. Er hat sie zerstört.* Die Gedanken musste Hunter nicht laut aussprechen. Aber ...

»Hunter«, sagte ich und jetzt zitterten nicht mehr meine Finger, sondern meine Stimme. »Sie hätte es irgendwann erfahren. Es war nur eine Frage der Zeit. Dein Bruder ... ich will nicht sagen, dass er keine Schuld trägt, aber du kannst ihn nicht einfach so aufgeben.«

Hunters Griff lockerte sich. Mit großen leeren Augen sah er mich direkt an.

»Du hast ihn so lange gesucht.«

»Ich will ihn nicht mehr suchen. Ich will ihn aufgeben«, sagte Hunter kühl.

»Das willst du nicht«, sagte ich entschlossen. »Du bist verletzt und durcheinander.«

»Taylor, bitte.« In Hunters Augenwinkel sah ich eine einzelne Träne glitzern.

»Du hattest Recht, du hattest immer Recht«, sagte ich hastig. »Ich konnte nicht vor meiner Vergangenheit weglaufen, aber du kannst das genauso wenig. Deine Familie kann nur über all das hinwegkommen, wenn du herausfindest, was passiert ist.«

»Versprich mir, dass du keine Hinweise mehr suchst.«

»Dein Bruder hat das nicht umsonst getan.«

»Versprich es mir, Taylor!«

Ich presste die Lippen fest zusammen. Hunter ließ mich los, als habe er sich verbrannt. Seine Miene war so gequält, dass es mir das Herz brach.

»Nein«, sagte ich klar und deutlich.

»Weißt du was?«, fragte Hunter voller Spott. »Flucht klingt jetzt wirklich gut!«

Ich wollte nach seiner Hand greifen, aber er schlug meine Finger weg.

»Bleib stehen!«, schrie ich und lief ihm nach. Stellte mich ihm in den Weg.

»Ich habe es satt«, fuhr er mich an. »Ich habe es so satt. Wenn du der Meinung bist, dass ich so oft Recht habe, verinnerliche das mal: nicht für alles lohnt es sich zu kämpfen!«

»Was ist denn hier los?«, fragte Mrs Caster missbilligend. Sie kam genau auf uns zu. Ihre Bewegungen waren so schnell und geschmeidig, dass sie den Freiraum zwischen uns in Nullkommanichts überbrückt hatte. »Hier wird nicht geschrien, dies ist ein Ort der Ruhe und Konzentration. Und Sie, Ms Reagan, habe ich schon überall gesucht. Was fällt Ihnen ein, einfach so Ihren Posten zu verlassen?«

»Hunter!«

Ich ignorierte die Bibliothekarin einfach. Hunter blieb kurz stehen. Ich erstarrte, als er mich zum ersten Mal voller Hass ansah. Ich konnte nicht einmal mehr unterscheiden, ob sich das Gefühl gegen mich oder gegen seinen Bruder richtete.

»Hör auf meinen Namen zu rufen.«

Tränen liefen mir über die Wangen. Ich bemerkte sie erst, als sie wie dichter werdender Regen auf mein Shirt tropften. Hunter stürmte unbeirrt aus dem Raum. Und dann tat ich genau das. Ich hörte auf seinen Namen zu rufen. Aber in meinem Kopf war er alles, was zurückblieb.

Hunter. Hunter. Hunter ...

24

Am liebsten hätte ich geweint, sobald ich zur Haustür hereinkam. So richtig, nicht nur ein paar Tränchen vergossen. Die ganze Nummer mit triefender Nase und lautem Geschluchze, vielleicht sogar etwas Herumschreien, weil ich mich verdammt elend fühlte. Aber der einzige Ort, an dem ich mich einem solchen Ausbruch hätte hingeben können, ohne erklären zu müssen warum, wäre wohl eine Selbsthilfegruppe gewesen. *Hallo. Mein Name ist Taylor und ich bin schrecklich in Hunter Reeves verliebt!*

Hallo, Taylor. Willkommen! Am besten lässt du dich von einer guten Fee in einen Frosch verwandeln, denn dann macht es dir nichts mehr aus, wenn auf deinem Herzen herumgetrampelt wird, oder nimm gleich die grausame Wahrheit, indem es herausgeschnitten und dann wie Müll weggeworfen wird!

Das was mich aber am meisten beschäftigte und der Grund allen Übels war, lag genau in diesem Gedanken: *ich bin schrecklich in Hunter Reeves verliebt.* Ich meine, wann genau war mir das jetzt klargeworden? Hunter schmiss ständig mit diesen Bemerkungen um sich. Manchmal waren sie als Witz, manchmal ernst gemeint und die meiste Zeit hatten sie mich irgendwie doch etwas kalt gelassen.

Ich konnte gar nicht richtig fassen, dass ich auf meinem Bett saß und jammerte, als wäre mir das schlimmste Unglück der Welt zugestoßen. Es fühlte sich eben so an! Was sollte ich jetzt dagegen machen? Das war aber noch lange nicht alles. Denn das Klopfen meines Herzens teilte mir noch viele andere Dinge mit, die ich gar nicht wissen wollte. Wenn es sich so bittersüß anfühlte in jemanden verliebt zu sein, dann hatte ich Jordan niemals auch nur annähernd so gemocht wie Hunter. *Nein, nein, nein!* Ich fing an zu beten. *Lieber Gott, bitte lass sich ein Loch im Boden öffnen und mich verschlucken, vielen Dank!* Sterben konnte nicht mal ansatzweise so schmerzhaft sein, oder? ODER?!

Wütend auf mich selbst sprang ich auf und sammelte meine wichtigsten Habseligkeiten zusammen, um sie in eine kleine Umhängetasche zu stopfen. Ich würde keine einzige Sekunde mehr hier herumsitzen und in Selbstmitleid zerfließen. Hunter hatte es noch schwerer als ich. Seine Mutter hatte versucht sich umzubringen. Er wollte seinen Bruder für immer aufgeben. Hunter war am Ende. Im Wald hatte er so deutlich Anzeichen für Erschöpfung gezeigt, dass es sicher nicht mehr lange dauerte, bis er etwas Dummes tat. Vielleicht lief er auch davon, vielleicht stürzte er sich anderweitig in sein Verderben.

Es gab nur eine Person, die das verhindern konnte: Ich!

Ich würde diesen verdammten Poetry Slam gewinnen.

Ich würde den nächsten Hinweis finden.

Ich würde Ryan zurückbringen.

Ich würde nicht zulassen, dass Hunters Familie unterging.

Mit einer Entschlossenheit, wie ich sie zuvor noch nie gespürt hatte, machte ich mich auf den Weg zur nächsten Bushaltestelle, um zu dem Ort zu fahren, an dem für mich alles angefangen hatte. Wenn ich Hunter wirklich helfen wollte, dann musste ich zuerst endgültig mit meiner eigenen Vergangenheit Frieden schließen. Ich musste Jordans Grab besuchen und für immer Lebewohl sagen. Es wurde Zeit, dass ich mich entschied, was für ein Mensch ich sein wollte. Ängstlich? Schuldig? Verletzt? Unsicher?

Nicht für alles lohnt es sich zu kämpfen.

Am Arsch, Hunter!

Ich würde bis zum Schluss kämpfen.

Und siegen.

25

Die Busfahrt dauerte fast drei Stunden. Als ich bemerkte, dass mein Plan den Rest des Tages in Anspruch nehmen würde, rief ich meine Schwester an, um ihr zu sagen, was ich vorhatte. Sie war so viel besser darin solche Dinge unseren Eltern mitzuteilen. Lucy hörte mir zu, ohne mich zu unterbrechen. Nicht, dass es allzu viel zu sagen gegeben hätte. Verständnisvoll erhob sie keinen Einwand, sondern meinte lediglich, dass sie jederzeit zu meiner Rettung eilen würde, wenn ich mich bei ihr meldete und Hilfe brauchte. Hilfe war allerdings das Letzte, was ich benötigte.

Vielmehr war es Courage.

Es gab eine Haltestelle, die etwas abseits des Friedhofs lag, aber die einzige in der Nähe war, weshalb ich dort ausstieg und den Rest zu Fuß ging. Es war ein seltsam vertrautes Gefühl, das mich überkam, als ich durch die Stadt lief, die einst mein Zuhause gewesen war. Mehr als die Hälfte meines Lebens hatte meine Familie hier gelebt. An diesem Ort hingen Erinnerungen. Viele davon zu vage, um sie fassen zu können. Andere so lebendig, dass sie sich in den Schmerz meines Herzens mischten. Ich konnte das Gefühl ertragen. Ich würde es aushalten, bis ich es packen und in etwas anderes verwandeln konnte.

Der Friedhof war riesig. Er erstreckte sich über ein weitläufiges hügeliges Grundstück, das von einer hohen Mauer und schmiedeeisernen Gittern umschlossen wurde. Einige Gärtner waren gerade dabei die Schotterwege von Unkraut zu befreien, das das sonst so idyllische Bild der Totenstadt störte. Grün soweit das Auge reichte und Blumen, unterschiedlicher als alles, was ich jemals gesehen hatte, ließen das triste Bild, das ich immer von Friedhöfen gehabt hatte, viel zu bunt werden. Am Eingang gab es eine Art Lageplan, der half sich zu orientieren. Darüber war ich wirklich froh, denn ich hätte Jordans Grab ansonsten niemals gefunden. Es lag fast versteckt am südlichen Ende des Friedhofs, neben dem seiner Großeltern. Stein und Inschrift wirkten trist. Es sah aus, als wäre schon länger niemand mehr hier gewesen, um es zu wässern oder dafür zu sorgen, dass das Gras zu beiden Seiten nicht über die Marmorplatte wucherte. Ich kniete mich hin, um den Rand der kalten Platte berühren zu können. War es nicht ein unheimlicher Gedanke zu wissen, dass er dort vor mir lag? Meter unter meinen Füßen? Seltsam, mit welcher Selbstverständlichkeit Menschen über einen Friedhof gingen, dem Tod so nah und doch so fern. Es war, als könnte man ihn greifen, einatmen und spüren.

»Hallo, Jordan«, sagte ich. »Lange nicht gesehen.«

Wind ließ Blätter an mir vorbeirauschen. Kurz fröstelte es mich.

»Du wunderst dich sicher, warum ich ausgerechnet heute hergekommen bin. Ich war auf deiner Beerdigung, weißt du? Ich habe aus der Ferne zugesehen, hatte zu viel Angst dir näherzukommen und alles nur noch schlimmer zu machen.«

Ich holte tief Luft, gab mir eine Sekunde, um mir selber Mut zu machen.

»Ich weiß jetzt, dass genau dieses Verhalten alles schlimmer gemacht hat. Ich bin davongelaufen, habe deine Existenz verdrängt und einfach weitergelebt, ohne zu akzeptieren, dass du immer ein Teil meines Lebens sein wirst. Ich wollte dir sagen, dass es mir leid tut. Dass ich einen Fehler gemacht habe und dafür jeden Tag bezahle. Ich möchte dir aber auch sagen, dass ich nicht mehr bereit bin dir jede meiner Minuten zu geben.«

Mehr Wind kam auf. Scharf. Schneidend. Eiskalt.

»Du hast auch einen Fehler gemacht!«, sagte ich und wurde lauter. »Du hast auch dafür bezahlt! Du kannst mir niemals wieder irgendeine Minute deines Lebens geben! Niemand wird jemals wieder deine Stimme hören oder dein Gesicht sehen können! Du bist gestorben! Du bist, verdammt noch mal, einfach gestorben!« Ich ließ den Tränen freien Lauf. Meine Sicht verschwamm, aber ich schrie weiter. Hielt mich nicht zurück. Wurde lauter. Immer lauter. »Ein Teil von mir mochte dich! So, so gerne. Aber ein viel größerer Teil hasst dich für alles, was du getan hast! Ich. Hasse. Dich. Jordan!« Ich wischte immer wieder Tränen fort, damit sie mir nicht übers Kinn liefen. Es tat so gut ehrlich zu sein.

»Trotzdem … ich habe begriffen, dass ich nur Frieden finden kann, wenn ich aufhöre dich zu mögen und aufhöre dich zu hassen. Ich bin gekommen, um dir zu verzeihen.«

Ich richtete mich auf, schluckte schwer.

»Auf Wiedersehen, Jordan Callahan.«

Ich legte zwei Finger an die Lippen, küsste sie und berührte als Geste des Abschieds ein letztes Mal sein Grab.

Zuversicht erfüllte mich. Ich griff in meine Tasche, zog das Gedicht heraus, das ich für den Poetry Slam geschrieben hatte und riss das Papier in Stücke. Als der nächste Windstoß kam, ließ ich die tintenschwarzen Worte genauso frei wie meine Angst.

***

Ich hatte es mir zwar gedacht, aber nie wirklich beobachtet, wie beliebt Hunter war. Während der folgenden Tage fielen mir immer wieder kleine Details auf, die ich zuvor nicht wahrgenommen hatte. Er war die meiste Zeit in einer kleinen Gruppe unterwegs, die selten aus denselben Leuten bestand. Er lächelte dieses falsche Lächeln, das niemand von seinem richtigen zu unterscheiden schien. Oft. Verdächtig oft. Es gab viele Gesten, die er wiederholte, um anderen zu signalisieren, dass sie auf Abstand bleiben sollten. Eine Hand am Arm, die Mitschülerinnen sanft von sich schob, wenn sie ihm zu nah kamen. Ein Blick, der warnend wirkte, wenn jemand ihn zu lange in ein Gespräch verwickelte. Die Tatsache, dass er beim Mittagessen niemals ein ganzes Tablett mitnahm oder immer seine Tasche dabei hatte, während andere ihre Sachen im Spind wegschlossen. Als wollte er sich die Möglichkeit offen halten jederzeit fliehen zu können. Dabei wirkten diese Bemühungen natürlich und gingen an den meisten sicher spurlos vorbei. Ich sah sie. Genau wie die Anspannung in seinem Körper, die er kurz zuließ, wenn er sich unbeobachtet fühlte. Die Sorgenfalten auf seiner Stirn, das schwermütige Seufzen.

Hunter bewegte sich durch die Schule, ging von Stunde zu Stunde und bewahrte den Schein, so dass man seine gute Laune oder Freundlichkeit nicht hinterfragte. Er bemerkte nur einmal, dass ich ihm folgte. Am Donnerstagmorgen. Als unsere Blicke sich trafen, war ich mir sicher, dass meine Miene genauso festgefroren wirken musste, wie seine aussah. Saßen wir in Kursen zusammen, ignorierte er mich. Das Merkwürdige daran war, dass es kaum auffiel. Ich hatte irgendwie das Gefühl gehabt, wir verbrachten so viel Zeit zusammen, dass irgendwann jemand nachfragen musste, was mit uns nicht stimmte. *Hunter gehört mir nicht,* dachte ich. Es war nicht so, dass ich Anspruch auf ihn erhoben hatte. Ich hatte nie seine Hand gehalten, mit ihm geflirtet oder ihn geküsst, wenn es Zeugen gab. Ein Wir hatte es in der Öffentlichkeit nie gegeben. Ich lächelte matt.

Unsere Wir-leben-aneinander-vorbei-Situation spitzte sich zu, als wir am Freitagnachmittag in der letzten Stunde Ethik zusammen hatten. Zum Abschluss einer langen Referats-Zeit, die der Kurs mit Mr Finnick hinter sich gebracht hatte, war er der Meinung, wir sollten zurück auf Anfang gehen und unsere Mitschüler besser kennenlernen. Zur Entspannung vor dem großen Quiz nächste Woche.

»Sie schreiben Ihre Namen auf einen Zettel, ich mische einmal durch. Es werden Paare gebildet. Setzen Sie sich zusammen und versuchen Sie jeweils zehn Fakten über Ihren neuen Sitznachbarn herauszufinden. Lassen Sie sich etwas einfallen. Bohren Sie tiefer nach. Eine Lieblingsfarbe sagt selten etwas über den Charakter eines Menschen aus.«

Mr Finnick lächelte aufmunternd in die Runde.

»Sie sollten sich bemühen diese leichte Übung ernst zu nehmen. Die Person, bei der Sie landen, wird für das nächste Halbjahr neben Ihnen sitzen müssen und zudem mit Ihnen bei unterrichtsrelevanten Angelegenheiten zusammenarbeiten.«

Die Zufalls-Prozedur lief spurlos an mir vorbei. Ich wusste, bei wem ich landen würde und das hatte nichts mehr mit Zufall zu tun. Hunter und ich zogen uns an wie Magneten. Nachdem er keine Anstalten machte sich zu bewegen, obwohl wilder Tumult ausbrach, als alle im Raum die Plätze tauschten, war ich es schließlich, die auf ihn zuging. Abwesend starrte er die Tafel an und würdigte mich keines Blickes. Ich beugte mich über meinen Schreibblock und begann zehn Fakten über mich aufzuschreiben. Hunter wusste jede Menge über mich, aber nicht alles. Das verstieß gegen die Regeln, aber ich hatte keine Absicht mehr bis zum Ende der Stunde zu bleiben, also tat ich, was ich in diesem Moment unbedingt wollte. Nachdem ich fertig war, riss ich den Zettel ab und schob ihn Hunter hinüber. Als ich aufstand, beäugten mich einige der anderen Mädchen skeptisch.

»Da hat sie so ein Glück und spricht kein Wort mit ihm. So eine blöde Kuh.«

Ich hielt inne und drehte mich um, sah Grace direkt ins Gesicht. »Du solltest leiser reden, wenn du nicht willst, dass man dich hört.« Ich kannte sie aus einem anderen Kurs. Sie war ein totales Tratschmaul.

»Vielleicht wollte ich, dass du mich hörst«, antwortete sie extra laut. Plötzlich sahen mehrere Mitschüler zu mir und Grace, um das zu erwartende Drama zu beobachten.

»Gibt es ein Problem?«, ging Mr Finnick dazwischen.

»Grace wollte mir etwas mitteilen«, sagte ich. »Scheint so, als würde sie liebend gerne Hunters Partnerin werden. Warum auch immer. Sie kennt ihn nicht einmal.«

Grace' Wangen färbten sich rot. »Aber du, oder was, Reagan? Du bist schon lange nicht mehr das unschuldige neue Mädchen und dir sollte mal jemand sagen, wie das hier so läuft. Du hättest besser weiter unsichtbar bleiben sollen.«

»Ich bitte Sie beide, hören Sie auf den Unterricht zu stören!«

Keiner von uns beachtete Mr Finnick. Die ganze Klasse hatte sich nun dem Spektakel zugewandt. Außer Hunter. Er starrte mit ausdrucksloser Miene mein Blatt an.

»Ich war niemals unsichtbar«, sagte ich. »Nur, weil ich hochnäsigen Zicken wie dir nicht in den Hintern krieche, bedeutet das nicht, dass ich Angst oder dergleichen vor dir oder deinem Hofstaat habe. Und du irrst dich. Ich kenne Hunter sehr gut.«

»Natürlich«, schnaubte sie. »Was habt ihr denn schon gemeinsam?«

»Das wüsstest du wohl gerne«, erwiderte ich grinsend. Grace zog verärgert die Augenbrauen zusammen. Sie sah aus, als würde sie jeden Moment explodieren.

»Was fällt dir ein?«, murmelte sie verunsichert durch meine Selbstsicherheit.

»Sicher mehr als dir, so wie du stotterst. Scheinst ja nicht besonders helle zu sein«, erwiderte ich, dann sah ich ihren Sitznachbarn Troy an. »Das solltest du aufschreiben. Fakt Nummer eins: Grace sollte niemals dem Debattierklub beitreten.«

Ihr blieb der Mund offen stehen, während einige der Versammelten darüber lachten.

»Jetzt halt deine verdammte Klappe, sonst stelle ich dich mal so richtig bloß und dann wünschst du dir zu wissen, was es bedeutet unsichtbar zu sein, du blöde Kuh.« Ein Raunen ging um, als ich mich abwandte. »Mr Finnick, dürfte ich bitte Ihren Unterricht verlassen? Ich sehe mich nicht imstande weiter daran teilzunehmen.«

»Das sehe ich ähnlich«, antwortete mein Lehrer mit entsetzter Miene. »Gehen Sie.«

Ich schulterte meine Tasche und konnte mir das weitere Grinsen nicht verkneifen. Als ich die Tür des Klassenzimmers hinter mir schloss, bemerkte ich noch, dass Hunter sich aufgerichtet hatte, um mir nachzusehen. Tja, mein Freund. Ein Schluck der eigenen Medizin war bekanntlich das Beste, wenn man zur Einsicht kommen sollte.

Zehn Fakten über Taylor Anne Reagan:

1. Ich bin in Hunter Reeves verknallt.
2. Ich bin in Hunter Reeves verknallt.
3. Ich bin in Hunter Reeves verknallt.
4. Ich bin in Hunter Reeves verknallt.
5. Ich bin in Hunter Reeves verknallt.
6. Ich bin in Hunter Reeves verknallt.
7. Ich bin in Hunter Reeves verknallt.

8. Ich bin in Hunter Reeves verknallt.
9. Ich bin in Hunter Reeves verknallt.
10. Vielleicht liebe ich ihn sogar.

Noch besser hätte es mir gefallen, wenn ich es durch die ganze Schule hätte rufen können. Mit einem Megaphon. Irgendwann würde ich es Hunter ins Gesicht sagen. Nachdem er sich wieder beruhigt und eingesehen hatte, dass dieses Mal ich diejenige war, die Recht hatte. Da lag noch ein ganzes Stück Arbeit vor mir.

***

Ich kam wegen der fiesen Sachen, die ich Grace an den Kopf gepfeffert hatte, nicht ganz ungestraft davon. Zur Strafe sollte ich dem Veranstaltungskomitee zur Hand gehen und bei den letzten Vorbereitungen zur Casino-Nacht mithelfen. Die Vorbereitungen für das Event waren bisher spurlos an mir vorbei gegangen. Ich erinnerte mich ganz schwach daran, dass Ethan es irgendwann kurz erwähnt hatte, aber ich hatte nicht gewusst, dass es bereits auf diesen Freitag fiel. Normalerweise waren solche »Partys« immer Gesprächsthema Nummer eins, aber bisher hatte ich kaum jemanden darüber reden hören.

Liegt daran, dass sich dein Bekanntenkreis auf wenige Leute beschränkt, Taylor. Trotzdem sah ich das Ganze nicht als Bestrafung an, weil Lucy ebenfalls in der Turnhalle anwesend war und wir zusammenarbeiten konnten. Wirkliche Arbeit gab es auch nicht zu erledigen. Wir dekorierten, Tische wurden gedeckt und Schilder zur Orientierung aufgehängt. Die vielen Schüler, die hier herumwuselten, hatten ganze Arbeit geleistet. Die Wände waren mit weißen und goldenen Tüchern verhangen. Überall im Raum waren Tische aufgebaut, richtige Poker- und Spieltische, und ich fragte mich, wo man sich ein solches Interieur ausleihen konnte. Neben dem Eingang gab es nun eine Garderobe, in der Nähe einer kleinen Bühne eine Bar und in einer anderen Ecke ein teuer aussehendes Musikequipment.

»Ich dachte, es soll Geld eingenommen werden und nicht ausgegeben.«

Lucy sah von der Liste auf, die sie in den Händen hielt.

»Das wurde alles durch Sponsoren finanziert. Genau wie die Getränke und das Buffet, die noch geliefert werden. Das ganze Event wird sogar vom lokalen Sender aufgezeichnet. Letztes Jahr sind über zehntausend Dollar zusammengekommen.«

»Was?«, schrie ich ungläubig. »Nie im Leben!«

»Wie beim richtigen Spiel, egal welcher Art, kannst du dir Chips für eine unbestimmte Summe holen«, erklärte Lucy. »Wobei unser Limit bei tausend Dollar pro Person liegt. Man kann natürlich auch ohne teilzunehmen direkt etwas spenden. Für die gewonnenen Chips bekommst du dann Preise, ähnlich wie bei einem Jahrmarkt.«

»Wow«, war alles, was ich dazu sagen konnte.

»Wieso kommt Hunter nicht rein?«, fragte sie. Ich schnellte herum und spähte zum Eingang, aber ich sah nur noch, wie ein dunkler Schatten verschwand.

»Bist du sicher, dass es Hunter war?«

»Der hat schon eine Weile hier herumgelungert«, bestätigte Lucy. »Ihr habt euch doch nicht gestritten, oder? Ich weiß, dass du hier bist, weil du Grace beleidigt hast und sie etwas über Hunter gesagt haben soll. Also, Schwesterchen?«

»Schwer zu sagen«, meinte ich. »Es war kein richtiger Streit, vielmehr ... eine Meinungsverschiedenheit. Ich glaube, Hunter hat ein ähnliches Problem wie ich.«

»Ach, du hast Probleme?«, neckte Lucy mich.

»Es ist viel härter gegen die eigenen Ängste anzukämpfen, als gegen die anderer Menschen. Das war mir nie bewusst.« Ich senkte die Stimme. »Man muss sie loslassen und wenn man so weit ist, sie einholen und sich ihnen stellen. Manchmal geht das alleine nicht, aber trotzdem kann man selbst als Einziger wirklich etwas dagegen tun.«

»Du klingst richtig tiefgründig«, sagte Lucy erstaunt. Sie wuschelte mir über den Kopf. »Trotzdem ist Denken oft überbewertet. Folge einfach deinen Instinkten.«

»Die sagen mir, dass ich mal dringend aufs Klo muss.«

Meine Schwester lachte. »Ich schätze mal, ich kann dich für heute entlassen. Kannst du Mom ausrichten, dass ich heute bei Ben esse? Sie müsste früher zu Hause sein.«

»Sicher«, sagte ich. Ich lief zum Ausgang und ließ den Blick hin und her schweifen. Hunter war bereits verschwunden. Mir blieb nichts anderes übrig, als zu meinem Spind zu gehen, um meine Sachen zu holen. Auf dem Weg hielt ich die ganze Zeit den Finger über der Kurzwahl, um ihn anzurufen, aber ich konnte mich nicht dazu durchringen. Nachdem ich meine Kombination eingegeben hatte, segelte mir ein Umschlag entgegen. Ich war zu überrascht, um zu reagieren, weshalb er auf dem Boden landete. Mein Name stand in dicken Druckbuchstaben darauf. Sonst nichts. Kein Absender oder dergleichen. Darin befand sich ein roter Pokerchip mit der Nummer 222 in der Mitte. Ich hatte zwar keine Ahnung von den Spielregeln, aber einen solchen Wert konnte es nicht geben.

Man hatte mir absichtlich einen Hinweis zukommen lassen. Jemand war in der Schule gewesen. Jemand, der morgen bei der Wohltätigkeitsveranstaltung da sein würde? Bei den üblichen Dingen gab es einen Zusammenhang. Hier nicht. Hatte Ryan seine Pläne geändert oder gab es noch jemanden, der mitspielte? Ich verstaute den Chip sorgfältig in meiner Tasche und fuhr mit Dutzenden drängenden Fragen auf der Zunge nach Hause.

26

Am Freitag stand folgender Plan: Ich hatte mit Ethan abgesprochen, dass wir uns gegen halb zehn auf dem Parkplatz der Schule treffen würden, damit wir zusammen zur Veranstaltung gehen konnten. Der Poetry Slam begann gegen sechs Uhr und endete um neun. Das Spiel, an dem Hunter teilnahm, lief von sieben bis acht. Alle drei Events überschnitten sich.

Da ich Ethan versprochen hatte zur Casino-Nacht zu kommen, konnte ich diesen Teil des Abends nicht auslassen. Weil ich keine Ahnung hatte, wann genau ich an der Reihe sein würde, um meinen Auftritt hinzulegen, musste ich aber jede Minute beim Poetry Slam anwesend sein. Tja, und Hunter? Der würde die Casino-Nacht wohl ausfallen lassen und lieber zur After-Party des Basketballteams gehen. Die fand nämlich auch noch statt. Zumindest hatte Erin mich gefragt, ob ich mich dort blicken lassen würde. Meine Antwort war ein eindeutiges Nein gewesen. Zwei Abenteuer reichten mir an einem Abend zur Genüge. Besonders, wenn das Erste mir so dermaßen auf die Nerven schlug. Eigentlich hatte ich nie Probleme damit gehabt vor anderen zu sprechen. Selbst dann nicht, wenn es sich um eine größere Menschenmenge handelte, deshalb verwunderte mich meine Nervosität wegen der geschätzten dreißig Leute, die beim Poetry Slam waren, selber. Im Vergleich zu den Bemühungen der Schüler der High School hatte man für diesen Wettbewerb nicht wirklich etwas am Kinosaal verändert. Auf den Sitzen lagen Programmhefte, in der ersten Reihe war eine lange Tafel aufgebaut, vor der verhangenen Kinoleinwand stand ein einzelner Mikrofonständer – das war es dann auch schon. Auf der Autofahrt hierher hatte ich mir rasch die Regeln in Erinnerung gerufen. Als Hunter und ich damals unsere Anmeldungen abgegeben hatte, waren uns Broschüren überreicht worden.

Das Wichtigste im Überblick: Poetry Slam hieß so viel wie Dichterwettstreit, was natürlich bedeutete, dass alle Teilnehmer Konkurrenten waren. Wir duellierten uns also mit Worten. Es gab ein Zeitlimit für das Vortragen, das vom Veranstalter festgesetzt wurde. Heute Abend lag es bei maximal zehn Minuten (was eine außergewöhnlich lange Zeitspanne war). Die Reihenfolge der Auftritte wurde ausgelost (ich lag irgendwo als Nummer sieben in der goldenen Mitte). Einzuhaltende Regeln gab es eigentlich nicht viele. Die Themenwahl wurde dem Teilnehmer überlassen. Es gab eine Jury, die Punkte verteilte. Der Gewinner erhielt einen Sachpreis (in diesem Fall einen Pokal).

Im Kino herrschte reges Treiben, weil der normale Betrieb weiterlief und viele Leute unterwegs waren, um sich einen Film anzusehen. Dank der Schilder fand ich den richtigen Saal sofort und rannte auch prompt in jemanden hinein. Die Frau war noch ziemlich jung, trug das Haar zu einem kurzen Bob geschnitten und ihr knallroter Lippenstift stach noch mehr aus ihrem blassen Gesicht heraus als ihre Augen, die so hellgrau waren, dass sie mich an Schneematsch erinnerten. Auf ihr Kleid hatte sie einen Button mit der Aufschrift ihres Namens gepinnt. Ich starrte sie schweigend an.

»Nicht so stürmisch!«, sagte sie lachend. »Das nenne ich mal Begeisterung!«

»Eigentlich habe ich so etwas noch nie gemacht«, antwortete ich.

»Oh, eine Jungfrau!«, sagte sie euphorisch. »Welche der Teilnehmerinnen bist du denn? Es haben sich einige gar nicht mehr gemeldet, was wirklich schade ist. Die männliche Fraktion ist eindeutig in der Überzahl heute Abend.«

Scheiße, sie wollte mich bestimmt auf einem Altar opfern.

Kein Wunder ... vor mir stand Sofia Cassel. Ich hatte Fia gefunden. Dank meines Schocks nuschelte ich meinen Namen undeutlich vor mich her.

»Du bist doch ganz schön nervös, oder?«, fragte sie freundlich. Sie wirkte so verdammt nett. Sie klang so verdammt nett. Sie sah so verdammt nett aus. Eigentlich war sie mehr als das. Sie war hübsch und besaß diese charmante Aura, die einen sofort einlullte. Es gab die Sorte von Miststück, der man das deutlich ansah und es gab die Sorte, die es verbarg, aber Fia schien sich nicht im

Mindesten zu verstellen. Verunsichert starrte ich weiter auf ihren Namen. Mein Blick klebte daran, selbst als sie sich an mir vorbeischob, um sich etwas zu trinken zu kaufen. War das wirklich Ryans Ex-Freundin? War das die richtige Fia?

Ich mischte mich unter die Anwesenden. Fünf Minuten vor meinem Auftritt sollte ich an den linken Bühnenrand kommen, bis dahin konnte ich die Show genießen. Das Wort passte kein bisschen, weil es kein Genuss war irgendjemandem zuzusehen oder zuzuhören. Ich hatte keine Ahnung, was in Kreisen von Poetry Slammern als gut bezeichnet wurde, aber Kandidat Nummer Eins war davon so weit entfernt wie die Erde vom Mond.

Er sah aus wie ein Gruftie, redete wie ein Gruftie und benahm sich wie ein Gruftie. Eindeutig: Dieser Kerl war ein Gruftie! Seine Aura war so schwarz wie der Kajal unter seinen Augen. Nachdem er angefangen hatte sinnloses Zeug über den Tod zu erzählen, packte er ein Feuerzeug aus und schwang es langsam hin und her, als würde er damit ordentlich Stimmung schaffen. Er überschritt seine zehn Minuten Redezeit, musste deshalb viermal ermahnt werden, bis er schließlich die Bühne verließ. Kandidat Nummer Zwei war nicht viel besser. Er förderte eine Handpuppe zutage, die aussah wie irgendein Tier aus der Muppet-Show und lieferte eine absolut schlechte Bauchredner-Nummer ab.

Das erste Mal aufmerksam wurde ich, als ein junges Mädchen in einem Elfenkostüm etwas über die Macht der Natur erzählte. Eigentlich faszinierten mich ihre Glitzerflügel mehr als ihr Gerede, aber ich applaudierte höflich. Immerhin hatte sie es versucht.

Die Jury bestand aus zwei Frauen (darunter Fia) und zwei Männern. Es war eine bunt gemischte Gruppe von Leuten, von denen ich nicht annahm, dass sie aus demselben Freundeskreis stammten. Sie tauschten immer wieder Blicke und machten sich Notizen. Mein Blick ruhte öfter auf Fia als auf der Bühne. Es gab einfach nichts Auffälliges an ihr. Ich fragte mich, was geschehen würde, wenn sie Hunter aufrief und man seine Abwesenheit bemerkte. In der Zwischenzeit waren nämlich einige Nachzügler eingetroffen, weshalb man die Hoffnung nicht aufgab, dass andere Teilnehmer doch noch kamen.

Meine Konkurrenz machte einen eher schwachen Eindruck, aber vielleicht schätzte ich das Ganze auch falsch ein. Der Gedanke kam mir das erste Mal, als mehrere Teilnehmer hintereinander einen ziemlich guten Akt ablieferten. Ich war froh darüber meinen alten Beitrag zerrissen zu haben, sonst wäre ich stark in Versuchung gekommen vom Blatt abzulesen. Das hatte bisher niemand getan, nicht mal der verrückte Satans-Anbeter. Es schien, als würden alle Leute eines gemeinsam haben: Sie nutzten ihre Kreativität, um ihre Worte spontan zu verpacken. Nichts wirkte einstudiert.

Mir zitterten richtig die Knie, als ich zum Bühnenrand ging. Der Mann, der dort wartete, glich meinen Namen mit der Liste auf seinem Klemmbrett ab und lächelte mich dann an.

»Viel Erfolg«, sagte er neutral, als der Junge, der die Bühne verließ, mir das Mikrofon in die Hand presste und wütend aus dem Saal stürmte. Mein Fuß verhedderte sich im Kabel, als ich es mit mir in die Mitte der Bühne schleifte. Mir wurde schrecklich warm. Scheinwerfer stachen in meine Augen. Beim Anblick der Menge, die sich verdreifacht zu haben schien, fühlte ich mich unbedeutend und klein. Alle starrten mich an.

»Hallo alle zusammen«, begann ich. »Mein Name ist Taylor.«

»Willkommen, Taylor«, antwortete Fia, nachdem sie sich nach vorne gebeugt hatte, um ebenfalls in ein Tischmikro zu sprechen. Sie deutete auf die große Stoppuhr, die rechts von ihr stand. »Deine Zeit läuft ab jetzt, also zeig, was du drauf hast!«

Mit einer raschen Bewegung schlug sie auf einen roten Button. Tick. Tack. Schon lief die Zeit gegen mich. Fünf Sekunden. Zehn. Zwanzig. Tick. Tack. Ich wurde nervös. Als ich ausatmete, echote der Laut durch den Raum. Ich räusperte mich.

»Ich habe versucht etwas zu schreiben, bevor ich hergekommen bin«, sagte ich schließlich. Meine Stimme hörte sich viel zu klar und hell an. Ich presste die Lippen kurz zusammen, dann herrschte ich mich innerlich für meine Unsicherheit an. Ich straffte die Schultern, hob das Kinn und beschwor Mut herauf. Ich konnte das. Ich wollte das!

»Worte begleiten einen eine sehr lange Zeit – Doch manchmal ist man für die Wahrheit darin noch nicht bereit Es gibt mehr Menschen als Worte auf dieser Welt Aber das bedeutet nicht, dass das den Richtigen gefällt Zu sagen, was man fühlt ist nicht leicht, schon gar nicht, wenn man einen Punkt erreicht An dem man denkt, alles ist gleich – Doch nichts im Leben geschieht auf dieselbe Art – Deshalb stehe ich heute hier, um einem Jungen zu sagen – Dass ich ihn mag.«

Meine Anspannung wich bei dem Gedanken an Hunter.

»Das hier ist eine Liebesgeschichte, wie man sich denkt – Doch nichts im Leben ist geschenkt – Mädchen trifft Junge – Junge trifft Mädchen – Beide ziehen in das gleiche Städtchen – Die Fragen sind aber – Was hat der Junge getan, gemacht, gedacht – Wie hat er das Mädchen immer wieder zum Lächeln gebracht?«

Jetzt musste ich wirklich lächeln. Automatisch zogen sich meine Lippen nach oben. So hatte alles begonnen: Mit einem einzigen Lächeln.

»In diesem Sommer verlor ich mein Herz – Auch wenn ich es wünschte, es ist kein Scherz – Sanft wie ein Flüstern schlich er sich ein – Jetzt weiß ich, anders dürfte es nicht sein – Warm wie die Sonne, leise wie der Wind: Ein Sommerflüstern – Fast wie vorherbestimmt.«

Aus unerklärlichem Grund rannen mir Tränen über die Wange. Noch bevor ich geendet hatte, hatten sie sich angeschlichen wie Diebe und wollten mir mein Selbstvertrauen stehlen. Plötzlich war ich so in mich versunken, dass ich es kaum schaffte sie abzuwehren. Hatte so viel Wahrheit in meinen Aussagen gesteckt, weil ich meinen Instinkten gefolgt war? Die Sätze kreisten in meinem Kopf wie ein Strudel aus Erkenntnis und Benommenheit. Dann spürte ich so etwas wie Stolz in mir anschwellen. Ich lächelte unbeirrt weiter.

Eigentlich tat ich das nur für mich selbst, aber wie aus dem Nichts tobte ein Orkan aus Applaus durch den Saal und ließ mich zusammenfahren, so sehr erschrak ich darüber. Plötzlich nahm ich all die Anwesenden wieder wahr.

Mein Blick traf Fias. Sie hatte die Zeit gestoppt. Es waren keine vier Minuten vergangen. In einem Anflug von Zufriedenheit verneigte ich mich spielerisch, steckte das Mikrofon zurück auf seinen Ständer und verließ die

Bühne. Da mein alter Platz besetzt war ließ ich mich in der ersten Reihe nieder. Irgendein Fremder klopfte mir anerkennend auf die Schulter. Jemand anderes sprach ein Kompliment aus. Bis zum Ende des Poetry Slams ging mir mein Lächeln nicht verloren. Ich konnte einfach nicht anders.

***

Die Preisverleihung war ein richtiges Spektakel. Die drei Besten wurden auf die Bühne gebeten, weil die Jury sich nicht einig war. Es wurde der Publikums-Joker gezogen: Die Stärke des Applauses sollte über Sieg und Niederlage entscheiden. Ich war mir ziemlich sicher, dass Elfen-Mädchen und ich keine Chance gegen den hübschen Jungen hatten, der aussah wie eine Ken-Puppe, aber als die Entscheidung fiel, war er der Erste, der ging. Keine halbe Minute später gewann ich. Die Menge erzeugte solchen Lärm, dass mir die Ohren schmerzten. Es war ein unglaubliches Gefühl. Ich wünschte, irgendjemand, den ich kannte, hätte sehen können, wie ich in der Anerkennung der Masse badete. Es war unglaublich.

Dann kam der Moment, auf den ich gewartet hatte. Fia überreichte mir einen kleinen goldenen Pokal, der wie eine Feder geformt war und die Gewinnerurkunde, auf die sie zuvor meinen Namen eingetragen hatte. Sie hatte eine schöne schwungvolle Handschrift. Keiner der Zettel konnte also von ihr stammen. Irgendwo musste aber der nächste Hinweis sein. Vielleicht im Pokal? Oder war er Fia selbst? Ein Blick auf die Uhr verriet mir, dass die Zeit knapp wurde. Während ich mein Handy auf lautlos gestellt hatte, hatte Ethan zweimal versucht mich anzurufen. Mist, verdammter!

»Bleibst du noch? Wir gehen alle zusammen etwas trinken.«

»Fia«, sagte ich entschlossen.

»Woher kennst du meinen Spitznamen?«, fragte sie überrascht.

»Ihr Namensschild –«

»Da steht mein vollständiger Name. Es gibt nur wenige Leute, die mich so nennen.«

»Wieso hast du Hunters Namen nicht aufgerufen, als er an der Reihe war?«

Fia riss die Augen weit auf. »Er ist nicht hier, oder?«, antwortete sie kühl. »Hat er dich geschickt? Was willst du von mir? Ich habe bereits seinem Vater zu verstehen gegeben, dass ich nichts mehr mit seiner Familie zu tun haben will. Ich hätte mir so etwas denken müssen, nachdem ich seinen Namen auf der Liste gelesen habe.«

Sie verzog die roten Lippen missbilligend.

»Es ist anders, als du denkst«, beschwichtigte ich sie. »Weder Hunter noch ich wussten, dass du hier bist. Wir beide dachten, du hättest die Stadt verlassen, weil –«

Sie schnaubte verärgert. »Diese alte Geschichte wieder?« Ihre Miene verfinsterte sich. »Du solltest besser gehen, Taylor. Misch dich nicht ein, wenn du nicht verstehst –«

»Genau! Ich verstehe es nicht«, unterbrach ich sie. »Deshalb bin ich hier. Es gab da diese Hinweise, die mich hergeführt haben und ich hatte erwartet, dass –«

»Ich will es nicht hören!«, fuhr sie mich an.

»Hast du Kontakt zu Ryan? Weißt du, ob –«

»Ich sagte: Ich will es nicht hören!«

»Gibt es ein Problem hier?«, fragte einer ihrer Kollegen. Fia musterte mich abschätzig.

»Taylor ist der Sieg wohl etwas zu Kopf gestiegen«, sagte Fia. »Aber keine Sorge, sie wollte gerade gehen.«

Ich rang ein paar Sekunden mit mir. Dann vibrierte mein Handy wieder und dieses Mal konnte ich es nicht ignorieren.

»Taylor, wo steckst du? Ich dachte, wir treffen uns auf dem Parkplatz?«, fragte Ethan und in seiner Stimme schwang Enttäuschung mit. »Kannst du bitte einen Moment dran bleiben?«, fragte ich. Als ich mich wieder Fia zuwenden wollte, war sie wie vom Erdboden verschluckt. »Hey!«, sagte ich zu dem Mann, der sich gerade eben eingemischt hatte. »Wo ist Sofia Cassel hin?«

»Weg, wie du sehen kannst«, antwortete er schroff. »Wolltest du nicht gehen?«

»Taylor? Bist du noch dran?«, hörte ich Ethan fragen. Etwas verzweifelt blickte ich in alle Richtungen. Das durfte nicht wahr sein! Das durfte wirklich nicht wahr sein!

»Sorry, Ethan. Es gab eine Planänderung. Ich bin so schnell wie möglich da.«

***

Mir schwirrte der Kopf, als ich eilig jedes Tempolimit brach, um nach Hause zu hetzen. Ich hatte Lucy gebeten mir etwas zum Anziehen zu leihen, was zur Casino-Nacht passte und ich hatte nicht mal mehr die Energie, um an dem Outfit herumzunörgeln. Ich schmiss alles unnütze Zeug auf mein Bett und schlüpfte aus meinen Klamotten. Zehn Minuten später trug ich ein dunkelblaues Bustierkleid, das eine silberne Schleppe unter der Brust hatte, ansonsten aber ohne Extras auskam. Irgendwie mochte ich es. Ich trug etwas Mascara und Lipgloss auf und wendete bei meiner Frisur die Rockstar-Technik an: Einmal kräftig durchschütteln und den wilden Haaren ihre Freiheit lassen. Ich stopfte meine Wertgegenstände in eine kleine schwarze Umhängetasche und sprang förmlich ins Auto. Ich trat das Gaspedal bis zum Anschlag durch und raste in *Fast & Furious*-Manier in erneuter Rekordzeit ans nächste Ziel. Einen Parkplatz zu finden stellte sich als schwierig heraus. Schließlich stellte ich den Wagen in einer Seitenstraße einfach im Halteverbot ab.

Ich fand Ethan fast sofort. Ohne ihn zu begrüßen riss ich ihm sein Glas aus der Hand und leerte es in einem Zug. Der Sekt prickelte in meiner Kehle.

»Ich. Bin. Da!«, keuchte ich.

»Das sehe ich«, sagte er belustigt. »Anwesend und durstig.«

Ethan trug einen schwarzen Anzug mit roter Krawatte. Bei seinem Haar schien er dieselbe Technik wie ich angewendet zu haben und der wilde Mopp stand ihm wirklich gut.

»Du siehst nett aus«, sagte ich zwischen zwei tiefen Atemzügen.

»Du siehst umwerfend aus«, sagte er und lächelte.

»Du meinst, weil meine Möpse fast herausfallen?«, fragte ich skeptisch. »Ich denke, das soll so sein. Ich werde wahrscheinlich den ganzen Abend Komplimente bekommen, weil ich so umwerfend bin, dabei sind es eigentlich nur diese zwei Ladys.«

Ethan errötete, als er meinem Blick folgte, der nach unten gewandert war.

»Starr du mal«, meinte ich. »Dafür wurde das Teil anscheinend entworfen.«

»Wo ist Hunter?«, lenkte er vom Thema ab.

»Da ich nicht hellsehen kann, weiß ich es nicht«, erwiderte ich. »Sollen wir reingehen? Wie du festgestellt hast, bin ich anwesend und durstig.«

»Dieses Mal vielleicht etwas Vernünftiges?«, neckte Ethan mich.

»Was, du willst mich nicht abfüllen? Wo hattest du den Sekt überhaupt her?«

»Sagen wir mal so, ich kenne einige Leute.«

»Wie beeindruckend«, meinte ich. »Alkohol und jede Menge Teenager, eine Nacht nach meinem Geschmack! Also, was habe ich bisher verpasst? Kläre mich auf.«

»Nichts«, sagte Ethan.

»Was habe ich verpasst?«, fragte ich erneut.

»Nichts«, beharrte Ethan stur.

»Wenn der Abend so unspektakulär ist, können wir ja verschwinden.«

Ethan verdrehte die Augen. »Hailey und Scott«, sagte er langsam.

»Das übliche Problem also«, meinte ich.

»Wie ist es beim Poetry Slam gelaufen?«, fragte er.

»Schwache Ablenkung«, sagte ich. »Ich habe gewonnen.«

»Herzlichen Glückwunsch. Was genau hat dir das gebracht?«

»In gewisser Weise helfe ich damit Hunter.«

»Hunter«, sagte Ethan.

»Hailey«, sagte ich.

Dann seufzten wir beide fast synchron. Ich ließ den Blick über den Parkplatz schweifen. Die Party schien ein wenig nach draußen verlagert worden zu sein, denn ich erkannte zwei große Zelte neben dem Eingang der Turnhalle. Es war angenehm kühl und der Himmel war bereits jetzt schon stockdüster. Ich wusste nicht so recht, was Ethan und ich jetzt eigentlich tun sollten und er schien ebenfalls unentschlossen. Ich hakte mich bei ihm ein und wir steuerten zuerst die Bar an. Die Schlange war nicht besonders lang. Nach ein paar Schlucken Wasser fühlte ich mich gleich besser. Drinnen herrschte reges Treiben. Alle Spieltische waren besetzt und der Lärmpegel dementsprechend hoch. Nach ein paar Minuten sinnlosem Herumstehen entdeckte Ethan ein paar seiner Freunde und stellte mich der Gruppe vor. Die Unterhaltungen hielten nicht besonders lange an, weil die meisten paarweise wieder abzogen.

»Das ist ja furchtbar«, sagte ich. »Ich dachte, das ist eine Casino-Nacht und keine Valentins-Party!« Plötzlich schien es, dass egal, wo man hinsah, alle Händchen hielten oder am Flirten waren. Sogar die Lehrer schienen sich besser zu amüsieren als wir. Ich war heilfroh, als meine Schwester in den nächsten Minuten den Weg zu uns fand, im Schlepptau Kate, nicht Ben. »Was steht ihr denn hier so in der Ecke herum?«, fragte Lucy.

»Entschuldige mich kurz«, sagte ich zu Ethan und nahm die beiden bei der Hand, um sie ein paar Meter von ihm fortzuzerren. »Ich brauche mal euren Rat«, sagte ich.

»Er sieht ganz süß aus, aber Hunter würde ich für ihn nicht hergeben«, sagte Kate.

»Das will ich doch auch gar nicht!«, sagte ich und verdrehte die Augen. »Habt ihr ihn zufällig gesehen?«, fügte ich hinzu und hielt automatisch Ausschau nach ihm.

»Einmal kurz«, antwortete Lucy. »Er hat *Hallo* gesagt und ist dann mit Ben abgezogen. Anscheinend findet irgendwo in der Schule ein super geheimes Pokerspiel statt, bei dem es nicht um Wohltätigkeitsarbeit geht, wenn du verstehst, was ich meine.«

Ich wollte wirklich unbedingt mit Hunter sprechen. Ich seufzte laut. »Egal«, sagte ich lässig. »Es geht um dieses Mädchen da hinten.«

Ich deutete unauffällig in Haileys Richtung.

»Sie ist ganz süß, aber Hunter würde ich nicht für sie hergeben«, sagte Kate.

Lucy begann zu kichern und musterte Hailey dann genauer.

»Ich kenne sie«, sagte sie dann. Dann formte sie mit dem Mund ein großes O. »Der Junge, mit dem du hergekommen bist, ist doch nicht etwa Ethan?«

Man sollte niemals die Macht von Gerüchten unterschätzen, dachte ich. »Super, das erspart mir eine Menge Arbeit«, meinte ich. In viel zu hoher

Geschwindigkeit gab ich den beiden das Gespräch mit Hailey und mehr Details von Ethans Misere wieder. »Glaubt ihr, sie hat noch Gefühle für ihn oder so ähnlich?«

»Scheint so, als leistest du heute Abend deine eigene Wohltätigkeitsarbeit.« Kate schnitt eine Grimasse. »Es muss sie ganz schön viel Stolz gekostet haben, dir das zu sagen.«

»Sie blickt auch ziemlich oft zu uns herüber«, meinte Lucy.

»Was soll ich jetzt machen?« So viel zum Thema Valentins-Party! Ich spielte gerade Amor.

»Es gibt da nur einen Weg«, sagte meine Schwester. »Du musst sie testen. Irgendetwas tun, das jedes Mädchen eifersüchtig macht und dann ihre Reaktion abwarten.«

»Ich bin nicht gut darin Leute einzuschätzen«, erklärte ich.

»Dann sind wir eben deine Spione«, schlug Kate vor. Ich bemerkte, wie Haileys Blick wieder hinüberwanderte, fing ihn auf und hob dann die Hand, um ihr zu winken.

»Was ist mit ihrem doofen Freund?«, fragte ich.

»Och, das ist leicht«, sagte Lucy. »Wenn Hailey eifersüchtig wird, sorgt sie von ganz allein dafür, dass er verschwindet. Im besten Fall streiten sie sich und machen Schluss.«

»Ist das dein Ernst? Wir sind doch nicht in einer Soap unterwegs.«

»Nein«, bestätigte Lucy. »Viel schlimmer. Einer High School.«

Kate kramte etwas aus ihrer Tasche hervor und drückte es mir in die Hände. Ich starrte auf den Flachmann und dann abwechselt ihn und die beste Freundin meiner Schwester an.

»Trink dir Mut an«, sagte sie leichthin. »Außerdem braucht jedes Mädchen einen.«

Ich hatte gehört, dass jedes Mädchen einen Lipgloss haben sollte, aber das war mir neu.

»Danke«, sagte ich etwas zögerlich. Ich schraubte den Verschluss ab, nahm ein paar Schlucke und steckte den Flachmann dann rasch in meine Handtasche. Das Zeug brannte wie flüssiges Feuer in meiner Kehle, aber nachdem das Gefühl vergangen war, wurde mir angenehm warm. »Dann mal los. Möge meine Mission erfolgreich sein!«

Ich schlenderte zu Ethan zurück und sah schon aus den Augenwinkeln, dass Hailey sich zusammen mit Scott auf dem Weg zu uns befand. Sie drängelte sich förmlich durch die Menge.

»Ethan, Alarmstufe rot«, flüsterte ich. Ich beugte mich vor, tat so, als wollte ich seinen Kragen richten und fügte hinzu: »Egal, was passiert, spiel einfach mit!«

Ich fasste Ethans Hand und lächelte ihn auffordernd an.

»Ich dachte, du wolltest nicht ...?«, fragte er verwirrt.

»Planänderung«, sagte ich rasch. »Wir holen dir Hailey zurück.«

»Ethan!«, rief Scott. Sein Tonfall war fröhlich, aber seine Miene verriet etwas anderes: Hohn und Spott, als könnte er es kaum erwarten Ethan eins reinzuwürgen. *Arschloch.*

»Du bist Scott, oder?«, sagte ich schwungvoll. »Ethan hat so viel von dir erzählt.«

»Hat er?«, fragte Scott irritiert. *Ein Arschloch und hohl wie eine Nuss. Interessant.*

»Hailey, wie nett dich wiederzusehen!«, sprach ich breit lächelnd weiter.

»Ihr kennt euch?«, fragten Ethan und sein Cousin wie aus einem Mund. Ich lehnte mich gegen Ethans Schulter, eine Geste, die auf Scott sehr vertraut wirken musste, denn abrupt schlang er besitzergreifend den Arm um Hailey, die ziemlich verdutzt aus der Wäsche schaute.

»Wir haben zusammen Biologie«, antwortete ich. »Ach, wie unhöflich von mir!« Ich verzog die Miene. »Ich hab vergessen mich vorzustellen, wo ich doch schon so viel über euch zwei weiß. Ich bin Taylor, Ethans Freundin.« Ich schlang meine Finger fester um Ethans Arm und warf ihm einen verliebten Blick zu. Zumindest hoffte ich, dass es so aussah, als fände ich ihn herzallerliebst. Ich sah ihn extra einige Sekunden zu lange an und wandte mich dann wieder an die anderen. »Entschuldigt. Manchmal vergesse ich einfach, dass die Welt um uns nicht aufhört zu existieren, nur weil wir uns lieben.« Das letzte Wort schien Hailey zu treffen wie eine Ohrfeige. Sie zuckte zusammen.

»Das ist mir neu«, sagte Scott skeptisch. »Ich hätte auch niemals gedacht, dass sich irgendwer für meinen Cousin interessiert.« Seine Stimme troff vor Geringschätzung.

»Wie kann man Ethan denn nicht mögen?«, fragte ich und sah Hailey an. Sie schluckte schwer. »Er ist ein guter Mensch. Aufrichtig und lustig und einfach immer da.«

Scott schnaufte. »Lass uns gehen, Babe«, sagte er zu Hailey. Sie rührte sich nicht. Ich lugte kurz zu Lucy und Kate hinüber, die zwei Tische von uns entfernt standen. Meine Schwester nickte und Kate hielt einen Daumen hoch. Jetzt oder nie.

»Was fangen wir denn dann mit unserer Privatsphäre an?«, fragte ich langsam. Scott zog Hailey am Arm mit sich. »Gehen wir unserer Lieblingsbeschäftigung nach?«

Ich zwinkerte Ethan zu und legte meine Hände um seinen Nacken. Das war der Overkill. Hailey riss sich von Scott los und starrte uns wie hypnotisiert an. Ich sah Ethan tief in die Augen und küsste ihn. Ich hatte nicht viele Jungen in meinem Leben geküsst, aber Ethan zu küssen war definitiv nicht schlecht. Es machte nur einen deutlichen Unterschied, ob man jemanden küsste, weil man es wollte oder weil man Gefühle für diese Person hatte. Sobald Hunter mich berührte, zersprang mir vor Sehnsucht und Verlangen fast das Herz, aber bei Ethan spürte ich nicht mal ein Prozent davon.

Der Kuss war viel zu leicht und unschuldig, als dass man uns irgendetwas abgekauft hätte. Ich vergrub eine Hand in seinem Haar und zog ihn näher an mich heran, um ihn nochmal zu küssen. Endlich reagierte Ethan darauf, schlang die Arme um mich und erwiderte den Kuss. Da spürte ich schon deutlich mehr zwischen uns, auch wenn es nichts Tiefgehendes war. Als wir uns voneinander lösten, musste ich seltsamerweise kichern.

»Scheiße, was soll das?«, fluchte Scott. Seine Worte gingen im Tumult fast unter. Ich hatte gerade noch mitbekommen, wie er erneut versucht hatte, Hailey wie einen Gegenstand mit sich zu ziehen, sie ihm daraufhin einen Stoß versetzt hatte und dann davongestürmt war.

»Worauf wartest du«, sagte ich zu Ethan. »Lauf ihr nach. Los!«

»Taylor, ich –«

»Na mach schon!«, forderte ich ihn auf.

»Hey!«, schrie Scott und wollte Ethan nach, aber Lucy und Kate verstellten ihm den Weg. »Aus dem Weg oder wollt ihr, dass ich euch über den Haufen renne.«

»Du gehst nirgendwo mehr hin«, sagte Kate.

»Vielleicht aufs Polizeirevier«, sagte Lucy.

»Was?«, fragte Scott verdutzt.

»Hilfe, der Kerl hat meine Chips geklaut!«, rief Lucy. Es war schon ein Wunder, dass sich gleich mehrere Leute zu uns umdrehten oder wir hatten einfach Glück, da der angespielte Song geendet hatte. Innerhalb von einer Sekunde war Ben aufgetaucht und stand meiner Schwester zur Seite.

»Was ist passiert, Lu?«, fragte er sofort ziemlich aufgebracht. Dann machte sich eine Erkenntnis in mir breit. Wo Ben war, da war auch … Hunter.

Hunter, der direkt hinter ihm stand.

Hunter, der vor Minuten eingetroffen sein musste.

Hunter, der gesehen hatte, wie ich Ethan küsste.

Er blinzelte mehrmals. Erschrocken bewegte ich mich keinen Zentimeter. Irgendein Security Mann hatte sich inzwischen um Scott gekümmert. Ben wandte sich an Hunter.

»Alter, geht's dir gut?«, fragte er. »Gib mir eine Sekunde, ich bring dich nach Hause. Lu, Hunter ist ziemlich betrunken, macht es dir etwas aus, wenn wir früher gehen?«

»Ich kann ihn fahren«, hörte ich mich selber sagen. Hunter blinzelte wieder. Dann lachte er wie verrückt einfach drauf los. »Ich kann mich auch selber fahren!«, lallte er.

»Unterstehe dich«, warnte Ben. »Wäre das wirklich okay, Taylor?«

»Sicher«, sagte ich. »Ihr scheint im Gegensatz zu mir Spaß an der Sache zu haben.«

Ben packte Hunter am Arm, aber dieser begann sich zu wehren. »Mach keinen Aufstand, wenn jemand mitkriegt, dass wir getrunken haben …« Er ließ den Satz schleifen, aber ich wusste, was er sagen wollte. Hunter anscheinend nicht. Er lachte wieder. »Ich lauf lieber zu Fuß als mich zu der Prinzessin ins Auto zu setzen.«

»Das ist Taylor«, sagte Ben. »Du kennst sie, Hunter.«

»Was habt ihr nur getrieben?«, fragte Lucy empört. »Und wieso ist nur er betrunken und du nicht?«

Eine ziemlich gute Frage, Schwesterchen. Hunter wirkte völlig gaga im Kopf.

»Weil ich mich beherrschen kann und Hunter wegen … ist doch egal.«

Es dauerte eine Weile, bis Ben Hunter auf den Beifahrersitz verfrachtet hatte. »Sein Vater ist übers Wochenende auf Geschäftsreise«, erklärte Ben. Er beugte sich vor und durchsuchte die Sakkotaschen seines Freundes, bis er die Hausschlüssel gefunden hatte. »Wenn irgendwas schief läuft, ruf mich einfach an. Ich komme sofort.«

Ich stieg in den Wagen und beobachtete Hunter eine Weile. Er malte irgendwelche Muster mit dem Finger an die Windschutzscheibe und schien sich darüber köstlich zu amüsieren. Als ich die längste Autofahrt meines Lebens hinter mich gebracht hatte, ließ Hunter sich relativ leicht ins Haus locken. Er war während der letzten fünf Minuten ziemlich still geworden und ich fragte mich, ob er jeden Moment einschlafen würde.

»Gott, du machst mich echt fertig«, nuschelte ich, nachdem er die Treppe hinaufgestürmt war wie ein Bekloppter. Ich holte Kates Flachmann aus der Tasche und nahm einen kräftigen Zug. Ich bräuchte viel mehr, um das hier überstehen zu können. Da hatte ich endlich die Gelegenheit mit Hunter allein und in Ruhe zu reden und er würde morgen sicher jedes Wort davon vergessen haben. Gerade, als ich darüber nachdachte, wie ich am besten vorgehen sollte, kam er durch den Flur zurück und schnappte mir den Flachmann aus der Hand. »Das solltest du besser lassen«, sagte er und nahm selber einen Schluck.

»Ich glaube, du solltest das besser lassen.«

»Ich bin nicht betrunken. Nicht wirklich.«

»Oh«, machte ich leise. Dann: »Wie bitte?«

»Du sahst einfach so hübsch aus, dass ich dich für mich ganz allein wollte«, sagte er ernst. Dann ging alles so schnell, dass ich nicht einmal Luft holen konnte. Hunter packte mich, wirbelte mich einmal herum, presste mir eine Hand in den Rücken und legte seine Lippen auf meine. Ich wollte unbedingt mit Hunter reden, aber was ich noch mehr wollte, war das hier. Dieses herrliche Kribbeln, das über mich hinwegrollte wie eine Welle, weil die Überraschung mich so unerwartet getroffen hatte. Mein Körper entschied noch vor meinem Verstand den Kuss zu erwidern.

»Das Wichtigste zuerst«, sagte Hunter. Sein Atem wärmte meine Lippen, bevor er mich wieder küsste. »Ich könnte es nicht ertragen, wenn das Letzte, woran dein Mund sich erinnert, Ethan wäre.«

»Ich wollte –«, setzte ich an, wurde aber durch einen Kuss unterbrochen.

»Ich weiß, warum du ihn geküsst hast«, sagte Hunter. »Und es tut mir leid, wie ich dich in der Bibliothek geküsst habe. Alles tut mir leid. Du warst der einzige Mensch, den ich damals finden wollte und irgendwie brauchte ich eine Bestätigung, dass du da warst. Dass du für mich da sein würdest, wenn ich es wollte. Das war egoistisch. Falsch.«

Ich presste meine Hände gegen seine Brust.

»Eine Entschuldigung allein macht die Sache nicht wieder gut!«, sagte ich. »Ich weiß, dass du verletzt warst. Ich habe das verstanden, aber Hunter, du hast dafür gesorgt, dass ich auch verletzt wurde. Du bist wohl betrunken.«

Er lehnte seine Stirn gegen meine und lächelte.

»Ein klitzekleines bisschen vielleicht«, flüsterte er. Meine Finger gruben sich immer fester in sein Hemd. Ich zog den Kopf zurück und ließ mich gegen die Wand sacken. Ohne diese Stütze wäre ich sicher einfach nach hinten umgekippt. Meine Beine fühlten sich an, als könnten sie mein Gewicht nicht mehr tragen.

»So etwas Dämliches habe ich noch nie gehört«, sagte ich. Ich schluckte und ließ die Hände sinken. »Du bist doch betrunken!« Ich boxte Hunter gegen den Arm. »Ist doch nicht zu fassen, was man alles für einen Mist von sich gibt, wenn –«

»Du bist unglaublich, Taylor! Ich könnte eine gerade Linie laufen«, sagte er. »Das Alphabet rückwärts aufzählen vielleicht oder noch besser meinen Namen?«

Hunter legte einen Move hin, der an Michael Jacksons Moonwalk erinnerte und bewegte die Finger dazu in einem lautlosen Takt. »Seveer Retnuh!«, begann er zu singen. »Verflixt und zugenäht, das klingt, als wäre ich eine bedrohte Tierart!«

»Niemand sagt heute mehr *verflixt und zugenäht*«, erwiderte ich. Ich überbrückte die entstandene Distanz zwischen uns und packte barsch seinen Arm. »Hör auf damit! Kannst du nicht mal ernst bleiben? Ich kann es nicht ausstehen, wenn du so bist.«

»Warum? Weil du dann nicht mehr lange sauer auf mich sein kannst?«

»Ich bin nicht hergekommen, um auf dich sauer zu sein«, antwortete ich.

»Warum bist du dann hergekommen?«, fragte Hunter.

»Weil wir endlich reden müssen!« Naja. Eigentlich, weil ich dachte, er wäre richtig betrunken und bräuchte Hilfe.

»Ich will nicht reden.«

»Das interessiert mich nicht!«, blaffte ich.

»Oh, ich denke schon«, sagte Hunter. »Wo unsere Interessen sich doch gerade anfangen zu überschneiden.«

Er drehte den Spieß um, ließ seine Hand zuschnappen und plötzlich war er es, der meinen Arm festhielt. Er zog mich ein Stück den Flur hinunter, durch eine Tür in das, was eindeutig sein Zimmer war. Hunter deutete auf die Kommode neben seinem Bett. Er ließ mich los. Ich steuerte auf den Punkt zu und starrte auf den Zettel, der dort lag. *Zehn Fakten über Taylor Reagan*. Das war mies. Meine eigene Waffe gegen mich zu richten. Als ich mich umdrehte, war Hunter mir bereits wieder ganz nah. Langsam, ganz langsam verschränkte er meine Hand mit seiner. Strich mit seinen Fingern leicht über meine. Er berührte mich so vorsichtig, als wäre ich aus Glas und könnte unter seiner Berührung zerbrechen.

»Ich will das hier«, sagte er. »Ich will dich in meiner Nähe haben, deine Hand halten ... ich will dich, Taylor und ich will, dass alle anderen es wissen.«

Er holte tief Atem, um noch mehr zu sagen. Ich packte seinen Kragen, weil er keine Krawatte trug und zog so stark daran, dass er sich zu mir beugen musste. Dieses Mal überraschte ich ihn mit dem Kuss. Ich hielt die Augen lange geschlossen, bevor ich sie öffnete, auch wenn der Moment innerhalb weniger Herzschläge Vergangenheit war. Ich blickte dem Jungen, in den ich verliebt war, tief in die Augen. So tief wie niemals zuvor, als könnte ich seine Seele berühren und vielleicht war es das, was in dieser Sekunde geschah.

»Ich will das auch«, sagte ich.

»Weißt du, was das bedeutet?«, fragte er.

»Ich bin deine Freundin«, antwortete ich.

»Du bist meine Freundin«, wiederholte Hunter. Ein Lächeln huschte über sein Gesicht. Er schüttelte den Kopf, als könnte er nicht glauben, was soeben passiert war. Als er mich das nächste Mal ansah, spürte ich, wie mir das Blut in die Wangen schoss.

»Unsterblich in mich verliebt, was?«, neckte er mich.

»Ich befinde mich auf dem Weg dahin«, sagte ich ehrlich. Hunters Miene geriet etwas aus der Fassung. »Es ist ziemlich unfair mich so anzusehen«, flüsterte er.

»Das Gleiche könnte ich zu dir sagen«, meinte ich.

»Denkst du etwa gerade daran, wie verflucht sexy ich aussehe? Ich wusste doch, dass du mich heiß findest«, sagte er langsam und verführerisch. »Nicht, dass ich gegen dich ankommen würde.« Er strich mir eine Haarsträhne hinters Ohr und ließ seine Hand dann an meiner Wange ruhen. »Ich könnte dich den ganzen Tag einfach nur ansehen. Wenn du die Stirn runzelst, weil du nachdenkst. Wenn du lachst, weil du es genauso magst mit mir zusammen zu sein, wie ich mit dir oder wenn ich dich ärgere und ich nie weiß, was als nächstes passiert. Du bist mein persönliches kleines Abenteuer.«

»Das ist das Süßeste, was jemals jemand zu mir gesagt hat«, erwiderte ich. Unser nächster Kuss war intensiver als die davor. Eigentlich dachte ich die Kontrolle behalten zu haben, weil ich Hunter zuerst geküsst hatte. Innerhalb weniger Sekunden hatte ich die Beherrschung aber längst wieder verloren. Ich konnte nicht mehr unterscheiden, ob er oder ich die erste Grenze überschritten hatten, aber plötzlich waren wir nur noch ein Bündel aus Händen, Lippen und Haaren. Jede Berührung von ihm brannte auf meiner Haut und ich konnte einfach nicht genug von diesem Gefühl bekommen. Er schlang die Arme um mich und im nächsten Moment saß ich auf der Kommode, die hinter mir stand. Irgendetwas ging zu Bruch, aber ich nahm das Geräusch nur am Rande wahr. Hunters Hand schob sich über meinen Oberschenkel unter mein Kleid, bis zu meiner Hüfte. Ich streifte ihm das Jackett ab. Ruckartig zog er mich enger an sich und hörte dabei nicht auf mich zu küssen. Als unsere Zungen sich trafen, bekam ich kaum noch Luft. Mit einer Schnelligkeit, die mich selber verwunderte, zog ich ihm das Hemd aus der Hose. Als meine kalten Finger seine Haut streiften, flüsterte er meinen Namen. Einen Lidschlag später war sein Hemd ganz verschwunden. Ich hielt inne und betrachtete Hunters makellose Brust. Seine Lippen waren zurück zu meinem Ohr gewandert und als er ausatmete, bekam ich eine Gänsehaut. Mein Herz schlug so schnell, dass ich das heftige Schlagen in meiner Brust kaum noch ausblenden konnte. Seine Finger fanden den Reißverschluss meines Kleids. Fuhren fest und entschlossen meinen Rücken hinunter. Ich keuchte auf.

»Taylor, ich …«, wisperte er und schluckte schwer. »Wir können …«

»Was ist, wenn ich aufhören will?«, hauchte ich.

»Das ist okay«, sagte er hastig. »Das ist vollkommen okay.«

Ich wusste, dass er ehrlich klang. Ehrlich war. Aber als sich unsere Blicke trafen, leuchteten seine Augen. Ich konnte mich förmlich darin spiegeln.

»Was ist, wenn ich nicht aufhören will?«

Ich zog Hunters Gesicht zu mir und legte meine Lippen auf seine. Was dann folgte, war der wohl beste Kuss aller Zeiten. Vielleicht lag es daran, dass ich jedes Gefühl, das ich ihm gegenüber jemals durchlebt hatte, hineinlegte, aber dieser Kuss war etwas Besonderes. Zeitlos hüllte er mich in pures Glück ein und diese Emotion war so stark, dass ich mir sicher war, dass diese Berührung endgültig etwas gekappt hatte. Meine Angst. Meine Sorgen. Meinen Verlust. Das alles spielte keine Rolle mehr, weil ich mit ihm zusammen war.

Ich rutschte nach vorne und glitt von der Kommode herunter. Ließ zu, dass Hunter mein Kleid abstreifte. Er sah mich wieder an, als wäre ich das Beste, was ihm je passiert war.

»Bist du sicher, dass du nicht betrunken bist?«, fragte er neckisch. Ich griff nach seinem Gürtel und öffnete ihn langsam. »Bist du sicher, dass du es nicht bist?«, fragte ich.

»Wenn, dann ist das hier der beste Traum überhaupt.«

»Der Beste«, bestätigte ich lächelnd.

»Aber selbst Träume haben ihre Grenzen. Warte einen Moment.« Er lief ins angrenzende Badezimmer und war innerhalb weniger Sekunden wieder da. »Wo waren wir stehengeblieben?«, flüsterte er mit kratziger Stimme. Ich nahm seine Hand und zog ihn näher ans Bett. Mit der anderen schnappte ich mir das Kondom, das er geholt hatte.

»Bei dem besten Traum überhaupt«, erinnerte ich ihn. Mit dem nächsten Kuss verlangsamte sich das Tempo. Eine leise Stimme in meinem Kopf flüsterte mir zu, dass es sich so anfühlen musste, wenn man nicht nur bedeutungslosen Sex hatte, sondern echte Gefühle dabei waren. Für die nächsten unzähligen Minuten lebten Hunter und ich in unserer eigenen Welt. Einer Welt, die ich nie mehr verlassen wollte.

27

Gott, wie ich das Geräusch meines Weckers verabscheute. Es klang irgendwie noch viel seltsamer als sonst. Moment – das war nicht mein Wecker, sondern ein Klingelton.

»Nicht bewegen«, nuschelte Hunter und schlang die Arme fester um mich. Ich blinzelte, aber es war viel zu dunkel, um irgendetwas erkennen zu können. Schlagartig kamen all die Erinnerungen und Gefühle an die vergangene Nacht zurück.

»Wie spät ist es?«, fragte ich leise.

»Zeit, um bei mir zu bleiben.«

»Meine Eltern werden mich umbringen, Hunter.«

Er drückte seine Lippen in meinen Nacken und schwieg. Weil ich eng umschlungen mit Hunter im Bett lag, war es ziemlich schwer sich zu bewegen, aber ich schaffte es, mich zu befreien und griff nach dem Handy.

»Ich hab meine Tasche im Auto gelassen. Das ist deins«, sagte ich. »Mist, so wie es aussieht, hat Ben mindestens fünfmal versucht dich zu erreichen.«

Ich wählte den Rückruf, während Hunter seelenruhig meine Haare immer wieder durch seine Finger gleiten ließ. »Hunter – endlich! Ist Taylor noch bei dir?«, fragte Ben.

»Ich bin dran«, antwortete ich. »In wie großen Schwierigkeiten stecke ich?«

»Hast du mal einen Blick auf die Uhr geworfen?«, fragte er.

»Taylor?« Das war Lucy, die ihm das Telefon aus der Hand gerissen hatte. »Ist bei euch alles in Ordnung? Ich hab es auf deinem Handy versucht, aber da ging nur die Mailbox ran. Hör zu, ich bin heute Nacht auch nicht zu Hause gewesen, deshalb brauchen wir einen Plan. Es noch früh, also könnten wir ...«

»Das war's dann also mit dem Alibi«, murmelte ich.

»Nicht ganz. Kannst du zu Kate kommen? Wenn wir es schaffen in ihr Zimmer zu schleichen, bevor ihre Mutter aufwacht, ersparen wir uns den Trip in die Hölle vielleicht.«

»Sims mir die Adresse, ich mach mich sofort auf den Weg.« Nachdem ich aufgelegt hatte, sagte ich zu Hunter: »Ich muss gehen.« Ich gab ihm einen flüchtigen Kuss.

»Soll ich dich fahren?«, fragte er und selbst im Halbdunkeln sah ich, dass er lächelte.

»Ich glaube, das wäre keine so gute Idee. Träume noch ein bisschen weiter.« Ich schlüpfte aus dem Bett und begann meine Klamotten zusammenzusuchen.

»Frühstück wäre eine gute Idee. Kann ich dich später abholen?«

Er setzte sich auf die Bettkante und sah mir beim Anziehen zu. Ich seufzte. Am liebsten wäre ich geblieben. Für immer. Ja, mich hatte es ganz schön erwischt.

»Wir müssen immer noch reden«, sagte ich nachdenklich.

»Ich will, dass du mit mir auf ein Date gehst.« Hunter war aufgestanden und nahm mich in den Arm. »Versprich mir, wenn das alles vorbei ist, gehst du mit mir auf ein echtes kitschiges und klischeehaftes Date.«

»Das würde ich wirklich gerne«, sagte ich. »Wenn ich nicht lebenslänglich Hausarrest bekomme und zusammen mit meiner Schwester in unserem Haus versauern muss.«

»Dann solltest du dich wirklich beeilen.«

»Dass mein nackter Freund mich im Arm hält, ist dabei nicht gerade hilfreich.«

Hunter ließ mich los und verdrehte die Augen. »Hinfort mit dir!« Er gab mir einen sanften Abschiedskuss, dann hastete ich aus dem Zimmer. Als ich den Wagen startete, dachte ich: *Anders. Alles ist anders.* Ich musste nicht mehr um Hunter kämpfen. Ich musste nicht mehr fürchten, dass er verschwand. Hunter gehörte jetzt zu mir.

***

Manchmal half es an Wunder zu glauben, denn dann wurden sie wahr. Folgendes Szenario: Ich und meine Schwester, die um Kates Haus schlichen.

Lucy hielt unter ihrem Fenster. Ich hob einen kleinen Stein auf und schmiss ihn gegen die Fensterscheibe. Kate wachte tatsächlich vom ersten Klopfen auf, kam auf den Balkon und weil der Moment so seltsam war, mussten wir alle drei lachen. Etwas zu laut, aber niemand beschwerte sich.

»Eigentlich wollte ich diese Romeo und Julia-Szene mit Cole spielen, nicht mit euch.«

Nacheinander kletterten wir am Blumenspalier hinauf, ohne dass dieses instabile Teil herunterkrachte. Ziemlich praktisch so etwas direkt neben dem Balkon zu haben. Mit vereinten Kräften halfen wir uns gegenseitig über das Geländer. Keine fünf Minuten später saßen wir zu dritt auf Kates Bett. Sie hatte Lockenwickler in den Haaren und zusammen mit dem tadelnden Blick wirkte sie wie eine böse Großmutter.

»Ich sollte euch zur Schnecke machen, aber irgendwie bin ich eher neidisch auf euer aufregendes Liebesleben«, sagte sie mit funkelnden Augen. Sie grinste frech.

Der Plan funktionierte tatsächlich. Nachdem Kates Mutter uns zu Gesicht bekommen hatte (nicht bevor wir uns frische Klamotten ihrer Tochter geliehen hatten, um den Schein zu wahren) machten Lucy und ich uns auf den Heimweg. Bis auf eine kleine Standpauke unserer Eltern mussten wir nichts wegstecken, nicht einmal eine Strafe.

Das war wirklich ein absolutes Wunder.

***

»Muss ich mir jetzt ewig anhören, dass du dich auf deinen Lorbeeren ausruhen darfst, während ich wie ein sturer Trottel Basketball gespielt habe?«, fragte Hunter und drehte den Pokal, den ich beim Poetry Slam gewonnen hatte, in den Händen. Wir saßen in meinem Garten, im Schatten eines Baums und aßen ein paar von Lucys selbstgemachten Cupcakes. Wegen des schönen, sonnigen Wetters hatten wir uns nach draußen verzogen.

»Ihr habt immerhin verloren«, ärgerte ich ihn. Hunter hatte kaum über das miserable Spiel reden wollen, das unsere Mannschaft abgeliefert hatte. Er knirschte mit den Zähnen.

»Was fangen wir jetzt damit an?«, grübelte er vor sich hin und wendete den Pokal immer wieder. Ich hatte ihm von der Begegnung mit Fia erzählt, aber er schien nicht recht zu wissen, was er davon halten sollte. Oder er behielt seine Gedanken vorerst für sich.

»Taylor?«, rief meine Mom durch die Verandatür. »Du hast Besuch.«

Ich machte keine Anstalten mich zu bewegen, also blieb dem Gast nichts anderes übrig, als sich zu uns in den Garten zu gesellen. Überraschenderweise war es Ethan, den ich zugegebenermaßen total vergessen hatte. Er balancierte ein Tablett mit Getränken und Keksen in den Händen und ließ sich neben uns ins Gras sinken.

»Das nenne ich mal Service«, sagte ich.

»Deine Mom hat es mir einfach in die Hände gedrückt.«

Hunter schnappte sich einen Eistee und funkelte Ethan über den Rand seines Glases mürrisch an. »Du hast meine Freundin geküsst. In der Öffentlichkeit.«

»Eigentlich habe ich ihn geküsst«, verteidigte ich Ethan.

»Da hat sie Recht, aber ich habe Taylor zurückgeküsst. Sie kann wirklich gut küssen.«

Hunter wollte sich aufrichten, aber ich hielt ihn zurück.

»Ethan«, ermahnte ich ihn. »Halt die Klappe, sonst verpasse ich dir eine.« Hunter gab ein Knurren von sich, das sich stark nach einem Hund anhörte. Ich warf ihm einen vielsagenden Blick zu. »Hör auf so eifersüchtig zu sein, dazu hast du keinen Grund.«

Noch immer verärgert schlürfte Hunter sein Getränk weiter. Er tat das so energisch, dass es aussah, als würde er versuchen statt Eistee ein Glas Ruhe zu inhalieren. Himmel.

»Warum bist du hergekommen?«, fragte ich und nahm mir einen Keks.

»Ich wollte mich bedanken. Wegen Hailey.«

»Dann hat es funktioniert«, sagte ich. »Erzähl. Los, erzähl!«

»Wir gehen morgen zusammen aus. Sie hat mit Scott Schluss gemacht.«

»Wirklich? Das ist ja großartig!«

»Ging das nicht etwas schnell?«, fragte Hunter, noch immer schlecht gelaunt.

»Das kann man eigentlich auf das Konto deiner Schwester schreiben«, meinte Ethan. »Scott wurde gestern mit aufs Revier genommen. Anscheinend ist er öfter auffällig gewesen, hat eine eigene Akte bei der Polizei und Diebstahl ist noch sein geringstes Problem, das kann ich euch sagen. Er sitzt immer noch in Gewahrsam, hat inzwischen einen Anwalt, aber so wie es aussieht, werden sie ihn für einen Einbruch in ein Elektrogeschäft drankriegen.«

»Zufälle gibt es«, murmelte ich. »Wie sieht's mit dir und Hailey aus?«

»Sie hat mir gesagt, dass sie die ganze Zeit Gefühle für mich hatte. Sie dachte wohl, bei mir wäre das nicht der Fall, und als Scott sich für sie interessiert hat, dachte sie, es wäre der beste Weg mich zu vergessen. Natürlich gab es diverse Auseinandersetzungen zwischen ihm und mir, aber davon hat sie kaum etwas mitbekommen. Scott hat sie ganz schön abgeschirmt. Hailey meinte, dass ihre Beziehung nicht gerade die beste gewesen wäre, aber allein schien sie nicht von ihm loszukommen.« Er unterbrach sich kurz. »Ich mag sie noch immer sehr gerne, aber ich will es nicht zu schnell angehen. Ich kann nicht sagen, was in Zukunft sein wird, aber wir haben auf jeden Fall eine Chance.«

Ethan lächelte. Es sah so verdammt sympathisch aus, dass ich ihm das Glück gönnte. »Wren besteht darauf, dass er für alles verantwortlich ist.« Ethan schüttelte den Kopf. »Er hat uns beide zusammen und alles ins Rollen gebracht und bla bla bla ...«

»Irgendwie hat er Recht«, sagte ich.

»Was ist mit euch beiden?«, fragte Ethan.

»Wir sind zusammen, also lass Taylor in Ruhe«, kam es von Hunter.

»Ich glaube, er meinte, wie unsere Pläne für heute so aussehen, aber gut, dass du das klargestellt hast, Ethan wäre sicher nicht einmal ansatzweise darauf gekommen.«

»Ja, das kommt sehr überraschend«, meinte Ethan. »Ist das der Pokal vom Poetry Slam? Ziemlich beeindruckend das Teil.«

»Eigentlich sollte da ein Hinweis drin stecken«, seufzte ich.

»Ein Hinweis?«, fragte Ethan verwundert. »Schon mal den Boden abgenommen? Meistens kann man den unteren Teil einfach abklipsen und es gibt einen Hohlraum.«

Hunter und ich tauschten einen Blick. Er folgte Ethans Vorschlag. Tatsächlich kam eine kleine Papierrolle zum Vorschein. Hunter beäugte sie misstrauisch. »Koordinaten.«

»Wie bei einer Karte?«, fragte ich erstaunt.

»Längen – und Breitengrad. Das müsste man nachschauen können.«

»Geocaching?«, fragte Ethan mit hochgezogenen Augenbrauen.

»Geo-was?«, fragten Hunter und ich zeitgleich.

»Das ist ziemlich beliebt«, sagte er. »Es gibt dafür sogar eine App. Das ist wie eine Schatzsuche oder dergleichen. Es gibt ganze Vereine oder Webseiten, die sich damit beschäftigen. Ist ein ziemlich ausgefallenes Hobby. Darf ich mal sehen?« Hunter reichte Ethan den Zettel. »In der Ecke des Papiers ist dieses kleine Zeichen, das an ein Blatt erinnert. Das ist euer Symbol. An dem müsst ihr euch orientieren, wenn ihr den Ort erreicht habt, wo ihr den Cache suchen könnt. Mit Hilfe eines GPS kann man die Umgebung schneller abklappern, deshalb gibt es die Koordinaten.«

»Das ist doch ein Scherz, oder?«, fragte ich.

»Eigentlich ist es ziemlich cool«, meinte Ethan. »Findet man den Cache, entnimmt man der Box oder was auch immer den Gegenstand, den man vorfindet und hinterlässt im Gegenzug dafür etwas anderes. Eine Art Kreis, der nie endet. Die bessere Frage ist aber, wieso jemand das in den Pokal gesteckt hat und ihr danach wissentlich gesucht habt.«

»Wir spielen ein Spiel mit jemandem, aber die Regeln stehen nicht fest«, setzte ich an. »Es ist kompliziert und die meiste Zeit wissen wir selber nicht, was wir eigentlich tun.«

»Ich hab's«, murmelte Hunter, der an seinem Handy herumfingerte. »Das funktioniert wie bei einem Navigationssystem. Die Koordinaten fallen in Stadtnähe.«

»Wollt ihr hinfahren?«, fragte Ethan.

»Nimm es mir nicht übel«, sagte ich. »Aber das müssen Hunter und ich allein machen. Vielen Dank für die Info, das hat uns sehr geholfen.«

»Kein Problem. Sieh es als Ausgleich für deine Hilfe an.« Er zwinkerte mir zu.

»Da müsstest du aber einen halben Roman erzählen, um das auszugleichen«, meinte Hunter schnippisch und rollte mit den Augen, während er abwertend schnaufte.

»Ich wünsche dir ein schönes Date mit Hailey«, sagte ich.

»Das werde ich haben.«

Wir beide übergingen Hunters Kommentar einfach.

»Schätze, wir sehen uns am Montag in der Theater AG.«

»Euch viel Erfolg beim Geocaching.«

28

Die Koordinaten führten uns in ein Waldgebiet, das zum Naturschutzpark gehörte und, wie bereits gedacht, etwas weiter außerhalb der Stadt lag. Nachdem wir das Auto abgestellt hatten, mussten wir eine richtige kleine Wanderung hinlegen. Hunter wäre mehr als einmal gestolpert, wenn ich ihn nicht festgehalten hätte, so versessen starrte er die App auf seinem Handy an. Da es schon später Nachmittag war, war das Wetter zumindest ganz angenehm. Die Sonne verschwand hinter den Waldwipfeln, weshalb es kühler wurde. Als wir die markierte Stelle erreichten, sahen wir uns zusammen um. Ethans Ausführungen zufolge mussten wir nun etwas suchen, das dem Symbol auf dem Zettel ähnelte, um das Versteck finden zu können. Das war der schwierige Teil. In einem Wald nach einem Blatt-Symbol zu suchen oder gleich einem bestimmten Blatt war wie die buchstäbliche Suche nach der Nadel im Heuhaufen. Trotzdem gaben wir beide nicht auf.

Ich wusste nicht, wie lange es dauerte, bis wir fündig wurden, aber es dämmerte bereits. Der Boden war übersät von unseren Schuhabdrücken und sah so aus, als wäre eine wilde Meute im Sturm hier durchgerannt. Wir hatten ordentlich was plattgetrampelt, was es den nächsten Suchern sicherlich erleichterte die richtige Stelle zu finden.

Hunter war derjenige, der den Stein fand. Im Grunde war es eine hohle Box, die genauso schwer und kalt war und auch genauso aussah wie ein Stein oder größerer Felsbrocken. Mit blasser Farbe war ein Blatt darauf gemalt worden. Das Gefäß ließ sich leicht öffnen, die Box darin war jedoch mit einem Schloss versehen, in das man eine dreistellige Zahl eingeben musste.

»Das ist seltsam, oder?«, fragte er. »Kein normales Geocaching.«

»Versuch 222«, sagte ich. Hunter hob verwundert beide Augenbrauen. »Ich hatte noch keine Gelegenheit es zu erzählen und ehrlich gesagt, hab ich es bis gerade eben vergessen, aber da lag dieser Pokerchip in meinem Spind. Die Zahl 222 stand drauf.«

Hunter gab den Code ein und die Box ließ sich sofort öffnen. Er zeigte mir den Gegenstand. Ich runzelte verwundert die Stirn.

»Ist das ein Ehering?«, fragte Hunter, weil er seinen Augen offensichtlich nicht trauen wollte. Er hielt sich den Ring ganz dicht vors Gesicht und musterte ihn explizit. »Nein, ein Verlobungsring«, verbesserte er sich. »Es gibt eine Inschrift.« Er las sie vor. »Willst du für immer an meiner Seite sein? Dann die Initialen F und R. Das ist ein Scherz, oder?«

»Dein Bruder wollte Fia heiraten?«

»Viel wichtiger ist doch, wie er hierher kommt und ob Fia davon wusste. Wenn es sich hierbei wirklich um ein Spiel handelt, bei dem der Inhalt der Box mit jedem neuen Sucher wechselt, muss jemand das besonders gut abgestimmt haben. Das bedeutet, dass Ryan hier gewesen sein muss. An diesem Ort, vor kurzer Zeit. Vor dem Poetry Slam?«

Hunter blickte sich um, als erwarte er, sein Bruder würde hinter einem der Bäume hervorspringen und so etwas wie *Überraschung!* rufen, was natürlich nicht geschah.

»Es reicht mir«, sagte er. »Wir fahren jetzt Fia besuchen.«

»Weißt du, wo sie wohnt?«, fragte ich.

»Ihr Elternhaus. Wenn wir dort kein Glück haben, wird uns sicher jemand sagen können, wo sie sich aufhält. Sie wird wohl kaum das Land verlassen haben, weil du ihr irgendwelche Fragen gestellt hast. Vielleicht erwartet sie unseren Besuch sogar?«

»Meinst du, Fia könnte etwas wissen?«

»Sie steckt auf jeden Fall in der Sache mit drin. Jemand wollte, dass wir wissen, dass die Beziehung zwischen ihr und Ryan ernster war, als ich angenommen habe.«

Ich verschränkte Hunters Finger mit meinen und lächelte ihn an. »Dann sollten wir keine Zeit verlieren.«

***

Das Grundstück der Cassel Familie lag in einem Bezirk, von dessen Existenz ich nicht einmal gewusst hatte. Es war eine Privatanlage, in die man nur gelangen konnte, wenn man sich bei einem Portierhäuschen auswies und seine Daten aufnehmen ließ. Vermerkt mit Uhrzeit, Namen und wen man zu besuchen gedachte. Hinter einer hohen Mauer und einem ausgeklügelten Sicherheitssystem, das seine Anwohner schützte, lagen große Villen, riesige Grünanlagen und eine Menge Neubauten. Die Cassels wohnten fast am Ende der Anlage. Ihres war das vorletzte Herrenhaus auf der rechten Seite. Von außen wirkte das Gebäude alt und beeindruckend. Automatisch zog ich den Vergleich zu den anderen Sehenswürdigkeiten, an denen wir vorbeigezogen waren. Ich kam nicht umhin zu denken, dass hier alles danach aussah, als hätte man es etwas verkommen lassen. Farbe blätterte von der Fassade und der Rasen musste dringend gemäht werden. Die Haustür war schneeweiß und die Klingel daneben geformt wie der Kopf eines Löwen. Hunter drückte sie mehrmals durch. Zu meiner Erleichterung war es Fia, die öffnete. Ihre Gesichtszüge entgleisten sofort.

»Hunter, bist du das?«, fragte sie, dann bemerkte sie mich. »Du!«

Fast augenblicklich wollte sie uns die Tür vor der Nase zuknallen. Hunter schob seinen Fuß gekonnt in den Rahmen und hinderte sie daran. »Erkennst du das hier wieder?« Er hielt Fia den Verlobungsring entgegen. Ihre Augen weiteten sich.

»Was hat das zu bedeuten?«

»Das würde ich auch gerne wissen. Lässt du uns rein?«

Fia zögerte, dann nickte sie zustimmend. »Meine Eltern sind nicht zu Hause, wir sind also ungestört«, sagte sie und führte uns in ein geräumiges Wohnzimmer. Sie bot uns einen Sitzplatz auf einer gemütlichen großen Couch an, aber nichts zu trinken oder dergleichen.

»Ich hätte nicht damit gerechnet, dich irgendwann wiederzusehen.«

Hunter lächelte matt. »Mir geht es genauso. Ich konnte dich nie ausstehen.«

»Das wusste ich«, antwortete Fia. »Hast du deshalb deine Freundin auf mich angesetzt?«

»Hunter wusste nicht, dass wir uns dort treffen würden«, mischte ich mich ein.

»Es ist eine lange Geschichte«, sagte Hunter. »Ich möchte herausfinden, was mit Ryan passiert ist, Sofia. Ich habe lange nach ihm gesucht und bin auf ein paar Hinweise gestoßen.« Er legte den Ring in die Mitte des Tisches vor uns. »Das ist einer davon.«

Fia begann gegen ein paar Tränen anzukämpfen.

»Er wollte mich heiraten?«

»Dann wusstest du nichts davon?«, fragte Hunter. Sie schüttelte den Kopf.

»Dieser Ring ist ein Erbstück deiner Familie«, sagte sie. »Ryan hat ihn mir einmal gezeigt und gesagt, dass er ihn mir eines Tages vielleicht schenken würde.«

»Ich dachte, dass du und er, nachdem ihr Schluss gemacht habt und du die Stadt verlassen hast, euch nie wieder gesehen habt«, sagte Hunter. »Das ist der Grund, warum ich dich nie kontaktiert habe. Ich habe nicht geahnt, dass du von seinem Verschwinden überhaupt Notiz genommen hast. Es ist mir wirklich ein Rätsel.«

»Du hättest früher zu mir kommen müssen«, sagte sie. »Ich habe Ryan aufrichtig geliebt, Hunter. Natürlich wusste ich von seinem Verschwinden. Er selber hat, als ich ihn das letzte Mal gesehen habe, gesagt: Wenn Hunter irgendwann zu dir kommt, musst du ihm die Wahrheit erzählen. Ich konnte doch nicht wissen, dass das seine Abschiedsworte sein würden.«

Hunter verspannte sich. Ich sah, wie seine Hände sich verkrampften.

»Wann?«, fragte er. »Wann war das? Erzähl es mir alles.«

»Erzähl du mir, woher du den Ring hast«, erwiderte Fia.

»Ich habe nichts mehr zu verlieren«, sagte Hunter. Er begann von den Hinweisen zu erzählen. Angefangen bei der Box, die uns zur Strandhütte geführt hatte, bis hin zum Gedicht, das den Anlass zur Teilnahme am Poetry Slam gegeben hatte und letzten Endes von den Koordinaten und dem Geocaching. Fia sagte währenddessen kein einziges Wort.

»Der letzte Hinweis war also direkt unter meiner Nase.«

»Wer hatte Zugriff auf die Preise?«, fragte ich.

»Ich«, sagte sie. »Ich allein habe sie verwaltet. Im Prinzip hätte man überall an sie herankommen können, nachdem ich sie von zu Hause mitgenommen hatte. Wäre jemand hier eingedrungen, wäre das vermerkt worden. Das heißt, es muss geschehen sein, als sie in meinem Auto lagen oder im Kino aufbewahrt wurden.«

Das brachte uns nicht weiter.

»Erzähl deinen Teil der Geschichte«, forderte Hunter sie auf.

»Ich habe Ryan das letzte Mal vor über zwei Jahren gesehen«, sagte sie. »Niemand kennt die wahre Geschichte über unsere Trennung. Bis heute wissen nur meine Eltern davon. Nicht ich habe Ryan verlassen, sondern er mich. Ich wusste, dass er damals eine Menge Probleme hatte, aber wir haben nie genau darüber gesprochen. Er wollte all diese kleinen und großen Geheimnisse nie preisgeben. Damals waren wir beide glücklich. Für mich war er die Flucht aus einer heilen, langweiligen Welt, die mich fast erstickte. Durch ihn fühlte ich mich lebendig. Ich weiß«, sagte sie überzeugt, »dass auch er mich geliebt hat.«

Hunter seufzte mitgenommen. Betrübt sah ich Fia wieder an.

»Ich habe gespürt, dass etwas nicht stimmte, als Ryan distanzierter wurde. Er war viel unterwegs, hat mich oft versetzt. Wir haben uns gestritten und gestritten. Immer wieder. Bis es mir zuviel wurde. Aber ich konnte ihn nicht verlassen. Eine Weile herrschte Funkstille zwischen uns, bis zu dieser einen Nacht. Das muss im Dezember gewesen sein, vor knapp zweieinhalb Jahren. Wir waren in dieser Nacht zusammen und ...« Sie unterbrach sich. »Dieser Teil ist etwas privater. Am nächsten Morgen war er verschwunden. Ich war wütend und verletzt und habe anschließend versucht ihn zu vergessen.«

»Was ist danach passiert?«, wollte Hunter wissen.

»Ich war schwanger«, sagte sie. Der Satz hing in der Luft wie eine Explosion. »Einige Zeit darauf wurde ich von einem Anwalt kontaktiert, der mir Unterlagen über ein Konto übersandte. Jeden Monat gingen dort Zahlungen ein, die dem Kind als Unterhalt dienen sollten. Ich war mir sicher, dass sie von Ryan stammen mussten, aber ich konnte die Kontobewegungen nicht zurückverfolgen und der Anwalt berief sich auf seine Schweigepflicht seinem Mandanten gegenüber. Das Geld ist alles, was mir blieb. Ich hatte keine Ahnung, was das bedeuten sollte. Ryan wusste offensichtlich von dem Kind, aber ich habe nie auch nur eine Nachricht erhalten. Gar nichts.«

Hunter war abrupt aufgesprungen. »Ein Kind? Ryans Sohn!«, brüllte er. »Wie konntest du das geheimhalten?«

»Ich habe deiner Familie nie etwas bedeutet«, erwiderte Fia barsch. »Keiner von euch hat mich besucht oder sich genauer dafür interessiert, was mit mir passiert war. In euren Augen trug ich die Schuld an Ryans Verschwinden.«

»Dazu hattest du kein Recht!«, sagte Hunter.

»Dazu hatte ich jedes Recht. Ich bin seine Mutter«, fauchte Fia, die sich ebenfalls erhoben hatte und Hunter zornig anfunkelte. »Ryans Verlust hat mich genauso hart getroffen wie euch. Die Schwangerschaft war durch sein Verschwinden gefährdet, weshalb ich in eine Klinik weiter weg gegangen bin. Als das Kind wohlbehalten auf der Welt war, habe ich mir geschworen ihn zu beschützen.«

»Ihn?«, fragte Hunter und klang am Boden zerstört.

»Deinen Neffen«, sagte Fia tonlos. »Sein Name ist Riley.«

Das war der Moment, in dem Hunter in sich zusammensackte und Fia den Tränen freien Lauf ließ. Jeder der beiden hing plötzlich in seiner eigenen Misere gefangen. Wie auf Kommando begann im Hintergrund ein Kind zu schreien. Das laute Schluchzen ließ uns alle zusammenfahren und die Stimmung kippte schlagartig um. Fia zögerte. Lange.

»Möchtest du …?«

Hunter nickte heftig. Mit einem sehr schwachen Lächeln auf den Lippen sah sie uns beide an und gab mir so zu verstehen, dass ich ebenfalls eingeladen war. Sie ging voraus. Durch einen Flur, eine Treppe hinauf. Hunter schloss seine Hand um meine und zusammen machten wir uns auf den Weg in den ersten Stock. Es fühlte sich an, als würden wir mühsam einen hohen Berg erklimmen. Mein Herz schlug vor Aufregung immer schneller. Hunter zerquetschte mir fast die Finger, als wir uns dem Kinderzimmer näherten. Es war in einem hellen Blauton gestrichen. Jemand hatte liebevoll dutzende

Wolken und Flugzeuge an die Wände gemalt. Der Raum war eingerichtet, wie man es von einem solchen Zimmer erwartete: Bettchen, Wickeltisch, Kommode und einige Spielsachen im Regal verteilt. Fia beugte sich zu ihrem Sohn hinunter und holte ihn aus der Wiege. Ein Ausdruck absoluter Zufriedenheit legte sich über ihre Züge und als sie den Kleinen an ihre Brust drückte, lächelte sie zum ersten Mal aus vollem Herzen.

»Riley«, flüsterte sie. Das Kind gab ein Glucksen von sich. »Ich möchte dir deinen Onkel vorstellen. Das ist Hunter Reeves. Hörst du? Hunter.«

Ich ließ Hunters Hand los und gab ihm einen sanften Schubs. Unsicher sah er mich an.

»Was, wenn ich ihn fallen lasse oder ihn verletze?«, fragte er panisch. Fia trat näher an Hunter heran. »Du musst auf sein Köpfchen achten, keine Sorge«, sagte sie. Langsam und mit den geschickten Händen einer Mutter übergab sie Hunter ihren Sohn. Der Kleine begann augenblicklich zu kreischen und zu weinen. Er konnte kaum mehr als ein Jahr alt sein, war noch ein Säugling. Riley war so winzig, dass ich verstehen konnte, warum Hunter Angst hatte ihm wehzutun. Unbeholfen stand er da und rührte sich nicht. Fia drückte sanft ihre Hände auf Hunters Arme und brachte ihn dazu sich hin und her zu wiegen. Riley unterbrach seinen Heulkrampf nur, um Hunter anzuniesen. Total niedlich!

»Er hat Hunger«, erklärte Fia. »Würdet ihr mich kurz entschuldigen?«

Hunter schaute total dumm aus der Wäsche. Als er begriff, was Fia damit meinte, färbten sich seine Wagen tatsächlich leicht rot. Hunter Reeves war gerade errötet. Himmel, dass ich das noch erleben durfte. Belustigt grinste ich meinen Freund an. Verlegen rieb er sich den Nacken und ging zur Tür. »Wir warten dann unten, Fia? Danke.«

Nachdem wir am unteren Ende der Treppe angekommen waren, schloss Hunter mich unerwartet in die Arme. »Ich kann es noch immer nicht glauben«, murmelte er in mein Haar. »Er ist so ... unglaublich. Ich bin gerade eben Onkel geworden!«

»Rein theoretisch warst du das schon seit Rileys Geburt«, meinte ich.

»Taylor«, wisperte er.

»Mhh«, machte ich, weil ein elektrischer Schauer durch meinen Körper schoss, als seine Finger meinen Rücken hinab wanderten. Mehr bekam ich nicht heraus.

»Ich liebe dich.«

»Wow«, hauchte ich. »Das hätte ich an solch einem Ort niemals erwartet.«

»Ich habe gesagt: Ich liebe dich, Taylor.«

Seine Lippen vibrierten an meinem Ohr. Zogen eine sanfte Linie über meine Wange und fanden schließlich meine eigenen. Der Kuss war verdammt süß. Süß und leicht, genau wie Marshmallows es waren und ich mochte definitiv Marshmallows. In Hunters Armen und Küssen zu versinken war immer viel zu einfach.

»Ich liebe dich auch«, sagte ich schließlich und war verwundert darüber, wie leicht sich die Worte anfühlten, als sie mein Herz verließen. Wie ein Federstrich auf nackter Haut. Wir nahmen ein wenig Abstand voneinander, als wir Fias Schritte hörten.

»Er ist wieder eingeschlafen«, sagte sie.

»Wir werden jetzt gehen«, sagte Hunter. »Ich muss unbedingt mit meinem Vater sprechen, aber ... können wir wiederkommen? Darf ich Riley wiedersehen?«

»Ja«, sagte Fia.

»Es tut mir leid, was ich vorhin gesagt habe«, fuhr Hunter fort. »Ich glaube dir. Ich sehe es dir sogar an: Du liebst Ryan wirklich sehr. Riley kann sich ziemlich glücklich schätzen.«

Daraufhin zog Fia Hunter in eine innige Umarmung. »Danke«, flüsterte sie. Nachdem sie Hunter losgelassen hatte, schloss sie die Arme um mich. »Wahrscheinlich bist du der Grund, dass am Ende alles gut werden wird.«

»Taylor ist mehr als das«, sagte Hunter lächelnd. »Sie gehört zur Familie.«

29

»Können wir einen Umweg machen?«, bat Hunter mich, als wir die Hälfte der Strecke schon hinter uns hatten. »Ich will noch ein bisschen mehr Zeit mit dir verbringen, bevor ich mich dem Wahnsinn stelle.«

Wie konnte ich da denn Nein sagen?

»Wo möchtest du hin?«, fragte ich.

»Kennst du den Park in der Nähe des Einkaufszentrums? Es gibt da eine Stelle, von der aus man die Sterne sehen kann, wenn es dunkel wird.«

»Wie romantisch. Ist das so etwas wie dein Standard-Date?«, scherzte ich.

»Das sollte unser erstes Date werden«, antwortete Hunter. Ich warf ihm kurz einen Blick zu und der Ausdruck in seinem Gesicht ließ mein Herz schneller schlagen. »Du hast gesagt, du stehst nicht auf 0815-Dates, also wollte ich mich eigentlich mächtig ins Zeug legen. Du weißt schon, Privatjet, eine aufregende Städtereise und Geschenke aus purem Gold, aber dann dachte ich, das wäre ganz … nett.«

»Sorry, aber ab dem Teil mit dem Privatjet hab ich nicht mehr zugehört.«

Hunter zupfte an meinen Haaren und platzierte einen Kuss auf meinen Hals.

»Hör auf, ich muss mich auf die Fahrbahn konzentrieren«, lachte ich.

»Was ich eben im Haus gesagt habe, meinte ich auch so«, sagte er. Ich war froh, dass ich sofort einen Parkplatz fand und endlich anhalten konnte, als wir in der Nähe des Parks waren. Kaum hatte ich den Kopf zur Seite gedreht, um darauf zu antworten, hatte Hunter die Hände um mein Gesicht geschlungen und küsste mich wieder. Ich hatte geglaubt mich an meine Gefühle für ihn gewöhnt zu haben, aber jedes Mal, wenn er etwas tat, das mich überraschte, brannten sie in meiner Brust und machten das Atmen schwer.

»Bist du sicher, der Park ist der Ort, an dem wir sein sollten?«, flüsterte ich.

»Es ist nicht so, als würde ich nicht in dein hübsches Köpfchen blicken können«, sagte Hunter schmunzelnd. »Aber, Miss Reagan, Sie sollten sich in Beherrschung üben.«

»Ich und Beherrschung?«, erwiderte ich und grinste. »Wer hat mich denn unter Vortäuschung falscher Tatsachen in sein Haus gelockt, Mr Reeves?«

»Ins Haus«, sagte Hunter tadelnd. »Nicht in mein Bett.«

Wir küssten uns wieder und ich ließ die Finger in sein Haar gleiten.

»Hast du mich am Anfang wirklich gehasst?«, fragte er.

»Du bist mir vom ersten Moment an tierisch auf den Keks gegangen«, antwortete ich.

»Trotzdem fandest du mich unglaublich attraktiv«, meinte er überzeugt.

»Vielleicht ein bisschen«, sagte ich. »Ein klitzekleines bisschen attraktiv.«

»Weißt du, was ich am meisten an dir liebe? Dass du eine absolut miese Lügnerin bist.«

»Ich stehe total auf dein großes Ego«, gab ich zurück.

»Ich auf deine Begabung für Verdrängung.« Hunter zog mich in meinem Sitz nach vorn und schob eine Hand unter meine Bluse. »Dann noch deine Sturheit, deinen wahnsinnig ausgeprägten Sinn für Verleugnung und nicht zu vergessen all den Zynismus. Was ist jetzt mit dem romantischen Date im Park?«, fragte er leise.

»Rein theoretisch befinden wir uns im Park«, sagte ich. »Und wir haben gerade romantisches Zeug ausgetauscht oder nicht? Ich fühle mich schon ganz schwindelig von all den Komplimenten. Das steigt mir jetzt sicher alles zu Kopf.«

»Das hat mit meiner Begabung als guter Küsser zu tun«, sagte er.

»Du hattest ja genug Gelegenheiten an mir zu üben«, sagte ich.

»Nicht bei unserem ersten Kuss«, sagte er ernst. »Das war ziemlich unfair.«

»Zur Erinnerung: Du hast mich damals zurückgeküsst.«

»Zur Hölle – ja! Der beste erste Kuss überhaupt. Welcher Junge träumt nicht davon, dass ein süßes Mädchen sich einem spät abends an den Hals wirft und überfällt?«

»Ich habe mich dir nicht an den Hals geworfen!«, protestierte ich.

»Das hast du bestimmt oft zum Zeitvertreib gemacht«, witzelte Hunter.

»Eigentlich gab es vor dir nur Jordan«, sagte ich leise.

»Vor dir gab es niemanden«, sagte Hunter ebenso leise.

»Niemanden?«, fragte ich ehrlich erstaunt über diese Aussage.

»Irgendwie waren meine Gedanken immer woanders«, erklärte Hunter. »Es ist nicht so, als hätte es keine Gelegenheiten gegeben, aber es hat sich nie richtig angefühlt, weißt du? Immer gab es etwas, das mich abgelenkt hat und ich war nie wirklich bei der Sache ... mit dir, Taylor, ist es, als würde ich mich einfach fallenlassen können. Vielleicht mehr als das, als würde ich die Kontrolle verlieren und keinen klaren Gedanken mehr fassen können. Das Gefühl war mir bis dahin völlig fremd.«

Es überraschte mich, dass wir dieses Gefühl teilten. »Fühlt sich gut an, oder? Der Gedanke, dass wir das hier vielleicht für immer haben können«, sagte ich.

»Für immer ist eine lange Zeit«, meinte Hunter. »Aber wenn ich sie mit jemandem verbringen möchte, dann wärst du momentan meine erste Wahl.«

»Momentan?«, fragte ich skeptisch. Hunter zuckte mit den Achseln.

»Wenn Megan Fox plötzlich erkennt, dass wir für einander bestimmt sind, werde ich natürlich meinem Schicksal folgen und das Universum mit unseren Kindern bereichern.«

Ich seufzte laut. Dann fingen wir beide zeitgleich an zu lachen. »Ich würde jetzt doch gerne das romantische Date im Park haben«, sagte ich.

***

Nachdem ich Hunter bei sich zu Hause abgesetzt hatte, war es ziemlich spät geworden. Der ganze Tag hatte mich hundemüde gemacht, also schlief ich, ohne es recht zu wollen, während ich ein Buch las einfach auf meinem Bett ein. Als mein Handy klingelte, hielt ich es zuerst für den Wecker und wollte gar nicht richtig wach werden. Erst als die Melodie anfing mich zu nerven und das mehrmalige Schlagen auf den Wecker nichts gebracht hatte, riss ich die Augen auf und fasste das Handy ins Visier. Hunters Name wurde auf dem Display angezeigt. Ich nahm sofort ab und gähnte lautstark.

»Hi. Alles ok? Es ist mitten in der Nacht.«

»Taylor«, sagte Hunter. Durch die Leitung konnte ich hören, dass er stinksauer war und sich bemühen musste normal zu sprechen. Trotzdem ging seine Atmung zu schnell. »Mein Dad ... ich kann nicht fassen, was er mir erzählt hat«, knurrte er bitter.

»Du hast bis gerade eben mit deinem Dad gesprochen?«, fragte ich besorgt.

»Nein«, sagte er.

»Hunter, wo genau bist du?«

»Scheiße«, fluchte er. »Ich hab mich mit irgendeinem Typen geprügelt.«

»Was?«, entfuhr es mir. »Wieso solltest du so etwas tun?«

»Weil ich so verdammt wütend bin, Taylor. Ich kann mich nicht beruhigen.«

»Sag mir, wo du bist, ich komme sofort«, antwortete ich, schlüpfte währenddessen in eine Jeans und zog mir einen Pullover aus dem Kleiderschrank, um ihn über mein Top zu ziehen. Während Hunter schwieg, stürmte ich die Treppe hinunter und suchte im Flur meine Schuhe. »Hunter, wo zur Hölle steckst du? Soll ich die Polizei rufen?«

»In der Nähe vom Skatepark«, murmelte er, dann war ein Rauschen in der Leitung.

»Wo willst du hin, junge Dame?« Mein Vater kam aus der Küche, ein Glas Wasser in der Hand. Er trug seinen Morgenmantel und blickte ziemlich schläfrig drein.

»Ich glaube, Hunter steckt in Schwierigkeiten, Dad«, sagte ich.

»Dein sogenannter Fast-Freund?«, fragte er skeptisch.

»Inzwischen ist er mein Freund«, antwortete ich. »Und ich liebe ihn.«

»Das wird ja immer besser«, grummelte Dad. »Der unentschlossene Zustand davor gefiel mir deutlich besser, Spätzchen.«

»So hast du mich genannt, als ich fünf Jahre alt war.«

»Hätte ich eine Zeitmaschine ...«, begann Dad.

»Bitte!«, drängelte ich. Er verdrehte die Augen.

»Na gut, aber ich lasse meine siebzehnjährige Tochter sicher nicht nachts allein aus dem Haus, wenn sie selber nicht einmal weiß, was ihr Freund angestellt hat. Ich komme mit.«

Innerhalb von fünf Minuten hatte mein Dad sich angezogen und wir saßen im Wagen, er am Steuer. In der Nähe des Skateparks schien ein Festival zu steigen, denn die Straßen waren zugeparkt und es tobte laute Musik. Wir parkten im Halteverbot und stiegen aus. Dad packte meinen Arm.

»Lauf mir nicht davon. Wir gehen gemeinsam.«

Ich versuchte erneut Hunters Nummer zu wählen, aber die Leitung war tot.

»Wie sollen wir ihn nur finden?«, fragte ich verzweifelt. Die Beleuchtung war schummrig und es waren eine Menge Menschen unterwegs. Hunter konnte sich nicht in unmittelbarer Nähe der Bühne befunden haben, denn bei unserem Telefonat waren kaum Hintergrundgeräusche wahrnehmbar gewesen. Es dauerte schier endlose Minuten, bis mein Dad ihn bei den Halfpipes ausfindig machte. Der Skatepark war ziemlich geräumig und sehr beliebt, aber wegen des Festivals waren Bereiche, in denen normalerweise großer Andrang herrschte, gänzlich leer. Hunter saß am Rand und hatte den Kopf in den Handflächen begraben. »Hunter!«, rief ich und er blickte auf.

»Sollen wir dich ins Krankenhaus bringen, Junge?«, fragte mein Dad. Hunter hatte ein geschwollenes Auge und eine blutige Nase.

»Was hast du dir dabei gedacht!«, blaffte ich ihn an. Anstatt zu antworten, zog er mich in seine Arme und begann zu schluchzen. Hunter weinte. Sein Körper zitterte, genau wie seine Hände, die kraftlos und halbherzig bei jeder Berührung wirkten. Gott. Er weinte. Mein Dad kniete sich neben uns und legte Hunter eine Hand auf die Schulter.

»Wenn du nicht nach Hause möchtest, kannst du mit zu uns kommen.«

Ich warf Dad einen dankbaren Blick zu.

»Hunter, kannst du aufstehen?«

»Mein Dad hat es gewusst«, sagte er. »Er hat gewusst, was mit Ryan passiert ist. Er wusste es seit seinem Verschwinden und er hat nie ein Sterbenswort gesagt. Meine Mom ist deswegen in einer Klinik, sie wollte sich umbringen. Er hat gesehen, wie es unsere Familie kaputt gemacht hat, aber er hat einfach den Mund gehalten. Ich hasse ihn, Taylor.«

»Bist du dir da sicher?«, fragte ich behutsam.

»Er hat es mir selber gesagt, als ich heute Abend mit ihm gesprochen habe.«

»Wieso sollte er das tun, wenn er vorher nie in Betracht gezogen hat, dass …?«

»Es ist kompliziert«, sagte Hunter schwermütig. »Es ist so unglaublich kompliziert.«

»Weißt du noch? Wer braucht schon normal, wenn er kompliziert haben kann?«

Hunter stieß ein bitteres Lachen aus, dann begann er sich die Tränen wegzuwischen. »Danke, dass du gekommen bist. Ihnen auch, Mr Reagan.«

»Lasst uns fahren«, sagte mein Dad und half mir Hunter auf die Beine zu ziehen.

***

Mein Dad bestand darauf Mr Reeves davon zu unterrichten, dass es seinem Sohn gut ging und er die Nacht bei uns verbringen würde. Während des Telefonats saßen Hunter und ich im Wohnzimmer. Ich kümmerte mich mit dem Erste-Hilfe-Kasten um seine Verletzungen. »Was ist mit dem anderen Kerl passiert?«, fragte ich.

»Ist wahrscheinlich zu betrunken, um sich an irgendwas zu erinnern.«

»War er schwer verletzt?«, wollte ich wissen.

»Kein bisschen«, murmelte Hunter. »Er hat mir eine verpasst und ist gegangen.«

»Du hattest großes Glück«, sagte ich und fuhr mit einer Hand über sein Gesicht.

»Würdest du mich etwa verlassen, wenn ich mein hübsches Gesicht nicht mehr hätte?«

»Auf jeden Fall«, sagte ich. »Mehr ist ja an dir auch nicht dran, du Bad Boy. Hunter, mach so etwas nie wieder. Du kannst gerne herkommen und von mir aus die Haustür eintreten, aber sich Ärger suchen? Das ist einfach dumm. Du bist kein dummer Mensch.«

»Doch, bin ich. Zu dumm, um die Lügen meines Dads zu durchschauen.«

Jemand räusperte sich und mein eigener Vater stand in der Tür.

»Dein Vater hat gesagt, wenn du bereit bist, sollst du wieder nach Hause kommen. Er meinte, du hast dir nicht alles angehört und dass es wichtig sei, Hunter. Ich lasse euch zwei jetzt in Ruhe reden. Taylor, du kennst die Regeln«, warnte er mich.

»Du meinst keine Rummach-Orgien auf der Couch? Wie sieht's mit dem Teppich aus?«

»Taylor Anne Reagan, du weißt genau, wovon ich spreche!«

Ich lächelte ihn an. »Sicher, Dad. Mach dir keine Sorgen.« Er nickte grimmig und ließ meinen Freund und mich allein. Ich wandte mich wieder Hunter zu. »Willst du darüber sprechen?«, fragte ich. Er lehnte sich zurück und schloss die Augen, als müsste er sich dringend ausruhen. Das Nasenbluten hatte gestoppt, aber sein linkes Lid war inzwischen blau geworden und sah noch dicker aus. Es musste ziemlich schmerzen.

»Ich weiß nicht, wo ich anfangen soll«, sagte Hunter. »Ich hatte ehrlich gesagt nicht einmal mehr erwartet, meinen Dad noch wach anzutreffen. Ich wollte das Gespräch eigentlich verschieben, aber er hat mir angesehen, dass etwas nicht stimmt, also habe ich ihm alles erzählt, Taylor. Die ganze Geschichte. Angefangen bei unserem Ausflug zum Meer, bis hin zu unserem Besuch bei Fia. Zuerst hat er kein Wort gesagt. Er hat mich auch die ganze Zeit kein einziges Mal unterbrochen. Ich habe richtig Angst bekommen, als er immer blasser geworden ist und geschwiegen hat. Ich musste ihn anschreien, damit er wieder in die Realität zurückkehrt und dann hat er gesagt: *Ich weiß, Hunter.* Mehr nicht. Drei Worte. Ich habe ihn überhaupt nicht verstanden, aber dann ...« Hunter seufzte. Seine Hände suchten meine. Er klammerte sich an ihnen fest. »Das ist alles so unwirklich! Er hat gesagt, dass er weiß, warum Ryan damals verschwunden ist. Er wusste, dass er von einem auf den anderen Tag würde verschwinden müssen. Mein Dad ist auch derjenige, in dessen Namen der Anwalt das Geld auf Fias Konto überweist. Er konnte sie anscheinend nie kontaktieren oder sie wissen lassen, dass er von Rileys Existenz wusste, weil das Fragen aufgeworfen hätte. Fragen, die er nicht beantworten wollte oder konnte. Er hat irgendeinen staatlichen Eid abgelegt, der ihn dazu verpflichtet hat, niemandem von Ryans Lage ein Sterbenswort zu erzählen.«

»Wieso hat er jetzt …?«

»Er hat gesagt, dass bald alles vorbei sein würde. Dass Ryan frei sein und wieder zurückkommen würde. Deshalb hat er mir die ganze Geschichte erzählt. Ryan war damals in ein paar ziemlich üble Geschäfte verwickelt gewesen. Er war über mehrere Wochenenden unterwegs und ich habe immer gedacht, dass er mit Fia zusammen abgehauen ist, aber stattdessen hat er irgendwelche Drogendeals für eine Gang abgewickelt. Das klingt jetzt wie in einem schlechten Film, aber anscheinend ist Ryan zuerst ein kleiner Bote gewesen, mehr nicht, und dann nach und nach in die Fänge eines Kartells gerutscht. Seine Aufträge zogen immer weitere Kreise und ans Aussteigen konnte er nicht denken, weil sie ihm gedroht haben, seine Familie oder ihn selbst kaltzumachen. Ich kann mir kaum vorstellen, was in ihm vorgegangen sein muss. Mein Dad meinte, dass bei einer Übergabe alles schief gegangen sei und zwei seiner Freunde erschossen wurden.«

»Das ist schrecklich, Hunter«, sagte ich erschrocken.

»Anschließend ist Ryan zur Polizei gegangen, die ihn an das FBI weitergereicht hat. Er hatte ziemliches Glück, weil das FBI ihm einen Deal vorgeschlagen hat. Er muss eine Zeitlang für sie als Doppelagent gearbeitet haben, bis seine Tarnung aufflog, weshalb man ihn ins Zeugenschutzprogramm aufgenommen hat. Deshalb war er von heute auf morgen weg. Seine Identität, jegliche Spuren und auch Verbindungen zu unserer Familie wurden einfach ausgelöscht. Unser Haus, meine Großeltern, ich, wir standen die ganze Zeit ununterbrochen unter Polizeischutz. Ist das denn zu fassen?! Wie sich herausgestellt hat, konnte kurz darauf das Kartell hochgenommen werden und seitdem ist Ryan einer der wenigen Zeugen in einem wichtigen Fall gegen die mächtigen Drogenbosse. In diesem Moment sitzt er in einem anderen Land und bereitet sich auf die Gerichtsverhandlung vor, die an diesem Wochenende stattfinden wird. Die Beweislage scheint eindeutig zu sein. Wenn Ryan seine Aussage abgelegt hat, werden sie seine Akte löschen und er kann zurück zu seiner Familie fliegen. Das ist der Deal, den er ausgehandelt hat.«

Es gab keine tröstenden Worte, die diese Tatsachen besser gemacht hätten. »Deinen Dad muss dieses Wissen ebenfalls belastet haben«, versuchte ich es.

»Natürlich«, sagte Hunter verständnisvoll. »Aber wie konnte er?«, fuhr er gequält fort. »Er hat mich belogen. Ich kann ihm das nie wieder verzeihen. Besonders wegen meiner Mom! Er hätte doch zumindest versuchen können ... ich habe mein ganzes Leben wegen Ryans Verschwinden umgekrempelt. Ich dachte, ich könnte ihn finden und mein Dad hat mich einfach ziehenlassen, in dem Wissen, dass ich Ryan niemals würde finden können. Er hat mir Hoffnungen gelassen, die keine waren. Meine Mutter hätte bei ihrem Selbstmordversuch sterben können. Was hätte er dann als Ausrede benutzt?«

»Hast du ihn das gefragt?«

Hunters Finger schlossen sich fester um meine. »Er hat gesagt, dass Mom an seiner Stelle exakt dasselbe getan hätte. Sie hätte unsere Familie beschützt, auch wenn es sie den Verstand gekostet hätte. Er denkt wirklich, wenn Ryan wieder hier ist, wird alles wieder so werden wie früher. Er kann nicht verstehen, dass man nicht mehr in der Vergangenheit leben kann. Alles hat sich geändert. Mom wird das nicht nachvollziehen können.«

»Das tut mir alles so leid«, sagte ich automatisch. »Ich bin für dich da.«

»Ich wüsste nicht, was ich ohne dich tun sollte«, flüsterte er.

»Ich wünschte, ich könnte mehr tun«, flüsterte ich zurück. Die Stimmung war beklemmend. Mein Herz schlug wehmütig im Takt trauriger Gefühle. Hunter ließ meine Hände nicht los, als er mir einen langen, sehr sanften Kuss gab.

»Ich bin froh dich zu haben, Taylor.«

»Was werden wir jetzt machen?«, fragte ich.

»Ich mag es, dass du *wir* gesagt hast.« Hunter lächelte. »Wir werden am Wochenende zu dieser Gerichtsverhandlung fliegen. Wir werden meinen Vater begleiten und Ryan treffen.«

»Ryan«, sagte ich nachdenklich. »Wir müssen das Fia erzählen.«

»Ich weiß«, antwortete Hunter knapp. Ich kuschelte mich näher an ihn heran. Er legte sein Kinn auf meinen Scheitel und beide Arme um mich. »Fia hat ein Recht darauf.«

30

Der nächste Tag verlief chaotisch und tränenreich. Nach dem Frühstück erklärte ich mit Hunters Einverständnis meinen Eltern die Situation mit seinem Bruder. Ich bat um Erlaubnis Mr Reeves und Hunter am Wochenende begleiten zu dürfen und mein Dad gab mir noch vor meiner Mom eine Antwort: »Natürlich darfst du gehen«, sagte er schlicht.

»Sie geht aber nicht einfach irgendwo hin«, erhob Mom Einspruch. »Sie fliegt in ein anderes Land, um an einer Gerichtsverhandlung teilzunehmen, bei der es um verurteilte Schwerverbrecher geht.« Sie klang dabei ziemlich hysterisch. »Ich weiß nicht ...«

»Bei Hunter ist sie in guten Händen«, versicherte ihr Dad. »Nicht wahr?«

»Ja, Sir«, sagte Hunter. »Ich passe auf Taylor auf.«

Während das Gespräch mit meinen Eltern reibungslos verlief, endete es bei Fia erneut im Chaos. Sie brach in Tränen aus, wütete und schrie und schmiss so viele Bilderrahmen gegen die Wand, dass wir beide kurzzeitig das Zimmer verließen, um nicht verletzt zu werden. Riley tat es seiner Mutter nach und wollte nach dem lautstarken Orkan ihres Gefühlsausbruchs gar nicht mehr aufhören zu schluchzen.

Hunter kümmerte sich um Fia, ich mich um Riley. Ich wusste nicht genau, wie er sich schlug, aber Riley wurde dadurch besänftigt, dass er sich meine Haarspitzen in den Mund stecken durfte und seine kleinen Fingerchen in meinem Shirt vergrub, welches er nach einer Weile ebenfalls ansabberte.

Als Ruhe herrschte, wagte ich mich wieder ins Erdgeschoss, das Baby noch immer im Arm. Fia starrte ausdruckslos einen Punkt an der inzwischen leeren Wand an. Hunter hatte ein paar Schrammen auf der linken Wange und wirkte niedergeschlagen.

»Ich hasse deinen Vater«, sagte sie schließlich.

»Ich auch«, murmelte Hunter leise. »Ich auch.«

***

Ich konnte später nicht genau sagen, wie wir alle die restlichen Tage bis Freitag überstanden und dabei den normalen Alltag weiterlaufen ließen, als würde nichts Lebensveränderndes auf uns alle warten. Die Zeit stand eben für niemanden still. Am Donnerstagabend half Lucy mir eine kleine Tasche zusammenzupacken, weil ich so durch den Wind war, dass ich alles Mögliche, angefangen bei meiner Zahnbürste, vergaß. Sie nahm mich in den Arm und sprach mir aufmunternd zu, aber meine Gedanken waren nur bei Hunter. Er war nicht wieder zurück nach Hause gegangen, sondern hatte sich bei Ben einquartiert. Mit seinem Dad sprach er kaum noch ein Wort, rief ihn auch nicht an. Zwischen den beiden tat sich ein alles verschlingender Abgrund auf und ich konnte nur zusehen. Bevor wir am Freitag sehr früh aufstanden und zusammen zum Flughafen fuhren, ließen wir den Taxifahrer einen Umweg machen und uns zu der Klinik bringen, in der Hunters Mom Patientin war. Ich hatte ihm das Versprechen abgenommen ihr nichts von Ryan zu sagen. Wenn etwas schief lief und er sie nicht sofort besuchen konnte, würde sie das nur wieder enttäuschen. Enttäuschungen führen zu den schrecklichsten Entscheidungen. Das wusste ich aus Erfahrung. Hunters Mom war besonders gefährdet. Ehrlich gesagt, hatte ich ganz schön Angst davor sie persönlich zu treffen. Nicht, weil wir uns in einer Klinik für psychische Erkrankungen befanden, sondern weil ich nicht wusste, was auf mich zukam. Für Hunter war es jedoch wichtig sich zu verabschieden und zu erklären, warum er kommenden Samstag nicht erscheinen würde. Von außen sah das Gebäude aus wie ein normales Krankenhaus, aber die Sicherheitsvorkehrungen im Inneren waren gänzlich anders. Wir mussten uns ausweisen, mehrere Sicherheitstüren und schwere Schlösser passieren, sowie alle Wertgegenstände oder auch Gürtel und Schmuck ablegen. Da Hunter mich deswegen schon vorgewarnt hatte und er selber solche Dinge nie mitbrachte, kamen wir schneller durch als andere.

Mrs Reeves saß an einem schmalen Schreibtisch und stocherte mit einem Finger in einem belegten Brot herum. Ihr Becher war aus hartem Plastik und enthielt nur Wasser. Wahrscheinlich hatten die Angestellten Angst, dass sie sich wieder verletzen könnte. Die weißen Heftpflaster liefen ihre nackten Arme hinauf und im Gesicht hatte sie jede Menge blutige Kratzer. Ihre linke Hand war bandagiert. Sie sah aber weder verrückt aus noch benahm sie sich so. Man konnte sie sofort mit Hunter in Verbindung bringen. Er hatte das schwarze glänzende Haar von ihr sowie den dunklen Teint und die großen Augen. Sie war auf eine traurige Weise schön. Wie jemand, der einst gestrahlt hatte, dem aber Kummer und Sorge die Schönheit entzogen hatten, wie Salz dem Körper Wasser. Trotzdem erschien der Anflug eines Lächelns auf ihren dünnen Lippen, als sie uns sah. Sie ließ das Essen sofort stehen und umarmte Hunter heftig.

»Ich dachte, du würdest erst morgen kommen!«, sagte sie freundlich. Sie betrachtete ihn. »Du siehst außerdem ganz anders aus als in diesem muffigen, alten Anzug.«

Ihre Augen ruhten plötzlich auf mir. Neugierig, unbestimmt.

»Ich bin –«

»Taylor«, unterbrach sie mich. Sie seufzte schwer. »Dass ich dich endlich kennenlerne, hätte ich nicht für möglich gehalten. Hunter spricht sehr viel von dir.«

»Nur das eine Mal«, verteidigte sich Hunter prompt.

»Jedes Mal«, sagte seine Mutter und lächelte jetzt übers ganze Gesicht.

»Hunter hat auch viel von Ihnen erzählt«, sagte ich.

»Etwa auch, dass ich hübsch bin und ihm bei jeder Begegnung den Kopf verdrehe?«

»Mom!«, warnte Hunter sie und wirkte dabei verlegen.

»Ihr zwei gebt ein tolles Paar ab«, fuhr sie unbeirrt fort. »Jeder, der Hunter dazu bringt sich wieder normal zu benehmen, ist mir immer willkommen. Was führt euch her?«

»Ich kann morgen nicht kommen«, begann Hunter. »Ich habe einen Termin.«

»Okay«, sagte Mrs Reeves und sah weiter mich an. Mehr tat sie nicht. »Ich mag das Rot in deinen Haaren, Taylor.«

»Danke«, sagte ich. Danach lockerte sich die Situation auf. Nach einer Anfrage durften wir zusammen mit Hunters Mom in den Aufenthaltsraum wechseln, wo sie mich zur Seite nahm und begann die wildesten Geschichten über Hunter zum Besten zu geben. Irgendwann kam eine Schwester und erinnerte Mrs Reeves daran, dass sie eine Gruppensitzung hatte. Zum Abschied nahm sie auch mich in den Arm.

»Pass gut auf Hunter auf«, flüsterte sie, nur für mich hörbar.

»Das werde ich«, versprach ich.

***

Es war kurz nach sieben, als wir die Klinik verließen. Hunter war sehr still geworden.

»Machst du dir wieder Sorgen?«, fragte ich behutsam.

»Immer«, antwortete er. »Es hat mich nur überrascht, wie sehr sie dich mochte.«

»Ach, wirklich?«, zog ich ihn auf. »Wo ich doch hübsch bin und dir den Kopf –«

Er schnappte mich und wirbelte mich einmal herum. »Sag es bloß nicht!«

»- dir den Kopf verdrehe!«, setzte ich nach.

»Ich verdrehe dir gleich mal den Kopf!«, erwiderte er.

»Dagegen habe ich nichts einzuwenden«, meinte ich. Hunter setzte mich wieder ab.

»Ich hatte noch nie eine so beschissene Angst in meinem Leben«, sagte er.

»Halt das Gefühl fest«, sagte ich. »Wenn du deinem Dad begegnest, dann lass es nicht los, denn genauso wird er sich auch fühlen. Du musst aufhören ihn auszuschließen.«

»Ich kann nicht.«

»Vielleicht nicht heute, aber auch nicht für immer.«

Hunter nickte schweigend.

***

Unsere Buchung der Flugtickets war sehr kurzfristig gewesen, weshalb wir nicht alle die Möglichkeit hatten zusammen zu sitzen. Hunter und Fia weigerten sich schlichtweg den Platz neben Mr Reeves zu nehmen, weshalb ich schlussendlich dort landete. Es war mir unangenehm, weil eine seltsame Stille zwischen uns herrschte und ich nicht wusste, wie ich sie brechen sollte. Der Mann drei Sitze weiter schnarchte aber so laut, dass das Geräusch stark an meinen Nerven zu zerren begann und ich nicht anders konnte, als selber wild drauf loszuplappern. Mr Reeves schienen meine Versuche zu amüsieren.

»Du musst dich nicht so stark bemühen, Taylor«, sagte er schmunzelnd. Der Flug dauerte fast vier Stunden und ich konnte unmöglich an einem Stück reden, das war mir auch klar. »Vielleicht schalten wir einfach einen Film an?«, schlug er vor. Die nächste Stunde starrte ich auf den kleinen Bildschirm vor mir, doch trotz der Kopfhörer bekam ich die Dialoge der Schauspieler nicht wirklich mit. Es dauerte nicht lange und ich nickte weg. Traumloser Schlaf war eine willkommene Abwechslung. Mr Reeves weckte mich, als der Landeanflug begann und ich mich wieder anschnallen musste. Zurück auf dem Boden der Tatsachen nahmen wir uns nach Verlassen des Flughafens ein Taxi und fuhren zu dem gebuchten Hotel. Den Rest des Tages schlug jeder auf seine ganz eigene Weise tot.

Mr Reeves beschloss sich etwas von den Sehenswürdigkeiten der Stadt anzusehen, obwohl ich mir schwer vorstellen konnte, dass er dabei irgendeinen Spaß haben würde. Fia verbarrikadierte sich in unserem Zimmer und telefonierte zuerst mit ihrer Mutter, um sich nach Riley zu erkundigen, den sie zurückgelassen hatte. Hunter und ich hatten deshalb das Hotelzimmer, welches er sich mit seinem Dad teilte, für uns. In den vergangenen Tagen hatten wir nicht besonders oft Gelegenheit gehabt allein zu sein, auch wenn es mir vorkam, als würden wir ständig aneinander kleben.

»Die Vorstellung für immer zusammen in diesem Hotelzimmer zu bleiben gefällt mir«, sagte Hunter. »Wir könnten in unserer eigenen kleinen Blase leben.«

»Du meinst, du wirst dann alle deine Freunde, Hobbies und Persönlichkeit aufgeben, damit wir unsere ewige Liebe voll auskosten können?«, führte ich den Gedanken aus. Hunter schmiss eines der dicken, flauschigen Kissen nach mir. Es traf mich am Hinterkopf. Ich hob es auf und setzte zum Gegenangriff an, aber er wehrte ihn ab.

»Wie schaffst du es immer wieder alles ins Lächerliche zu ziehen?«, fragte er.

»Weil die Vorstellung lächerlich ist«, antwortete ich schlicht. Hunter ließ das zweite Kissen, das er sich geschnappt hatte, sinken und ging zu einem Angriff der anderen Art über. Er versetzte mir einen Schubs, damit ich rücklings auf die weiche Matratze fiel, und beugte sich über mich. Ich rutschte ein Stück weiter nach hinten und zog ihn mit mir.

Mit den Lippen zog er eine Linie Küsse von meinem Mund über mein Kinn zu meinem Hals. Bartstoppeln kratzten über meine Haut, aber ich mochte das Gefühl. Der Gedanke in einer Blase mit Hunter zu leben gefiel mir ebenfalls, aber so etwas war auf Dauer für niemanden gut. In der echten Welt gab es zu viel, das das Leben lebenswert machte.

Schmerz war ein Teil davon. Genau wie Wut, Verrat und Angst. War es nicht wert all das in Kauf zu nehmen, damit man solche Momente genießen konnte? Hunters Finger glitten in mein Haar, als er meinen Mund seinem wieder näher brachte. Ich schlang die Beine um seine Hüften und zog ihn zu mir herunter. Durch sein Gewicht auf mir fiel es mir schwerer zu atmen und die vielen Küsse sorgten nur dafür, dass mein Puls in die Höhe schnellte.

Atemlos wälzten wir uns in den Laken hin und her und wechselten ein paar Mal die Position, bis ich oben saß und Hunter mir mein Shirt über den Kopf ziehen konnte. Seine Hände fuhren sanft meine Wirbelsäule hinauf. Als die Anspannung in mir wuchs, verlagerte ich mein Gewicht und brachte Hunter dazu den Platz mit mir zu tauschen. Er entledigte sich seines Pullovers und drängte sich wieder enger an mich. Seine nackte Brust fühlte sich auf meiner Haut unheimlich warm an. Ich fuhr mit den Fingern die Konturen seiner Muskeln nach, vergrub sie dann in seinem Nacken, um ihn erneut zu küssen. Seine Zunge berührte meine und ich schmeckte Kaffee. Er musste sich das Zeug auf dem Flug becherweise hinuntergekippt haben.

»Mein Dad kann jeden Moment zurückkommen«, seufzte er in mein Ohr.

»Denkst du, er würde etwas dagegen haben, wenn er uns so vorfindet?«

Der Sarkasmus in meiner Stimme war nicht zu überhören. Hunter gab mir einen flüchtigen Kuss und rutschte zur Bettkante. Er fischte mein Shirt vom Boden auf und reichte es mir, während er sich seinen Pullover wieder anzog.

»Wie wäre es, wenn wir uns einen Wandschrank suchen und ich küsse dich um den Verstand, bis du deinen Namen nicht mehr weißt?«, schlug er vor.

»Stimmt, diese Theorie haben wir noch nicht getestet«, lachte ich. Hunter streckte eine Hand nach mir aus und ich ergriff sie. »Ein Vier-Sterne-Wandschrank«, meinte ich.

Wir landeten danach nicht in einem Wandschrank, sondern im Restaurant des Hotels, wo wir etwas aßen und über seinen Bruder sprachen. Hunter hatte ganz normale Befürchtungen. Hatte Ryan sich verändert? Gewiss. Wie würde das erste Treffen der beiden aussehen? Ungewiss. Viele Fragen beschäftigten uns bis spät in den Abend.

***

In der Nacht hatte keiner von uns wirklich ein Auge zutun können. Ich hatte gehört, wie Fia unruhig immer wieder aufgestanden war, um belanglose Dinge zu tun. Die Gerichtsverhandlung würde um zwölf Uhr losgehen. Niemand von uns durfte persönlich teilnehmen. Wir wurden um zehn Uhr von Beamten der örtlichen Polizei abgeholt und zum Justizgebäude gebracht. Die Sicherheitskontrolle beanspruchte mehr als eine halbe Stunde. Bis wir unsere Besucherausweise erhielten, verging eine weitere. Die beiden Polizisten übergaben unsere Gruppe anschließend an eine Frau, die für die Spezialeinheit arbeitete, die Ryan in das Zeugenschutzprogramm gebracht hatte. Sie war Mitte vierzig, hatte kurze borstige Haare und eine Miene kalt wie Eis. Die Augen hielt sie wachsam auf unsere Umgebung und uns selbst gerichtet, während sie uns schilderte, dass Mr Reeves, Hunter, Fia und ich in einem Besprechungsraum warten müssten, bis der Prozess vorüber wäre. Ihr Name war Agent Runiker. Sie leistete uns Gesellschaft, während ihr Partner sich draußen vor der Tür die Beine in den Bauch stand. Er war uns sicher sehr dankbar.

Ich stand die meiste Zeit am Fenster und blickte hinaus, verwundert darüber, wie viele Menschen sich nach und nach um das riesige Gebäude versammelten. Die meisten gehörten wohl zur Presse und benahmen sich deshalb wie hungrige Geier. Der Lärmpegel draußen stieg und in der Stille des Raumes kam mir das Gemurmel geisterhaft vor.

Die Anwesenden starrten auf eine Uhr, die über einem kleinen Kamin hing. Dem Sekundenzeiger dabei zuzusehen, wie er seine Runden drehte, war reinste Folter. Die Gerichtsverhandlung musste jetzt in vollem Gange sein. Niemand konnte genau sagen, wie lange sie dauern würde. Der Gedanke, Ryan so nah zu sein, machte besonders Fia zu schaffen. Ich beobachtete sie eine Weile und bemerkte, dass der Verlobungsring, den Hunter ihr überlassen hatte, an ihrer rechten Hand steckte.

Agent Runika versuchte unsere Gruppe zwischenzeitlich zum Essen und Trinken zu animieren, aber während sie ihren Kaffee seelenruhig genoss, lehnten wir anderen ab. Für sie musste das reine Routine sein. Es wurde später und später. Mehrmals öffnete sich die Tür, aber es war nur Agent Runikas Partner, der kurz Informationen mit ihr austauschte, die nicht für unsere Ohren bestimmt waren. Deshalb dachte sich niemand von uns etwas dabei, als sich die Tür gegen kurz vor fünf wieder öffnete, bis ich den Blick hob.

»Ryan«, sagte ich. Ich erkannte ihn sofort, obwohl ich ihn noch nie zuvor live gesehen hatte. Die Erinnerung an das Bild, das Hunter mir einmal gezeigt hatte, war ihm noch nicht einmal ähnlich. Wie alle Reeves hatte er dunkles Haar, aber seine Augen waren so hell und klar wie der Morgenhimmel. Von einem so glasigen Blau, dass sie fast grau wirkten. Seine Gesichtszüge waren ganz anders als bei Hunter. Weicher und offener, wie bei der Mutter der beiden. Sein Auftreten war von Unsicherheit gezeichnet. Fia zögerte nicht lange und ging auf Ryan zu. Ich war mir sicher, dass sie ihm um den Hals fallen wollte. Stattdessen holte sie aus und gab ihm eine ordentliche Backpfeife. Das Geräusch von Haut auf Haut knallte durch die herrschende Stille. Dann setzte sich alles in Bewegung. Fia brach in Tränen aus, umarmte Ryan und küsste ihn. Er stand unbeholfen da, erwiderte die Gesten dann aber doch und schien selber kurz vorm Weinen zu stehen. Immer wieder fuhr er sich übers Gesicht und rang um Fassung. Sein Blick traf den von Hunter und seine Miene wurde todunglücklich. Fia ließ nur schwer von Ryan ab, also nahm ich sie sanft bei der Hand, während Ryan Hunter in die Arme schloss, dann seinen Vater.

»Es tut mir so wahnsinnig leid«, flüsterte Ryan. Fia machte sich wieder los und schließlich standen die vier wie in einem verschworenen Zirkel beieinander, während Anschuldigungen, Sorgen und Wiedersehensfreude die Luft immer dicker werden ließen.

Agent Runika bedeutete mir irgendwann ihr zu folgen. Ich atmete tief durch, als wir uns gemeinsam auf eine Bank im Flur setzten und das Erlebte sacken ließen.

»Eine Zusammenführung ist nie leicht«, sagte sie.

»Dabei gehöre ich nicht mal zur Familie«, murmelte ich, auch wenn Hunter vor kurzem das Gegenteil behauptet hatte. »Ich kann mir kaum vorstellen, wie ...« Ich beendete den Satz nicht, weil ich das Gefühl hatte, Agent Runika interessierte meine Meinung eh nicht. Überraschenderweise legte sie mir einen Arm um die Schulter.

»Jetzt ist alles vorbei und kann sich normalisieren.«

Sie ließ den Reeves und Fia nicht besonders lange Zeit für ihr Treffen, denn ein Funkspruch schien sie zu beunruhigen. Abrupt stand sie auf, betrat den Raum und kam nach wenigen Minuten, gefolgt von der versammelten Mannschaft, wieder heraus.

»Es gab einen Zwischenfall«, teilte sie nun auch mir mit. Hunter packte sofort meine Hand und sorgte dafür, dass ich seine Seite nicht mehr verließ. Ihr Kollege kam raschen Schrittes den Flur hinunter. »Wir sorgen dafür, dass Sie alle das Gebäude sofort verlassen können. Darf ich Ihnen meinen Partner Agent Rinaldi vorstellen? Er wird uns begleiten.«

»Es ist wichtig, dass Sie alle Ruhe bewahren und unseren Anweisungen folgen«, sagte dieser, ohne eine Begrüßung, in harschem Ton mit starkem italienischem Akzent.

Wir waren alle viel zu eingeschüchtert oder verwirrt von der Ansage der beiden Agents, um etwas zu erwidern oder großartig Fragen stellen zu können. Hastig gingen wir den Flur hinunter bis zum nächsten Aufzug. Während der Fahrt ins Erdgeschoss kam ein weiterer Funkspruch rein. Eine Abfolge an Worten und Codes, die niemand verstand. Agent Runika zog unvermittelt ihre Waffe aus dem Holster an ihrer Hüfte.

»Was genau geht hier vor sich?«, fragte Mr Reeves energisch.

»Das können wir nicht mit Bestimmtheit sagen, wir –«

Als sich im Erdgeschoss die Aufzugtüren öffneten, dauerte es nur wenige Sekunden, bis wir wussten, was genau vor sich ging. Agent Rinaldi fluchte, als sich der Fahrstuhl rasch wieder hinter uns schloss und mehrmaliges Hämmern auf die Tastatur nichts brachte. Die Eingangshalle war riesig, mit verglastem Dach und mörderisch hohen Fenstern. Ein Dutzend Polizisten hatte sich versammelt und einen Mann umkreist, der eine Waffe hektisch in verschiedene Richtungen hielt. Außer uns befanden sich nur wenige Zivilisten im Raum. Die meisten verließen panisch durch die Flügeltür das Gebäude. Die beiden Agents in unserer Begleitung wiesen uns an zum Treppenhaus zu laufen, aber unsere Ankunft und das Geräusch des Fahrstuhls hatten den Mann mit der Waffe auf uns aufmerksam gemacht.

Plötzlich begann er wahllos in die Menge zu schießen. Die Polizisten eröffneten das Feuer. Schreie hallten wie Echos immer wieder durch die Eingangshalle. Alles ging so furchtbar schnell, dass es mir später in meiner Erinnerung so vorkam, als habe meine Wahrnehmung Schritte in Zeitlupensequenz gemacht.

Ein Fremder, der Polizisten niederschießt.

Blut, das den weißen Marmor befleckt.

Drängeln, Schubsen, Ziehen.

Der Irre, der Ryans Namen brüllt.

Mr Reeves, wie er Fia ins Treppenhaus zieht.

Hunter, der meine Hand nicht loslässt.

Mehr Schüsse. Mehr Schreie. Mehr Blut.

Hunter, der meine Hand doch loslässt.

Ryan, der zurückgeblieben ist.

Der Hunter aus dem Weg schubst.

Dem Fremden ausweichen will.

Zwei letzte Schüsse.

Einer trifft den Amokläufer.

Einer trifft Ryan.

31

Es gibt Momente im Leben, die erscheinen einem so surreal, dass man meint sie geträumt zu haben. Momente, die schneller an einem vorbeiziehen, als man sie fassen kann. Die zu einem Meer aus Gefühlen und Farben und Geräuschen verschwimmen.

Ryan lag auf dem Boden, Hunter an seiner Seite, während sich unterhalb seines Bauches immer mehr Blut auf seiner Kleidung ausbreitete. Automatisch presste Hunter seine Finger auf die Wunde, das Gesicht schreckensgeweitet. Agent Runika befahl ihm fester zuzudrücken, während sie hektisch in ihr Funkgerät sprach und einen Krankenwagen anforderte. Hunter begann nach wenigen Sekunden so heftig zu zittern, dass er nicht mehr still halten konnte, also hockte ich mich neben ihn und legte meine Hände auf seine.

»Er wird wieder in Ordnung kommen«, sagte ich panisch. »Ein Krankenwagen ist bereits unterwegs. Ryan, kannst du mich hören?« Er verlor immer mehr Blut. Schweißperlen standen ihm auf der Stirn und sein Atem ging so schnell, dass er den Vorgang nur noch beschleunigte, indem er seinen Puls anheizte. Blut breitete sich nun auf dem hellen Boden aus, während Ryan langsam die Augen schloss.

»Ryan? Du musst bei mir bleiben!«, schrie Hunter ihn an. »Hast du gehört? Du darfst jetzt nicht sterben, wir haben dich doch gerade eben erst wiederbekommen!«

Ich warf einen raschen Blick zu dem reglosen Körper des Angreifers hinüber und sah wie ein Polizist den Kopf schüttelte. Tot, der Mann war tot. So wie Ryan es sein würde.

»Wo bleibt denn der verdammte Krankenwagen?«, rief ich zornig.

»PLATZ MACHEN!«, schallte es im nächsten Moment durch den Raum. Agent Runika wies alle Anwesenden an zur Seite zu treten und den Weg frei zu machen. Kaum war mir die Dringlichkeit der Lage ins Bewusstsein gesickert, erschienen die Notärzte. Ich wurde unsanft an der Schulter gepackt. Bei Hunter waren mehrere Polizisten nötig, damit er sich von seinem Bruder losmachte. Ryan hatte die Augen inzwischen ganz geschlossen und sah genauso leblos aus wie der tote Mann ein paar Meter weiter.

»Lassen Sie mich gehen!«, fauchte Hunter und versuchte sich loszumachen. Ich selber war unfähig irgendetwas zu sagen oder zu tun, den Blick starr auf die Männer gerichtet, die versuchten Ryan das Leben zu retten. Innerhalb weniger Minuten hatten sie ihn auf eine Trage gehievt und schoben ihn zum Ausgang hinaus.

»RYAN!«, brüllte Hunter. Immer wieder, bis seine Stimme brach.

»Wir müssen mitfahren!«, sagte ich. »Lassen Sie uns mitfahren!«

Agent Runika, die noch immer meinen Arm festhielt, nickte bedächtig. »Ihr Freund muss sich zuerst beruhigen, so nützt er seinem Bruder nichts«, sagte sie. »Er würde im Krankenhaus nur für Ärger sorgen.« Sie wandte sich an einen fremden Polizisten. »Sorgen Sie dafür, dass Mr Reeves und Miss Cassel informiert werden und man sie ins Krankenhaus bringt. Sofort.« Sie sah wieder mich an. »Ich fahre Sie beide.«

Sie ließ mich los und ich stürmte an Hunters Seite. Er tobte noch immer und weil ich mir nicht anders zu helfen wusste, verpasste ich ihm eine Ohrfeige. Hunter zuckte zusammen und hielt inne. »Hunter«, fuhr ich ihn an. »Du musst dich beruhigen.«

Völlig aus dem Konzept gebracht starrte er mich einfach nur an. Ich packte seine Hand und sah ihm fest in die Augen. Die Umstehenden ließen ihn langsam und vorsichtig los.

»Wir fahren jetzt dem Krankenwagen hinterher. Atme tief durch, hörst du?« Mechanisch bewegte er den Kopf zur Eingangstür und nickte.

***

Wir fuhren mit Blaulicht und Sirene. In der Notaufnahme teilte man uns mit, dass man Ryan nach einer kurzen Behandlung sofort in den OP-Saal gebracht hatte. Die Kugel hatte sich tief in seine rechte Niere gefressen und wichtige

Blutgefäße verletzt, weshalb er in diesem Moment um sein Leben kämpfte. Durch den großen Schaden hatte seine zweite Niere ihre Arbeit aufgegeben, was zu multiplem Organversagen geführt hatte. Kurzzeitig hatte sein Herz stillgestanden. Nicht mehr geschlagen. Die Chancen standen schlecht.

Hunter war bereits nach den ersten Sätzen des Arztes vollkommen ausgetickt. Hilflos hatte ich zusehen müssen, wie zwei Leute vom Sicherheitsdienst ihn in einen separaten Raum gebracht hatten und ein weiterer Arzt ihm ein Beruhigungsmittel verpasste. Danach lag er auf einer Liege und rührte sich kaum noch. Starr fixierte er die Deckenleuchten. Als sein Vater und Fia eintrafen und ich ihnen die Informationen weitergab, brach Fia zusammen und hörte nicht mehr auf zu schluchzen, bis man auch ihr etwas gab, das ihr half sich zu beruhigen. Mr Reeves war nach außen hin wieder die Ruhe in Person, aber auch ihm waren die Spuren der letzten Stunde deutlich anzusehen. Die Zeit lief zu schnell davon. Irgendwann kam eine Schwester zu uns in den Raum und teilte uns mit, dass sie dringend einen Blutspender aus der Familie brauchten, weil es nicht genug Blutkonserven gab und die Überfahrt aus dem benachbarten Krankenhaus zu lange dauern würde.

»Ryans Mutter ist die Einzige, die dieselbe Blutgruppe hat wie er«, sagte Mr Reeves und klang zum ersten Mal verzweifelt. »Er hatte als Kind einen Unfall und da gab es dasselbe Problem. Weder Hunter noch ich kommen als Spender in Frage und meine Frau ist derzeit nicht in der Lage … sie …« Er brach ab und schlug sich eine Hand auf den Mund.

Das hatte zur Folge, dass Fia und ich uns testen ließen. Es dauerte eine Weile, bis die Ergebnisse da waren. Ich war diejenige von uns beiden, die für eine Spende in Frage kam. In diesem Moment erschien es mir so dermaßen lächerlich, dass ich mich jemals vor dem Anblick meines eigenen Blutes geekelt hatte. Damit konnte man Leben retten. Etwas unbehaglich war mir trotzdem, als ich der Schwester folgte und wenige Minuten später dabei zusah, wie mein Blut durch einen Schlauch in einen Beutel lief. Ich wandte den Blick ab. Als alles vorbei war, nahm ich die Kekse und den Saft entgegen, aber ich brachte es nicht über mich irgendetwas davon anzurühren. Mr Reeves leistete mir die ganze Zeit Gesellschaft und zwang mich förmlich beides hinunterzuwürgen.

»Danke, Taylor«, sagte er mit brüchiger Stimme.

Dann hieß es warten. Warten und warten und warten. Es waren die qualvollsten Stunden meines Lebens. Während dieser langsam verstreichenden Zeit, die uns alle folterte, obwohl sie uns zuvor noch so schnell entglitten war, erhielt ich einen Anruf meiner Mom. Irgendjemand hatte meine Familie informiert und sie teilte mir mit, dass mein Vater bereits einen Flug gebucht hatte und auf dem Weg zu mir war. Ich hatte kaum ein Wort herausbekommen und war schließlich in Tränen ausgebrochen, die erst versiegt waren, als Hunters Vater mich in den Arm genommen hatte. Agent Runika besuchte uns kurz, um uns mitzuteilen, dass der Mann, der auf Ryan geschossen hatte, tatsächlich tot war. Er war eines der Bandenmitglieder gewesen, das Ryan mit seiner Aussage hintergangen hatte. Mr Reeves geriet daraufhin außer sich und beschimpfte das Rechtssystem und das Gericht. Obwohl die Art und Weise, wie er dies loswurde, respektlos und aggressiv war, empfand ich genauso. Es hätte bessere Sicherheitsvorrichtungen geben müssen. Wenn jemand die Schuld an Ryans Zustand trug, dann der Sicherheitsdienst. Neben dem Amokläufer gab es keine Toten, aber zwei Polizisten, die ebenfalls schwer verletzt worden waren.

Später saßen wir wieder alle beisammen in dem Raum, in dem sich Hunter und Fia befanden. Beide sahen aus, als wären ihre Gedanken ausgeflogen. Ich setzte mich neben Hunter und hielt seine Hand. Stundenlang. Bis jemand kam und uns mitteilte, dass Ryans Zustand sich stabilisiert hatte, die Gefahr aber trotzdem noch nicht vorbei sei.

»Er braucht unbedingt eine Organspende«, erklärte uns einer der Ärzte, der mit im OP-Saal gewesen war. »Momentan hängt Ihr Sohn an einer Maschine, die ein zweites Organversagen verhindern soll, aber die Chancen, dass sein Zustand sich ohne eine neue Niere verbessert, stehen nicht besonders hoch. Die Blutungen konnten gestoppt werden und die inneren Verletzungen behandelt, dennoch ist es nur eine Frage der Zeit, bis sein Kreislauf unter der Last wieder zusammenbrechen kann.«

»Er wird also nie wieder ein normales Leben führen können?«, fragte Mr Reeves.

»Er wird den Rest seines Lebens vielen Einschränkungen unterstehen. So lange er von der Maschine abhängig ist, bestimmt diese sein Leben. Selbst der dauerhafte Einsatz dieser ist keine Lösung. Organversagen kann trotz jeglicher, medizinischer Behandlung jederzeit eintreten. Es tut mir leid.«

Der Arzt sah uns alle an, als wären wir nicht mehr als eine Routine für ihn. Er hatte sicher ständig verzweifelte Menschen vor sich sitzen.

»Mr Reeves, man hat mir mitgeteilt, dass nur Ihre Frau für eine Blutspende in Frage gekommen ist. Bei einer Organspende ist dies ähnlich. Die Chancen sind am höchsten, wenn die Blutgruppe von Spender und Empfänger die Gleiche ist. Eine Warteliste bedeutet keinerlei Versprechungen. Besteht die Möglichkeit –«

»Nein«, unterbrach Mr Reeves ihn. »Meine Frau leidet an einer psychischen Erkrankung und kommt dafür nicht in Frage.«

»Verstehe«, sagte der Arzt. »Mit einer solchen Erkrankung wäre das Risiko zu groß. Es gibt bestimmte Voraussetzungen, die erfüllt sein müssen. Ich sehe das Problem.«

»Was können wir tun?«, fragte Hunters Dad erwartungsvoll. »Wie geht es weiter?«

»Ihr Sohn wird vorerst auf die Intensivstation verlegt und darf keinen Besuch empfangen. In einem solchen Fall wird das Krankenhaus versuchen ihn als Patient weiter oben auf eine Organspender-Warteliste zu bekommen, aber ich möchte ehrlich sein: Es wird schwer werden. Objektive medizinische Kriterien wie Blutwerte, die Blutgruppe und Gewebemerkmale fließen zusammen mit dem Alter des Patienten und seiner Wartezeit auf ein Organ ein, um den korrekten Rang in der Warteliste zu ermitteln. Es ist zudem noch um einiges komplizierter.«

Die weiteren Ausführungen des Arztes rauschten an meinen Ohren vorbei, während in meinem Kopf ein Kampf der Gedanken tobte. Meine Blutgruppe war mit Ryans kompatibel, was bedeutete, dass ich ebenfalls für eine Organspende in Frage kam.

»Was ist mit mir?«, fragte ich viel zu leise.

»Was hast du gesagt?«, fragte Mr Reeves und sah mich an. Mit rasendem Herzen begann ich an dem Pflaster an meinem Arm herumzunesteln, an der

Stelle, an der zuvor eine Nadel gesteckt hatte. Mir wurde furchtbar schlecht vor lauter Angst.

»Was ist mit mir?«, fragte ich lauter. »Kann ich eine Niere spenden?«

»Taylor, das würde ich niemals von dir verlangen und außerdem –«

»Würde ich dafür in Frage kommen?«, ging ich dazwischen. »Ich weiß, ich bin minderjährig, aber mein Vater ist bereits auf dem Weg hierher und ich … ich habe Ryans Blutgruppe, oder nicht?«

»Sie sind nicht mit dem Patienten verwandt, richtig?«, fragte der Arzt.

»Nein«, sagte ich. »Aber ich stehe der Familie sehr nahe.«

»Dem Gesetz nach dürfen Minderjährige nur in sehr geringen Ausnahmen als Lebendspender fungieren. Es gibt bei jeder Organspende besondere Risiken. Sie müssten aufgeklärt werden, ebenso wie Ihre Erziehungsberechtigten und Ihre Einwilligung muss unter freiem Willen und keinerlei Beeinflussung stattfinden. Natürlich –«

»Dieses Risiko möchte ich nicht eingehen«, unterbrach Mr Reeves. Trotz der Entschlossenheit seiner Worte waren ihm die Zweifel deutlich anzusehen.

»Denken Sie in Ruhe darüber nach«, sagte der Arzt. »Gönnen Sie sich alle etwas Ruhe und besprechen Sie anschließend die Möglichkeiten unter vernünftigen Aspekten.«

Nachdem er uns verlassen hatte, starrten mich alle an.

»Taylor, du musst dich nicht verpflichtet fühlen«, sagte Hunter. »Das kann niemand von dir verlangen.« Es war das erste Mal seit Stunden, dass er etwas gesagt hatte. »Dass du Blut gespendet hast, ist genug. Du hast genug getan. Ich will nicht, dass du …« Er konnte den Satz nicht vollenden, weshalb er aufstand und mich in die Arme schloss. »Ich will nicht, dass irgendein Risiko für dich besteht. Ich liebe dich, aber so weit musst du nicht gehen.«

Ich löste mich von Hunter. »Das verstehe ich«, sagte ich. »Ich brauche frische Luft.«

Mit diesen Worten verließ ich den Raum, setzte mich vor das Krankenhaus auf eine Bank und das Warten fing von vorne an. Spät am Abend, als man uns gezwungen hatte in unser Hotel zurückzukehren, traf mein Dad dort ein. Nur Mr Reeves war zurückgeblieben.

»Taylor.« Mein Name. Mehr brauchte es nicht. Ich fing an zu weinen. Hörte nicht mehr auf, bis ich irgendwann vor Erschöpfung in den Armen meines Dads einschlief.

***

Über Nacht hatte es einen Zwischenfall im Krankenhaus gegeben. Ryans Zustand hatte sich wieder verschlechtert, was ich zum Anlass nahm, mich ernsthaft mit meinem Vorschlag von gestern auseinanderzusetzen. Zusammen mit meinem Dad besuchte ich eine Beratungsstelle und wir ließen uns alle Informationen geben. Obwohl die Entscheidung eine weitreichende war, wusste ich, dass ich sie tief in meinem Herzen bereits getroffen hatte. Mein Dad schien das auch zu wissen, denn als ich damit herausrückte, verhielt er sich nicht abweisend. Es war, als habe er akzeptiert, dass nichts auf der Welt meine Meinung ändern und er mit keinem Argument der Welt dagegen ankommen konnte. Gemeinsam teilten wir den Beschluss Mr Reeves, Hunter und Fia mit.

Es folgte ein Streit, aber ich blieb standhaft.

Wenige Tage später wurde Ryan in ein anderes Krankenhaus verlegt, weil es dort ein Transplantationszentrum gab. Dort wurden alle Papiere unterschrieben, nachdem ich ein letztes Gespräch mit einer Sozialarbeiterin und einigen Ärzten geführt hatte, die wirklich sicher gehen wollten, dass alles den Vorschriften entsprach und mich keine Umstände zu meiner Entscheidung zwangen. Während ich in einem weißen Bett in einem weißen Raum darauf wartete, dass die Narkose einsetzte, kam mir der Gedanke, dass ich nicht mehr für das dämliche Theaterstück in der Schule vorsprechen musste. Die OP würde mehr als zwei Stunden dauern und ich würde danach Wochen brauchen, um mich davon zu erholen. Seltsam, wo es sich dabei doch nur um eine Niere handelte, kein Bein. Bevor ich endgültig wegdämmerte, dachte ich an Ms Fletchers Worte.

Wissen Sie, Miss Reagan, ich sehe selten Schülerinnen wie Sie. Ich unterrichte schon mehr als dreißig Jahre, aber ein Mädchen wie Sie ist selten. Soll ich Ihnen sagen, warum? Sie besitzen sehr viel Potenzial und verschenken dieses wissentlich.

Viele andere junge Menschen in Ihrem Alter führen sich oftmals so abweisend auf wie Sie, weil Sie ihr eigenes Potenzial noch nicht erkannt haben oder dieses ausschöpfen, aber Sie sind anders. Sie waren ein ehrgeiziger und engagierter Mensch. Ich weiß auch, warum sich das geändert hat und möchte Ihnen einen Rat mit auf den Weg geben. Sehen Sie über Ihren derzeitigen Tellerrand hinaus. Wenn man jung ist, erscheint einem eine einzige Katastrophe wie das Ende der Welt, das ist es aber nicht.

Sie hatte so Recht.

Das Ende der Welt war so weit entfernt wie der Sternenhimmel. Man sollte sein ganzes Potenzial nutzen, um Menschen diese Erkenntnis zu schenken. Die Erkenntnis, den endlosen Sternenhimmel noch viele Jahre betrachten zu können. Eben, weil man am Leben war und dieses mehr als alles andere zu schätzen wusste.

32

»Donuts vs. Muffins?«, fragte ich.

»Eindeutig Donuts«, antwortete Ryan.

»Dann hast du eindeutig noch nie einen mit Blaubeeren gegessen!«

»Wie steht es mit Keksen vs. Kuchen?«, fragte er.

»Eindeutig Kuchen!«, sagte ich.

»Dann hast du noch nie Schoko-Minz-Kekse gegessen!«

»Das ist ja widerlich«, meinte ich. »Du hast denselben verkorksten Geschmack wie Hunter. Allmählich sehe ich die Ähnlichkeit. Ihr seid hoffnungslose Fälle.«

»Was macht ihr?«, fragte Fia, die mit Riley auf dem Arm zu uns in den Aufenthaltsraum der Klinik kam. Der Kleine verzog das Gesicht, als er uns beide ansah. Er war einfach viel zu jung, um irgendetwas von diesem Essen für gut befinden zu können. Wenn man wie Ryan und ich noch zwei Wochen nach unserer OP nichts Vernünftiges serviert bekam, dann musste man schon einen starken Willen haben, um nicht jede Sekunde von Donuts, Muffins, Kuchen und Keksen zu träumen. Heute war wieder einer dieser Tage, an denen wir uns einen Spaß daraus machten, unsere Essvorlieben sich duellieren zu lassen. Wir waren nie einer Meinung. In den vergangenen Tagen, nachdem ich ihm eine Niere gespendet hatte, waren wir beide in getrennten Zimmern vor uns hingedämmert, bis wir irgendwann so fit waren, dass wir uns regelmäßig treffen konnten, um der gähnenden Langeweile zu entkommen, die ein Krankenhausaufenthalt mit sich brachte.

Ryan erzählte von dem alten Herrn, mit dem er sich ein Zimmer teilte und der den ganzen Tag denselben Musiksender eingestellt hatte, der ihm zum Hals raushing. Ich erzählte ihm von dem merkwürdigen Pfleger, der jedes Mal versuchte mit mir zu flirten, obwohl er wusste, dass ich mit Hunter zusammen war.

Fia und Riley waren die Einzigen, die uns regelmäßig besuchen kamen. Meine Eltern, Mr Reeves und unsere Geschwister hatten alle Verpflichtungen wie Jobs oder Schule und konnten sich nicht jeden Tag davon loseisen. Fia arbeitete jedoch als selbständige Eventplanerin und konnte sich ihre Arbeitszeit einteilen, wie sie wollte. Ryan war wieder auf dem besten Weg ganz gesund zu werden und mir ging es wirklich blendend. Hunter war der Einzige, der jedes Mal nörgelte, wenn er kam.

»Ich lasse mich auch anschießen, damit ich euch Gesellschaft leisten kann.«

Das oder so ähnliche Dinge gab er jedes Mal von sich, wenn er kam. Die meiste Zeit verbrachte er aber damit mich zu küssen, zu ärgern oder von der dämlichen Schule und den dämlichen Proben für das dämliche Theaterstück zu erzählen. Die einzige Hoffnung, die ihm blieb, war, dass man Ryan und mich entlassen würde, damit wir die Aufführung sehen konnten.

»Ich mach mit dir Schluss, wenn ich dich nicht in einem Prinzenkostüm sehen kann«, hatte ich meinem Freund gedroht.

»Du machst mit mir Schluss, wenn du siehst, wie ich Rachel küssen muss.«

Darüber hatte ich nur gelacht. Rachel hatte endlich ihre heißersehnte Hauptrolle bekommen. Hunter hatte das Vorsprechen für mich aufgezeichnet und als ich es mir später angesehen hatte, war ich vor Lachen fast aus dem Rollstuhl gefallen. Jep. Man ließ Ryan und mich nämlich nicht einmal selbstständig laufen, weil das zu viel Anstrengung bedeuten würde. Eine Zeit lang hatten wir überlegt illegale Rollstuhl-Rennen im Untergrund zu starten.

»Blödsinn«, antwortete Ryan. Fia beugte sich herab, um ihn zu küssen, dann nahm er ihr seinen Sohn ab. »Eigentlich wollte ich Taylor gerade die Geschichte mit den Hinweisen erzählen«, fuhr er fort. Fia zog sich einen Stuhl heran und setzte sich zu uns an den Tisch. »Die kenne ich auch noch nicht«, sagte sie neugierig.

Es hatte eine Menge Dinge gegeben, die wir nicht gewusst hatten. Wie Ryan einen Notar damit beauftragte die kleinen Hinweise zu verstecken. Dass er selbst den ersten Hinweis hinterlassen hatte. Bevor er das Land verlassen musste, war er in die Schule gegangen, um die erste Notiz in Hunters

Spind zu legen. Das war so etwas wie sein endgültiges Abschiedsritual gewesen. Kurz vor der Verhandlung hatte er dafür gesorgt, dass der Pokerchip mit dem Code bei mir und der Ring im Wald landeten. Diese kleinen Arrangements waren kein Teil des Deals gewesen, den er mit dem FBI getroffen hatte. Er hatte in einem langen Brief genaueste Anweisungen hinterlassen, wie der Notar vorgehen sollte. Zusammen mit einem Testament, das im Fall seines unerwarteten Todes an seinen Vater gehen sollte und einer Vollmacht für eine ordentliche Summe Geld, die auf einem zweiten Konto neben jenem lag, von dem Unterhalt für Riley abgezwackt worden war. Der Notar hatte Ryans Angelegenheiten verwaltet, bis dieser wieder selbst dazu in der Lage gewesen war. Ryan hatte mit den Hinweisen bezwecken wollen, dass Hunter die Hoffnung nicht aufgab. Außerdem hatte er seinem Bruder so zeigen wollen, dass das Leben weiterging, wenn man es schaffte kleine Etappen zu meistern. Die Botschaft dahinter war verständlich, zumal Ryan alles genauestens geplant hatte. Alles hätte in der Wiedervereinigung enden sollen.

Seitdem war viel passiert. Hunter und sein Vater hatten kein Wort mehr über irgendeinen Streit verloren. Ich schätzte, das geschah, wenn man so kurz davor stand jemanden zu verlieren, den man liebte. Details, so wichtig sie einem auch erscheinen mochten, verloren einfach an Bedeutung. Ryan und Fia hatten sich verlobt und würden Mitte nächsten Jahres heiraten. Es war, als hätte es eine Trennung zwischen beiden niemals gegeben. Mit Riley im Gepäck waren sie ein Abbild puren Glücks.

***

Der Abend der Theateraufführung war ein voller Erfolg. Es war das erste Mal, dass sowohl meine Familie als auch Hunters zusammen waren und etwas so einfaches wie eine Schulaufführung genießen konnten. Eines musste man Rachel lassen, sie war in ihrer Rolle wirklich perfekt besetzt. Mit ihrem Hang zum Drama sorgte sie für unfreiwillige Lacher und Hunters Reaktionen darauf waren das Beste vom ganzen Stück. Ms Fletcher hatte sicher nicht gewollt, dass der Ernst der Sache durch Comedy ersetzt wurde, aber nach dem tosenden Beifall des Publikums war selbst sie sprachlos. Ein kleines bisschen eifersüchtig, dass Hunter Rachel geküsst hatte, war ich natürlich schon. Aber wenn wir alle etwas im Verlauf unserer Geschichte gelernt hatten, dann war es zu vertrauen.

EPILOG

Ich warf einen letzten Blick auf mein Zimmer, dann schloss ich eine Tür hinter mir, die ich lange Zeit nicht mehr öffnen würde. Von heute an lag der ganze Sommer vor mir. Es fühlte sich an, als wäre er zum Greifen nah. Nach all den Ereignissen der letzten Wochen war das ein Gefühl, an dem es sich lohnte festzuhalten. Ich fühlte mich sorglos.

»Taylor«, rief meine Schwester Lucy. »Hunter wartet.«

Der warnende Unterton in ihrer Stimme erinnerte mich an all die Schultage, an denen ich verschlafen hatte und sie wütend ohne mich abgezogen war. Das schien ewig her zu sein. Mein damaliges Ich kam mir heute in der Erinnerung surreal vor. Wie schnell man sich ändern konnte, wenn es einen Grund gab. Ich lief die Treppe hinunter und sprang von der letzten Stufe direkt in ihre Arme.

»Ich werde dich wirklich vermissen, Schwesterchen«, sagte ich.

»Ich kann immer noch nicht glauben, dass du mit Hunter diesen Road-Trip machen willst. Ihr wisst doch nicht einmal wohin genau ihr fahrt oder wann ihr zurück sein werdet. Ich verstehe nicht, wieso Mom und Dad dir das erlaubt haben!«

»Das haben sie nicht«, sagte ich. »Nicht wirklich. Da ich gestern Geburtstag hatte und jetzt volljährig bin, können sie mich aber nicht mehr daran hindern.« Ich grinste breit. »Wart's ab. Noch zwei Jahre, dann darfst du das auch. Das ist kein Auf Wiedersehen, Lu. Das ist ein Wir-sehen-uns-bald-wieder. Spätestens zu Ryans und Fias Hochzeit«, munterte ich sie auf. »Dieses Event lassen wir uns nicht entgehen.«

»Taylor?«, fragte Hunter und kam in den Flur. »Bist du fertig?« Sein Blick ging zwischen Lucy und mir hin und her.

»Ich bin gleich fertig«, sagte ich und lächelte.

»Mädchen brauchen immer doppelt so lange für alles«, murmelte Hunter amüsiert.

Meine Schwester hob eine Augenbraue. »Ach, ist das so?«, meinte Lucy feixend. »Sag mal, wie geht es eigentlich deiner Mom, Hunter? Ist es echt okay, wenn ihr fahrt?«

»Sie lebt sich zu Hause wieder relativ gut ein. Mein Dad hat sich beurlauben lassen. Tatsächlich hat er jemanden eingestellt, der seinen Job machen wird, damit er bei ihr sein kann. Sie ist fast ständig mit Ryan und Fia zusammen. Obwohl sie Riley mehr ins Herz geschlossen zu haben scheint als alle anderen. Sie ist verrückt nach dem Kleinen«, antwortete er. »Sie geht regelmäßig zu ihren Sitzungen, macht ihre Therapie und ihr Psychologe meinte, dass es ihr dank der Unterstützung durch ihre Familie nie besser ging. Trotzdem fragen wir uns alle, ob wir ihr nicht vielleicht doch die ganze Wahrheit sagen sollen, aber ich schätze, dazu ist sie nicht bereit. Noch nicht.«

Lucy nickte bedächtig. Im Gegensatz zu Mrs Reeves war sie über alles im Bilde. Hunters Mom wusste nur von Ryans Abwesenheit wegen eines Jobs und dass Rileys Geburt überraschend während seiner Abwesenheit stattgefunden hatte. Vielleicht ahnte sie, dass mehr hinter allem steckte. Aber manchmal war es gut vergessen zu können.

»Ein guter Anfang«, sagte Lucy sanft.

»Ein guter Anfang«, bestätigte Hunter.

»Pass bitte auf meine Schwester auf, ja?«

»Das werde ich«, versicherte er ihr freundlich. »Da ich das jetzt dem ganzen Reagan-Clan geschworen habe, muss ich mich wohl für den Rest meines Lebens daran halten.«

Lächelnd küsste ich meine Schwester auf die Wange und drückte sie ein letztes Mal. Von meinen Eltern hatte ich mich heute früh verabschiedet und ich war froh, dass sie meine Abreise nicht ganz mitbekamen. Die beiden machten aus allem ein riesiges Drama. Lucy stand in der Auffahrt und winkte, als wir losfuhren. Sie lief zur Straße, als wir losfuhren und blickte uns nach. Im Außenspiegel wurde ihr Abbild immer kleiner und verschwand schließlich ganz.

»Wir könnten es uns immer noch anders überlegen«, sagte Hunter, der bemerkt hatte, dass mir der Abschied von meiner Schwester nicht so ganz leicht gefallen war. Er warf mir einen Seitenblick zu.

»Könnten wir«, meinte ich schwungvoll. »Aber ich freue mich schon auf einen Sommer mit dir. Das wird sicher super!«

Hunter lächelte in sich hinein. »Wird es.«

Er schaltete das Radio ein. Es lief *Don't Stop Believin'* von Journey und in diesem Moment hätte kein Song besser gepasst.

»Don't stop believin'«, sagte Hunter.

»Don't stop believin'«, flüsterte ich.

DANKSAGUNG

Hier kommt sie wieder, die Stelle, an der man all den Leuten danke sagt, die geholfen haben, das Beste aus dem Buch herauszuholen. Man müsste meinen, dass es weniger werden, aber irgendwie vermehren die Leute sich stetig. Immerhin sind es nur Leute und keine Wurmlöcher, wo kämen wir dann denn hin?

Mein erster Dank gilt wieder dem Team vom Impress, allen voran meiner Lektorin Pia, die zusammen mit mir ein vorzeigbares Buch aus »Sommerflüstern« gemacht hat. Dank ihr wird aus mir noch eine echte Dichterin. Ein weiteres Danke geht an Hanna Kelbert, die mich damals ermutigt hat, meinen zweiten Roman beim Verlag einzureichen und immer ein offenes Ohr für mich hatte.

Die Erste in der Widmung ist dieses mal die Dritte in der Danksagung: Feyza. Um es mal mit den Worten von Abba zu sagen: thank you for the music. Neben deinen genialen Musiktipps, die mich inspiriert haben, hast du mich immer in allem unterstützt. Wenn das mit dem Studium nichts wird, eröffnest du einfach Feyzas-Funky-Fun, eine Einrichtung, in der man den ganzen Tage Gute-Laune-Musik inhaliert und gratis Umarmungen bekommt.

An dieser Stelle starte ich gleich den Aufruf, dass alle Hunter dieser Welt, sich bitte bei Anne melden sollen. Sie ist noch immer auf der Suche nach einem magischen Ersatz für Hunter Reeves. Falls das nicht klappt, kommt hier ein kleiner Liebesbrief an dich: Du bist eine super Freundin und ein herzensguter Mensch. Es gibt niemanden, mit dem ich so gerne schief singe, stundenlang telefoniere und traurige Animes schaue, wie mit dir.

Amelie hat besonderen Einfluss auf das Ende genommen. Ohne sie würde Ryan sich jetzt die Radieschen von unten ansehen und ich bin mir sicher, dass mein Zukunfts-Ich nicht damit einverstanden gewesen wäre. Da Zeitreisemaschinen noch nicht erfunden wurden, ist es gut eine Freundin zu haben, die der wandernde Sand in meinem Getriebe ist.

Dass ich meine Schwester über alles liebe, dürfte inzwischen bekannt sein. Das Licht im Dunkeln und den ganzen kitschigen Kram hatten wir ja schon, deshalb heute ganz einfach: Danke, dass es dich gibt und du meine Schwester bist. Deine Sprüche sind die besten. Kein Wunder, wir sind ja auch verwandt!

Dank an meine Mutter. Irgendwer hat einmal geschrieben: Wie Äste an einem Baum wächst eine Familie in unterschiedliche Richtungen, aber die Wurzeln bleiben immer an derselben Stelle. Ich sage: Der nächste Sturm kann gerne kommen.

© Stefanie Voosen

Tanja Voosen wurde 1989 in Köln geboren und lebt heute in der Nähe der Eifel. Während ihres Abiturs begann sie sich zum ersten mal mit dem Schreiben von Geschichten zu befassen und kurze Zeit später auch zu publizieren. Wenn sie nicht gerade damit beschäftigt ist, den Weg nach Hogwarts zu suchen, weil die Realität so schlecht ohne echte Magie auskommt, steckt sie ihre Nase in gute Bücher und treibt sich in der Welt der Blogger herum.

Tauch ein in romantische Geschichten.
HOL DIR BITTERSÜSSE STIMMUNG AUF DEINEN E-READER!
E-BOOKS VON IMPRESS HIER:
CARLSEN.DE/IMPRESS
im. pres s
impress IST DAS DIGITALE LABEL DES CARLSEN VERLAGS FÜR GEFÜHLVOLLE UND MITREISSENDE GESCHICHTEN AUS DER GEHEIMNISVOLLEN WELT DER FANTASY.